张炜 著

河湾

花城出版社

中国·广州

图书在版编目（CIP）数据

河湾 / 张炜著. — 广州：花城出版社，2022.6
（2023.6重印）
ISBN 978-7-5360-9693-6

Ⅰ. ①河… Ⅱ. ①张… Ⅲ. ①长篇小说－中国－当代
Ⅳ. ①I247.5

中国版本图书馆CIP数据核字（2022）第082659号

出 版 人：张　懿
责任编辑：杜小烨　李嘉平　凌春梅
技术编辑：薛伟民
装帧设计：付诗意

书　　名	河湾 HEWAN	
出版发行	花城出版社 （广州市环市东路水荫路11号）	
经　　销	全国新华书店	
印　　刷	深圳市福圣印刷有限公司 （深圳市龙华区龙华街道龙苑大道联华工业区）	
开　　本	880毫米×1230毫米　32开	
印　　张	11.625　2插页	
字　　数	270,000字	
版　　次	2022年6月第1版　2023年6月第4次印刷	
定　　价	58.00元	

如发现印装质量问题，请直接与印刷厂联系调换。
购书热线：020-37604658　37602954
花城出版社网站：http：//www.fcph.com.cn

人这一辈子就像一条河,到时候就得拐弯。

序

这是我写给好朋友的一个故事。在十分困难的时刻，我不知该讲些什么：无从谈起，淤积太多。我用它来作别。

这仍然是对话的持续，不是分手的仪式，不是意气用事。

毫不夸张地说，我觉得自己走入了精神和心灵的一个关口，正面临最重要的一次抉择。

我不再与你争论。毫无意义。

我记起青年时代读到的一部直率而痛苦的书：关于社会的最小单位，即家庭之书。它记下了时代的椎心之痛，以及人生的至大诱惑。至今难忘那些热烈和冷峻的面容，他们的徘徊与决绝。

我也在讲一个致命的诱惑的故事。像过去一样，讲述一定伴随了自我拷问，经历一场灵魂的洗礼。如果不是如此，写作将变得轻浮。

我想说，人的一生仅仅对得起自己的经历，也将是至艰至难的一条长路。人首先背叛自己，然后背叛其他。

让我们在即将耗尽的长夜，在黎明前，做最后的长谈。

人们常常讲到苦难的家世和良好的教育。可这一切未必等同于良知。

最后，我怀疑的是这次讲述的意义：你或已失去倾听的耐心。

张炜

2022年4月3日，于济南

1

我的朋友燕冲善画"访高图",几十年里多画同一题材。画中的"高士"们一个个宽袍大袖,居于山间僻地,面目模糊,束着高高的发髻。这些人在陋屋草堂里烹茶,在溪边抚琴,都是寂寞高人。画中最费笔墨的其实还是山水:郁郁葱葱的大川与危岩,一条条小路时而中断,复又出现,盘旋而上。最高处总算有了一小块平地,那里有一草寮一石凳,一把琴和一函书。

朋友显然向往那样的生活。我们都知道那种人今天是找不到了,那个时代连同那样的山水全都一去不再复返。不过我们仍然热衷于讨论这类话题。他说:"高人都是怕吵的,吵一点都不行,所以他们就躲到了偏远的地方,爬到高处,因为一般人懒得登高。"我说:"去那种地方生活太困难,连吃喝都成问题。"他瞥我一眼:"高人不只把吃喝当成口福。""他们都喜欢喝茶。""书和茶,那十分重要。"

今天再也无法遇到那样的高人,实在遗憾。我想到了"大隐隐于市"的说法：看起来庸庸碌碌的现世，大概也会活动着各种各样的"怪人"和"异人"，这些人初看与常人无异，骨子里却大不一样，说不定正偷偷过着惊世骇俗的日子哩！我说出这个意思，他马上撇嘴："你是这样的人吗？你见过这样的人吗？"无法回答。但我心里固执地认为：时代不同，"高人"的生存方式也就不同。我们千万不要小看这个无奇不有的大千世界啊。再说，谁又愿意将自己的私密如数展示给他人呢？

比如我，许多人都将我视为一个可怜的"怪人"：至今还是一个单身汉，原本条件不错，有头有脸，也许正走在"副局长"的路上，可还是要忍受鳏夫的苦恼。这种事如果发生在另一个时代还好一些，而今就是一种煎熬了：随便一睁眼就能看到性的存在，它的力量正在成倍地增长或逼近，充斥于广告、影视、荧屏，甚至是办公室。说白了，有些人正变着法儿散发风骚，什么超短裙，低领衫，过分的强调和暴露。没人能够左右时代风气，领导也没有办法。如果我是领导，也只得接受纵横交织的雌（磁）力线的切割。

我如果将自己真实的生活袒露出来，只会令人嫉羡。他们不过是看到了一个单身男子火烧火燎的某个瞬间而已。是的，单纯的生理欲望在这样的年纪难以隐藏，有人会从闪烁的目光和微皱的眉头、从上下活动的喉结上看出什么。我许多时候大概并没有一个过来人应有的松弛和落落大方，与异性打交道时总是过于矜持，这反而显得不那么自然：语气艰涩，声音沙哑。

真实的情况是，我在生活作风方面坚如磐石。女上司对这一点早就发出了赞许，她曾不无感慨地说："你很好。这很难得。"我在工作上与之配合密切，相互信任。我们经常有机会一起出差，特别是去海滨城市忙一些公干，那通常是非常愉快的旅程：接受一座城市殷勤而恰当的招待之后，晚上回到宾馆已经不早。她精力充沛，洗浴后换上宽松的衣服，然后开始闲谈，或继续商量一些事情。良好的保养和充足的营养使她看上去比实际年龄要小得多，只稍显丰腴。她工作时间之外不再板着面孔，亲切随意。对一个人，特别是对领导，逐渐加深理解并习惯下来是多么重要。记得刚接触时，我曾对她挑剔的目光感到紧张，比如她在上班第一周就发现我的头顶上长了两个毛旋儿，半玩笑半认真地说："这种人最倔啊。"在旅途的夜晚，我们免不了要谈机关的日常事务。我说："唉，学习任务越来越重了，简直没有时间工作。"她收起笑容："这就得批评你了。学习就是工作，而且是更重要的工作。"

每次从外地回来，我都要急不可待地预约。是的，预约，与自己的"内人"或"太太"。我越来越觉得，自己应该选择一个更准确的称谓才好，因为我和她之间需要全新的命名。这是两人正在进行的一场了不起的实验，这已经在暗中进行了许久：双方刻意保持一种隐而不彰的两性关系，所以也就必须忍受某种煎熬，正像必须享受由此而带来的翻倍的幸福一样。我在电话上说："洛珈，是我，刚回。下班后？"那边一阵小小的停顿，然后是一声轻叹："啊。"我心上凉了一下。"真不巧，我安排了别的事情，能否再约？""嗯嗯。"没有什么"能否"，一切都听她的。

遭到挫折之后，我需要尽快安定下来。她啊，其实最应该被我的朋友画到"访高图"里：虽然没有居于高山僻地，但对于我这个寻觅者来说，整个过程等于经历了一次次特异的攀爬，路径曲折，要不怕辛苦，还要有足够的耐心。这又是一次例行的等待，是独自徘徊的时刻。我垂头丧气又不无坦然地回到自己潦草的住处，在一个四十六平方米的单身宿舍里待着。这段格外寂寥的时间通常可以用来回忆，从头想起，忍不住一遍遍追忆和重温。

我是怎么走进了这场倒霉的幸福之旅？换句话说，我是怎么遇到了一个女"高人"抑或"异人"？

一切还得从那个干草垛说起。那真是一个终生等待破解的谜语，是一场宿命般的遭遇。谁也想不到一座堂皇的学府会突兀地出现一个干草垛：干草，非常新鲜，一看就知道是刚刚收割晒干堆起来的，约五米多高，好大的一个垛子啊。它浓烈的气味吸引了我。当时我正从外语楼西边的一条红砖路往北，准备利用去学生食堂前的一小段时间在杨树林里散一会儿步。我踏向斜坡，再往上，就被一种秋野中特有的香气笼罩了。这种诱人的气息难以形容，它在深深的记忆中，以至于一阵微风吹来，我就不由自主地迎着它走去了。就这样发现了一堆干草。我从来没有想过它为什么会出现在这里。干草的颜色让人亲近，它现在已从翠绿变成浅绿或淡灰。这里好像堆积了整个秋天。我挨近它，长时间地抚摸着，鼻子正用力吸吮。

这是晚霞铺展的时刻，干草沐浴在霞光里，让人有些莫名的欣悦。我倚着它坐下。有些想家了。其实我没有家，只是想很早以前的一些场景。正在冥思，突然听到一阵嚓嚓的响声，我吓了一跳，倏地站起。我循着声音转到草垛另一边：老天，这一瞥啊，这遭遇啊。一切简直太突兀了。就这样，我毫无预料地走入了一个不可抵御的"生命瞬间"。我这样说，是因为只有用某种书面语才能确切地表达那种时刻、那个人生阶段。

草垛的另一边是一个女生，显然早来了一步，这会儿正被我惊扰，微微仰脸看来。我不会忘记她那一刻的神色：有些长的内眼角，眼里有一丝责备，但随即化为温煦和平静。这草垛可不属于哪一个人，我们不过是一次偶然相遇。可是从这一刻开始，她将再也无法让人忘掉：一双塔吉克姑娘才有的眼睛，一张微黑的面庞；两条长腿使她看起来很高；两手插在裤兜里，我以后会知道这是她惯有的一个动作。她在猜度和打量对方，一点都不知道自己的眸子，也许还有其他，这一瞬间击中了我。是"击中"。我实在寻不到更好的词儿来描述这一霎。那个年代，人的所有力量都积在深处，在内部，人的热情还没有像现在一样外溢，它憋在那儿也就更加可怕。显而易见，要出事了。

我们各自走开，背向草垛，走向不同的方向。彼此连声招呼都没打，更没有问一句姓名之类，因为一切都来不及，更因为隐隐的慌张。事后回想一下，她好像很淡然，但并不说明是什么老手，很可能是过人的美丽掩盖了什么。一个女子竟然可以这么完美，生出这样的一张面庞，特别是这样的一双眼睛，令人窒息。我转身走开，发出害冷一样的咝咝吸气声，走了一段才努力回忆刚才到底看到了什么。哦，主要是眼睛，长腿，还有颀长的身影，离去时就像风中的一株缬草。我后来想不起她当时穿了一件什么颜色的上衣和裤子，只记住她微鼓的额头上方，有一些浅黄色的绒发。扎了辫了，长不及肩。

一切快速出现又快速消失。剩下的只有干草垛。我在差不多的时段踏着那条红砖小路走向斜坡，然后背倚香气四溢的垛子坐上许久。总是离晚餐不远的时候，我常常因此而忽略了吃饭，弄得饥肠辘辘。有一天我一直坐到月亮升起，全身都沐浴在清辉里。我闭上眼睛，真的忘记了身在何方，因为钻进鼻孔的气味能够把人牵到很远，让人好像置身于广袤的田野。后来竟然听到了蛐蛐在唱。它唱啊唱啊，伴我在少年的原野上奔跑，流浪，想念，两手空空。就这样不知沉浸了多久，突然觉得有人就在近处，在看。猛地睁眼：啊，真的有一个人站在面前。明明白白，这可不是做梦。

就这样，我在月光里第二次看到了她。回头想一下，一切都是天然一般设定，完全不可思议。我们对话了。我第一次让她领略了自己浑厚的男低音：一副稍稍沙哑的嗓子，那种因为少年苦难或其他，在寒冷的北风中弄坏的声带别有一种魅力。不知是因为这嗓音还是其他，反正草垛边的男子给她留下了不可磨灭的印象。顺便说一句，我身高一米八三，是校男篮主力，胸肌发达，双臂粗壮。可是在她面前，我那会儿好像是一个十分羸弱的人，正需要某种援助。

积几十年之经验，我可以由衷地、负责任地说：就综合指标而言，我在这之前或这之后，还从来没有发现比她更美的姑娘。她是一个除了肤色之外毫无瑕疵的女子；不，这微黑的皮肤使之看上去更为紧实收敛，就像某种高级亚光。总之这是一个不可企及的女性，对此我从未怀疑。她，这样一个女子，将让人终生如履薄冰。我由此更加认定：任何人都难以拗过命运。

我在独处的时刻，思绪总是一再回到那个月光荧荧之夜，嗅着干草的芬芳。那是我一生最为珍惜的记忆。类似的场景总是新鲜如昨，可是如果要将那种感受如数复制，已经全无可能。那月光和干草都是独一无二的，就像那段青涩而丰赡的青春一样。大约是第十个这样的月夜，不，那是一个月亮迟到的日子，草叶哗哗作响的时候，我后背贴紧这焦躁的香馥，想听到小猫似的蹄音。真的出现了。越来越浓的秋天的气息让人话语艰涩，吐出来的几个词言不及义。我更为窘迫。我想抚摸她的手。这手让人想起一只小红薯，我拿起来端在眼前。拥住，紧紧，轻轻，一遍遍分开。我觉得有一股深沉而浓郁的香气从她的后颈那儿洋溢出来。我犹豫了一下，还是让双唇触到了没有被发辫约束的几绺头发。

那个夜晚，她的后颈，她沉默的宽容，她忍受的十秒钟，一切宛若眼前。她很快推开我、推开我，这样推推拥拥直到后来，直到现在。我作为一个将过中年的人，就在这推拥中鬓现白丝，却依旧幸福得像个孩童。她一丝都不曾衰老，永远年轻，仿佛一直停留在那个月夜。在人们眼中，我们果断而有力地维护了自己的童贞。她脸上的胶质直到四十多岁还在闪闪发光，毫无流失。她用奇特的爱力滋养了自己的身心，这其中有一个人也许功不可没，那就是我。她爱我始终如一，就像我爱她一样。她把自己交给我的时候，心底一定有个动人的誓言，就像我一样。

经过了草垛边的那些夜晚，我的鼻孔在很长一段时间都会蓦然飘过她的气息。我在图书馆、走廊、教室、食堂，几乎一切地方都会嗅到她。她用气味标明了自己在这个世界上的位置，就像某种动物一样。后来她也这样说到对方：我散发着狗熊似的味道，笨拙地活动在一些角落。我动作迟缓吗？不，一个男篮主力，怎么会。她挤在人堆里看我打比赛，赛后很快找到了我，等待盥洗室哗哗水声的终止。我走出来，见她的手正从湿淋淋的运动衫上挪开。她的脸埋在我的胸前。

一个女子经常把脸庞埋在男人胸部，说明火热的爱恋正在进行。如果脸庞不再挨近，那说明两人开始正经过日子了，或者什么都说明不了。她仰脸看我，我才意识到自己高过她十几厘米。她张开小羊似的嘴巴，露出一排齐整洁白的牙齿。翘舌，闪动的睫毛。一切正在按部就班地发生，巨大无边的爱情像重重山峦一样压过来。男人就是这样启步走向女人,再往前,走向许多特别的责任。我信心十足,我期待一切。

可是我完全想不到自己竟然会遇到这样一个女人,她在本质上是一个"高人"或"异人"。

她虽然没有居于"访高图"中,没有抄着宽袖在高山草寮中烹茶,可这些年来也真的让我吃尽了苦头。我宁可去山上寻一个道姑,如果她有返俗之心;我宁愿在流浪之路上结识一个衣衫不整的女伴,只要她能依从。当然这是一气之念。我不能舍弃也不能回避,而且从心里承认,她是指引我的一道光。我像最终找到了一个生活导师,克服偶尔泛起的愤愤不平,总能甘心做一个安稳的好学生。她后来迷上了印度瑜伽,曾这样言说体会:"总觉得自己练得差不多了,找到了高人才知道自己还没有入门。"她说这话时瞥我一眼,然后垂下眼睫。我注视着她重瓣木槿一样的浓浓长睫,心里闪了一下:她在暗示我们的关系吗?我还没有入门?

我们不是惯常的"夫妇",而是"超级夫妻",这样一想立刻觉得好受多了。她是一个发明家:发明了一种生活。不过这种发明需要另一个人的痛苦付出,需要他的坚韧与配合。我看着她那微鼓的亮锃锃的额头,总想:这副小脑瓜里怎么会有这么多惊世骇俗的念头?你还会走多远?在这个过程中,本人到底是一个受益者还是受害者?我好像被一种特殊的理财方法套牢的人,虽然许诺了高额回报,可是除了断断续续得到一点碎银之外,基本上看不到什么发财的前景。没办法,只好继续等待下去。

我们毕业后分到同一座城市。这只能算一种幸运与巧合,因为没人知道我们的关系。她像爱护眼睛一样守护两个人的秘密,并且一再叮嘱我们要如此小心行事。老天眷顾,我们分在了不同的大机关里。总该筹备结婚了,该考虑一个又小又棒、高级到不可思议的小窝了。我们都分到了一间小宿舍,一居室。她率先换成了一居半。她得到任何优惠都是自然而然的。然而,我们还是结婚吧。

她从来没有直接否定我的计划。眼看一切提到了议事日程,眼看就到了宣布的时候,她却突然犹豫起来,最后郑重地说道:"不,不要,不要告诉任何人。""为什么?""因为这比什么都重要。"我不再吭声。我又一次觉得自己是一个小学生。她太美了,在这种经得起一万次挑剔的美艳面前,我必须谦虚和服从。我非常谦虚,我在心里说:"那就按你说的办吧。不过你要说服我。"我走在通向机关的法桐路下边,一阵阵胡思乱想。我甚至这样想过:如果我真的对外宣布了自己和她的关系,也许会有生命危险呢!我在下半生的某一天,或将被这座城市潜伏的不可计数的嫉恨杀死。那是毫不客气的。杀死,以各种方法。我战栗,苦笑起来。谁知道呢,后来想一想,也许事情远没有那么严重,也许比这个还要严重十倍。

"我们将有自己的婚礼、自己的婚姻方式。"经过一个星期的深思熟虑,她这样对我说。"怎样的方式?"我盯着她迷离的眸子,像看一个奇迹。这时只想拥住她,只想拥有。可惜这么久了,我们也不过是止于亲吻。我在单方面的克制中即将走入灼烫的疯迷。而她仍旧毫无通融。我以前有过一些肤浅的两性经验,当时认为她是完全正确的。我只得忍受。一个男人无师自通的关于性的全部,在她这里全部失效了。我忍住噬咬般的不适,吞吞吐吐发问:"具体的方法又是什么?"她那会儿好像一直看着窗外,泪水盈盈的样子,其实并没有哭。她很难流泪。她说:"我想应该这样,我们,以后既有共同的住处,也有各自的住处;看上去就像现在一样，照旧就好。"我愣住了。过了一会儿我总算明白过来，大惊失色：

"你是说，我们要'隐婚'？"

"不是。有人这样做了，虽然看上去好像差不多。咱们审慎考虑一下吧，我们现在进入了关键时段。我们，然而，这一步非常重要。"她的书面语突然加重。我发现自从进入这座城市之后，她的书面语就变得多起来：越是说到郑重的重要的事情越是如此。我因为她的缘故，也渐渐对书面语正视起来，似乎像个语言学家那样敏感：意识到这种语言与其他言说方式的界限，它的应用方法。一切原来这样有趣。她在某些情形之下使用书面语，伴随的姿容和产生的意义，都让人咀嚼不尽。这是后话了。这里先说她最先提出那个不同凡响的动议时，那副让我永远难忘的神情。她一只手按在一个柳条箱上，这个箱子是随她来到这座城市的，那么俭朴可亲，我同样会永远记得它的模样。她按住了这件重要的随身物品，就像按在一件圣物上宣誓："我，我们，绝不会庸俗地模仿别人。出于更高一层的意义，我考虑，我认为，凡是最神圣的东西，都要给予最大的保护。"她暧昧的目光往旁一扫，慢慢转向了我："借用一个口号来讲，就是'把初恋进行到底'。你是否愿意拥有这样的一生？"

我本来马上就要回答"我愿意""我当然愿意"，可那个"否"字稍稍阻碍了我。我迟疑了片刻，还是低下头："我愿意。"我的声音很小，有点气息奄奄。她的意思到此已经清清楚楚，她找到了爱情保鲜法：分开，彼此独立，和而不同，相敬如宾；一生热烈、真挚、渴望。理论上好像真的如此，所以，"我愿意"。这世上有谁会不愿意吗？接下来我们讨论，不，仍是她在主导，提出了详细的计划与步骤，听上去是早就经过了仔细斟酌的。我那会儿更加钦敬她的处变不惊和深思熟虑：真是一个了不起的女子，而且如此美丽又如此纯洁。她没有因为端庄而失去妩媚，更没有因为妖冶而失于轻浮。她是在一切方面都恰到好处的奇女子。不过，我心底，我的内心深处，还是觉得她的决定太过刻意，甚至有点别扭。我知道她是因为深深的挚爱才惧怕平庸的婚姻，可也不能排除其他原因，比如一些特别的自身经历。

我们逐一敲定婚前事项，主要是共同的居所：足够宽敞和优异，设计和位置都要令人满意。总之要与崇高而深刻的爱情相匹配。它最好与我们的工作单位，特别是单身宿舍相距不远，与各自的居处等距，这似乎也包含了某种仪式感，更是平等的象征。她希望这个爱巢建在一个高尚小区，尤其要安静。那时基本上没有"小区"的概念，她却提到了类似的说法。接下去的实施过程颇费周折：有没有那样的居所是一个问题，我们的经济能力又是一个问题。好在我们都拖得起，因为我们早已拥有最重要的东西：深深的爱恋。

我在这段漫长的等待中像一个潜伏的便衣那样，会按照约定悄无声息地出现在她单身宿舍的长廊上。需要说明的是，她后来再次设法大大改善了自己的居住条件，将那个一居半换成了两居半，而且搬离了单位所属的宿舍大院，住到了较为安静和疏朗的地方。这里主要由一排排红砖连体楼房组成，大致两层，有一溜长长的连通凉台兼做走廊，简易却又结实。院里有很大的法国梧桐，这很重要。我踏上长廊时总是手持一枝鲜花，心跳加快。她希望我永远是一个持花少年。我愿意。

她沐浴时，我在翻书，不时用眼角瞟着浴室的门。那间浴室是改建而成的，我相信在当年，这在整个大院里都是了不起的杰作。那里面摆满了不同的洗浴用品，芬芳四溢，不过它们仍然遮盖不了主人的体香。她结束洗浴时裹得严严实实，但浴巾间隙还是或多或少地暴露出她的肌肤，我说过，那是一种闪烁的高级亚光。她从背部到脚踝的完美曲线是要命的。我强迫自己的目光收拢于纸页。她厌烦窥视。此刻她臀部微翘，收敛而紧实，不怒自威。我躲闪着，沾一点口水翻到下一页。

我们每次相见都要提前约定。无论是她还是我，即便碰巧走到了彼此居所不远处，也不能擅自闯入。她比我更欣赏对方的拘谨，我相信见面的这一刻，自己突然变红的腮部和脖颈，会让她有一种大喜过望的感觉。她羞涩了。她像个处女那样满面含羞地接过仅有的一枝花，转身插到水瓶里。我手头拮据，因为我们都要为未来的婚所积累一笔钱，所以大部分时间只持一枝玫瑰或菊花。这似乎要比一束更雅致，含意更深邃。她以前曾不太在意地说过一个故事：自己的老师八十岁了，还是那么彬彬有礼，去看一位年轻女子时总是手持一枝玫瑰。女子太年轻了，以至于结局不好：她粗鲁的丈夫因为误解，揍了老教授一巴掌。她说起这事难过得哭了："他刚刚得到一点爱。"那个丈夫啊。不过我又觉得这一般不会有什么误解。但我认定手持一枝玫瑰是优雅的，我要模仿她的师长。

我常常想象自己也是一个老者，有梳理井然的<u>丝丝</u>白发，带着丰富的知识和过人的见识，正去拜访一个不谙世事的少女。我有阅历及其他方面的居高临下感，和蔼而亲切，一片正派的春心在荡漾。我压低嗓门咳一下，然后笃笃敲门。她热情洋溢，那是一副永恒的火热的面庞啊，她的最为奇特之处，就是即便气恼时，那张面庞看上去也是火热烫人的。她接过花时很快发现了什么,对我故作矜持的模样警觉起来。我说"您好",她顽皮地应一声"您请"。我觉得这次拜访并非成功。我想以紧紧相拥化解尴尬,她却闪身躲开了。我每一次都想告诉她:我们就住在相隔两个街区的地方,可有时真的度日如年。我在半夜钻出被窝,光着身子感受秋凉,就像赤身裸体跑向了那个散发着香气的干草垛似的。我像孤儿那样双手交叠在胸前,长时间默念一个名字:洛珈。当然,我是一个永不餍足的家伙,想持续不停地获得全部。我回忆在学校操场上的情景,你在篮球场外的眸子多么明亮。那是你羡慕我的时辰,趁着那时,我可以做很多事情。可惜历史是不能假设的,我们直到现在也只是拥吻而已。我的手不再安分地挪蹭到其他部位,这使她喘息加剧,目光饱含谴责。我的自尊压抑了强烈的冲动,像一个绅士那样抿一抿有了白屑的嘴唇,说一声"对不起",将手轻轻搭在了她的肩上。

  大约挨过一年多,我们如愿以偿,真的拥有了一套四居室的公寓。它的设计中规中矩,就像事前已有周备布局:由分毫不差的两个大套间组成,各有一个卫生间。这种设计在当年是不多见的,设计者好像被提前告知,入住者将是一对特殊的夫妇。好好装修吧,这是我们的婚房,我们的家,虽然不能一天到晚长居于此。将来会是这样:约定之后,分别从自己的住处赶来相会。这是不同于所有人的婚姻生活,既别扭又别致。我非常激动,为不久的将来,为当下,也为我们的创造力和想象力。午夜,我会按住怦怦心跳,想着那座遥远的干草垛。我们正是从那里起步,一点点走到了这座嘈杂的城市,穿过一片喧哗,最终找到一个静谧而甜蜜的角落。

  接下来是两个人的隐秘婚礼:鲜花和蜡烛,低低的音乐,洁白的桌布，两种饮料，简单可口的一餐。这仪式没有任何人参与。这个夜晚是绝无仅有的，人生只能经历一次。我甚至害怕视觉的介入，像盲人那样触碰她的鼻子、睫毛和双唇。就像一种错觉，她四周有月光一样的荧色，直到许久才丝丝消退，然后陷入一片浑茫的浅灰色，接着是蓝色和棕色。整个居室，每个角落都像浸满了透明的液体，人在其中失重漂浮。她的房间就是打开的舷窗，她的卧床是一只救生小艇。在经历一次逃生般的历险和惊喜之后，我还将回到自己的套间，那才是属于我的陆地。

在整整三天三夜的时间里，我和洛珈几乎没有分开过。没有太多的话，但一直热烈倾诉，使用了另一种诉说方式。积累太多，所以没有足够的时间进食，只急于交付和寻找。这里没有黎明，在温吞吞的夜色里，她好像仰卧在碧绿的地瓜叶上，起伏的田垄让她柔软的躯体自然地弯曲，散射着若有若无的光泽。拂开松软的泥土就是丰腴的果实。我想起了在流浪和游走之路上，乡村大娘揭开了喷吐白气的锅灶，端出了一簸逼人的火红的地瓜。我至今记得一个关于种植的知识：它们据说是那些年农科所研发出的最新品种，名字叫"胜利百号地瓜"。这是真的，它有一个雄赳赳气昂昂的名字，这是时代的烙印。

我心中的挚爱有"胜利百号"的肌肤，这是婚房里的印证。当我伏在她的耳郭吐出这几个字时，她的脸庞和脖颈一下红了。新婚之夜结束，我还要回到自己那个小小的居室，一路上脚步飘忽。究竟是离去还是归来，竟然一时无法辨析。极度渴念一个家、一个女主人，让我每天忙碌之后能够返回她的身边。然而没有。我们必须分开，必须思念，必须各自生活。这中间顶多有几次电话问候，最终则是一次"预约"。我终于提出一个至关重要的问题：她应该常住那个四居室。因为只有这样，那里才更像一个家，我们的家。她不想妥协，但在我的一再坚持下也只好应允，事后却证明她始终不愿放弃原来的住所。

我们没有办理相关手续，这不算什么。是的，就我们的情形来看，那种约束既苍白，又有点画蛇添足。我的顶头上司，也就是那个高大的女上司不止一次提醒我该结婚了，不能一天到晚"耗着"。她上上下下打量，捏捏我肌肉发达的双臂，搓手，更加惋惜："在整个机关里，你是年龄最大的童男子了。"最后的称谓有些刺耳，不过她错了。洛珈也曾这样认为，同样也错了。我在婚前就不是"童男子"了，只是对自己的爱人难以启齿。这种隐瞒让我难过，而且无比愧疚。可是我一直没有勇气，更没有机会说出那些不堪回首的往事。

与我讨论婚姻问题的还有自己的挚友，他是在另一个机关工作的余之锷。我们有大量时间在一起，是无话不谈的朋友。他结婚后，我们在一起的机会就少了。他太重视家庭生活。他们夫妇热衷于为我介绍女友，被我多次拒绝。我险些将自己隐秘的爱人交代出来，但话到嘴边总能忍住。我没有违约的勇气，那在洛珈看来就是一种背叛。可能真的如此。余之锷是机关羽毛球单打冠军，在体育运动方面与我共同语言颇多。他身材挺拔，神清气爽，看上去与爱人十分谐配。她叫苏步慧，先做小学教员，后又调到一所中专任职，有大量时间经营自己的小家。我去过他们那儿，是一座旧楼，普普通通的三居室，但一踏进去立刻觉得温馨，而且有一种"另类奢华"。其实这里没有高档家具，只有一架钢琴。要知道当时所有时髦新居里都要摆上一架钢琴。这儿有色调热烈的大花窗帘，小圆桌上铺了洁白的带花边的麻布，上面总有一束花。主人不吸烟，室内空气清新，但我能够感受一种无法驱除的甜腻气息。我在这里常常走神，我在想洛珈。

苏步慧穿着宽松随意的衣服，大大咧咧，笑的时候露出宽宽的舌头。她的额头，神气，特别是步态，都像一种猫科动物。大眼睛专注地看人，像在琢磨一个猎物。她的笑声像水，咂嘴的声音很响，"啊啊"叫着，使劲拍手。一个毫无城府的女子，不像一个知识人，尽管学历很高。我觉得她是浅薄的好人，非常可爱。余之锷聪慧之极，洞悉力是第一流的，对她如此深爱自有道理。说心里话，只要不带成见，像欣赏一件艺术品那样，也就不难发现苏步慧的可爱在哪里。她有一种无可抵御的天真和纯稚，这也连带了致命的缺点：浅薄。她几乎推崇所有流行之物，从观念到其他。她崇拜根本不值什么的一些空洞的堆砌，判断力几乎为零。我与余之锷私下讨论过这一点，他毫不掩饰地指出了"贱内"的毛病。"啊啊，"他按压着手指，"简直无可救药。不过我不愿与她争论。你知道傅亦衔，要从根上改变一个人，特别是女人，有多么难。"

他强调一件事情的时候常常要叫出我的全名，这和谁一样呢？我又想到了洛珈，她在稍稍生气时、在强化某个事物时，就会像他一样称呼对方。我完全赞同，天性难易，女人就尤其如此。苏步慧可能天生地轻信和盲从，也天生地可爱。她不设防也不对任何人构成危害，只是自己可爱着。这样的人果然人人喜欢，相处起来无比轻松，可以尽情地欣赏，而不被责备和挑剔。据余之锷说，她原来的那位领导即校长总用色迷迷的眼睛盯住她，两眼从眼镜上方看过来，像个账房先生一样。"那不是个好东西。只有她不知道。校长在她调离的时候哭了。其实也不是大坏人。"余之锷什么都能原谅，这和妻子相同。她毫不忌讳地对我追述那段往事，笑嘻嘻地说："在学校工作也很好，领导对我也照顾，嘘寒问暖的。这个人抽烟，指甲发黄，说话时跷着指头，离我很近。"她丈夫插嘴说："那家伙腻歪透了。""可我一点都不烦他。是余之锷先生想多了。"她模仿他的语气。是的，她不会爱任何人，这世上所有打她主意的人都要失望。

　　我在自己的宿舍里待不下去。听音乐，读书，这些嗜好全都不能缓解阵阵躁动。我有时真的觉得自己就像一只热锅上的蚂蚁。音乐让我愤怒，我在旋律里气冲冲的。我不得不让她厌烦，再次给她拨了电话。我觉得这个周末不能见她，那干脆见阎王得了。那边的声音还像过去一样平静："啊，不行，我手头的事情一个星期才能忙完。""可我无法待在这里，我无处可去。""去体育场吧，去打篮球吧。"她说得不错，我该好好运动一番了。我抓起那只双肩包往外走，感到无比委屈。我相信她真的在忙事情，没有推脱。可是这让我畏惧。她并非顽固和决绝，只是有些任性。也许我们在不知不觉中达到了目的：充满张力，欲罢不能，却难越雷池一步。我往运动场走去，只走了不远就折向另一个方向。我去敲余之锷的门了。这个好朋友从来不需要预约。我在这里如鱼得水，闲扯，开各种玩笑，也讨论严肃的话题，然后留下来吃饭。

　　他们对我如同家人。我离开这里若有所失。我想念他们，包括屋里的气味，苏步慧突然冷肃起来的面容，她的朗朗笑声，甚至是那幅颜色夸张的花布垂帘。如果晚饭后再耽搁一会儿，我就越发不愿离开了。我多次端量过门厅里那张双人沙发，觉得这未必不是一个过夜的好去处。但我从来没有这样，我有自己的宿舍，而且是一个有家室的人。

余之锷讲的一个笑话,不,是一个真实的故事,深深地刺激了我。他说认识那么一个人,这家伙相貌平平,极为不幸地迷上了一个校花,一天到晚对人家缠哪缠哪,最后竟然得手。他们勉强住在了一起,可女的又很快走开,去了另一个城市。他匆匆辞去工作,去追女的。那女的又一次离开,他再次苦苦相随。就这样一年年过去,那个人几乎没有安顿过,只追来追去,最后精疲力竭地死在南下的火车上。"看看吧,结了一辈子婚,还是没有老婆。"我的一颗心沉沉地跳动,没说什么。"如果那个倒霉的家伙放空自己,往远处想想看看,就会发现世界很大,还有别的方法。"余之锷说。

"有什么方法?"我独自一人时这样问着,找不到答案。我觉得那个死在火车上的人就是自己的兄弟,此刻没有比我更理解他的了。他和那个女子既然有过不可更易的约定,就应该终生践约。他这一路不是游荡,不是追踪,不是盯梢和尾随,而是简简单单一个字:爱。他真的爱她,她也答应了。两人说得好好的,怎么就半途分手?尽管生活中的不测太多了,一个人还是不该突然变卦,不该离去。如果说她的改变是正常的,那么他死也不肯改变,这又有什么不正常?爱,往死里爱,至死不渝,妈的,直到最后一头栽倒在火车上,死给你看。真窝囊啊,真男子汉啊。我觉得自己和那个不幸的小子多少有点相似,特别是在黄蒙蒙的月光下独自徘徊的时候,就越是这样认为。

睡不着就去大街上。空无一人。人们歇息得早,特别在我们这条靠近机关的街区,人们很规范地遵守作息时间。深深的月夜,多么适合闲逛和追忆,可到哪里去找那样一个散发着野地气息的干草垛?我在学生时期,就是那个一发而不可收的年纪,自从有了那次怦怦心跳的相遇之后,多少夜不能寐,总是一个人走啊走啊,从宿舍区到教学区，直到踏上那个红砖铺起的斜坡，然后久久地倚住那座热乎乎的干草垛。时过境迁，再也找不到一个可以倚靠的地方了，所以只能一直走下去，走下去，最后站在一棵高大的雪松下。从这儿能望到那个高档小区的一扇窗户。整幢楼都是漆黑的，没有一户人家亮着灯。也就是说，我的爱人正在安睡。

"'其兴也勃焉，其亡也忽焉'，这句话在说什么？"某一天，她和我踏着月光，突然问了这样一句。"哦，当然记得，《左传》里的一句话，说朝代更替兴衰嘛。"我站住了。她的目光好深邃好明亮，那一刻就像黄鼬，像我从小熟悉的这种异常灵美的小动物。她看着我："用来说爱情也许更好。无可逃脱的规律，没有例外。它最后说的是'厌倦'。"我们一直走下去。我心里不以为然，固执地反抗，只没有说出来。我这时想到的是另一个有名的句子，那是英国诗人叶芝的名句："唯独一个人爱你朝圣者的心灵，爱你被岁月摧残的面容。"我不忍说出，因为我不相信自己的爱人会被岁月摧残。我是那么相信永恒。那个夜晚啊，多么美好而难忘的夜晚。

显而易见，她那个时候已经找到了防止"厌倦"的方法。这是需要相当顽韧的一场坚持，然而必须如此，无可选择。"相敬如宾，那怎么可能？那怎么能够？举案齐眉，近乎表演。要进入真实的生活，就必须超越表演。"她这样说，一脸冷艳。我觉得唯有她真实的、显而易见且无可指摘的美才是难以超越的。好吧，一切先答应下来。不，一旦决定了，也就成为不可更易的人生之约，这可不是表演。从那个夜晚起，我们就像盟誓一样开始了，一直走到了今天。今夜，月明之夜，怎么突然就有了一种表演的感觉？

总算有了预约。伟大的周末来临了。一个热恋的少年手持一枝玫瑰,不,是一枝勿忘我和几枝粉色雏菊,去敲那扇门。久久相拥,来不及放下手中的花。她也准备了一件礼物,这是一定的。她的礼物总在最后一刻出示。经过必要的时间的洗礼、积累和蓄势,彼此携着铺天盖地的爱走来。扑扑心跳,躲闪和迁就,无法以任何方式掩饰的思念和直截了当的爱欲,就这样淹没了两个人。我所熟悉的那种书面语再次出现。这是令人心旷神怡的时刻。她来到这座城市所能经历的最大训练,也属于职业化训练的一部分,在这个特异的时光发挥出无可比拟的作用和威力。听着她用书面语指称两性间亲昵而隐秘的一些事物,会令人晕厥般地迷狂,以至于窒息。她毫无做作地吐出这一类词语、句式,还是让我一次次始料不及。她能够异常熟练准确地使用这方面的一些术语,结果就是让距离摧毁距离,用羞涩击溃羞涩,使自己在最后关头像一头中箭的麋鹿一样挣扎,然后死去。

曙光来临之时,如果我晚一步醒来,一定会看到她穿戴齐整地站在床前,或者在室内轻轻走动,等待我坐起。她早就梳洗一新,容光焕发,只有小巧的双乳轮廓让她多少有点不适,在一个恰当的位置倾身看来,发出一大早最好的问候。我发现她的发际线特别美,她的锃亮的饱满的脑瓜上还留有昨夜的无数吻痕。可她也许遗忘和丢失了记忆,看上去那么安然平静。她接着准备早餐,像最好的婚姻早课一样,我想起要帮她。我们的协调一致将是重大设计的保障,它完成于一些细节。

我们后来用了很长时间研究"厌倦"。这是一门真正的学问。它牵涉社会政治学,还衍生出更多的其他的方面。我们发现它作为一门古老的学问至少已经存在了几千年。"厌倦",一切都始于它并终结于它。终点是令人惧怕的,那往往要伴随暴力和狂躁,是难以承受的巨大痛苦。"厌倦"一般不可避免,它的令人恐怖之处就在这里。这是不言而喻的。本来一切都好好的,都还可以,可是"厌倦"已经悄悄来袭了。于是人们用各种方法抵抗"厌倦",总是收效甚微。尽管如此,这种实验和尝试还要一代代进行下去,哪怕付出血的代价。无一例外的是,世上的任何事物都会"厌倦",包括对抗"厌倦"的方法,它本身也会"厌倦"。这才是最为可怕的,无以疗救的。

我们单位的那位高大丰硕、曾经颇具姿色的女上司独占一间上好的办公室。她上班的主要事情就是侍弄自己的花卉,像爱护孩子一样照料它们,用一根铁丝在盆里戳来戳去,咕哝"缺铜了""缺磷了""缺铁了",将精致的长吻壶对在上面,弓着背,露出白嫩的后颈。她的后背宽大而厚实,这是先天遗传以及良好的营养玉成的。人们背后议论她的优越生活,说她"一口不济的都不吃"。"不济"在这里指稍稍差一等的食物。因为微胖,她坐在办公桌前常要松开腰带,一边啜茶一边翻看文件。我进来后站了一会儿,她"唔"了一声,见我主动过去添茶就站起,结果裤子一下滑落了。她若无其事地系好腰带,坐下说话。她有时会埋怨那些我并不熟悉的人和事,叹气,让人觉得机关事务已到了积重难返的地步。"我们当年都是加班工作,饭都顾不上吃,知道什么才是第一位的。首长摸黑检查,说小赵啊小赵啊,工作也不是一天干得完的。首长一点架子都没有。"她突然打住,目光沉沉地落在我身上。

可是我好像觉察,她身上已经发生了非常严重的事情,那就是"厌倦"。至于是哪些方面,我还说不好。我同情一切被"厌倦"困扰的人,尽管自己也无能为力。她免不了叮嘱我早些完成人生大事，并用显而易见的方式威胁我说：一个单身汉，像我这样的年纪会很困难很可怕的。"困难"有可能，比如缝缝补补之类我就干不了，炊事也蹩脚得很。"可怕"倒谈不上，我敬业乐群，和蔼地对待同事和邻居，算是极好共事的人。可是她咬住最后一条不放，说一个上了年纪的独身男子与女子不同，身上会有很重的公羊味儿。这是内分泌的问题。我有些慌，不无愤懑地否定了这个说法。这种事是没法讨论的。她说起一些奇怪的事例，严格讲只能算逸闻：某单位有个老大不小的女人，隔几天就刮胡子，和女同志一起出差不成，出事了；和男同志出差也不成，出事了。"为什么？""因为是个阴阳人。"我长叹一口气。她看着我："你还是个运动健将呢。"

我对好友余之锷抱怨过女上司，他说："顺着她就好。""她是一个好人，不过有些琐碎。"余之锷说："她的男人职务高了，责任大了，对她也就不太专注了。分散精力的事情太多。这对所有男人都是一个提醒。"他说到这儿沉默了，好像正陷入自责。我想到苏步慧，问："她还好吗？""就那样，傻乎乎的。"作为一个切近的观察者，我从余之锷夫妇这儿一点都没有发现"厌倦"的迹象。我为他们高兴而且毫不担心。这一对人儿暂时还不存在那个致命的问题。不过他们需要提防的是陷入日常的庸碌，好在这是另一回事。这两个人当中，女方稍嫌肤浅，而男方则是出类拔萃的家伙，对我来说，首先是他的睿智和洞彻构成了深刻的吸引。他一直是我商量事情的首选。我倾吐苦恼，事无巨细，只回避了婚姻的讨论。他和妻子却时不时提到这个，再加上女上司，使我觉得当个独身男人真难。从外形看我的条件不错，不谦虚地说，由此带来的苦恼和麻烦十多年来都没有中断。在校读书时，一位女排主攻手就因为我在场上分心。她戴了黑框眼镜，尖鼻长脸，五官突出而清晰，形体干练挺括；嘴唇微厚，翻着，似乎日后经得住无尽的亲吻。我因为生活困苦多艰，自少流浪，过早地知晓一点女人的事情，也算铸就了某种不幸。我那时对她颇有好感，以目传情。好在于起步的阶段止步。我去食堂打开水，管开水的大婶女儿也在那里，她矮矮胖胖，眼睛比星星还亮，总是帮我接水。有一次女儿不在，大婶就说："我孩子啊，不敢看你了。"我以后去那里打水的次数就少了。类似的经历还有一些，特别是在生活困窘时期，在那些难忘的日子里，那怜惜的异性的目光啊，令我多么感激。我那时一无所有，我饱受凌辱，我被同性所欺，我像所有知恩图报的有情有义的人一样，恨不得做出倾其所有的感谢。她们抚慰我，也有极少数给我留下了愧疚和不堪的记忆。

"我厌倦了。"有一天余之锷突然这样说，吓了我一跳。这可是亲耳听到的。我紧张地看着他清瘦的面庞、紧紧抿起的嘴角。我发现他脸上有一种毅然决然的神情。我一下就想到了苏步慧，害怕她成为一个受害者。谢天谢地，不是。他很快说出了其他缘由："厌倦"的是机关生活。"每天都活在语言的固定搭配中，如果说这种日子是在考验人的耐心，还不如说正在考验人的道德。"我一声不吭。我当然明白。只说词汇和语言吧，应该是最直接最简洁最节省的。这似乎不必进入讨论。

"我想离开了。"他拍一下我的手。这个动作是上下场运动员才做的。问题严重了。我还是想到了苏步慧：这要取得她的同意，她太单纯了，我们更应该为她负责。

我们那次谈话不久，余之锷真的辞职了。这事在机关上影响很大，议论纷纷。他的妻子波澜不惊，大嘴张着，宽宽的舌头袒露着，开阔的脑门就像老虎一样，乐呵呵的。她好像对未来的一切都毫不担心，就像生活中没有发生过任何事情一般，还像往日那样接待朋友的来访。我对余之锷是否做好了必要的择业准备没有把握，因为他几乎不谈具体规划。后来我才知道他要改行做旅游，和几个人一起干。"就是租用一条大邮轮周游四海。"苏步慧替丈夫说明业务，讲得十分堂皇。而我却首先想到了那些在风景区打着小旗咋咋呼呼的小姑娘们。余之锷说她也要辞职，因为公司里有些事情需要她。她笑嘻嘻地对我说："那是自然了，我是贤内助，他到哪儿我到哪儿，他离开我会一塌糊涂。"我不以为然，不认为她是一个生意人，因为她了无城府，而商场如战场。至于她的丈夫，那可能是一个经营的好材料，这个人干什么都行，如果能够再忍受一点，脾气再好一点，在官场上也同样可以纵横驰骋。不过何苦来的。说实在的，我诸事能忍，这可能也是一生的错误。人只有一生，这个错可犯不起。好吧，我的挚友开始改弦更张，我为他感到庆幸。

我对洛珈说了好朋友改做旅游公司的事，她并未表现出多少惊讶，话题很快转到了女上司身上。她说这是一个绕不过去的人。我当然明白其中的道理。我委婉地表达了机关日常生活中忍耐的苦恼，她马上使用书面语给予劝导："适当地做出拒绝吧。""适当？"我看着她。这种分寸感很难把握，因为面对的是白白流逝的时间，空洞与烦琐。那个女上司总是以过来人的派头指指点点，我稍一走神她就满脸不悦，就差发出严厉的口令，喝一声"立正"了。我无法站稳，我只好提高声音直呼她的官衔。

我嗵嗵心跳，不是慌张和激动，而是其他。现在，这时，我只想紧紧拥住洛珈，做无言的倾诉。这一段不长不短的分离是折磨人的，不过我们也许真的因为这种折磨而快乐。可是我非常清楚自己的付出，知道一个个孤单的长夜是怎么度过的。这样的夜晚招人愤懑，尽管夜晚本身是无辜的。我鼻子发酸，努力忍住。委屈之情差点爆发。我挨紧时，她的身体一弓："对不起。碰痛了。"一些说辞在她那儿已成习惯。我没法像她一样，在特殊时刻自然流畅地吐出一些书面语、一些略显生僻的学术称谓，而是沉溺其中，就像一个落水的人。她接下来会说得更为具体，天哪，求求你了，一条黄花鱼在油锅上煎得嗞嗞响，而你还是不停地加火，直到把我煎煳。

这段时间她显然没有住在家里。这是我平静的时候发现或嗅出的。我能从空气中闻到空寂的铁锈味儿。她就忍心让我们的爱巢闲置，让它苍凉和悲伤。尽管她提前几个小时来到这儿擦拭了一番，在水瓶里插上瓜叶菊和气味夸张的百合，还在茶几上放置了一个鲜亮的果盘。但所有努力都无法遮掩寂落的气息。一套居室也有独立于人的某种性格，这更加让人在心里敬畏和珍惜。我的判断没有错，因为她接着很快就说了，自己许多天来一直住在那个宿舍里。"为什么？""因为我们既平等又独立。我应该像你一样。"我不再说什么。多么苛刻又多么清晰，然而让人无言以对。这样一来我在安静的夜晚就想不到自己的"家"了。凡"家"都应该有一个女主人，她安眠在双人床上，合上了长长的睫毛；火热的额头鼓鼓的，发际线那儿有细小的绒毛，作为长长的乌发的过渡；她即将睡去，她的了不起之处，就是让自己的男人隐秘地骄傲着。

我再次提出，希望她更多地生活在我们共同的、唯一的家里。她浅浅地吻我，退开一步，小嘴湿漉漉的："尽量吧。"到目前为止，一切都在有条不紊地进行。我们何止成功地防止了"厌倦"，而是走向了另一个极端：愈加炽烈地燃烧。我们都不担心燃料用尽，它们的贮备是如此丰厚，它们填满了整个生命。

我挂念余之锷夫妇,直接去了他们公司。那真是一幢堂皇的写字楼,保安制服簇新,像盖世太保。经过严肃的登记才能上楼,进到大办公室即看到一个个隔间,穿了统一服装的少男少女们一片忙碌。墙上是一些旅游胜地的图片、一条条励志口号。真像那么回事啊。老友走过来,喃,整个人比过去更为干练,西装革履,还散发着古龙香水味儿。干什么讲什么,干这个就讲派头。一会儿她也来了,穿了制服,像个资深空姐。我的目光对她总是客观自然,每次与这双大得过火的眼睛对视时,都有败下阵来的感觉。她似乎变得比以前矜持,紫红嘴唇抿了抿,说时间真快啊,时间在干事业的人这儿太快了。"看得出你们旗开得胜,真不含糊。"我说。她的手像熨衣服一样在丈夫左臂上来回摸着:"是吧老总?"接着转头自问自答:"是的。正是如此。"现在到处时兴书面语。我有过流浪的少年和青年时代,满肚子蓄满了俗语和俚语。我在这座城市里,不,我从上大学以后就觉得自己在说话方面跟不上时势了,有点生不逢时。我说:"嗯嗯,反正你们干得挺来劲的。"苏步慧兴奋了,鼻子蹙起几道可爱的皱褶,仰脸看看丈夫,又看我。突然她嘴角瘪起,做出一副苦相:"你还是单身?"

"还是。"才多少天,不可能不是。多谢他们挂念,非挚友而不能如此。她咋舌,摇头,转脸看一屋子埋头工作的少男少女,说:"你是不是有什么毛病啊?"这一问猝不及防。我的脸火辣辣的。丈夫用严肃的目光制止妻子时已经晚了,她问:"怎么才能知道你没有呢?"说完翘着嘴唇。丈夫说一句:"该打。"其实他一生都不会碰她一下,他太疼她了。

这真是一个重置和改变的年代,是人生的一个大机会,可惜我不可能抓住。我上大学前的一多半时间都在游走，居无定所，安置自己成了一件大事。现在我是大喜过望，已经过于安定了。不过如今有些"厌倦"。每天上班下班，成堆的公文，固定搭配的书面语。我认为自己无论从身体素质还是精神品质，比起求学时期都大大地退步了。我找时间去运动场，让纵横奔流的汗水去冲洗、遏制和淡忘。有时有效，有时毫无用处。我静下来时，会想这几十年的流逝中到底发生了什么。越来越多地想到那座学府，将其当成人生最大的一座分水岭。事实上的确如此。除了结束游走，我在那里见到了迥然不同的一些人，特别是遇到了洛珈。天哪，在我充满哀伤的命运之途上，原来有一个热情洋溢的面容，她藏在了大学校园。我那时身材瘦削，没有一点多余的脂肪。结识她之后，我有许多关于山川大地的、家族的故事要与她交换。可她没有兴趣。越是到了后来越是感受她的这种奇特：不想了解他人，哪怕是自己的爱人。她闭口不说自己的往昔，更不愿提及家庭。

　　这就让我省却了许多话语。关于家世，那些痛楚的岁月，只能如数堆积在原处。她也一样，我长时间都不知道她从哪里来、她的亲人以及其他。我多次试图从自己讲起，她都将话题转移。她有意回避，因为拒绝袒露，所以才拒绝倾听。可惜的是，我的满腹话语有时会像滚沸的水，欲罢不能。我甚至想：一路奔波至此，所有的屈辱和遭遇，只不过为了有一天能够对心爱的人从头诉说。你应该是我今生唯一的倾听者。而她那精致的耳郭在朦胧的月光下，在黄昏的光色中，透过弯成弧形的几绺毛发闪烁着，似乎根本不打算派上这样的用场。她想听些什么？只有缠绵和柔婉，因难以抵御的幸福而引起的鼻塞和喘息？她实在太奇异了。我们在一起，除了忍受其他，还有隐在内部的、永远期待然而永远不能如数释放的一切，那是话语、情感、欲念，或与生俱来的某些隐语。所有这一切都要留给未来，那将是漫长的一生，它们由一小时和一天组成。可是它们要流逝起来也很快，转眼毕业了，成家了，筑巢了，一年又一年过去了，最好的朋友辞职了，然后人家又生了个宝贝女儿。他们后来真的租用一艘豪华邮轮，去周游世界了。

我对洛珈说："我们也乘邮轮出去一次吧，他们会打折的。"我只随便一说，其实并无这样的计划。"怎么向你的朋友介绍我？""同学啊，一起旅游。"她笑了。我说："大邮轮就是一座海上小城，影剧院、游泳池、大餐厅、豪华套间。乘船的人如果不到舷窗跟前，会忘记自己正航行在海上。""忘记不好。"她有点心不在焉，把头抵在我的胸前。我一刻都没有忘记。有一股待在黄昏溪边、被太阳晒了一天的小羊羔的气味笼罩了我。她紧致的腰部在我的手臂下旋动。我想切近看一下她的额头，看看分开的这段时间是否依然如故。就是这里贮藏了全部奥秘，它从初识之夜到现在都未曾改变一丝，好似一片光洁灼热的沃野。她是一只没有双角的羚羊，一头停止咀嚼的花鹿。我给她取了许多外号，她照单全收，只有一次破例送还一个：小克朗猪。我有些吃惊，因为这是那些熟悉乡村生活的人才知道的名字，它是指长到半大的、毛色油亮的、活泼而生猛的小猪。

我对余之锷说起自己新获得的绰号，只闭口不提来自哪里。他缺少乡村生活经历，因此无法还原其中的幽默感。但同样没有那种生活体验和知识的苏步慧却十分敏感地抓住了什么，张大嘴巴笑着，拍手："一只结结实实的小猪啊，黑黝黝，咕咕叫。我喜欢小猪。"我很愉快，还有微微不计的羞涩。我喜欢这对夫妇，而且越来越喜欢女主人了。没有心计的女人常有过人的魅力。我突然想到了洛珈,她有太多的心计,好在柔善聪慧,这就够了。从名字上看,余之锷的贤内助正走在智慧的路上;其实没有必要,长期以来两人分工清楚:男的负责思想,而女的唯一要做的、终生都要做好的一件事,就是爱他。

自从他们创办公司之后,我就很少来他们家闲坐和用餐了。这是一大缺失。对方是否感到了同样的遗憾,我不知道。他们很忙,忙碌可以弥补一切。我这段时间才意识到,自己其实是把朋友这里当成自己的家了,一旦失去就难以接受。我有时夜里出门会不自觉地拐到他们所在的街区,在围墙一角望着那个窗户。黑的,主人在公司里。女主人烧的饭菜马马虎虎,做鱼一般,烧茄子有一手。都是家常菜。他们愿意吃豆腐。因为忙,没有时间熬粥。浓香的米粥对于家庭多么重要,而现在的城市人不得不舍弃它。我和洛珈从来没有熬过一次像样的粥。她勉强会煲一种鸡汤,却没有足够的时间。

更让人伤心的事情发生了。余之锷夫妇要搬家。他们要告别那套陈旧而温暖的三居室,搬到另一个小区,那是让人垂涎的三百多平方米的大平层。人一发达就这样,这是他们要办的第一件事。我如果要去他们的新家,就要坐市内交通车走五站路,然后再转另一路。这是一次不大不小的告别,搬家前他们请我在旧居里好好吃了一顿。这是我坚持的,本来他们订了一家上好的饭店。没有办法,他们发达了。而我还在怀旧,依恋一切旧的东西,所以一生都不会发达。整个用餐期间我都不太说话,目光长时间停留在四面的家具上。墙上有一个石膏"哭娃",这是余之锷爱好美术时留下的旧物,他用来练习素描。我想起他最初为恋爱中的苏步慧画的一张炭笔画。他当时问:"你注意了吗?"我问注意什么?"鼻子,"他的食指点在那儿,"你看翘成了什么。"我没有看出。也就是一般地翘着。后来我见到真人了,果然觉得不同凡俗,可是鼻子并没有留下特别的印象。她的笑声像清水,把一切都洗得清爽干净。我当时就明白了,这将是一对理想的伴侣。这个家庭对我太过重要,以至于伤害了我:我整个晚餐时间都在伤感,在心里偷偷流泪。这在我来说是极少有的。他们显然感到了什么,说以后只要有一点时间就要一起游玩、野餐、打球。我苦笑着。我不相信专门做旅游的人还会热衷于什么游玩。

　　这么多年了,无论是工作单位还是居所,我都一直待在原地。好像正在等待。我有时会提示自己:你正走在副局长的路上。可抵达之后又会怎样?想过,想不清楚。模模糊糊知道那是扯淡,但不幸的是它多少构成了一个目标。世上所有糟糕的事情都是被一些目标搞坏的,它们有很强的催眠和致幻作用。我如果真的变成无所事事的一个人就好了,那会是很棒的:从外表看有模有样,从内心看松弛自在。可惜现在全然不是那么回事。我想到这些的时候,很想立刻告诉洛珈,可是没有机会。待有了机会的时候,什么都忘了。那时候只有亲热,亲热。这是唯一让人着迷的。

　　大约在余之锷事业发生转折的前一个月,我赠给他一幅朋友刚画的"访高图"。上面照例有高山与小溪,有仨俩古人儿在崎岖的小路上指指点点。最高处的那个家伙才是真正的"高人"。我们欣赏了一会儿画作,议论今古之不同,认为"高人"即"异人"都生活在古代,而今资讯发达交通便利,他们再要藏匿就难上加难了。不过世界之大无奇不有,比如我们所在的城市,人山人海的,难道其间就不能混杂一二"高人"吗?他很悲观。我说:"关于'高人'和'异人',采用的标准可以是不同的。我们如果忽略了服饰和居住环境之类,也许找起来会容易一些。"我这样说时正在想一个人,一个离我最近的人。她就是我心中的"异人",但我不能说出名字。随着时间的推移,我对她越来越着迷,以至于真的这样认定。她近在咫尺,我却试图深入她的心灵,最后进入的是一片苍茫。余之锷还在摇头。

真的,我们从出生到现在,要结识多少人,形形色色,从职业到其他各不相同;可是那些能够击中心弦、让人深感讶异的生命个体,却似乎从来没有出现过。他们总是大同小异,不仅衣着和言行是这样,即便是最偏僻的心之角落也似曾相识。我说:"我第一次在聚会上见到扎小辫戴耳环的男人,吓了一跳;待下去才发现这不过是一种打扮。"他哼一声:"另一种循规蹈矩,另一种概念化罢了。他们还不如苏步慧更本色呢。"我同意部分结论,但绝不承认他的妻子算是"高人"。她太平凡了,简直怎样都行。她是一个盲从与随和的典型,奇怪的是反而因此而变得可爱。这当然有些不可捉摸,也许因形貌特征及某种生命韵律综合的结果,让她成为一个极有吸引力的人。我知道许多人在暗恋她,这一点余之锷从未否认。生命是有韵律的,这很致命。她的步态,举手投足间透出的疏阔和大而无当,都令人着迷。我每隔一段时间就想念他们,想念那里的气息。我由依恋转向了爱。我爱他们两个。

我暗自总结自己,认为这一生是不会特立独行了。我从小崇尚那样的境界和品格,却始终不能抵达。这就像在运动场上的跳跃一样,每个人都有自己的极限。跳吧,顶多触摸到记录的天花板。我的外表一直是安安稳稳的,内心里却一直在试着跳、跳。没有办法,我总也碰不到梦想的高度。我很难孤注一掷,除了婚姻是个例外。而她能够飞翔,能把我带到高处,让我眩晕。我内心里总是发出祈求:快些落到地面吧。可是在现实生活中,我又喜欢看到货真价实的"高人"和"异人",并且十分好奇。也许因为自己的亲人,更有自己,遭受了太多的苦难,深深的恐惧已经渗入血液,所以再也不敢冒险。一切都不如意,但一切都来之不易。我是旅游公司的旁观者,我为朋友的豪举而连连惊叹。苏步慧说:"你如果和我们合伙干多好啊!那就可以天天在一起了。不过这可不行,我们都知道你在机关上前途远大。"

她的每一个字都刺激了我。我想跳起来说:"恰恰相反!我是这世上最'厌烦'的人!"可我只是微笑着,好像已经默认了一切。我的人生就像一条午夜航船,遮掩在茫茫夜色里。领航人是我的爱人,她像女王一样高贵。她主宰了未来的岁月,她是我的全部。我突然有些心慌:她如果消失了怎么办?天哪,那时候我还怎么活下去?

2

洛珈让我规划出十天左右的时间,说将有一次重要的旅行。细节不便多问,这在我们之间已成习惯。我为马上到来的节日而激越,绝不想错失这个机会。然而在我们这样的机关抽身十天有些难。我说出了休班的意思,女上司狐疑地看着。我吞吞吐吐说自己病了,想请几天假。"那要有病假条的。算了,你休息吧,回头补上。"她没再说什么,最后一瞥包含了一丝怜惜。这个女人真的不错。

原来洛珈要和我一起去一趟东部小城,那是她的老家。我对那里所知甚少,更不知道那儿有她的母亲和弟弟。母亲已经退休,如今和弟弟在一起。父亲早逝,弟弟与她同母异父。在多半天的行程后,我看到了一个留小胡子的、玩世不恭的大小伙子,手持一把宝剑站在一位慈祥的妇人身边。我第一眼就发现洛珈遗传了母亲,主要是那双眼睛。妇人清瘦的面庞,头发白了多半;一双闪烁着异族人神色的双眸,光洁的稍鼓一点的额头。我心头发热,真想叫一声"母亲"。那个男孩挑衅地看着姐姐,一点都不亲热。他对我好奇,很快与我热络起来,手搭在我的肩膀上。姐姐想跟他叮嘱几句什么,他不耐烦,回头对我说:"我们一直不和。""为什么?"他不答,却压低声音说:"你找她做老婆,这辈子赔大了。"说完做个鬼脸,抽拉一下宝剑。

可能要处理一些烦琐的事情,洛珈除了和母亲单独待在一起,还多次离开。这个家还算宽敞,但我们没有宿在这里,因为她坚持要住外边。她早就订好了两个单间,却不在同一个宾馆,二者竟然相差两公里,这让我有些吃惊。我们每天相约一起回到老人那里去,再一起离开。开始几天洛珈话不多,话题也没有固定于小城和家事。我觉得她走神的双眼美极了,有一种深邃的美,还有些忧郁。我想她遇到了不太顺心的事。我感激她在这种时刻把男人带在身边,自己就像一位资深秘书,又像家里的一个主心骨。她此行的目的到底是什么?宣示自己是已婚之人,向家人引荐一个从外表看不算寒酸的丈夫,还是着手处理一些家中难题?可能主要是后者。

她和母亲低声细语商量什么,我和那个半大男孩在一边玩。有一天他对我诡秘地眨眨眼,小声问想不想去一个地方玩?我问远吗?他摇头。他在母亲身边哼唧几声,就将那支宝剑往背上一甩,领我往门外走去了。我觉得洛珈的目光沉沉地落在后面,但没有阻止。下楼后我们一直往前,拐出陈旧的院门,又走进一个散乱的菜市场。肉摊,各种时新菜蔬,还有炒板栗。"你想吃什么就告诉我。"他说着,并未停步。来到一个青砖门洞时,他指了指上方的拱形,让我注意这个不起眼的小门已经年代久远。他兴奋起来,耸了耸肩唱道:"那时节怒恼将军,跨下了战马,身背宝剑,出了东门。"我听出是一段京剧。有趣的大男孩。

我们又乘了一段公交车,来到一片树木蓊郁的地方。绿色掩映着一道高墙,近了,看到墙内大大小小的楼房。有连体别墅,有独幢的,是很结实的旧时建筑。看门人是士兵,显然对他很熟,看一眼就放行了。我问这是哪里?他甩头:"我们家。咱回家去。"我忍住了惊讶。院内有一幢很大的红砖别墅,两层,外加地下室和阁楼。他快走几步开门,站在黑乎乎的廊上招呼着,打开灿亮的灯。我被引进一个大厅。一股皮革味儿。好像有人刚刚离去,碎花地毯上有微凹的脚印。墙上有两幅颜色浓暗的油画。头上是很大的枝形灯,四周的皮沙发很大也很旧。厚厚的窗帘拉开,第一眼看到的是雕花茶几上的一大束干花。

"这是我们原来的家。现在也属于我们。我爸去世第二年我们搬出来,回妈妈原来的小房子了。一楼和原来一样,二楼就是我的了。"他尽管忍住兴奋,还是让我看到了一双骄傲的眼睛。他不愿多说,径直往二楼走去。脚下的楼梯踏上去有声音,红漆脱了一半。老式护墙板很厚。让人瞩目的是二楼的走廊,多长啊,廊毯很厚。圆顶,壁灯,一股肃穆气。他站在长廊中间,随手拉开一道门:"请吧,哥们儿。"他好像一下沮丧起来。我觉得他好像故意做出这样的表情。

果然,他的第一次炫耀就镇住了我。这是一间六七十平方米的大厅,中间是一个大沙盘,上面插满了小旗和其他标志。墙上是一道拉合的深绿色布帘,哗一下拉开,一面作战地图。我正在疑惑,他就开口了:"全是我装备起来的。怎么样?"我点头。他两腿弹了一下,快步走出大厅,引我看另一些房间。鼻孔里全是铁锈味儿。我不喜欢这种味道。光线不够好,好像主人故意要营造某种气氛。我看到了各种逼真的武器模型,还有老式枪械、废弃的地雷手榴弹、染了棕色的粗麻布子弹袋和军帽。我吸了一口凉气。这起码算一座小型军事博物馆。

从一间间陈列室出来，有些压抑。停留时间较长的是那个刀具室：各式各样，从小小的匕首到日本军刀，应有尽有。那些古剑大概是出土文物了。我的鼻子有些塞，使劲吸着。我问这些都是真品？他显然被激怒了，鼻翼颤动："假的一件别想混进来。"我发出轻轻一声"好"，他马上高兴了。我有点口渴，他领我去一间小屋，这才是他休息的地方：一张小行军床，一个小书架，架上放的全是中外军事书籍。他从床下拖出一捆饮料。我想喝白水，他说只喝饮料。他看着我喝，笑眯眯的。接下来该透露一点什么了，关于这些，洛珈什么都没有讲过。

这座小城曾是很重要的一个驻地，大院里住过一些大人物，他们闷声不响地在深深的庭院里生活，其中就有他的父亲。"他打的仗不少，腿上，这儿，"他指了指大腿内侧，"有伤。"他说父亲看起来十分严厉，其实在家里完全不是那样："他很爱扯淡，把猫搂得哇哇叫。还私下造酒哩。他逼妈妈一块儿喝酒，结果差点进医院。"他拍着腿，很享受这种回忆。我知道，那人并不是洛珈的亲生父亲。他大概知道我在想什么，很快说："我爸对我姐更好。她从小臭美，他就打扮她。结果出事了，城里有个男孩看上了她，死缠，我姐都没法上学了。我爸在十字路口遇到了那小子，拍拍腰上的枪。这是真的。"我笑了，我认为这种纠缠是自然而然的，他并不知道自己的姐姐有多美。正这样想，他就说了："那是一个冷美人。"

我笑出声来。这句话由他说出来太有意思了。我不知道这种鉴定出自他自己，还是听来的。我十分赞同。也就是这种冷，才让火热的脸庞显出了强大的力量。冷是内心,是性格,而她的面容始终火热动人。如果有谁见了这张脸庞就想接近,那就大错特错了。他们很快就会发现热情的外表里面有多么冰冷。我读过一本幽默的小说,那上面对这样的女人有过一句妙比:冷蜜不粘。可是我们最初的接触却并非如此,一切都是自然而然的。看来真的是缘分天定。我的幸运难描难画,我的将来不可预测。我如履薄冰,也就是她内心里的"冰",这使我倍感幸福。趁着年轻,好好享受这幸福吧。

我推算了一下,他的父亲与母亲结婚时至少五十多。他的母亲当年也不过三十多一点,不,快四十了。我仿佛看到一个美丽的妇人手牵一个女孩,走在这座城市街道上,吸引了一道道异样的目光。母女俩美名远扬,是全城最诱人的风景。一个女教师,一个清苦简朴的知识女子,像下午的阳光一样明亮温煦。那个位高权重的男人多么幸运,他丧偶不久,本来应该再坚持一段,可是小城街道上的那束光太亮了。他无法按捺自己,使用了许多办法。他这样的人办法很多。最终,她牵着自己的女儿走进了这座幽深的大宅。

"我说过她是冷美人嘛!我爸对她多好,可她一点都不领情!她对我妈也一般,很少来看她,也很少打电话。我爸给了她一切,她走到今天多亏我爸。"他觉得自己说多了,瞥我一眼,咬住了牙关。他好像下决心不再说了。我被深深地吸引。强烈的好奇心出于长期压制而近乎泯灭,这会儿却再次泛起。不要询问他人,这属于一种美德。这个观念的形成与洛珈有关。那是比外在的独立性更强也更重要的一种日常恪守。她认为有些人的最大恶习就是不停地打听他人,却从不深究自己的内心。她是对的。但对于夫妇之间,这种好奇心也是多余、是陋习吗?我克制着自己,看着内弟留起的小胡子,开始喜欢他了。这小伙子两腿长长的,相貌堂堂,两只眼角上挑,属于"吊睛",使整个人看上去有些滑稽。他没有多少母亲的特征,可能主要遗传了父亲。我好像听人说过,那些更强大的人遗传基因也强,显而易见,他的军人父亲是处于支配地位的,从现实到心理特征都是如此。从他的简述中可以窥见,那个地位显赫的人生活松弛而任性,逗猫,酿酒,强迫家人饮酒。其中透露了一个重要的信息,就是我的妻子与这位军人继父情感疏离。

在我沉默时,他不安地看了看。我还是沉默。他问:"你们能待几天?"我心里一动,说:"一共十天,怎么?"他扳着手指:"没什么。如果待得久,我会领你去一些有趣的地方。来不及就下次吧。"说完站起。我以为他要离开,却并未移步,看着窗外的合欢树小声咕哝:"我妈不会答应的。"我脱口问了一句:"为什么?"他的双眼愤愤地转向我:"我们不会跟她走的。我们哪里也不去。妈妈有我,她也不会卖掉城里的房子。"我低低头,不愿迎接生硬逼人的目光。至少这会儿,他天真地以为我与姐姐是一伙的。他错了,我什么都不知道。

我们回到家里时,洛珈与母亲的谈话已经结束,两人的神色好像刚刚安定下来。她们不像争吵过,但肯定有过激烈的交谈。母亲微笑着对我说:"棋棋很不懂事。他太贪玩了。""棋棋"是男孩的名字。我坐到老人身边。一种慈祥的过来人才有的温情暖意从她身上散发出来。我很享受这种感觉。她那双粗糙而瘦削的手动了动,像是要抚摸我一下。我握住了她的手。她把另一只手也搭过来,说:"今天一起吃饭吧,我们早些开始。"她的话刚落洛珈就说:"不了,我们已经在外面订餐,明天吧。"母亲面色有些僵,但很快就表示了谅解。

我们返回宾馆。她没有问弟弟与我去了哪里，好像一切尽在掌握之中。她的住处到了，没有邀我一起进去。我只能回自己的地方，正要转身，她说："我们一起用餐嘛，先待一会儿。那是全城最好的餐厅了。"她上楼，我跟在后面。我刚刚有些疲倦，这会儿好一些。我在她身后小声咕哝一句："可惜没带一束花。"她回头一笑，欣赏我的幽默。其实我真的这样想过，这已经是一种习惯。进门后我被轻轻拥住。"尽管没有花。"她的面颊烫烫的。我在她耳旁悄声说着什么，语速很快。我这会儿提出了一些建议，只见她轻轻摇头。我要求今夜就宿在这儿，她指指那张单人床，我指指地板。她笑，摇头。

这是小城唯一一家西餐厅。每人一份牛排，配套的色拉和浓汤。很大的水晶杯，很小的一点红酒。我们都不善饮。碰杯的声音真好。若有若无的音乐声，洁白的餐巾。我喜欢这样的环境。这里安静，适合内心热烈的、成熟的人。最好男女一起，就像我们这样。我想因为这里作为驻地等原因，消费标准不低，像这样的场所在那座大城市也不多见。洛珈好像经历了这一天，整个人松弛下来。她饮尽杯子里的酒，又要了一瓶苏打水。"对不起，提前没有和你商量。我想接母亲和弟弟到家里一起住。她年纪大了。""是啊，"我有不可遏制的兴奋，"我们住在一起多好啊。"她摇头："不，我不会把他们接到那个四居室，那是我们两人的家。我要另选一个住处，离我宿舍近一点最好，比如在同一个院，照顾他们也方便。"

我有些失望。我倒希望这母子俩的到来能彻底改变眼下的局面。我想听到最终的结果。她叹息："母亲很倔，不肯离开。她说不愿给我们添负担。我提议把她的小房子卖掉，再加一点钱另买一套,我那个宿舍院里就有。她拒绝了。""如果保留这里的小房子呢?""那不行,她会更多地守在这儿,和儿子一起。"她很失望。我从她的神色中,从她停顿的间隙里,感到了少有的沉重和难过。她爱母亲,一直牵挂,却从不对我提起。

我们今夜在一条有大树的路上长时间散步。天空星星很密。我想问一下她童年的经历,这里当年是怎样的,还没等开口她就说:"我们脚下过去还是郊区,我出生的地方离这儿还远。我出生在山上,信不信?我出生在一座破庙里。"我装出毫不吃惊的样子,说"是吗"。她不再开口,两手抄在裤兜里。破庙,它能孕育出不折不扣的绝色,这无论如何都是一个奇迹。我在重重树影下想象那个荒凉之所,有些讶异。"这是真的,以后再说吧。是今天勾起了我的回忆。亦衔,请原谅我。"她站住了。她又开始了书面语,说到我的名字,庄敬而冰冷。

我与之道别,往自己的住处走去。小城公交车稀疏,天已不早。我步行五站路,正好用来想一些事情。那面神秘的幕布今天裂开了一道缝隙,首先是快言快语的内弟扯开的。小伙子已经把我当成"哥们儿",这样的关系可以无所不谈,可惜见面的机会以后也不会太多。显而易见,洛珈向家人隐瞒了我们的婚姻方式,这在预料之内。一切解释都是多余的,世事本来就烦琐到可怕的地步,也就不必乱上加乱了。但这毕竟是对自己的母亲和弟弟,她还会隐瞒多久?如果他们搬到同一座城市,她又将如何?

这一夜我失眠了。后来好不容易睡着,又梦见了一座阴森森的宫殿,里面坐了一个人,是沉沉的背影。还有孤零零的山巅庙宇,活动着几个衣衫褴褛的和尚。起床后满脸倦容,洗把脸下楼吃早餐,本来就简陋的餐厅里食物已所剩无几。回到房间想躺一会儿,电话响了。她说昨天分手匆促,忘记告诉我今天就要返程,现在咱们去家里告别吧。我立刻振作起来,放下电话开始整理东西。一辆深蓝色的轿车已经停在楼下,她对司机,一位长络腮胡子的小伙子介绍我:"这是我的老同学。"

一对老同学登上一栋陈旧的楼房,四楼。年迈的人住在这儿的确有些高了。老母亲已提前知道我们今天就要离开,长时间扯着女儿的手,又拉住我。我的眼睛有些潮湿,小声叫着:"妈妈。"她说:"孩子多来家里,你们就多跑些路吧。"棋棋在一旁抱着双臂,仿佛是一个事不关己的看客。过了一小会儿,他凑到跟前,原来要塞给我一件礼物:丝织面的小宝盒,里面装了一枚黑乎乎的奖章。我谢过了。就在我端详礼物的时候,洛珈拥抱了母亲。我看见花白和漆黑的头发紧紧贴在一起。我低下了头。

小城之行结束了。我和洛珈回到各自的住处,默默消化这突兀而复杂的行程。就像做梦一样,突然多出了两个具体的、有血有肉的亲人,还有几个稍远一点的、淡化在背景中的人物,比如那个身居高位的军人,那个不被提起却显著存在的亲生父亲。这些人的故事只有在未来的一天讲述。她守口如瓶的日子也许很长,也许很短。至于我自己,似乎有更多的故事等待倾吐,而且早已不可按捺。我不能永远对心爱者隐去自己的家世、自己的昨天,因为正是这一切合成了我的血肉。你既爱一个血肉之躯,就该拥有全部,不是吗?你为什么要以各种方式拒绝?这种相互尊重隐私的习惯似乎已经演变成某种特别的规则。我多次试图从已有的例证中找出几个相似者,比如提到著名的存在主义创始人,法国的萨特和波伏娃这一对活宝,她立刻反驳说:"不,他们强调的是独立和自由,而我们还不仅是、不只是这样。"我们还有其他更重大的一些考虑,比如突破人性中的"其兴也勃焉"。我们要保持某种不可思议的生命的神奇。"兴也勃焉",确实如此。可怕的令人恐惧的激颤,《诗经》中的《硕人》写到的美人脖颈,被天才的古人形容为天牛幼虫般的白嫩,曾让我泪水潸潸。我们都是文学学士,都会背诵古代名篇,我的唇齿当年轻轻地、触电般地碰到了那只天牛的蠕动。洁白的异性不仅照彻黑夜,还有白昼。她是黎明、黄昏以及午夜,所有时段的光源。"兴也勃焉",我们将为此多出一些破费,比如每次约会都要备下的鲜花。

从小城回来的第三天,我正走在上班的路上,一辆奔驰嚓一下停在身边。车窗落下,一个人伸出手,原来是余之锷。他让我上车,说正好同路。我第一次坐这么高级的车子。这是他新买的,可见真的发达了。我问起苏步慧,他说都好,还特别加一句:"她想你了,总是念叨。"下车后我开始想念她,后悔刚才没有让他捎个口信。真的想她了,一阵一阵。我想坐在他们家的小桌旁,吃她做的口味很重的烧茄子。进了办公室,第一眼就看到女上司笑盈盈的,她的情绪很好。她夸我的气色,说看看头发多么黑亮,年轻人肾气就是旺啊。"运动健将,打球了吗?"我注意到她涂得过重的口红,想到了"血盆大口"四个字。我说没有,很久没有了。她拍拍打打,又看我的头顶:"两个旋儿。这种人最倔。"她的这句玩笑和抱怨让我想起了其他,有点沮丧。

这天上午呆坐了一会儿,想着小城之行,又想起了童年和少年。我因为过早地离开双亲而变得沉默寡言,还因为一头乌黑的毛发和漆亮的大眼、一副特异的神气而招人注目。我在流浪之路上,在一些长时间滞留的地方,有许多艰难困苦甚至是不堪回首的经历。那种日子直到考入大学才算勉强结束。我渐渐更主动地爱和被爱，也不再像一只兔子那样窜逃和奔波。我在凄苦的人生之路上备受冷落，一度是最孤单的人。我对所有的爱护都心怀感激，并用加倍的爱去回报他们。单说异性，我如果见了突如其来的爱，特别是异性的爱，就会慌张不已，脸红到脖子，难以自持。我并不爱她们，一般不爱，可是我会因为感激而难以自持。她们当中的一些泼辣者，急于想看看我究竟是怎么一回事，这更让我害怕。

我至今记得一位小学老师。那时我正流落到一个小山村的作坊里打工，每天从学校走过，就从窗户往里看。女教师对我做个威吓的手势，我跑开了。大约过了三四天，作坊里的人说：学校叫你去一趟，有事啊。我那时谁的话都听。星期天校内没有其他人。女教师指指墙上停摆的钟说："坏了，给我修好。"这命令的口气让我难以服从，因为从没干过这活儿。我说了理由，她马上撇嘴，说这么小的胆子，还大男人哩。我受不了这样的鼓励，不就是一个钟表嘛。她把螺丝刀之类递给我，我把钟表小心地抱到桌上。拆开罩子，复杂的内脏一下裸露出来。天哪，这是生来第一次见到这么多密挤的大小齿轮，还有颤颤的发条，令人眼花。我这儿动动那儿戳戳，拧几下发条，大小齿轮立刻转动起来，报时的小锤子当当敲起。"你看你看，还说不行！"她鼓掌，拧了一下我的耳朵。

作为酬谢，她给我一枚紫色的桃子。又甜又香。她坐在一旁看我吃桃子，说早就发现作坊里来了一个新小伙儿，"一看就是老实人，光知道吭哧吭哧干活儿。是吧？"我呕着光光的桃核。她说自己的亲叔叔管好几个小村，"你信不信？""我信。"她眉开眼笑："我这儿有书，好几本呢。"她笑的时候嘴巴歪了，我想到一只小狗獾的脸。我站起来看书。我期待的目光扬起，她就用高高的胸部挡住我,左右晃动,像做游戏。我听到有谁在窗外喊,就应一声跑出去,一口气跑回了作坊。

刚过去两天,又有人粗声粗气地对我说:"学校的钟表又坏了!"没有办法,这种事儿不敢耽搁。还是那只钟表,它提前放在了桌上。我像上次那样拆解,摆弄了一会儿,好好欣赏了一下它的精密齿轮,不再那么紧张了。我在心里惊叹,认为一个人只要见过钟表的内脏,再复杂的东西也不会害怕了。我拧发条,拨针,再拧,所有齿轮咔咔嚓嚓转动起来。无数裸露的小轮子一齐转着,那把小小的榔头好像在敲我的心弦。我激动得搓手,又搓裤子。女教师跳起来抱住我,松软的胸部让我汗水横流。她滚烫的呼吸喷在我的脸上,睫毛都要烧焦了。我像个溺水者一样挣扎,只几下就挣脱了。回到作坊时人都离去了,我独自坐在石凳上喘息。我担心女教师会哭。我不愿让她哭。

一个星期之后学校的钟表"又坏了"。我无动于衷。几天之后,我离开作坊去了远处,一直到更深的山地,到东边岛城。几年之后我走进了大学校园,又来到今天的城市,遇到了第一个女上司,一个微胖的善良的人。我第一眼见到她时多高兴啊,有一种久违的感激:这么好的人来领导我。我有一种本能的敏感,知道她身上的温良和慈爱是天生的,会让身边每一个人受益。对一个初踏工作岗位的人来说,宽松的环境太重要了。我的判断没有错,她真是一个大好人,从不求全责备,特别对我这样一个"单身汉",在生活上常常给予很多关照。记得她从家里带来一小盒红烧排骨,那是一只四方铝盒,还有保温棉套。"这是我们家阿姨做的,南方人,甜一些。"这是我吃过的最好的同类佳肴,甜,还有一层薄薄的淀粉包裹。我真想留两块给洛珈。

女上司侍弄的花卉越来越多，身材也更胖了。随着时间的推移，关于她的往事听了不少，有些并不让人愉快。人言可畏。谈到她年轻的时候，一个口无遮拦的老科长说："那可是个大美人儿，个子又高，穿白皮鞋，在舞厅里最扎眼。不过没人敢惹，都知道她是首长的人。不久他们真的结婚了。两人年纪差了不少。"老科长资历不浅，难以进步，毛病就出在嘴上。"天下没有免费的午餐，首长娶了她不到半年就害上寒咳，咳啊咳啊，老要喝水。找了多少医生都治不好，后来幸亏民间偏方。"他低头咬牙："那是獾油蜂蜜丸。知道为什么呀？"他的食指戳着桌面："獾这种动物是在墓穴里打洞的，阴气重；首长被阴所伤，就需要补阴，所以得救。"可我总觉得这道理是反着的。多么深奥的医学知识，多么凶险的人生。就在听到那个故事不久，我见到了首长。那一次是顺便路过，女上司领我去了那间办公室。一个大套间，有卫生间，老旧而洁净的地毯，案上有一盆茂盛的君子兰。首长握了握我的手，让我坐："哦哦，啊啊，随便些。"他和蔼极了，稀疏的头发向后梳去，整个人一尘不染。

女上司带我出差到外地，有时间谈工作谈生活，偶尔回忆自己的青年时代，令人感慨。她也遇到一些坎坷、一些不愿善罢甘休的人。说到往事，只是一过性地冲动或兴起，说过也就说过了。她劝我还是早些结婚：长期独身既不利己也不利人。我百思不解的是后者：怎么就不利人了？她不再解释，转而议论机关人事，这让我知道了哪些人是伪君子，哪些人是怕老婆的人；有人一贯正确，却是淫棍；有人没一句正经话，却十分老实；有人将不久于人世，有人有严重的狐臭。"适合独身的人是有的，但不是你。"她最后这样结论。

我电话告诉洛珈：遇到余之锷了，他更发达了，开上了奔驰。那边"嗯嗯"着："前几天见到我们老同学德雷令了，他也开了奔驰，还有一辆宾利。这人公司做得很大。"我第一次听到这家伙的消息，一下想起了那张大脸、大眼和浓重的胡茬。这人粗鲁生猛，在校时就气势夺人，让人害怕。毕业后一直没有他的消息。"他是同学会的召集人，跟我有联系。他找我是金融方面的事，实在高估了我。""是啊，你哪懂什么金融。""那倒不是，他是想让我找找人。"洛珈笑着，"总缠着我。"我听着，想象那个开着名车大摇大摆的家伙，很不舒服。也许他求援只是借口，接近她才是目的。人有一点钱就想三想四，开始打一些坏主意了。她未必察觉。我约她尽早见一面，认为经历了东部的那场颠簸，她需要好好安抚。一个年迈的母亲和一个顽皮的弟弟让她放心不下，她其实很不容易。

我们常去不远的一家餐馆。这里十分安静。一个角落的小包间是我们喜欢的。我把一枝康乃馨插在杯子里。她去洗手间了，很长时间才回来。她盯着花，垂下眼睛，好像有什么心事。我想起了那个手持宝剑的小伙子：他赠我的礼物还在身上呢，我要将它放回我们家里。这是一枚发绿的铜质奖章。她接过去看看，嘴角有了笑意。"他是家里的一个麻烦。没有办法，妈妈把他宠坏了。"她端起苏打水，"童年的影响是致命的，他热衷于打打杀杀，战争，武器，凡是著名的战役都很熟悉。也许是遗传，他太像那个人了。"她在说继父。我喜欢那个双腿颀长的小伙子，这会儿又想起那幢摆满了旧物的大房子，问得有些突兀："你在那儿住的时间长吗？"她摇摇头。

晚餐有一道奶油蒲菜汤，是用香蒲嫩叶做成的。她由此谈起一段往事，说因为在这里第一次吃到它，回到东部小城，有一天在溪旁看到一丛蒲苇，就动手采了许多嫩叶，想给母亲露一手。"谁知那里长的不是香蒲，失败了。"她笑着，起身从包里取了什么，在脸上蹭几下，"我们回家吧，有些重要的事情要告诉你。"

这个夜晚，一种稍稍陌生的静穆笼罩了所有的空间。我该把那枝花带回家里。这儿只有干花，她舍不得扔掉。我们许久没在一起了，那次小城之行一直分住不同的宾馆。还记得她的母亲慈爱地看着我们俩，目光里全是老一辈的祝福和期待。我们早就该从头打算一番了。可是我从她的神色中猜出不容争执的意思：那不成，那可不成。我今夜胸窝那儿灼热而又焦躁，从门厅里一直跟着她，先是走进卧室，然后又回到外间。她把我按在一张沙发上。"我们该好好说说话了，因为你都看到了，我想请你出出主意。"

这是一次特别的交谈。我一开始并不知道她要说什么。或许我真的"都看到了"，或者什么都没有看到。一个人如果正对着强烈的光线，可能根本就看不清什么。事实上我在长达十多年的时间里，一直站在炫目的强光对面。她的眼睛就是强光之源，其次是整个人。我不得不一再说到这双不可正视的眸子：深邃而迷离，令所有接近者精神恍惚。我一度觉得这神色和气质有些熟悉：曾在哪里见过？想不起来。有一天深夜我醒后再也睡不着，站在凉台上，在习习凉风中一阵战栗。我突然想起来了，想起以前见过的一幅油画，叫《看管得很好的奶牛》，是的，上面的女子就长了这样的一双眼睛。我那会儿咝咝吸气。那属于不同的族群，而我着迷的女子在东方，是在半岛地区土生土长的，这更要命。今夜她说起了遥远的事情，那是不得已的一次回述，因为不从那里说起，一切都无从谈起。

她说了很长时间，才让我想起那个小城之夜：她曾经提到自己的出生地，山巅的一座破庙。这究竟是怎么一回事，还要从很早以前的那场战乱说起。那时还没有我们这一代人。一位绅士从东部海滨城市回山地探亲。他很少来到故土，因为这里已经没有近亲。可能因为上了年纪，他越来越想念儿时生活的地方。战事还没有平息，不同的武装在山地和平原展开拉锯战，一些城市和村庄白天属于正规军，夜晚就落入一些小股队伍手中。绅士就像被一只险恶的手牵引着，竟然在这样的险境中离开城里的居所，带着妻子和一对儿女回故乡来了。也许一切都是命数，是上苍的决定。他当时有六十多岁，身体健壮，面色红润，穿了山里人没有见过的白色洋装。妻子美丽端庄，以前只跟丈夫来过老家一次。两人极受山村尊敬和感激，这里的人都受过他们的恩赐。山里人叫绅士一家大善人。再看这一对儿女，简直是传说中的天使。女儿不足十岁，儿子已经是大小伙子了。他们像父母一样谈吐文雅，体面洁净，长得太漂亮太可爱了。

他们在村里有族宅，有不多的一点田产，都由远亲照看。这次本来只准备待两天，可是好客的山里人总是挽留。灾难在告别的前一天突然降临：一支流匪来到村子，他们进村的第一件事就是把一家四口关进了村边碾屋。村里有人站出来保护绅士，匪兵就把那人的手砍掉了。绅士与头领谈判，对方提出：族宅全部没收，其他资产也要折合成银两交出。绅士完全同意，他一直想放弃这些族产，此行也是一次最后道别。队伍的头目见事情办得顺利，贪欲更大，让绅士交出随身所有钱物，连同那辆豪华的四轮马车。绅士为难，因为这辆车是从一位朋友那借的。头领根本不听分辩，当即命令车夫载上自己和几个护兵在村路上狂颠。他们玩到半夜，猜拳行令，直到喝得大醉。车上的呕吐物弄脏了花毯，车夫心疼不已，开口劝说却遭到一顿痛殴。他是个血气方刚的青年，在凌晨三点趁几个醉鬼酣睡，就把他们掀下了车子。厮打中他杀死一个护兵，然后驱车狂奔。

天黑时分那辆车子被押回村子。车夫被五花大绑，拴在碾屋旁的一根柱子上，绅士一家四口也被捆起来。全村的人都赶到这里，火把照得四周一片通明。匪兵头领坐在太师椅上，装模作样吸着水烟，手中的两只核桃磨得嚓嚓响，往桌上重重地拍打："来也！"几个赤膊的人蹿过来，都是本村和附近的流氓地痞。他们手握藤条和皮带，不停地抽打浑身是伤的车夫，阵阵哭号咒骂惨不忍闻。绅士怒喝那些人，对头领说天大的事情自己一人承担，只求释放这个无辜的车夫。头领说："不急，今夜就成全你们。"他做个手势，几个匪兵把车夫从柱子上解开，提拉到最高处，然后猛地松手。人跌得七窍流血，很快气绝。匪兵用枪刺吓唬涌动的人群，绅士一家喊叫，头领就让人把他们的嘴巴堵上。兵痞指着一家人骂出所有脏话。满场鸦雀无声，吓蒙了。有人跪下给绅士求情。头领挥手，赤膊的人和匪兵噼噼啪啪打起绅士。哭叫声淹没一切。

这就是那个血腥之夜。凌晨三点，有人向头领报告，说正有一支大队伍闻讯赶来。头领命令撤退，走前杀死了绅士夫妇。"留下这一对孩儿吧，求求长官了。"村里人跪着呼号。头领红了眼，盯着捆绑的兄妹俩。赤膊的人凑到头领跟前说："那女娃留着吧；那男娃日后会报仇啊！"头领咬牙点头。匪兵把女孩拉走，把血迹斑斑的小伙子交给地痞。

黎明时分大队伍终于赶到。小山村一片狼藉，碾屋旁全是血迹。散兵流匪已经逃进了山里，那个唯一活下来的女孩也被拉走，头领有话：不许碰她。他们往山岭深处窜去，那里有大小洞穴，藏了粮食和弹药。两年后这些散匪才放弃洞穴。几年中那个女孩随着辗转，终于在一个大雨之夜逃出匪兵之手。她身上的污痕被雨水冲得干干净净，一口气跑出几十里，跑进一片矮山，变成一只皮毛干净的山兔。她跳跃奔窜，喝山溪吃青草，直到最后被一个猎人发现。

女孩住到了村子里。她穿上了村里人给的衣服，那是抿裆裤大襟衣，用一根布条束腰。所有队伍都撤走了，新来的是穿制服的一些男男女女，村里人叫他们"制服"。有一个相貌英俊的青年是所有人的头儿，人们叫他"区长"，不知是多大的官儿。"区长"很严肃，男女都听他的。他把村里人一一编成小组，上年纪的去田里做活，年轻一些的除了干活还要进"识字班"，如果是女的就缝补衣服鞋袜。"制服"其实也识不了太多的字，他们喜欢识字。一个偶然的机会，有人发现那个猎人救回的女孩识很多字。"区长"惊喜地找到她，交谈后大为震惊，因为他知道了女孩不仅识很多字，还会说几句洋文、认得乐谱。"这才是真正的宝物啊！""区长"激动起来，让她当教员，然后又送到区里。女孩就这样从山村消失了。所有村里人回忆起她都啧啧称赞，说那个孩子啊，多么俊，多么聪明，可惜了的，被公家人给掳走了。

女孩进城了。她由"区长"介绍，也穿上了制服，扎了一对毛刷辫，走在街上，四周静悄悄。她走到哪里，哪里都静悄悄。"区长"和她交谈工作，有时也沉默一会儿，屋里静悄悄。这样过了半年多，准确点说是八个月之后的一个秋天，来了一位面色苍黑的中年人，他要找这个有名的女孩谈话。半天过去，天都黑了，女孩却不再放还，关在了窗户上有铁条的小房子里。"区长"大惊，问怎么回事？黑脸人说："问题严重了。""区长"气愤无比，说他了解这个女孩，那个山村更了解她。黑脸人说："你当然了解，你了解得太多了。说说看。""区长"就从那个血腥之夜说起。黑脸人说："那支匪兵后来有人归顺了。被杀的一家是城里要员，不能叫'绅士'。""可是，""区长"一只手按紧桌子上的一个皮夹，说，"'土匪'烧杀抢掠十多年，桩桩件件都记下了，归顺的只是其中几个；另外，绅士曾得到首长表扬，这是事实。那位首长你也知道的。"黑脸把桌上的皮夹从对方手下抽走，这是他随身携带的公文包："是吗？哪个首长？""区长"说出了首长大名，又加一句："四川人，口音很重。"黑脸哼一声："再重也空口无凭。我们要以文书为准。"

"区长"陷入了极大的痛苦。从这一天开始，他就为女孩写一份长长的申诉书。他为此再次返回了那个山村，将那个夜晚及绅士全家的情形一一写出。他特别清楚的是那支土匪在半岛上的种种恶行：打家劫舍、欺辱百姓、奸淫掳掠。这份申诉太长了，总之一句话：必须释放清白无辜的女子，她身负沉冤，她身遭不幸，她有功且有大用。申诉书发出后石沉大海；再写，仍悄无声息。刚过三十的"区长"白了双鬓，可总不甘心。不知是申诉的作用还是其他，女子终于结束了长长的隔离，从囚禁中走出。可是她从此不再被信任和重用，被勒令脱下制服，成了一个多余的人。"区长"十分痛心，只好让她做一些力所能及的辅助工作。

几年过去，女子奇怪的名声传遍了全城。她的美色和难以说清的家世纠缠一起。"区长"的职级已经不低，他工作尽管忙到无以复加，还是坚持为女子申诉，为长长的文字添加更多的材料：半岛都市的陈年往事,那个四川口音的首长关于绅士的具体评价、地点以及口吻,特别是用以佐证的一些内容。申诉不止,其他也未停止,这期间发生了最可怕的事情:女子被禁止参与一切公家活动,并打发到一个营地去干粗活。"区长"愤怒了,上下奔走为之呼告,结果被降职:从重要的岗位上退下来,成为一名科长。这时候他已经三十多岁,马上就要进入中年。他对那个女子委婉地表达了婚姻的愿望,这让对方大为惊恐。她不信有人敢娶自己。其实她早就爱上了这个男子。她同意后,"区长"即向上级报告。一位严厉的领导告诉他:"你一旦与这位女子结合,将是一生前途的终结。"他说:"早就终结了。""那就不仅是终结,而是背叛。"领导沉沉扔下一句。"区长"咬了咬牙关:"我没有背叛。但是我要结婚。"

　　他们走到了一起。事后那位领导将这次婚姻作为一个典型案例四处宣讲,沉痛地说:"美人计,美色,害了我们多少同志。"是的,他们婚后无比幸福也无比悲凉,"区长"很快被逐出城区,到郊区当了一名中学老师。然而这世上最幸福的结合抵消了最大的悲伤,他像维护一只小雏一样,无微不至地守护她。他除了全力爱她、呵护她,再就是尽职尽责地教育那些孩子,他们都是山地和平原的劳苦子弟。除了这些,他一直没有放弃且干得愈加起劲的,就是继续写那份申诉材料。这些文字不断延长、丰实,已达一百多万字。他写啊写啊,深夜备课之余都在充实它们。他把能够想到的所有理由都写上了,无数细节都填充进去。他所要证明的只有一点:绅士一家是无辜的、有功的、善良的,而被那支土匪队伍残害的一家人、任何人,不仅无罪而且应该得到保护。这份新的申诉书在一个情节上做了有力的辩护,那就是关于绅士参加的一场宴会。事情的前后是这样：当时的最高政府首脑去岛城视察，中间有一场接待城内各界人士的晚宴，绅士是应邀者之一。这些都在报端详载，所以并不难查，于是就成为绅士的恶证之一。申诉书将当年所有参加晚宴的名单一一开列对比，指出这除了说明绅士在岛城具有不可忽视的重要地位之外，丝毫说明不了其他。

申诉仍在进行，但依旧无声无息。这位在城郊，乃至更大范围内声名远扬的中年教师，还有他至美的妻子，都像一部半岛传奇。一位地位不低的官员巡视当地文化工作，特意接见了教师，并请他带上妻子。官员在与夫妇二人的会面中，两眼一直像回避强光一样躲闪教师身旁的女子，不敢直视，期期艾艾，频频端起杯子喝水，说："这真是、这尤其是、这特别是，一言以蔽之。"教师听不明白，请他具体指示。官员摸着滚烫的额头："我恐怕是中暑了。"这已经是秋凉天气，怎么会？一会儿工作人员和几个秘书赶来，把官员扶出门去。官员一条腿迈入轿车，对走近的教师说："你有任何事情，都不妨提出。"就是受这句话的影响，第二天教师把一份申诉书封好，转交给官员。

照例没有回音。半年之后风声紧起来。中年教师被停课，多次受到隔离讯问，总是围绕那些不断寄出的申诉书："你可知道这是什么性质？"审查者隔着桌子，将头探过来，眼镜上方射出冷冷的目光。教师说："这是辩护的性质。""为谁辩护？""为我妻子和她一家。""啪！"对方拍响了桌子，"祸到临头还不清醒！"几次审讯后，他被押到离城郊更远的一个农场，每天随一队人出工，工余时间要做书面反省。他在这些日子里想起更多的事情，细细地记下来。这仍然是申诉的内容，是它的延伸。这段隔离时间大约两个月，他却在沉重的劳动之余完成了十多万字的申诉材料。

"多么可怕,多么顽固,多么狂妄!"审查者看了这些文字愤愤然,力主开除公职交由地方管制。公布了处理决定,又问起那个女人的情况,回答是:和这个男人一样,她这一段也不停地为丈夫写申诉材料,奔走不停。"我倒要看看她长了怎样的三头六臂!"审查者让人将她送来,亲自过堂。就这样,一位穿了反复缝补过的陈旧而洁净的衣装,神气娴静的女子坐在了办公室,看了对面的长官一眼,目光转向一旁。窗外有一只猫咪。

长官翻弄一沓案卷,眼睛不时地瞥一眼女子。"问题严重了。"他说,像在自语。汗水顺着额头和印堂流下。"问题非常、非常严重。"他坐了半个多小时,像驱赶一只动物那样挥挥手:"走吧,等候处理,走吧。"女子站起,两手按在胸前问:"我?""你。"女子迷惑不解地离开了。长官踱到窗前,那只猫咪还蹲在那儿。他认真地看着它胸前的花纹,丰厚的隆起,说了一句:"这分明是一只老虎啊!"

从秋天到冬天,雨天雪天,城郊的人都能看到教师和他的妻子在扫街或搬运垃圾。常有背枪的人呵斥他们。两人一直默默无声。人们说:这一对儿就像吞了哑药。夜间,男人还要在灯下写字,写那份永远不可能完成的申诉书。妻子哀求他:"停下吧,这事到头了。"男人摇摇头:"不,这事还没有完。""什么时候才能完?""我们不在人世的那一天。"冬天好不容易过去,杨柳飞絮的日子,街道的头儿突然找到男人说:"人手不够,你到学校代课吧。"男子眼睛一亮,疑惑地盯着那个人。头儿骂骂咧咧:"妈的,上级发飙了,盯上了那些打溜溜的孩子,要拿我是问。他们都在山上,我有什么办法?"事情总算弄明白了,原来城郊东南部新开了一座小煤矿,山上矿工的孩子没法上学,他们一共二十多个。

男子马上答应下来，说这就去那儿的小学报到。头儿笑了："哪有什么学校，你去山上转转，自己想办法吧，也许能对付下来。"

男子带着干粮背着挎包去了几十里外的山上。原来那是一座小到不能再小的煤窑，开窑的都是郊区农民。一些破烂的小窝棚就是他们的家，孩子漫山乱跑。他在窝棚间穿梭半天，找不到可以办学的地方。孩子们喊着："去庙里了！"他跟上他们跑了一会儿，在山顶发现了一处塌掉的破庙，原有的围墙坍毁了，几间庙宇没有顶盖，只有半截屋壁和部分窗户。他站在断椽瓦砾间，心中生起一个念头：这里修整一下不是一座小学吗？他抬头仔细察看，这才发现有多么难：毁得太厉害了，即便添上屋盖垒上断墙，也是一项很大的工程。

他下山了。下山的路上他狠狠下了一个决心：掏出仅有的一点积蓄，再让那些心焦的矿工搭一把手，一定要把破庙修起来。他兴奋极了，回家跟妻子说了，两人眼里闪着泪花。不管如何，如果能给孩子们上课，那就不要犹豫，那就是往天堂里走啊。他们一天都没有耽搁，一起上山找矿工，一家一家说明计划，最后谈妥：一起修复那个破庙，加屋顶垒墙壁，除了需要砍一点山上的树木，这里有用不完的石头。课桌也用石头垒，其余的零碎他们负责掏钱买。说干就干，只用了一个月的时间，几间破庙就有了顶盖和窗户，围起小院，安了门窗，屋内有了两排石头课桌和凳子，墙上有了黑板。院门那儿有个长长的木牌，上面是男子亲手写下的大美术字：山顶小学。

幸福的日子开始了。歌声和琅琅书声在山顶回荡，童稚之声美极了。矿工们穿着破袄从小学门前走过，笑眯眯地看。那个男教师从这间屋到那间屋，女的成为帮手，也是教师。矿工们望着她的背影说："咱不敢看。这不是天仙是什么？"他们认为由天仙教出的孩子，远不是山下那些学校能比的。为了表达自己的感激，矿工们常常从家里拿来一些薯面窝窝送给这对夫妇。一个没有成家的老光棍也拿了窝窝去学校，嚷着要亲手交给教师俩，遭到了矿工头儿的呵斥："你把吃物撂在门口就中，你的狗眼能沾？"光棍汉硬是不听，直到女教师出来接下窝窝，这才"哎哎呀呀"退去。结果一如头儿所言，这个光棍自从见过女教师就病了，茶饭不思。

教师夫妇住在破庙一角，有人去看过，说那窝棚窄小而洁净，一床一桌一架，架上真的有好几本书。入夜后他们要备课和读书，一个读给另一个听。许多时间里男人都要在灯下奋笔疾书，仍旧写那份永远不可能完结的申诉书。妻子不再阻拦，因为她明白这件事真的要陪伴丈夫一生。山顶破庙的几年可能是他们二人最值得珍惜的时光。这些年里他们拥有一所小学、一些矿工朋友、二十多个破衣烂衫的娃娃。一年后他们自己也有了一个娃娃，当然，她是一个女孩，一个注定要惊世骇俗的女孩。如果这种山顶生活再持续几年就好了，可惜人世间一切不可多得的幸福都是短暂的。这是上苍奇妙而浑蛋的设计。

在小女孩出生后的第三年春天，她的父亲就被人叫下山去。母亲独自支撑学校，总以为丈夫不久就会回来。她等了十几天，终于不再等待，背着孩子下山了。丈夫关在一座带铁网的房子里，围墙很高。她每天候在门外，希望有一天能看到那个身影。不知过了多少天，有个人出来问了她的姓名，说进来一下吧。她背着孩子，孩子从背上挣下来，因为孩子一眼看到了一个佝偻的身影。天哪，爸爸变成了这样，头发白了三分之二，脸凹下去，整个人像麻秆一样,抬起的手在颤抖。她扑过去,用尽力气撑住他随时倾倒的身体。孩子什么都不知道,看着这个大口喘息的男人。妈妈说:"你爸爸。"孩子叫着:"我爸爸。"

一家三口想尽快返回山顶,可男人走不动了。他们不得不在山下找个地方歇息一会儿,等有了力气再上山。后来她觉得拖下去不是办法,就让女孩留下陪伴爸爸,她上山喊那些矿工下来帮忙。她固执地认为只要返回山顶的窝棚,一切就会好起来。几个矿工随她下山,还没等走近就听到了哭声:女孩伏在爸爸身上,爸爸没了呼吸。矿工问怎么办,她眼里没有泪,说了一句:"上山。"

她的丈夫埋在了山上,在小学旁边,那儿有一棵小小的黑松。她每天照例打开小学院门,给一群孩子上课,让自己的女儿坐在石头桌旁。从那一天起,她没有笑过。山上岁月本来会延续下去,可出乎预料的是山下来了几个人,他们在院内看了看,又在外面转了几圈,然后与她谈话。一个脸庞很大的人对她说:"你是有功的人。不过这所小学要正式收编,会有两个人,不,三个人来接替你。"她怯怯地问:"我怎么办?""你有功,所以不能薄了你,你去山下做教工吧,那里条件更好。"她哀求:"让我在这里做教工吧。我的丈夫也在这里。"听的人愣住了,后来才明白这是指不远处的那个坟头。大脸庞说这个不行,"你三天内就得下山,收拾一下吧"。

她下山了。矿工们帮她们母女搬运东西:一个书架、一小捆书、一些杂物。她住在了城郊的一所小学旁边,这里有一间黑苍苍的小平房,工作是烧水和打扫卫生。女儿该上学了,她可以进这所小学。这是母亲最欣慰的事情。

3

树大招风,这个朴实的生存至理,是我进入机关的第四年开始感受到的。我绝对不是什么"大树",只是有这种可能而已。我的直接领导是女上司,我来自著名学府,还有我不俗的谈吐以及干净利落的处事风格,特别是我的公文能力,都是得到认可并引起某些人忧虑的深层原因。我在学校曾有过文学梦,还收藏过一些国内外文豪的照片。第二学年有人组织了文学社并办了一份油印刊物,我即颇不自重地积极要求入社,还在刊物上发表了三篇散文。我写的是少年游走的一些片段,主要是山地风光,博得了主编的青睐。他列举的两三个苏俄自然描写圣手都让我入迷,我找来了他们的全部作品。任何事情皆有利有弊,也就是这段经历,让我入职后的公文生涯遇到了挫折:语调不对,常常是无法遏止的抒发,成为公文写作的天敌。好在经过机关资深人士指点,一切很快有了转机,我不仅能够在相应的套路里应付自如,而且还将学生时期的文学训练适当移植和改造,使简洁直接的论述、照本宣科的文字有所发挥,显出了灵活而又规范的智性、一点创造的品质。女上司最早发现了我的这个优长,进而对我的形貌和举止也赞赏有加。"一个多好的苗子,"她直言不讳,"大部分人都是这样干起来的,努力吧,严格要求自己。"

那是我严于律己的时期,每天至少早到半个小时以上,擦桌子搞卫生,一遍遍抹瓷砖地板,险些把进门的领导给滑倒。我进步很快。一些必要的程序也随之而来:发外调函是起码的,其中有一封要发到原籍。因为我出生在一片林子里,那里不属于任何村庄,而且稍大一点就投靠了族亲,然后开始四处游荡,所以由谁为我出具证明一时很难确定。但程序必须完整,于是那封信函就交由离一片林子最近的某个村庄签回,错字连篇,一张两寸宽的纸条上写道:生父反动伪区长。就是这样一张小小的纸条,差点要了我的命。按当时的情势我必被逐出机关,后来却有惊无险。事后才知道这是女上司大开恩典,她说那根本不必较真,认为机关里离不开我,外调函入档妥存,当下使用可以不受影响。

尽管一切都是私下进行的,我在一年后还是逐步清晰起来。起因是一封广泛散发的匿名信,信中用语下作恶毒,全是辱骂威胁,如"伪区长孝子贤孙滚出去"之类。我从愤怒中冷静下来,想到了一个叫"绿林镇"的人。这人以出生地作笔名,偶尔在报刊上发一则时令小文,野心膨胀且极为粗鄙。我来机关工作的第二年此人就被精简,我们间接共事的时间不到一年半。就是这样一个人,固执地认为我的到来妨碍了他的前程。他得知那个小纸条后如获至宝,一口气将匿名信散发到机关内外,甚至是多家媒体。

当我将那封嫉恨满满的信件交给女上司时,她一点都不吃惊。原来她早就收到不止一封,语气淡淡地说:"不必在意。"我却难以轻松,从此知道何为人渣。后来一年年过去,我的预计一点没错:随着那个人的沦落和绝望,他发出的诬告和辱骂文字越来越多。我越发感激自己遇到了一个明晰而正直的上司。我不得不向她简述身世:我出生于一个不幸的、蒙受冤屈的、为民族进步付出了生命和鲜血的家族;我的父亲母亲以及外祖父都是理想主义者,他们有的甚至为此付出了生命;为寻一条生路,我不得不在少年时代背井离乡,浪迹整个半岛。她听着,不知从什么时候开始抚摸我的头顶,笑吟吟的。我吃惊的是这样一部苦难史压根没有打动她。她说:"没事,没事的。"

我深深地感谢她,不会忘记她的援助。怎么报答?她需要什么?我只有努力工作,尽职尽责,心无旁骛。要做到这一点是很难的,因为工作无穷无尽地烦琐,有些事情应付起来十分困难。比如加班的问题。由于"单身汉"的便利,我可以将许多业余时间耗在办公室,这里比我的宿舍更好:宽敞明亮,书籍应有尽有。可是其他处室的一个女单身也有这样的癖好,她大部分时间也要待在办公室,而且喜欢找人聊天。她有一张圆圆的脸,名字也叫"圆圆"。

有一天圆圆说:"我的宿舍里有一只大老鼠,吓死我了,你哪天晚上帮我逮住它吧。"我犹豫着,未置可否。"有它,我就不敢待在那里。"我随口说道:"是的,一山不容二虎。"她的嘴一下噘起来,我这才发现自己说话没有过脑,赶忙道歉。她身上散发出浓郁的茉莉花味儿,大概用了香水或浴液。她夸张地朝我举了举拳头。

女上司注意到圆圆,说:"这个孩子不省心,身边总跟着几个男友。"她一边说,一边服用三四种药丸。那是进口补充剂,大概只有她才搞得到这些东西。人们背后议论说她总吃一些古怪的滋补品，燕窝鱼翅之类早已不在话下，还有更奇怪的闻所未闻的什么东西。这使她看上去至少年轻二十岁。"我家那口子根本不信这些药丸，你看他。"她饮下一大口水。我马上想起首长火鸡一样的颈部和腮肉。不过谁知道呢，有人背后说那是因为他身居高位操心太多，还有一个最不利的因素：有一位风姿绰约的夫人。我承认，以她这样的年龄，有这样一张紧致的面庞实属难得。不过身材稍稍胖了些，脊背很厚，也算美中不足。我们一起去南方出差，那儿有著名的温泉，洗浴后身上有一股硫黄味儿。那一次她沐浴时不小心拉伤了，很别扭地捏着一只小瓶往后背上喷涂。我喊服务员，她立刻阻止："别，也就是三两下的事儿。"她抓起一条毛巾护住前胸，将小瓶递给我："一边按一边上下移动。"多厚的脂肪层，皮肤上好像有一层蜡质，喷上的药剂很快凝成水珠滚落下来。

女上司交给几粒药丸，盯着我吃下去。"很贵呢，效果明显。"她说。过了几天，她又给了几粒。好像没什么异样的感觉。我把这事对洛珈说了，她一阵赞叹："这样的领导多么难得，善良的人！"我琢磨她的话，再次想到在一个至为紧要的关头，女上司给予的理解和帮助。

不过有一件事情还是鲠在心头：洛珈对大面积散发的匿名信内容肯定知晓，尽管她不置一词。我认为关于自己的家世、那些屈辱与不幸，必须对她从头陈述才好。这多么重要。可是每次尝试着开始这个话题，她都有意无意地避开。她尊重我的隐私，可是对我来说，为亲人辩护和洗污则是一个神圣的权利。我努力忍住，但一想起那些侮辱和诅咒的污脏的言辞，就有愤起指证和反驳的冲动。世上所有的被侮辱和被损害者，都迫切需要自洁自证。

就在那次东部小城之行不久，我们终于有了倾诉的机缘。但这次是她而不是我，最终坦露出一段惊人的身世。我被挚爱之人沉重的苦难、血缘至亲的苦难所压迫，几近窒息。那条曲折交织的血泪长线对我来说一点都不陌生。这在二十世纪五十年代生人这儿，全都不会陌生，这正是悲剧之所在。这不是某一个群体和个体的悲剧，而是绝对的大面积的悲剧。我们后来者又能做些什么？似乎什么都做不了，所能做的只是把悲凄留在心中，将幸存者拥住，揩去对方的眼泪。可是她没有眼泪，那双眼睛已经来不及哭泣。

我多么想在她停止之处开始讲述自己。那将是另一个故事，尽管它们颜色稍有不同。但我最后还是没有找到机会。我只是不断地安慰她。我对小城之行看到的一切能够深味，并逐一想着细节：老母亲慈爱的目光、颤颤的抚摸；母女俩长时间的依偎和无言对视；那个手持宝剑的大男孩；阴暗而沉闷的别墅楼。那几天洛珈常常独自活动，开始她的故地重游，现在想一想，她一定在那些日子里去过郊区的小山。

我以后有机会也要上山，去看那座破庙改建的小学，它旁边的坟头。这是爱人的出生地，是我生命的另一半在这里留下了痕迹。这些打算只是装在心里，可想不到的是机会说来就来：女上司带我们科室的几个人去半岛地区，回程要在那座小城待两天。她让我留下来陪伴。

我们在这里一共停留了两天，我则用半天时间去了市郊。那座山不高，可乘出租三轮。我一路上细细地看着四周，生怕遗漏任何一处景物。当年这条坡路艰难地走着几个人，他们在这里攀爬了无数次。而今它比较平整，铺了石灰石，车子经过时扬起一阵尘土，两旁是高高的蜀桧。很快到达山顶。游人稀疏，都是逛庙的人，没人知道小学和矿山，它们早就不在了。一座不大的庙：主建筑一溜四间，两边各有一厢，一看就知道是翻修过的。进了院门是呛人的香火，像所有庙宇一样。大殿上有一个瞌睡的老和尚，另一个稍年轻一点的在院里提水浇菜。泥塑威武，怒目吓人。看不出半点当年学堂的样子，只想象这里曾有一片石桌石凳，有老师和孩子。边厢可能搭过那个窝棚，她就在那里降生。我走出院子寻找坟头，发现了一个圈成椭圆的水泥矮墙内耸立了碑石。这是一处墓地，比我预料的要庄重肃穆许多。我走进去，默立鞠躬，献上一束花。

从墓地回来心情沉重，一时竟无法从那种气氛中摆脱出来。那不是一座山、一座庙宇和一座墓地，而是堆砌的一个悲凄故事。女上司用许多时间看自己最新款的智能手机，迷上了它，只偶尔低头说点什么，话题仍旧是它："高科技真了不起。一机在手，什么都有。"她朝我晃了晃手中的东西："我用它毫无问题！刚开始有个朋友吓唬人，说这种手机可别乱用，按错一个键不得了。"她笑了："他说自己不知按错了哪里，结果它就一直发热、发热，吓得他直接扔进了水盆里。"我看看她手里的物件。"还好，没有爆炸。其实发热是正常的，像人一样，剧烈思考时脑瓜就会发烫。"她把手按在我的脑门上，"不热吗？"我这才发觉自己的身体太靠前了。新科技总是吸引我这样的人。我的手机已经换了几茬，现在还是远远落在了后面。我把头缩回来。

从东部回来见到洛珈，惊讶地发现她也拥有一部最新款的手机。她晃一晃，很快从包里拿出一个精致的黑色盒子。"送你的礼物。"她抿着嘴。打开后才发现，这和她手中的一模一样。这么快就加入最新一族，我有些兴奋。她说真是神奇，这么小，却抵得上一台电脑。"我们以后联系起来更方便了。"她说过之后神色暗淡下来,好像想到了另一种后果:失去的距离、被侵袭的独立空间。她对此是敏感的,我必须认识到这一点。好在她很快愉悦起来,沉浸到高科技带来的快乐之中,一遍遍抚摸它:掌中之宝。我的思绪却转到了那座山上。那个堂皇的墓碑好像压在了人的心上。它没有让我增加安慰。大概再朴素一点才符合墓主人命运的色调。这墓园整饬得太过了。

我们在附近餐馆里用餐,然后回家。这一次我没有带花。我不久之前将一大束花放在了一座墓前,至今心情还在压抑中。她发现了什么,进门后先是沉默,后来又将手搭在我的肩头,用力攥我的胳膊。以前的这个时刻我会在她胸前寻觅那种熟悉的气息。我捧起她的脸庞,在一双沉静的目光中寻找什么。双眸深处有无限遥远的声音,这让人想起漫无边际的草地和花,还有更远的蓝天、地平线。这种感觉时而闪过,它总是从那个黄昏的干草垛旁边开始,未能中断。奇怪的是,当我得知她几十年的历程特别是她曲折艰困的童年,却发现这种梦幻般的感受正在消逝。我看到一丝丝阴郁正在汇集和围拢。

夜深了,我们皆无睡意。我睁大眼睛看着上方,她的手在我额头那儿按了一下,拥了被子坐起:"我知道你去了小城,去了山上。"我对她的消息灵通并无吃惊。她很容易就能得知我与女上司的行踪。我也坐起。这个夜晚很难入睡。我说到了那座山,声音艰涩。我说那个庙里的泥塑太蹩脚了,那个矿山也没了,那座学校真该保留下来。

她一直没有回应。这个夜晚有些冷。我们坐了很久,她的手伸过来。"我决定为母亲买下那幢房子,就是我宿舍院里的一套三居室。旧了些,但位置好,与我相隔不到五十米。那里很安静,她一定喜欢这个环境。""可是她坚持住在小城里,也许不会来的。"我说。她摇头,像下了很大的决心:"我一定让她搬到这里。我不能让她那样过下去,她这一辈子啊!世上没有哪个女人经历了这么多苦。我放心不下她。""好在棋棋和她一起。""他玩心太重了,在他父亲的房子里胡闹,有一帮臭味相投的纨绔子弟。他们这一伙成天谈论打仗的事,还制订了一套很大的作战计划,煞有介事地报上去。多么可笑。他是不能指望的。""他知道母亲以前的事情吗?""不太知道。他心里只有母亲再婚以后这段历史。对于我,后边的这一段倒也可有可无,也许没有更好。"她的声音沉下来。

　　她的继父太显赫了,以至于彻底改变了她们母女的命运。她对他没有多少感情,"我们在一起的时间不多,有一多半日子是恨他的。后来他年纪大了,我也上学了。母亲总是在我们之间为难,这让我不忍。后来我和继父的关系缓和了不少。他给我的好像太多了,我能够上学、进机关,多少都与他有关。他去世时我回去过,主要为了母亲。这些事不该告诉你。母亲和继父、我和弟弟,这四个人组成的家庭太复杂了。我不知该憎恨还是感谢,这辈子都想不明白"。

　　事情的分水岭似乎不是母亲和继父的结识,而是更早。当时母亲在学校开水房做工,母女俩住在校外的一个板棚里。有一天校长不知怎么知道了烧水女工当过教师,就请她到学校代课。当时正闹教师荒。母亲再高兴不过。她很快成为全校最受欢迎的老师。学校内外都在传说,说她站在讲台上就是一幅画。上边领导来听课了。校长自认为有功,到板棚来探望,说这个住处该换换了。她说谢谢您,我们住这儿就好。校长说不可以。

她们搬到了校内宿舍区的一座平房里，虽然只有一间，但外面有一个油毡纸搭起的小厨房。这是洛珈有生以来住过的最好的地方。一切簇新，充满希望。唯一让母亲忐忑的是校长的额外关照。她每次看到这个人耷下的长发、一脸的甜笑、手中提的一点东西，都感到难过和尴尬。校长说："吃豆腐吧。"他放下手中的东西就走。那时豆腐要凭票，是不薄的礼物。她和女儿吃了豆腐，也吃下了惧怕。这样的日子实在煎熬。大约半年之后，一场人生的大转折就来了。起因是小洛珈在校外不远的一条街上玩耍，不小心被一辆吉普碰倒。不过是一点擦伤，但为了保险起见，车内的人还是把小姑娘送到了诊所，上了一点碘酒。母亲及时赶去了，车上的人也就看到了她。那人正在吸烟斗，是个军人。

第二天有个年轻的士兵提着慰问品前来探望。她推辞，士兵就鞠躬，说是首长特意关照的。又过去几天，一个披了军大衣的五十多岁的人大步走来，身边是那个士兵。她有些慌。"这是首长，首长不放心孩子。"士兵说。首长嚯嚯笑，手里攥着一个很大的黑红色烟斗。她慌慌地看着烟斗，说："没有伤啊。"首长板着面孔："怎么没伤？我亲眼见了。她去哪儿了？""上学去了，首长。"她抑制着全身的战栗，往后退着。首长看看四周，"很好嘛，很好嘛。"他这样感叹，握了握她的手，告辞了。

她想不到这人有多高的职位，更想不到以后发生的事。不久教育部门的一位领导亲自接见她，客气到无以复加，询问了许多事情，主要是以前的情况。她以为是关于工作变动的事，担心失去这个职位。她说："我会好好干的。""这不是问题，哦，你在家里听消息吧。"一场接见就这样结束。三天后那位领导亲自登门，满脸笑容,坐下不久就说出了一个天大的事情:一位首长两年前失去了妻子,现在是一个人,所以迫切需要有人帮他料理。"首长是一个人,我是说他没有子女。他需要一个助手。"她瞪大了一双眼睛。"这个首长你是认识的,他来过,所以就有了印象。"她想起来,连连摆手:"我不适合当助手,我只会当教师。"领导收起笑容:"你误解了,助手就是妻子。明白了吧?"她的脸红到了脖子,慌得说不出话。她退到了角落,不再说任何话。

后来就是那个首长亲自出面了。这一次他让车子停在远处,那个士兵也站在十几米外,只有他一个人过来敲门,弓弓腰进屋。她很长时间没敢抬头,为他倒了一杯开水。他直来直去,说这是一个真心实意的决定,当然绝无强迫之意。"本来我已经不想解决家庭问题了,忙得根本顾不上这些。不过也是天意,因为你的孩子,我们就认识了。请你考虑一下吧。"她听着,奇怪的是慌慌的心渐渐平静下来。她抬头看着他说:"首长,我们是冤枉的。"对方一下愣住了,这样停了十几秒,他大声回道:"那算什么!那什么都不算!"

她的泪水哗一下涌出。她哭弯了腰,站不住了。他不得不搀扶她,她几乎偎进了他的怀里。她好不容易才止住泪水。这个场景让她终生难忘。也就在那一刻,她盯着对面的人仔细看了两眼,牢牢记住了他又大又粗的鼻孔和宽阔的脑门、虎气生生的眼睛。她从没见过这样决断和自信的人。她小声吐出一句:"我想一想。"

一个月之后,他们走到了一起。与此同时她有了一份正式教职,到邻近一所中学去工作了。原来的小宿舍放弃了,她和孩子一起来到了离小城有点距离的大院里,住到了一幢大得吓人的独栋楼房中。在她看来这个大院里的小屋、棚子、鸡舍鸟舍之类就足以安顿好几家人了。首长喜欢动物,养了一条大狗、几只鸡、两只猫、一些鸟。在一个围了铁网的镀锌铁皮屋顶的小房子里,鸟类多极了。楼房后面有一个大游泳池,如今被主人改做养鱼池,里面有多种鱼,他闲下来就在那儿钓鱼,钓上来直接交给厨子。勤务兵不止一个,他们无声无息地进出,只在那些附属小屋里活动。她直到几个月后才敢扯着孩子的手从头探究这个院子,很快与那条大狗熟悉了。那两只猫和鸟用了更长一点的时间接纳她们,而她们最喜欢的就是这些动物。与她几乎同时来到这里的还有一头驴,原来主人最喜欢的动物就是它了。这头驴刚刚长成,温顺,有一双大眼睛。她和孩子长时间站在驴子跟前,捏弄它柔软之极的嘴巴,抚动它的脊背。

  洛珈害怕这栋楼的夜晚。这里大部分时间又黑又静。无数的房间让人迷路,所以她一到天黑就不敢踏上走廊,而是待在自己的房间。那是二楼尽头一间向阳的屋子,有书桌图书和带布幔的小床,床前有一块小花地毯。这间房子好像用丝绸做成的,给人一种又软又暖的感觉,好极了,好得不像是自己的。十点之后楼内大部分房间就熄灯了,一切声息随之消失。可是洛珈的耳朵在这时候是最灵敏的,她会听到楼下小猫的走动。大厅里的什么东西在啵啵响,那是金鱼在吐泡。一本书倒下了,一只小壁虎在窗下逃窜,一条百腿蜈蚣在走廊边角游动。十时多一点的静谧时刻,二楼最西端的南边,就是最大的那间卧室会响起粗重的喘息。这是那个人的声音。那儿好像没有母亲,因为从来没有她的一丝声音。喘息粗重如牛,如大象和野猪,一会儿就有了"啊啊"的嚎叫。那是不加掩饰的大叫,整座楼都会震颤。洛珈捂上耳朵,可这声音又化为低沉的共振,让震颤的楼房一点点安定下来。她觉得母亲势单力薄,正被一个粗壮的人欺负,没有任何还手之力。她哭着,在黑影里摸索,摸到了桌上的一把水果刀。

早餐时三口人在一起。洛珈不看那个人,只留意母亲的一举一动。她发现母亲更瘦了,走路时像一条游动的鱼,尽管倾尽全力要把路走好,步履还是有些飘摇。母亲额部和颈部有些异样,但不是伤痕。那个人哈着气对母亲说话,一只大手揽住她,又往洛珈盘子里夹好吃的东西。母亲小声对她说:"你自己来。"洛珈把椅子挪开一点,母亲马上说:"孩子对烟味敏感。"他立刻把烟斗拿到一边。其实他并没有吸。早餐后整个大楼上只有她们母女俩,这时洛珈才敢到处走动。她对整幢楼熟悉起来,比母亲更熟。她告诉母亲阁楼上有什么,地下室有什么,她发现了一个堆满大小玻璃瓶的屋子,原来全是酒。

洛珈从来不叫那人"爸爸"。母亲有些生气:"我们现在是一家人了。你不能这样。"她不愿让母亲不高兴,因为她发现母亲自从进入这个院子,额头变得有些异样,光洁的皮肤更薄了,大眼睛依旧明亮,只是偶尔有些尖利。那尖利的目光会刺伤许多东西,不经意间刺伤了自己的女儿。她拥住母亲,只想哭,谁也无法安慰她。她想告诉母亲:如果十点之后再有野兽的嚎叫,说不定会有人挥动刀子的。她忍住了没说。母亲拍打她:"军人的鼾声总是大的。他是打过仗的,火暴人、直性子。""他把你当成敌人吗?"她擦擦眼泪。母亲搂住她:"傻孩子,相信妈妈,他是个好人。你要和他亲起来。"

洛珈和那头小驴亲起来了。她把大量时间花在它的旁边。她与它说话,亲它的脑门和嘴巴。她迷上了它的气味,这是阳光留下的,是它渗出的油脂被阳光照拂之后生成的。在她这儿什么都是气味在先，是标志和记忆，是最终的辨识。小猫有青草和小虾混淆的味道，鸟儿有树脂和泥土味儿。狗是朽木和臭虫相加，然后再添上旧衣服的味道。那只大鹦鹉有一股辣椒味，它生气骂人时又多了一种臭胶皮的气味。她最熟悉的还是人的气息：继父是臭袜子加酒加烧煳的锅底味儿，母亲是半干的木槿花的味儿。她最着迷和喜爱的就是亲生父亲的气味：那是在北风里摇动的竹子的青生气。这座阴森森的大楼里总是有多多少少的焦煳味和皮革味，因为从根本上讲就是主人散发出来的。那个人离开，窗帘打开，阳光洒进，那种令人讨厌的味道开始一点点淡薄。这样直到迎来又一个夜晚，十点临近，她把门窗关紧，用被子埋住脸庞。嚎叫和巨兽的喘息又响起来。整幢楼在撼动，然后吱吱地、一丝一丝地归于呻吟，只剩下金鱼的吐泡声了。黎明来得十分艰难。

  那个人为她买来一些画书、一支笔，还亲手为她编了一个蝈蝈笼。她收下，接过蝈蝈笼，把蝈蝈放掉了。那个人坐在鱼池旁，见她从旁走过，就放下钓竿去牵她的手。她挣不脱，被紧紧搂住。他试图将她扳上膝头。她还在挣脱，一歪头看到了他眼中有一层泪水，就不再挣扎。"孩子，我们和解吧。"她安静地在他膝上坐了十几秒钟。她记住了他眼中那层浅浅的泪水。这一次有一条红色的大鱼上钩了，午餐成为一道主菜。餐桌旁的三口人似乎比过去吃得多一些。男主人依旧要喝酒，母亲对孩子说："给爸爸添酒。"她犹豫了一下，为他加了一点酒。他一饮而尽。

  母亲成为那所中学的副校长，而且分得了三居室。这让母亲无法拒绝，但一直觉得受之有愧。她始终都是一位尽职尽责的教师，并没有因为职位的提升而减少一点课程。这套居室使她有了午休的地方，她爱上了这里，尽一切机会打扮这个居所，把最喜欢的一些跟随了很久的小玩意儿都搬了过来。她发现最高兴的其实是女儿，女儿有了固定的住处，更愿意住在这儿。她把以前带到那个大宅后未曾打开的杂物包提来，里面都是看上去应该扔掉的东西：残破的课本、笔记残页、几张纸片、坏掉的自来水笔、断了半截的皮带。这都是从那个山顶窝棚里取来的。它们分别放进了新居抽屉，放在写字桌上。如果是加班，她和女儿就在这里过夜，这时女儿高兴极了。但是连续住上两晚的机会是没有的，因为那个脾气急躁的丈夫会让人开车把她们拉回去。女儿想自己留下过夜，母亲阻止了她。

洛珈的十岁生日，被继父弄成了一个大日子。厨子搞了一桌丰盛的酒宴，还请来十多位客人，有大院的人，有母亲所在学校的校长。母亲特别说了继父的意思，让女儿请来几位要好的同学。洛珈没有同意。宴会厅在一楼，那一晚枝形灯好亮，长条桌上还有一大束鲜花。这是她们母女第一次参加这样隆重的晚宴，全部理由就是孩子在十年前的这一天出生了。所有来宾都惊叹这个少女的美丽，把最好的言辞抛向这个肃穆的孩子。男主人眼窝湿润，一手搂紧妻子，一手拉住洛珈说："这是我们的公主。"他喝醉了，妻子不得不搀扶他离席。整个晚宴的后半场都是母亲一个人应付，后来洛珈也活泼起来。宾客高兴，再无拘谨，他们也喝多了。有的喊着"首长"，直直地盯着女主人，泪水流下来。校长即席唱了一首古怪的歌，原来是老家迎亲时才唱的老歌。一个上年纪的军人哭着，抹着泪水讲到一场战争，对洛珈说："你爸爸是个了不起的人，是大英雄，身上有十几处伤。你妈会看到的。"说着转向母亲："你该不会被他的伤吓着吧？"母亲没有作答。

洛珈在夏天时见过继父背上的刀伤。他说这是打游击时落下的,"那时不过是几十人的小队伍,边打边跑。武器差极了,只好晚上活动,混在百姓中间"。他又大又黑的烟斗握在手中,像一把手枪。"我们白天在山上,天黑才敢下山。半岛那一带分成白天晚上两块地盘,各管各的。胜利来之不易啊!形势的扭转是后来,后来。"他说着,一个勤务兵跑过来打敬礼,递过一个文件夹。

母亲生下了一个儿子。从此生活全变。男人对来访的朋友说起这个孩子幸福极了。他说以前没有孩子,"那不是自己的问题。妈的,我也有了儿子。再加上女儿,也算儿女双全了"。洛珈发现母亲除了把大量时间花在弟弟身上,就是对这个与自己生下男孩的男人亲近了许多。母亲的目光看他时,与以往完全不同。而这个继父对儿子疼爱到极点,在母子面前常常做出一些顽皮的动作,嚷着:"儿子快长吧,我们要一起喝酒。"他对洛珈似乎比儿子降生前更好了,总是说"我的孩子,我的好孩子",说:"你看怎么样?你看是不是这样?"他和她商量事情,把她当一个大人看。有时他会跟她讲战争年代,她听得出神。她想到的是母亲和亲生父亲,他们也是从战争年代过来的人。她不得不正视的一个问题是:继父和亲生父亲以及母亲经历的是同一个半岛上的战争,结局却正好相反。她把一切疑问装在心里,既没有问继父,也没有问母亲。

在等待弟弟长大的日子里,洛珈课余时间主要和院里的动物玩。那条大狗衰老了,缓慢地跟在她身后,一起去找那两只猫、许多鸟和那头驴。继父总让她骑驴,牵着它满院走。她后来不愿这样,因为这头驴是她最好的朋友。她与它单独讲述童年,那是山上的故事。她说到了破庙和小学,窝棚里的油灯,灯下的爸爸不停地写啊写啊。爸爸写了一沓沓字,它们寄走就没了下落。它们只有很少一沓被母亲保留下来,藏在了一个地方。她抚摸着驴子的嘴巴说:"你的爸爸在哪儿?我的爸爸在山上。"

洛珈上高中后是住校的。她每个星期回家一次,最想看的是母亲,其次是那头驴,再就是狗猫和其他动物。上中学第二年秋天狗死了,正好是一个星期天,她看着家里人和勤务兵一起,把它埋在后院一棵大橡树下,还立了一块小碑。她因为失去了一位童年伙伴而哭个不休。母亲也哭了。继父没有哭。后来有几个星期天她没有回这个院里,而是住在那所中学的三居室里。她越来越觉得这儿才是真正的家,总有一天母亲也要搬回这里。深夜她到母亲的房间待了很久,拉开抽屉看那些陈旧物件。她知道它们来自哪里,把脸贴上使劲嗅着。它们的气息与那幢大屋里的一切全然不同。就在抽屉最底层的一个纸袋里,她看到只写了几页的一沓灰纸,这是父亲生前刚刚开头的一份申诉书,还没来得及寄走。她哭了,一夜无眠。

一个星期天,因为母亲等不来她,就直接找到了校园宿舍。洛珈和母亲仰躺在一张大床上,突然问了一句继父的事:"他亲口说的,他以前也在一支小部队,在半岛山地打游击。"母亲在夜色里说:"是这样。""我的舅舅,外公外婆,他们都是被这样的小部队杀害的。"母亲坐起来,手按在她的胸部:"孩子,那可不一样。你说的是土匪。""那他们呢?""他们是游击队。""杀人的那些小部队也说自己是'游击队'。""那不一样!那可不一样!"母亲的声音生硬起来。后来没有一点声音了。这样待了很久,洛珈有些害怕,坐起来看母亲。原来母亲一直大睁眼睛看着屋顶,眼里是汪汪泪水。

如果不是因为母亲、院里的动物朋友,洛珈再也不会回到那里。她最可怜的人就是母亲,觉得她为了女儿和亲生父亲,也许还有死去的其他人,才走到了今天这一步。她爱那个人吗?那个人爱她吗？洛珈不信，长得越大越是不信。她知道继父虽然位高权重，但绝不会替他们申诉的。他只会没完没了地欺辱母亲。洛珈随时留意观察母亲的变化：一大早起来整个人就变得苍白和单薄，走路时就像一个影子在飘动；早餐后喝一点红茶吃些零碎糕点才有一些力气；到了傍晚时分就会六神无主，看着窗外的晚霞，听到门外响的囖囖皮靴声，两个肩膀开始发抖。继父踏得楼梯嗵嗵响，有时还没上楼就大声喊叫，有一次见到楼梯口的母亲，当着洛珈的面就恶狠狠地把她拥紧在墙上，说"啊呀啊呀"。他仰着脸翻着白眼，大口喘气。母亲挣出一只手指着女儿："拿脸盆来，再拿条湿毛巾。"他醉了，但直到最后也没有吐出来。

就因为嗜酒，这个男人住过两次院。他的肝部不舒服，脸色苍白，眉头中间有深深的皱褶。这时候他克制着不发火，尽可能声气柔和地与身边人说话。母亲小声对女儿说："去爸爸那儿待会儿吧，他想和你说说话。"洛珈走到他身边，在他沉沉的大手下一动不动。他夸她的作文，说小小年纪就已经能写这么长的文章了，"我读了好几篇。你问的事情都太久远，我得好好想一想。我保证，我不会跟你妈说的"。他眨着眼，眼角瞟着一边忙着的妻子。洛珈点头。

继父说的"作文"其实是关于战争、半岛往事的一些询问。她在住校期间花了大量时间翻阅这一类文字，那是资料室里的几本回忆录。剿匪、起义、收编，一场场战斗，村庄里发生的屠杀，回忆录中都写到了。她最想读到的是外公外婆和舅舅惨死的那个村子，可惜一个字都没有。她想这也许是有意回避。类似的记录是有的，但它们的内容常常给人南辕北辙之感，让人看得头晕。她想得更多的是母亲口中的故事，还有继父讲的一场场大小战斗。她惊讶地发现它们常常像距离不远的同一场大战或小战,如果连接起来就是半岛的昨天了。她把一些疑问装在心里,想问这个近在眼前的父亲,问他的小部队,问那些属于他的夜晚和山地,一切都是怎样的?她把这些提问装入信封寄出,并在其中叮嘱:这种通信是属于她和他之间的秘密。

大概半年之后,继父回信了。她发现可能是喝酒的原因,他的手捏不紧那支小小的笔,字迹又僵又丑,不过总算看得懂。这些磕磕绊绊的句子,所用词汇大多是另一个时代的,有些概念十分费解。什么"支队""关防""县大队""五司令"之类,不时出现。她持续提问的事项包括山下小村的一次屠杀,一支小股土匪应和异族军队的袭扰,还有一场可怕的劫掠的实施者,他们甚至比大股敌人残忍十倍。悍匪从山里蹿出,夜间活动,没有正规番号,一年之后才归属另一支大部队。继父说那支匪兵是有的,他们先从一支敌伪武装中分离出来,不久合而为一,再不久又一次分离。总之那是一笔糊涂账,"战争年代,风头一变番号也变,有枪就是老大,有武器就能拉杆子,一年里出了十五个草头王。但总归邪不压正,他们几年后全都完了"。他在一段叙述后用重重的墨迹写道:"相信爸爸,我是极痛恨、极痛恨他们。爸爸跟他们对着干,决不认输。爸爸身上的伤就是明证。爸爸有十一处伤,其中重伤三处。"

洛珈一遍遍看继父的回信。她为他百忙中抱病写这么多而有些感动。但她不认同"伤就是明证"这样的辩词,只是问下去。继父有一封信具体谈到战时的给养问题:"这不能说全部来自支援和捐献。用书呆子的角度看特殊年代、看残酷环境里发生的事情,也就无法理解。我的大宝贝孩子,爸爸绝不是打家劫舍之徒,看不得那么多眼泪。有人抢了寡妇的东西、孤老汉的口粮，那是不能让人心安的。当年的区公所两面支应，其中有好人也有坏人，坏人被我们干掉是应该的。大户人家都跑了，随官军跑得没踪没影，有些事也就不好办。为了见一点荤腥，有时得冒生命危险。说这些琐细的事有些离题了，爸爸想告诉你的是：战争年代纪律严明只是相对的。如果存活都成问题，还死死护着老百姓的一只鸡，说出来也没人信。"

洛珈为继父的坦诚感到欣慰。可是她的提问才刚刚开始。她想弄懂半岛地区极盛时期的十五个土匪司令，他们从刚刚成形到土崩瓦解的许多年里，分散聚拢了多少次，以及散成小股匪徒的最后归属。她以前听母亲说过一些强人的名字，那些骇人的片段无法镶嵌拼接，越理越乱。她现在相信机会来了，继父就可以帮助自己，因为他极有可能是这些人当中的一分子，幸运的是最终走向了"光明"。继父的信中也直言不讳："顽抗到底，死路一条；弃暗投明，既往不咎。"她紧接着问："既往如果血债累累，也不咎？"这封信发出了太久继父都没有回，原来他又住院了。出院后一个多月回信来了，嚯，好厚的一沓，简直是超额完成解答。可惜看下来，她需要的主要内容不多，倒是充满了思念和牵挂。人老了，重情谊了。他写了那头小驴和鹦鹉，说小驴显然因为看不到她而不愿吃饭；而那只鹦鹉开始骂她了，因为它只要想念谁就会破口大骂，"没修养的东西，说话还带唐山味儿"。她能感觉到写这些时他的心情会好一些。她的眼睛湿润了，因为后面写到了母亲："你妈的心思全在你弟弟身上。这小子不是东西，吃奶咬人。喊叫，总之很坏。长得像我，将来是武人哪。"啰唆了几页才接触正题，说到了那些顽匪惯犯："他们一般没有好下场，投诚也没用，晚了。凶狠的人上了战场立了功,也要看功大功小,能否抵过。有的投了又反,反了又投,那就干脆彻底解决。我们对待投诚者的政策一直没变,机会主义者和两面派历来没有好果子吃。"

洛珈对继父的提问一直持续到对方去世。她认为自己在做一件极重要的事情,为了不刺伤母亲,一直瞒着她,只在两人之间悄悄进行。这一大堆信件在继父去世后,母亲整理遗物时才发现。母亲把自己关在屋里,不管儿子的哭闹,一连看了好多天,开门时眼睛都红了。洛珈上大学时这些信件正写到最严厉的部分:直逼问题核心,直戳事件关节。可能因为继父的身体已经不能支持,他的回信越来越短,有时神思模糊,顾左右而言他。但当时洛珈并没有想那么多,质问越发尖锐起来。这种情形一直延续到毕业。她的这个行为深深地震撼了母亲,也在后来让迟迟了解详情的我感到吃惊。

在深深的夜色里,她的倾诉时断时续,却未能终止。我这个久违的听者一声不响,唯恐打断她的述说。那个血腥的山村之夜让她失去了外公外婆舅舅三位亲人,她与他们从未谋面,却是他们的血缘后人。但母亲是亲历者目击者,是唯一的幸存者。"我一直认为,直到现在也认为,母亲是在一个特殊的年代里被迫嫁给他的。她想得还是简单了,以为这样不仅可以救我们母女俩,还可以完成父亲的遗愿,会替她转呈那些申诉。她根本不知道,她嫁给的人如果就是被申诉的一伙呢?"洛珈的目光转向我,我感到了烧灼。我有些慌:"这,这倒不至于。但是,我想,你的继父其实也是无能为力的。"她长时间不再吭声,好像在判断和权衡我的结论。这样待了一会儿她说:"不管怎么说直到最后他都没有给我一个满意的答复。死了那么多人!亦衔,你知道半岛的历史,那些土匪杀了多少人哪,可是很快人们就忘掉了。我也会忘的。可是我起码不会这么快就忘记自己的亲人吧！那样你不会原谅我，死去的父亲也不会原谅我。"我的手抚在她的额部，在柔滑的长发上轻轻滑动。

"他被严重的肝病折磨，最后几年很痛苦。我不在他身边，不过我该知道啊。我很少，不，我几乎没有请假去看过他一次，只是不停地发出那些信。我越来越严厉地质问他，最后只想逼他交代：在归属大队伍之前，他和那些人直接就是杀人魔王。我做得有点过，也许继父压根就不是那样的人，因为他对母亲那么好，对我也视同己出；主要是他对动物那么好！他死后那些动物也先后死去了，好像它们来这儿只为了陪他。我知道自己做得有点过了，母亲几次捎信甚至打电话，说爸爸想你、想你。我就是不回家。我还在写那些信。因为我牢牢记住，亲生父亲的申诉文字写了足有一百多万字，全都石沉大海；而他，继父，才为自己的申诉写了多少？大概顶多有三五万字吧，还要往多里说。"她的身子翻了一下，把脸埋在了我的手里。

我在她的脑廓那儿亲吻着。我心疼她，却无法安慰。她的眼睛没有泪水，我的手掌没有打湿。这样伏了一会儿，她抬起头："再有半个月就是他的忌日了，咱们一起去一次吧。妈妈和弟弟当然会去，她希望能见到我们。"我点头。她说："他得到了母亲，也救了她和我。妈妈说得对，如果不是因为他的护佑，我们后来也许活不下去。比我们条件还好许多的人，也死得很惨，这是真的。"我咬咬牙关，忍住了。我当然明白。"我们过着人人羡慕的日子。我后来上学、毕业分配，包括结识城里一些头面人物，全靠他。他的名字就是通行证，有一些人家我可以随便进出。母亲啊，我们为母亲买下那套房子吧。"

"这是完全应该的。"我眼前又闪过白发下那张秀美的白皙的面容。我说:"我还有十几万的积蓄,加上足够了。"她摇头:"不,钱我已经准备好了。我也不会再劝妈妈卖掉那套小城里的房子,那是她的根,她的立足点。那幢大房子早晚要被收回。她要离父亲近一些,随时去山顶扫墓。""可是她搬到这里就离得远了,大概也是她不来的原因。"她点头:"当然,这是主要的。不过她最后还要跟我住在一起,我会陪她。"我明白了,她说"我"而没有说"我们"。这又一次提醒我们两人曾经的约定,它将终生有效,属于二人之间的立法。我担心自己某一天坚持不住,让她深深地失望。我心里想着这个严肃的问题,却开口问了一句别的话,那同样是至关重要的:

"母亲爱你的继父吗?"

她马上坐直了身子,问:"你认为呢?"我无法回答。她的声音低下来,像说给夜色:"这也是我问母亲的一句话。我让她如实说。她不会瞒我,因为她用不着。你猜她怎么说?她说当时自己慌了,就那么糊糊涂涂地跟上走了。进了那栋大楼才想过来,这段姻缘是彻头彻尾错了。不过纠正已经来不及,也只好过下去。好在他不是坏人,心肠粗粗拉拉。我说,他如果爱你,就该接上父亲的申诉完成你的一个最大心愿。母亲说他比我们更懂也更明白,所以连试都没有试:没有用。'他说世上有个奇怪的道理,那就是一般的冤屈和是非可以申诉,黑白分明的大冤屈是无法申诉的。'我惊呆了:'这是你想出来的?'她摇头:'是他说的。'我父亲在世时,吃亏就在于不懂这个。"

我吸了一口凉气。我在想那个大宅主人的话。我突然想到那个人耐住性子写给洛珈的信,那同样是一次次申诉。他心里什么都明白,却仍然要写个不停,写下一生中最长的文字,那完全是因为太爱自己这个非亲生女儿了。他真的把她当成大宅里的"公主",觉得愧对她们母女。他本来可以不做回答,因为那种质询压根就是一场冒犯:晚辈对长辈、失败者对胜利者。就在这样的情势之下,这样一位身居高位且身带十一处伤疤的人,竟然在晚年,在肝病危厄、朝不保夕的煎熬之期,戴着老花镜一个字一个字偷偷给外地的养女写信。这批断断续续写了几十年的信件,应当好好保存和研读。我真想向她索要,将它们带回自己的宿舍,在一个人孤独的时候好好从头阅读和研究。

沉默的时候,我在想自己的身世。时下她已经敞开了自己,而我对她至今还是一个谜。她多次委婉地拒绝了我的讲述,却不是我的错。我现在多少明白她为什么会这样:一切不可言喻的沉重压迫,不到万不得已是绝不能倾吐的。就让它们堆积在那里吧,触碰是轻浮的。它们在沉睡,任何打扰都是莽撞的。可是目前我们之间却有了某种失衡感。她现在必须了解我,而要做到这一点,就得从头开始,从我的童年少年和青年,以及不幸的亲人讲起。我爱她的全部,就像她爱我的全部一样。所以我才听从她的安排,这样度过一生。今夜我在心里做出一个决定:写一份自己家世的详细文字,即家族传记。尽我所知写出一切,这是我的责任。我也许会有后代,也许没有。但我起码不能任"绿林镇"之流的侮辱、让不明不白的谣言泼来一身脏污。我会对后人说:这才是真实,是那段历史的本来面目。如果"黑白分明的大冤屈无法申诉",那么是否可以保存一份完整的记录?这应该是谁都无法剥夺的权利。"无法申诉"不等于"不作申诉",申诉是生命的自由。

因为一夜未眠,出门时觉得阳光刺眼,脚步都有些摇晃。我和洛珈草草用了早餐,想起这是星期一,就赶紧分手上路。我沿着人行道往前,手搭眼罩找一个站牌,突然听到了一声呼喊:"傅亦衔!是你在那儿吗?"循着声音看去,发现一辆车里探出了一张脸,是个女的,她正朝我挥手。车子在等红灯。我觉得声音很熟,但脑子木木的。她大声说:"果然是!你散步可真早!"我这才认出是苏步慧,高兴得紧跑几步,开门上车。瞧她永远一副生气勃勃的样子,咧着一张可爱的大嘴:"我必须赶在一上班去堵那个处长,为公司的事。咱们正好一路。你怎么回事?"她盯住我。我说:"随便走走。"

苏步慧咕咕哝哝:"单身汉起得就是早。我和之锷如果没事就睡懒觉,一直睡到日上三竿。三竿是多少?"得不到回答又说:"没办公司那会儿可不行,那得提前起床去机关擦地,他老干这个,跟同科室的一个人抢拖把。后来他去得再早也抢不到了,你猜为什么?那家伙把拖把藏到了女厕所里。这种恶性竞争难受死了。现在好了,自己挣钱,当然也不容易。"她突然停住,看着我:"你怎么了?眼圈发暗,身上有股胶皮味儿。"我苦笑。其实我这会儿已经好多了,一大早被一个阳光灿烂的少妇吵了一通,心情很快转好了。我说:"没什么,就是,就是想念你和余之锷。""想得憔悴了?哎呀真是难得!那就快些去我们家,我们也想你这个老疙瘩!童男子!"

她永远那样多话,口不择言。可我不愿听最后这三个字。我好几次差点喊出来:"我早就不是童男子了!"我总有一天会告诉她:自己是一个历尽沧桑的人,是一个并不单纯的人,所以说,我连挚友夫妇都给骗了!这正是我的亏欠之处。分手时我让步慧问她先生好,下车时又想起一个重要的事:"公司运营怎样?""还好！赚得不少累得也不轻！早些去家里！""好，一定一定。"

女上司早就等在办公室了，她今天兴致不高，两手抱在胸前也斜着。我问她好，她反唇相讥："你这个周末大概更好吧？"我还没想好怎么说，她已经大声发出了抱怨："给你打了多少电话，就是不接，人间蒸发了一样。"我摸出手机，她一把抓去。我说没有接到啊，也没有听到提示音。她拨弄着，嚷叫："你不知按错了哪个键，哦哦，要重启了。"她盯着闪烁的屏幕，等了一会儿，开始熟练地按键。"这样才行，就像解九连环一样唰唰打开。看多少未接电话多少信息。"我真佩服她对这些时髦玩意儿的精通，没有办法，一部智能手机常常制造麻烦。明白了缘故，她脸上很快缓解了许多，说："昨天想让你看一个人，首长秘书的表妹，在体工队，很快就退役了。个子很高，你们都是搞体育的。"我的脸一下红了。她的热心肠难以抵御。我想说"谢谢，我暂时还不想考虑个人的事情"，可是说不出口。"无论男女都有心理障碍，到了一定年龄就会格外谨慎，就像手机一样被锁住了，打不开了，这时就需要一个懂行的人帮你摆弄一下。"她可能为自己的一段妙比而得意，拍拍我的胸口笑起来。

她喜欢看我对待这类问题的窘迫情状，这是一种乐趣。我相信她对那个女体工队员并无兴趣，只是愿意张罗一下而已。我早就发现她的两大癖好：一是摆弄花草，二是为他人的情事操心。工作马马虎虎又紧紧张张，一个任务来了就吵吵嚷嚷布置下去，在极短的时间内脱手，热情迅速消退，然后就松弛下来。她聊天的能力很强，天南海北无所不包，最后总是归结到婚姻方面："你拖延到现在，老大不小的。世上事没有比这个再大的了，处理不好一辈子也就麻烦了。两人要一起生活，世界观和性格，当然也不必隐瞒夫妻生活的重要。"她专注的目光刺在我的脸上:"有人动不动就打老婆,老婆还是死跟着、爱着;有人呵着气对女人说话,女人还是厌恶着、躲着,这不是太怪了吗?"我说:"的确很怪。"她拍一下手:"你想想就会明白,女人这架机器有多么复杂!"我同意,我一下想到了钟表内部那些密密麻麻的小齿轮。我欲言又止,因为不想就这个话题聊下去。

机关上那个多嘴多舌的老科长曾经吓唬我:"像你这样的小鸡,她一口就把你连毛吞了。"有我这样一米八三的小鸡?他也太夸张了。后来听人说,这位科长年轻时也是一位受害者,这让他整个人变得嫉妒和神经质。在一些老人眼里,我们女上司自从与首长结合以后就可称之为道德楷模了,除了时而流露出一些往昔的情趣和热忱,真材实料的东西是没有的。这已经很不容易了。她年轻时的风姿许多人记忆犹新,那真叫摧枯拉朽啊,在大礼堂里开会时有多少人啊,她那个座位总是成为强大热源的中心,以此为半径散发出一波又一波的热力,最后烘烤得满场骚动不安。她美丽,高大,看上去爽朗无私,又见过大世面。她的父亲是一位早逝的高阶民主人士,所以她从小就见过不少大人物,所以能够放松适意,比通常的落落大方还要高出一级,那是一种巧妙遮掩过的居高临下的潇洒。在人们的记忆中,她的优势是多方面的:个子最高,打扮最时髦,声音最脆生,乳房最大,出身最高贵,一双大眼睛紫嘟嘟的。有人认为她在大机关里工作是不相宜的,应该调换一下,比如去档案馆图书馆之类,让大山一样垒叠的有形的知识镇压一下更好。但任何有人事决定权的人都不会轻易放她走,都会把她当成镇山之宝。这里能人太多,不知天高地厚的人太多,人员流动也太频繁,有她在此,也就可以保持某种隐隐的张力,让一些好高骛远的人保持谦虚,不至于太过放肆,知道天外有天。我的有幸与不幸恰恰在于,自己在她早已过了鼎盛之年才来到身边。开始像她的一个助手,后来是一个名副其实的副手或秘书。她对我的指导和关切值得铭记在心,她无私的体贴和婆婆妈妈也让人感动。我对洛珈说起这些,她总是在听得足够多时叮嘱一句:"还是不要背后议论人吧。"我就此闭上嘴巴。

我发现有不少人真的嫉羡我,说什么"在她身边工作当然进步快了""近水楼台啊"。那个老科长除了转弯抹角败坏她,就是与臭名昭著的"绿林镇"搅在一起。嫉恨是男人身上最可怕的恶力,那种锲而不舍的韧性与能量,往往高出女人十倍。我在这方面的体会非常深刻。想起来有些后怕,也暗自庆幸:如果早十年来到她的身边,说不定早就被什么人施计毒死,懵懵懂懂中已经身首异处了。她身上有一种奇异的魅力吸引他人,到底是什么,谁也说不清。我能够看清的大多是男性,比如余之锷的清晰干练精明正直,比如其他为数不多的男子的一些特征;而对于苏步慧和一路上遇到的那些女性,我就说不太清了。

余之锷可能因为妻子的提醒,百忙中终于想到了我,一天里连连来电来信。他说需要尽快见到我,说自己很久都没有听到我的奇谈怪论了。"步慧说你有些蔫,怎么回事?来我这里吃鲍鱼吧。"他的口气和过去不一样,这就是发达的后果,即便对故友至交也很难隐住那份得意。我说我还想吃海参和红鲷、燕窝和鱼翅之类。对方笑了:"完全没有问题。你该来我们的新居住个一两天了,找个周末吧。我常常想你,就像犯了烟瘾一样。"这是个糟糕的比喻。不过我真是喜欢他们夫妻俩。

我夜晚不愿待在小宿舍里。按照约定,也不能频繁地与洛珈通话。智能手机的便捷反而更折磨人，它让我和周边的人耗去更多时间，却离最想接近的人更加遥远。这会儿我正在办公室，沉迷在小小荧屏中，门敲响了，进来的竟是圆圆。"我又看见你窗户的灯亮了，多么爱学习的人哪，总是加班。我不打扰你吧？"她脸上闪着荧光，而且施了蓝色眼影。这使我想起了一部电视片上的女妖。她走近写字台，像过去那样腆起胸部噘着嘴巴："如果有时间，你帮我去捉住那只大老鼠吧。它每到半夜就折腾，吓死人了。是很大的老鼠。"我也想起了这回事，问："你没有试试下个毒饵？""那可不好！""那就买个鼠夹吧。"她摇头："太残忍了。还是帮我捉住它吧，可不可以？"我住得离她不远，当然可以。但我今晚不想去。我说换个时间吧。她有些遗憾地咂咂嘴："那就再忍些日子吧。"

4

我准备这个周末去余之锷那儿,正要说定,一个久违的同学来电了,他就是以前洛珈提到的那个德雷令。内容是关于聚会的,恳切中还有点命令的意味。放下电话正在犹豫,洛珈告诉我她也接到了同样的邀请。她说这和同学会不一样,是去湿地公园,他那里有幢豪宅,"那就去吧,是小范围的饭局"。我听她的。在我的经验中没人能请得动她,这一次实在有些意外。我对德雷令这个人一直疏远,所以虽然住在同一座城市,顶多也只见过三两次面。印象中这个人高深莫测且胆大妄为,他做出什么都不让人吃惊。当年入学时他是年龄偏大的一个,比大多数人成熟得多,属于见过种种世相的人。他浓浓的胡茬和海老大似的嗓门,给人一种十分霸气的感觉。在校时他有几个小兄弟一直跟在身边,他也呵护他们。

有一件事让我难忘。那是他的一个小兄弟,大约是半路跳转院系时留下了一个小手续待办,这要取得一位女辅导员的同意。她刚留校不久,年纪比他大不了几岁,但毕竟属于老师一辈。他根本不把她放在眼里,一听那位小兄弟的怨诉立刻大骂起来。那段时间学生会正排一出话剧,那个女辅导员兼做导演,因为我是编剧之一,所以经常去排练场。有一天她正在指导一位小个子同学,让我看得入迷。那是一个孩子的角色,她让他上场时用两个食指顶着太阳穴,蹦蹦跳跳向前。小个子同学完成得很吃力,她就一遍遍示范。我正看着,德雷令从后台上来了,吆吆喝喝找女辅导员。她和他在侧幕后面说话,有一阵快吵起来了。我想走开,绕开侧幕时他们没有发现,只顾高一声低一声地争执。德雷令挥动大手质问对方,做出威吓的样子。突然,他把女辅导员的身体猛地往前一按,然后耸动下体在她屁股上狠狠地撞了几下。她被这猝不及防的粗鲁吓坏了,"啊啊"叫着,跳开:"你想怎么?怎么?"德雷令往一旁走去,看都不看她一眼。

　　这是我亲眼看到的一幕,吓得没有跟任何人说过。就是这样一个胆大包天的人,在毕业第三年就辞去了公职,几年之后竟成为一位大富翁。"他到底有多富?"我问洛珈。她说:"亿万富翁。"又说:"这是个大手笔,不过线条太粗。"我听不太懂。不过我对她出席对方的晚宴还是吃惊。"他为什么会叫我?"我问。她说"那得问你自己了"。德雷令以前就金融方面的事情找过她,她对他公司的经营情况知道一些。"他究竟怎么发了大财?"我还是好奇。"他是一位重要人物的亲戚。他什么都做,没有忌讳。胃口越来越大,前一段狸金集团重组他想插一手。不过没成。"狸金是半岛声名巨隆的一家企业,董事长出事后,几个子公司先后也扛不住了。

　　百闻不如一见。不到实地感受一番,就难以感受德雷令的豪气。我们走在湖边上,才知道这里的大片沙岸、一座四层大宅、一片葱郁的园林、绿莹莹的泳池，还有戴了紫色圆筒帽的门童、穿了旗袍的小姐，全都属于德雷令。草坪油乎乎的，由主人带领，我们几个踏在上面，好像不太真实似的。德雷令看看表说："这家伙又晚了。"原来还有其他客人没到。"不管他了，贵宾已经在这儿了。"他显然指洛珈而不是我。我们进入一间西式大厅，里面摆满了晶莹的酒具，刀叉闪亮，打领结的平头小伙子彬彬有礼。客人三五位，除了我和洛珈还有一男一女，主人介绍他们的身份时让人觉得晦涩，国际远东什么代理，陌生而拗口。他郑重地把我引见给他们，"你俩瞧见了，帅男不是？不久之后的大局长，一位夫人最赏识的人。"我不置一词，扯去吧。他接下来说洛珈的话却差点激怒我："这一位大概不必多说吧？我们这里大名鼎鼎的'女王'，她拥有一切、高于一切。"他抿了抿嘴，"也是我最崇拜的人，敝人愿为她肝脑涂地！当然了，她不需要任何人献殷勤，我们的'女王'光芒四射啊！"还没饮酒就醉成这样，尽管说的是恭维话，在我听来却实在放肆。我发现洛珈对那两个人点头微笑，似乎并不在意。

　　在宴会正式开始前的一刻，最后一位宾客到了，这让我大出预料：他就是我们机关里的老科长。真是莫名其妙。我对这家伙一进门就显出的獐头鼠目的样子感到厌恶。果然，他很快色迷迷地盯住了洛珈。今天的晚宴有些怪异，最后一位宾客的到来就显得越发费解。除了这人之外，其他人都遵守礼仪，举止得体。刚过半场，主人的话变得明显增多，他今夜好像格外兴奋，大概因为洛珈的原因。她坐在主宾的位置上，这使德雷令有机会低头跟她小声说点什么，让我觉得别扭。老科长很快喝多了，拍手，高声说话，因为我挡住了他的视线，他要看洛珈就得用力歪着身子。他以为自己是压低声音的耳语,其实还是大到足以让旁边的人听到:"喂,亦衔,你说那边两个,就是'远东国际'的小娘们儿是怎么回事?"我没有理他。我自己对"远东""东亚""总代理"之类的词儿,从来懵懵懂懂的。他搓着手,脸红了,半秃的头顶也红了,大声说:"女士们先生们,我变个戏法怎么样?"

德雷令有许多时间与洛珈说话,偶尔举杯敬一下旁边的两位。老科长的呼叫打扰了他,他这才摆摆手:"啊,这是我舅舅,他有大本事呢。"这样说时并没有把脸转过来。我这才知道他们原来是这样的关系。老科长把餐巾抖一下,将一个叉子卷进去,再一抖,叉子不见了。大家鼓掌。他又举起一把刚抹过奶油的刀子,说一声"看",一下插进嘴里,开始吞吃,在大家的呼叫声中做出伸腿瞪眼的样子,十分痛苦。我吓坏了,想去拍打他的后背,却被他一把推开。对面的女子站起,惊得露出一对稍长一点的门牙。她很美,但多少像兔子。兔女捂一下眼,坐下了。他终于把那把刀子一点点吞下去,然后端起一杯啤酒喝光,搓搓手,没事了。兔女伸着脖子,仿佛是自己刚刚吞进了那把刀子。德雷令头也不抬。

席间有两个人喝多了,一个是主人,一个是他舅舅。老科长又玩起了鼻梁顶高脚杯,参着手沿桌子走了一圈,走到兔女跟前放慢了脚步,斜眼看她领口处。他一扭一扭走到我身边,用夸张的手势取下杯子,大口喘息。他累了,就要睡着了,很快有了轻轻的鼾声。我想推醒他,他却睁开一只眼瞟着兔女,又找洛珈,咕哝:"亦衔,不瞒你说,我这个人正经了一辈子,熬到这个份上,也要认真搞一部分妇女了。"我对"认真"和"一部分"几个字大感惊讶。据我所知这人从来都不是一个规矩人。他乜斜着,哼叫,又说起女上司:"实话告诉你吧,我和她年轻时关系不浅。我是真心实意对她的,她哩,用《红楼梦》王熙凤收拾贾瑞的那一套来对付我,就那样来了一家伙。想想看,我会饶了她?她的事我知道不少,说不定会抄她的后路,等着瞧。"我有些怀疑。兜头一桶稀溜溜的大粪?这可能吗?

德雷令的声音也在加大,拍着桌子,还抬头瞄着兔女和她身边的男子:"我知道狸金的背景不得了。可他们也不能欺人太甚!通吃的年代已经过去,我也不愿和那些人结下梁子,可是如果玩阴的,我一点都不怕。""狸金"两个字让我记住了。洛珈大概想阻止他说下去,举举杯子。她喝的是香槟。

回程我和洛珈同乘一辆车。开车的小伙子戴了白手套,看来不是外人,她说话并不忌讳。她说德雷令天生就是黑社会的材料,发展下去不得了。我不了解具体情形,但完全同意她的判断。我说:"社会不能纵容这样的人,太不像话了。""那要有个过程。他的时代就要结束了。他以为那个夫人可以帮他,其实还是想得简单了。"我听不懂,只对今夜出现的老科长好奇:"他为什么请他?就因为是舅舅?"她笑了:"那是妻子那边的远亲,这样称呼罢了。不过是个小跟班。有人举行宴会爱喊上一个小丑,为了接地气和活跃气氛。一些富人的癖好。"我还是不明白。

一路上洛珈断断续续说了不少,大致在说毕业后几个老同学的事。她说这个年代变化太快,网络时代,光速,一切让人始料不及,"你怎么也想不到有人成了德雷令这样的超级富豪,有人快要揭不开锅了。没有对比就没有伤害"。她一边说一边玩着手机。我知道这个小小魔器装了太多的无聊,还有其他。谁想把自己的日子搞乱,只一部智能手机就够了。此刻我只想快些回家,拥她直到天明。可是当我小声提出这个要求时,她马上抬起那双神采飞扬的眸子:"你带花了吗?"

我们只好在一个站点分手。我步行回自己宿舍,两腿很沉。时间还早,如果是过去,我会顺路拐到余之锷那儿。现在已无处可去,就信步走进了宿舍北边不远的那个公园。树影下黑咕隆咚,适合一个人坐在连椅上想些事情。这里很受那些约会者欢迎,我刚要坐下,不远处的一对鸳鸯就惊起来了。他们整理衣装,刚走开几步男子就骂了一句吓人的粗话。生活的本质是粗俗不堪的。我的头沉沉的,没喝多少酒,大概是芜杂的声音装多了。我舍不得刚刚分手的洛珈。这极不情愿的分隔和疏离,虽是题中应有之义,但要具体对付起来也蛮难的。我这样的年龄还有一颗火热的心,而她比我还小好几岁呢。我们俩这些年讨论了多少重要的伦理、婚姻和情感,以及诸多形而上的问题,总是相互鼓劲儿。她担心我快要坚持不下去了。我面临一些复杂的世俗问题,比如今夜的急切,再比如未来:要不要一个孩子?孩子多可爱啊。

她曾冷静地问我:"你觉得我们,与法兰西那两个人的主要区别是什么?相同点不要说。"我其实也常常想到萨特和他那个怪怪的女友,他们彼此给予对方独立和自由,这是要义;剩下的问题,就是怎样使用这个自由了。我想我们与那两个人的最大不同,就是极端的珍惜和恪守,我们起码不会,不,我们永远不会利用"独立"和"自由"的权利,去与其他异性来往。当我郑重地指出这一点时,她的睫毛垂下了。嗬,又浓又长的睫毛,像假的一样。天生尤物,没有办法。她这样沉思了片刻,仰脸说:"那既不是必备的条件,也不是基本的条款;不过恰恰是形式上的约定,让我们获得了更多的爱、更多的纯粹。我们的爱甚至不需要更新,因为它永远都是新的。你是我的献花少年,我是你的什么,那就随便吧。"我的泪水汹出来。我这样的年纪还如此脆弱,仅此一点就证明了她的"顶层设计"有多么正确:既深谋远虑,又深刻卓异。

冷静下来,好好想想近在咫尺、亲密无间、彼此拥有的灵与肉吧。她真是万里挑一的"妙人"和"异人"。这两个概念是我想出来的。我和朋友曾就"高人"和"异人"这个话题说了太多,还将身边人一一对应和归类,看看谁能够纳入它的范围。十步之内必有芳草,"异人"也是一样。我们人与人之间,常常会因为过于熟稔而变得熟视无睹,反而要忽略一些特异和奇迹。比如苏步慧,比如女上司,再比如余之锷,他们其实在某一方面与大多数人极为不同,简直可以说大异其趣。可是我们谁又会将他们当中的某个看成"异人"?说到最后,类似的标准还是不可以放得太低:一个人仅凭突出的个性仍然不能称之为"异人"。那必须是极为内在的稀有品质,既有异能特技、超凡脱俗的恪守,还要朴实无华。咋咋呼呼的夸张和表演恰恰与真正的"高人"和"异人"背道而驰。

尽管如此,当我和朋友讨论这些的时候,心里想到却秘而不宣的一个人,就是我深深挚爱的人,我隐秘的妻子。她可能就是一个货真价实的"异人"。

与所有隐婚者不同的是,我们正在进行一场看上去并无新意,实质上却又极为险峻的两性之间的实验。它的意义在哪里?用以抵御"厌烦"?这既是表象又是根本。要知道家庭是最小的社会单位。面对"厌烦",所有人都要面对一场质询:你准备怎么办?是的,它真的可以摧毁一切,无论是多么崇高的事业,一旦"厌烦"起来就难以进行下去。就为了抵挡它的来袭,多少人使尽伎俩,甚至孤注一掷地施以种种诱惑,最终也还是失败了。人们"厌烦"了。这其中的原因太过复杂,比如过分的接近和重复、无法前进和更新的停滞、浅显明了的洞悉，这一切都可以引起。让激情和兴致持续下去，这是与生俱来的生命难题，对于人这种聪明的动物就尤其如此。所以就此而言，我们面临的挑战是无比宏巨的，其不可以言喻的重大意义就在这里。今夜刚刚从连椅旁惊散的那对恋人破口大骂，骂吧，他们最终也会"厌烦"的。我同情他们。

我手撑下颌仰脸看天，费力地寻觅星星。几乎没有，因为光污染。乡野的黑夜有那么多萤火虫，那是遥远的往事了。我走过的路可真长，一眨眼就从海边丛林来到了这座大都市。我翻过多少山峦涉过多少河流，不断地告别又不断地停留。刚刚又是一场告别：刀叉声和高脚玻璃杯的响声犹在。这些碰巧做起富豪的人，这些进入另一种游戏的人，他们是怎么解决"厌烦"的？不知道。但我想那也许发生或正在发生，反正一切都是或早或晚的事。电话响了，我接起来，是圆圆："亦衔啊！真有你的，忘了捉大老鼠的事？"我说："当然没有，你没说是今晚。""就是今晚。""不行，太晚了。""就是今晚，我忍不了啦。"

长长的停顿中，我听到了电话那一端的抽泣。我心软了。她说："你知道，你不知道！一个姑娘在半夜被大老鼠搅闹会怎样。它很凶，它太吓人了。我不过想让你帮一帮，就一小会儿。"我听着，在心里自责："为什么那么自私冷漠？一个姑娘，无依无靠的。"我在生活中养成的怜惜占了上风，忍不住回一句："你等着，先耐心等一会儿。""等多久啊？"我在心里盘算，看看表，天哪，现在已是凌晨了。凌晨去一个独身女子宿舍？直觉告诉我这有点唐突，尽管也没什么大不了的。我脱口吐出一句谎言："我正从外地往回赶呢。""啊，那要什么时候？""还说不准。路太远了。"

洛珈买下了她相中的房子。这真是一件让人高兴的事情。这一来她的母亲就有了着落，对我们是一个极大的安慰。我觉得那个身背宝剑的小伙子在这儿陪伴母亲，进进出出，算是一道特殊的风景。有个内弟，想一想真不错。我觉得我和他真的成为"哥们儿"了。洛珈拿到钥匙后我们一起去看房子，兴高采烈。它比洛珈的宿舍更老也更结实，天花板很高，那个年代的人盖房子就这样。再看地板门窗，全是实木的，刷了紫红色的老漆。可爱的是四周有这么多大树，这也是那个年代留下的。因为是旧院落，有头有脸的人都搬到了新居，这里就清静起来。我恰恰喜欢这种被冷落感，有一种特别的寂寞。我觉得洛珈的聪明就在这儿：不逐时追新。

我随她去了久违的单身宿舍。一切如故，不，它更加沉静和清冷。主人至少一个星期没有来过。到处整洁无污，却有一种等待的委屈。人和房子一样，冷落的结果是相同的。可是我们那个共同的家她也并非每天都去，显然还有别的住处：也许就在办公室凑合一下。自由和简朴会伤害我的爱人，我希望她在起居饮食方面一丝不苟。想到那个千方百计保养自己的女上司，我替妻子抱怨和难过。在短暂的相聚中，我总是想方设法弥补失去的一切：热烈和喧哗的拥有，沉默而含蓄的相持；幽默来了，矜持来了，打情骂俏来了，乡谚俚语来了，老外的一套来了，日语和德语都扔下几句。她笑，她故作生气，怎么都是那副朦胧迷人的模样。关键时刻还是她最致命、最拿手的书面语。我不明白，我一直感到震惊的是，说过这些之后，经历了不可避免的眩晕和迷茫，她还要仔细端详和研判一番，然后再去洗手间没完没了地清洁身体，用一条花绸束住胸部，用浴巾扎实地裹起下体，穿着日式软底木屐款款走来，开始下一场别具风采、内容迥然不同的一番高论。

她从我的身体举一反三谈到了生活与社会、原欲和文明,以及物质的贪婪和伤害。这一切扯得有点远,但无疑是正确的。她说上苍对人的创造,或者说人自身的进化肯定是粗率和不完美的。我说:"很不完美。"她不希望我打断自己的思路,瞥一眼继续下去:"看看吧,你们男人这一套,耷耷拉拉的和动物没有什么区别。站立行走时除了显得更加多余和丑陋,并好不到哪里去。女的还算差强人意,结构嘛,科学一些、内敛和完整一些,起码不那样突兀和剑拔弩张。想想看吧,一个个都长成了这副模样,还坐在那儿煞有介事地说啊说啊,端端正正结着领带。反差太大,内外不一。我们就此也会知道,丛林法则原来绝不是偶然的,因为我们每个人、我们自己,都实在太'动物'了。既然这样,还有什么好说的?"我顺着答一句:"没什么好说的。"她只顾宣讲下去:"但无所作为也不是长久之计。所以人类仍然能够干点什么。读那么多书,一排排书,而且是精装的;举行那么多仪式,还要奏乐呢。我们要努力忘记自己的动物属性,我们一定要走出丛林。我们不遗余力。我们还是能够做成一些事情的。"

我们一定能够做成一些事情。对此我坚信不疑。走在街头,看着一幢幢高耸的大楼,它们已经有七八十层了吧;剪得像机旋零部件一样的绿色树墙,拼成巧妙图案的花坛,总有一种安慰感:瞧我们已经做成了多少事情。不过沮丧还是紧随而来:这座城市远远望去还像一片丛林。我们怎么办呢?听音乐会?搬弄砖头一样厚的大书?那些深奥的经典说到底还是迷人的,它们分别是文学、宗教和哲学,翻弄它们的时候的确会有一种安全感。我有时觉得自己这一生走错了路,不该到尔虞我诈的地方来,机关就意味着机心;我应该从事更雅致更体面的工作，比如既然读了那么多书，怎么就不能试着当一个著作家呢？想到这里又记起心底的那个宏愿：赶空儿写一部家族史，一部关于身世和血缘、关于自己的书。这事儿不小，所以绝不可以淡忘。

　　本来下个周末就去拜访余之锷夫妇，也是自己一直切盼的，可他们两人又到外地去了。因为要对公司员工的具体操作有所了解，所以有时会亲自带团出门，通常余之锷一年里有两三次跟随邮轮，苏步慧偶尔加入旅游团。她说："我看不得一些人的吃相，我受不了。"一些五十年代或四十年代出生的游客坐到桌边，急抓快吞的样子让她很受伤。"那个年代成长起来的人，抓抢。当然也有温文尔雅的。人的区别太大了。"我说主要是饥饿的集体记忆，还有抢和砸的刺激，这都是无法抚平的群体创伤。我至今记得流浪的年代，有一次在一个山村里遇到一户富裕人家，一个半路结识的戴眼镜的老人带我去赴一场家宴。饥肠辘辘的我吃过红瓤地瓜和拔丝山药，还吃到了烧黄鳝和炖鸡蘑。晚上我们并排躺在热乎乎的土炕上，因为肚子胀，下半夜还不能入眠，就听他聊天。他那一次为我传授了"吃经"，一共四句顺口溜，也许够我一生消受，只是没机会实践："螃蟹绕边走，虾仁兜底捞，人多莫啃骨，事急汤来泡。"我把这四句背给余之锷和苏步慧听，他们不懂。

　　我当年也不懂。老人解释说，上一碗汤，螃蟹肉一定在边上，用小勺沿边一舀就成了；如果汤里有虾仁，那一定沉在底下；大伙儿围着桌子吃菜，你抓住一块骨头啃啊啃啊，人家也就把菜吃光了；如果实在没得吃，就要及时把汤汤水水倒进自己碗里，泡着干粮吃。这一讲就透彻了。苏步慧叹一声："真是劳动人民的智慧啊！不过我们总是见到一些人，他们坐在再丰盛的餐桌前，也还是一副'事急汤来泡'的模样。"余之锷摇头："没有办法，你无法抹掉整整一代人的习惯和恐惧。"

好不容易等到了他们回城。我电话约定，开口就说这半月单身生活的煎熬，要去他们那儿吃烧茄子。我没有让他们派车来接，而是凭借手机的定位功能顺利地找到了府上。一个中等住宅区的普通别墅，院子不大，有小草坪，上面放了烧烤架。这比我前不久见过的德雷令的阵势差多了，只多了一些亲切感。房子不大，但还是比以前的大平层宽敞，有专门的书房和琴房。苏步慧能弹一手糟糕的钢琴，喝多了酒就会坐到琴前。我趁他们忙着备餐在书房里看了看，发现全是好书，有五分之一的外文书。诗集不少，苏步慧喜欢。金融方面的书，大厚本，这让我想到他们现在也要应付这个。《白鲸》里有许多折页，有几处画上了记号。《通向阴雨山的道路》，薄薄的精装本，一支干结的小蓟从里面掉出来。

餐桌摆在草坪上，他们相互看了看又抬回屋内。这是对的。我不喜欢洋派。只有不多的菜品，照例比较讲究。喝余之锷从船上带回的一种姜汁酒，喝不惯，又换了半岛产的啤酒和红酒。唯一奢侈的是冰块上的生牡蛎，要蘸芥末，这是他在邮轮上学的一手。余之锷说他和苏步慧前一段去了半岛，因为旧友的邀请多待了三天。"那个地区你可能是熟悉的，山地西部，一条河在一座不大的山下拐弯。有个朋友把整座山和河湾都承租下来，走进去才知道是多大的一片。山鸡扑棱棱飞，四声杜鹃一夜没停。有山溪，山顶上还有水呢，蓝汪汪的。主要是河湾，沙子很白，浅水处长了香蒲，步慧想跳进去游泳，可惜没带泳衣。这个地方真静。朋友养了羊和鸭子、鸡、猫和狗，还有一头小驴，我们走哪它跟哪。"余之锷兴致很高,一副神往的样子。苏步慧接着讲,打着手势:"承租期太长了,到期还可续签。林子长得很旺,有板栗和山核桃,水塘边的竹子让人想到南方。我们吃到塘里的虾了,是吧之锷?""吃到了,喝他们自酿的李子酒。"

这次我发现余之锷耳朵上方有了几丝白发。苏步慧依旧年轻爽朗。她想起什么,说"马上马上",就离开了桌子。我像玩笑又像认真请教:"老兄,你该传授一下男女相处之道了。"话一出口才觉得自己的态度十分真诚。我太羡慕这两个人了,他们永远和谐,夫唱妇随琴瑟和鸣。他们有掩饰不住的爱慕的眼神,好像随时随地都要拥吻。他深深地看我一眼,像要判断有多少戏谑的成分,然后说:"你爱她,她就成为宝藏;反过来,那就不一样了。""那会怎样?""你就成了被挖掘的宝藏。""如果宝藏挖空了呢?"我知道任何矿藏都有开采期,有的十年二十年,有的长达半个世纪。余之锷埋怨地"哼"一声:"较真。"苏步慧回来了,端着一盘烧茄子。她身上还扎着小狗图案的主妇围裙,真是可爱。

饭后我和余之锷在小区的杨树甬道散步,苏步慧留下来收拾残羹。月亮升起,这儿空气还好。我突然想起了很多年前的校园,那个芬芳的草垛。我定定地站着。余之锷拍拍我,继续往前。"步慧大咧咧的,这让许多人望而生畏。她在家里,在我这儿不是这样。她母性超强的。"他原来还在想餐桌上提出的问题,想充实刚才的答案。"母性"二字蕴含丰富,贴切而又传神。她温热的大眼睛,宽额头,猫科动物的步态,夸张的喜怒哀乐的表情,似乎与母性无关。不过谁知道她的另一面呢。我记得在校时一位白发苍苍的导师说到自己的女弟子,用赞许的口气谈到她对某位男生的维护,说:"你大概爆发了母爱。"那次我的印象深极了,对"爆发"二字想象不已。那是怎样的一种情形啊。

最终没能逃过与那个女体工队员的会面。我这之前已经明确地拒绝过，可下班后女上司还是把人叫到了办公室。她把我们安排在椅子上坐了，然后借口有事就出去了。屋里的气氛有些僵。我稍稍看了看她的身材及五官轮廓，只想越快越好地应付过去。嗬，好大的个子，比我高，很壮，眼窝很深。有些黑，是训练曝晒之故。她抬头瞥我一眼，羞涩了。我也羞涩了。我咳了一声："我是校篮球队的。"她脱口而出："三大球！我喜欢篮球！"我发现了她的牙齿又白又大又整齐。我不禁想到她飞身一跃狠狠扣球的样子。我说："力量和技巧型的。竞技体育是伤人的。""所以我要退役。""到了年龄都要退役。"她微笑，上唇有一层浅浅的胡子，准确点说是细小的绒毛。她两手交叉向下用力，此刻都不忘活动关节。这个姑娘很单纯。我们该分手了。出于礼貌，彼此留个联系方式。女上司回来了，容光焕发。

就在与体工队员会面后的第二天，洛珈电话告诉我，她转到金融业了。我觉得不是玩笑就是误听。没有，真的，而且一上来就是高阶职位。这太出乎预料了，之前一点征兆都没有。我高兴不起来，说"你可是学义的"。她不想讨论："别说专业了。鲁迅学什么的？"我无语。发生了这么大的事，应该马上见面才好，虽然没有改变的可能。不过她那边显然是忙里偷闲匆匆告知，已经忙起来了。我预感到以后会是风风火火的日子，相聚机会减少是一回事，繁杂的事务会影响她的天生丽质，那才是罪过。我听说无论是过分的体力或脑力运动，还是紊乱无序的日常生活，都会让生命发生过度代谢，说白了就是加快衰老。老天，我心疼，我不愿意。可惜自己只是一个旁观者，就这么眼巴巴看着。

大约是上任三天后，一个黄昏，洛珈驾着一辆红色小车来了。她以前有驾照，因为实践机会太少也就索性不开。这次她开得很慢，车子好像颤颤抖抖地停下来。她解释说这是单位的车，以后干这行不开车可不行。浅浅的有色眼镜，这让人难以习惯。好在她摘下眼镜就露出了那双平静的略显蒙眬的眼睛。她并未下车，放下车窗说："请上车。"我没发现四周有人，不过还是习惯地瞥了瞥，跨进车里。就像一个不轨的男人，被人鬼鬼祟祟地拉到一个偏僻的馆子里。"我本来该请你去吃大餐，不过用不着。我以后改拿年薪了，不小的一笔。这倒不是主要的，干点实事吧。"她一坐下就抓住菜谱说着。说什么？关于专业的话题很快结束了。转行前后必定有些运筹，但问这些会显得多余，除非是她自己一五一十说出来。她从来不是那样的人。

我认为在男女二人的世界中，男子出外打拼才是天经地义的。古代男子狩猎，这种传统一直延续至今。我骨子里还是保守的。"女强人"是现代社会才有的概念，如果换回三四十年前，这种女人的形象是很丑的。我对面的妻子虽然不算小巧玲珑，但放松地偎在软皮沙发上，仍然像只小羊。这才是女性的内在特质。她很少"爆发母爱"，但她有无可比拟的女性之美，那属于天然韵致。"韵致"是挚友余之锷经常用到的一个词儿，灵感来自那位不拘小节的妻子。他说各种生命，猫，豹子和牛马，羊，金鱼，都有不可代替的"韵致"，这是本色；而同一类生命之间也是如此。要掌握和把控这种不同，懂得欣赏比什么都重要。我完全同意，因为我就是被洛珈的气质、洋溢于周身的无可名状的什么给迷住的。她那对小巧丰实的乳房挑战所有的想入非非，她脸部的微笑则分散和吸引了他人注意，使之不致沉入具体而微的生理诱惑。我饮下一口冰镇苏打水，说："不管怎么，千万不要太累。新的业务责任太大了。我想那些掌权的人不该把这么重的担子压在你身上，说实话，不该。"

洛珈笑笑："好像你也懂金融似的。""我不懂。不过我想那是搬动大钱的。""就算是吧，习惯了也一样。不说它了，咱们吃饭。来一点酒？"我摆手。今晚我想保持清醒的头脑，因为有些隐隐的不安、激越和冲动。和上次一样，没有来得及带花。今夜更像是一次庆祝，她在借此强调我们面临重要的转折。谁知道呢，我心里一点底都没有。看看吧，如果我们的约会既没有趋于频繁，也没有变得疏淡，那还差不多。我等着看。用餐时间不长，正合我意。我们上车了，车子往近旁的家里开去，我高兴了。最棒的是下车前她从旁边操起一个纸筒，打开，是几枝水灵灵的雏菊和毛莨。瞧瞧，就像她本人那么清新。

我们不愿入睡。谈许多话。我如果是个好男人就该对新入行的妻子有一番忠告，可我不懂业务，也不是她的对手。她倒说了不少，谈母亲将来住到这座城里的情形，故意避开了任性的弟弟。我很难掩饰对那个大男孩的好感，说他的眼睛、长腿，快言快语的脾性，多可爱啊。她哼一声："谁知道呢，只要不是同性恋就烧了高香。""这怎么可能。好军事，很男人。""那怎么讨厌女孩？他所有的朋友都是男孩，见了女孩绕道走。"我笑了。我觉得军人的后代不必有这样的顾虑。她若无其事地说了一句，要顺便为我调换一下宿舍，"那在上个世纪都不算体面，老水泥地一擦腥疵疵的"。我慌忙制止："不不，我就喜欢它，小小的朴朴实实，哪儿也不去。不过临时用来休息一下。"她不勉强，但不同意我的话：

"不是临时,是独立空间,你的居所。"我未吭声。"你的"两个字一定是加了着重号的。我怜惜那个住了许久的小套居,它就像旅途上结识的一位好兄弟,忠厚可靠,少言寡语。

夜深了,我该回自己的套间睡觉了。可能是太倦了,一躺下就睡着了。好像不长时间我就被蹑手蹑脚的走路声弄醒了。但我没有睁大眼睛,只眯着眼看。未拉窗帘,月光扑进来,什么都看得清。她走进来,穿了一件肚兜式的传统睡衣靠在床边。她很少穿那件西式软绸睡衣。她在端详我的睡态,呼吸轻轻的,小心翼翼地坐在床边,低下头。她浅浅吻一下我的额头,又伸手轻按几下肩膀那儿的被角。我在装睡。她爆发了母爱。月夜静美,空气里有淡淡的香气。她在床前站了一会儿,轻手轻脚走开了。

安静的日子里,我在想怎样写家族史。这是一定要完成的。凡书都有写作的目的和对象,我的这些文字不是交给世人的,也不想出版。这只是一份心念和心证,起码对自己很重要。再就是,我只有将往昔一笔一笔记得准确和清晰,才对得起自己不幸的先人。它在现实方面的一个重要功用,就是留给妻子看、后代看。我模模糊糊觉得仍然会有后代,但什么时候议定和实现这件大事,却一点把握都没有。为了写好这部家族史,我找来了几本中外回忆录,看后又觉得没什么助益。自己并非什么伟人名人,所以离那些书的笔法和角度相距千里。我大概更需要简洁翔实、明白无误、一是一二是二地写出祖父和父母一辈,还有自己自小到大的主要经历。写到哪里为止?不是进城,不是现在,而是更早。是的,它大概应当止于那所高等学府的干草垛。

显而易见,洛珈关于母亲、亲生父亲和继父的复杂经历深深震撼了我。但我的家族、我自己，一切都有过之而无不及。一部血泪史、奋斗史、世纪传奇，这样讲也许毫无夸张。它仍然发生在东部半岛：从地图上看那是伸进大海里的一个小小犄角，不太起眼；可就在那里发生了惊心动魄的故事，它们令人战栗。我的家族故事与洛珈讲出的一切或有内在交织，这样一想，竟然激动起来。我特别难忘一位少女早早开始的对于上一辈、对那个继父的严厉质询。多么悲壮而庄严的举动，这让我永远难忘。她有一次极为具体地问到了一个历史场景，那是她在浩繁的文献记录中勘察的，为此曾到一个档案馆细细查阅，所以能够步步深入、言之有据地询问当事人。

她继父年轻时在一支很小的地方武装中，是所谓打了就跑、活跃于夜间的那种类型。当年半岛上有十五个自封的"司令"，他们可以说无恶不作，恶贯满盈。她继父的队伍很小，不属于那些"司令"，但他们都想吞并它。有一场得到记载的抵抗异族部队的小规模战斗，最后成为半岛上有名的惨案。一个土匪司令和异族部队合谋，要除掉半岛的心腹之患：坚持抗战三年多的一支精干武装。土匪与异族军队以优势兵力形成合围，那支武装拼死一战，最终撕开一道裂隙。就在他们翻过一座山包即将脱离战斗时，突然有一股小部队横插过来。纠缠中大股敌人开始包抄，结果那支英勇武装全部殉难。

那支小股部队就是洛珈继父所在的武装。他说不记得这次战斗，因为零星交火太多了。女儿执拗地坚持，认为这桩血案在当时震动太大了，参加者一定不会淡忘。继父在时隔许多天后的回信中说，确有那样的摩擦，不过完全是一场误会：当时他们这支武装正路过山包，见到冲来的人还以为是土匪，就开了几枪。"本想打了就跑，想不到酿成那样的惨剧。"他万万想不到的是女儿做足了功课，很快将一个更棘手的尖锐问题推到了面前：这支小武装与土匪并非没有联系，中间有一个穿针引线的人，他在那场血案后不久就被杀害了。继父这次沉默的时间更长，好在后来还是回应了，说得笼统却斩钉截铁："那个家伙与土匪是单线联系，坏极了，就地正法是完全必要的。这支武装后来加入了革命纵队，而没有投向土匪司令，不是彻底说明问题、不是一个历史明证吗？"质询无法继续下去。

"历史明证？"我脑海中长期萦回着这四个字，疑虑难消。某个夜晚，那是许久之前了，我刚刚睡去不久，就被长发披散的洛珈惊醒了。她满脸惊慌的样子，额头泛着冷汗。我坐起，扶住她。她连连说："对不起亦衔，我做噩梦了，不，也不是噩梦，是跟妈妈吵架了，我在梦中哭了一场。"我安抚她，发现很难。她以前从未这样。我让她喝点温水，躺下安静一会儿。她一直叹气，说："幸亏是个梦，我对自己的粗暴感到难过，如果真的这样吵，我会愧疚一辈子。"她说梦中自己站在一棵大银杏树下，手里提着一只大柳条箱，旁边站着那头温顺的小驴。她和它在等母亲。等了许久门开了，母亲出来，手里是空的。她扯上母亲的手问："你什么都没带？你不是空手来的啊！"母亲说："我不能跟你走，我已经是他的人了。"她跺脚，强拽母亲的胳膊，将瘦弱的母亲拉倒在草坪上，可母亲的一只手死死揽住银杏树，不愿离开。她怒斥母亲："你听到枪声了吧，他们一伙杀了那么多人，那是父亲的战友。你嫁给了双手沾满鲜血的人。你天天被他欺辱，还给他生下孩子。你不觉得可耻吗？你对得起父亲的在天之灵吗？"她的哭叫让旁边的小驴害怕了，它全身战栗。母亲还是不走，回头看着那幢大宅。接着几个窗户全亮了，那个人被惊动了。梦就在这儿惊醒。洛珈说一切像在眼前,太吓人了。

现实中的洛珈并不恨继父。我知道她和那个老人已经和解并结下了友谊。她承认那是一个好人。"一个如此经历者最后所能成为的最好的人",她说得有些别扭。但我明白其中的深意。嗜血的年代,参与者、胜利者和规划者,毕竟都老了,爱上了一个柔弱的美丽过人的女子。迟来的一段婚姻改变了他。他更加嗜酒,把肝喝坏了。女儿相信这个人的借酒浇愁,是因为心里积压了太多无法言说的罪恶,自己的和他人的。我想事情十有八九是这样:他面前的一双母女美到了极致,这种美在光天化日之下惊吓了他。最后是垂死的老人,是一手护住肝部忍着阵痛,轻轻呼唤亲人的老人。

我的回忆文字将首先从外祖父写起。他的事业及传奇般的行迹在很大程度上决定了母亲和外祖母的命运、父亲的命运,甚至是我的命运。这样一个重要的家族角色竟然是我从未见过的人,可以说要多遗憾有多遗憾。可我自小就听关于他的故事,是最熟知的人之一,我觉得离他很近。爷爷和奶奶同样早就逝去,我也没有见过。但那两个本该十分亲近的形象却相对模糊。在母亲他们的讲述中,奶奶没有什么篇幅,而爷爷多少有一点,只不过是几个场景,就像一部黑白影片的几个闪回。外祖父、父亲和母亲、外祖母,他们才是主角。最后一个主角是我,我从出生的海边丛林走到南部山区,往南再往南,最后又返回半岛。我在半岛流浪,直到长大。这是烦琐曲折的血缘的故事、人的故事,可是就连我最爱的人都不知道。她究竟为什么失去了好奇心,让我费解。我的一位朋友听到他人谈起苦难就说:"就那点事,说个没完。"他表达了厌烦。可我想说:什么才是苦难?鲜血那么廉价?死亡可以漠视?一句话,他人的历史一定与你无关?不,他人就是自己,往昔就是今日。你可以冷漠，我可以言说。

我与那个大个子体工队员见面的事传到了老科长的耳朵里，他好像特意在下班的路口拦住了我，抚弄一下所剩无几的头发凑过来："伙计，听说又交艳福了？"我不知他说什么，有一种本能的厌恶和慌张。"有人见那女的了，嗬，水汪汪的大块头，你伺候不了。"我这才知道他在说什么。"这就是单身汉的优势了，不少人明里暗里打你的主意。没人比你再狡猾，住小屋闹单身，光棍一根，看着让人可怜，实则一抓就是根本。""什么根本？""女人和职位。""请不要开这样的玩笑。"他一边摆手一边后撤："明人不说暗话，咱们走着瞧。别人看不懂你，我懂。老弟，赶空儿喝一杯吧。那天在我外甥那儿真来劲，起码有两个绝色娘们儿。"

我以前好像在哪里听过这样的说法：如果某一天遇到一个不吉祥的人，那么接下去就会诸事不顺。果真这样。还没走到楼梯口电话就响了，是圆圆的催促："它已经搅得我快要崩溃了！快来吧，反正离我不远。"我把这事全忘了。我想上楼放下提包就赶过去，晚饭前将此了结，但最后一刻还是心有不甘："再找找同科室的人吧，人多更好。""那不成，别推辞了，赶紧吧，你总不会是见死不救的人吧？"我当然不是。迅速进门放下东西，洗一把手就匆匆外出，差点与邻居撞个满怀。我还是第一次去圆圆的住处。老旧的机关宿舍，树木又高又密，与洛珈那儿相似，只是楼房更破一些。我爬上三楼，最顶层，按照她发来的房间号码，轻轻敲门。

出乎预料的是屋内情形。我在屋门打开的一瞬惊呆了。里面灯火通明，香气四溢，整个室内装饰得太过奢华和俗气。主人头上扎了个彩色布结，像兔子精。口红太浓，描了眼影，穿了类似水手衫那样的横条针织品，一对乳房过于突出。我闭闭眼，想适应一下炫目的灯光,咕哝:"老鼠。"她皱着鼻子笑了:"你最上心的就是工作,名不虚传。"我只想早些动手干完,一进门就四下端详。大约有两间半,贴了壁纸,雕花双人大床,还有一个由小鸟报时的挂钟,旁边有几张放大的写真照。天,她年轻时这样艳丽。她的目光随我移动,说:"那时候,哼哼,你在哪里?"我在哪里?我在学校。

这皇宫娘娘似的小居所让我很不舒服。一点窸窣的声音都没有,根本无从下手。她上唇顽皮地翘着,喊:"先吃东西,不急的。"说着两手推几下,隔壁的门开了,原来是个不大的餐厅,里面已经摆好了杯子和雪白的餐巾。我说回去吃,她不高兴了:"你就陪我吃一口又能怎样。"我给推到了桌边,坐下,但身子不太正。她倒下无醇饮料和红酒,端过紫白红绿四色糕点。出于对这种花哨食物的好奇,我捏起了一片。真的有些饿,连吃三片。她高兴了。她离得近时,我发现这张脸庞已经流失了很多胶质,脂粉下出现了细皱。作为一位资深少女,让人怜惜。"我这儿随时都有吃的东西,你为什么还要自己凑合呢?"她那上下移动的目光落在我的身上,"能讲讲保持好身材的秘诀吗?"我站起来:"怎么才能找到它?"她这才想起今晚的要务,马上把食指竖在嘴上。

这里好像没有其他动物。圆圆说这家伙太狡猾了,也许是灯光太亮?说着把所有灯都关掉。伸手不见五指的黑夜,我们大气不出。"你在哪里?"她小声问着,摸到了我的脸,"你在这儿。"我在这儿。我摸墙上的开关,却触到了十分蓬松的什么,"对不起",我想摸到一扇门。可她总是在我的手能够触及的地方。好不容易打开灯,我发现她坐在地毯上,正擦着双颊的泪水。我有些慌。她说:"你虽然摸了我,但我并不生气。"我再次说:

"对不起,那不是故意的。""对,都不是故意的。不过,"她落落大方地站起来,抹抹泪水说,"我们是最好的朋友!"我说:"是的!"

那个夜晚留下的后果之一,就是她频频打来的电话。太能唠叨了,以至于我想将这个号码拉黑。女上司说:"上班时间不要总接电话。"她自己却会花上一个小时电聊,笑得两肩抖动。不过网络和智能手机对她的困扰也是真实的,让其充满忧虑:"刚打开一条时政要闻,紧接着又跳出性爱镜头。没完没了。下流视频,谣言,推销商品,年轻轻的小姑娘讲什么'性生活十大好处'。她懂什么?"女上司愤怒地、不屑一顾地质问。我沉思良久,点头:"良莠不齐,害莫大焉。正看一条公文,荒唐的链接又来了。二者反差太大,极不利于贯彻工作部署。""有的图标是两个裸体!为什么不能令行禁止?"她更加愤怒。我无法回答。这可能是世界性的难题。荷尔蒙不是好东西,不,它是不可或缺的某种物质,但也有个剂量问题。显而易见,下一步,这个世界的道德家和顶尖科学家需要联手,处理最棘手的人类难题。我承认,自己被它长期困扰。

圆圆的电话不再提那只大老鼠。它或者离去,或者死去。它会不会因为孤独和悲伤而死?当深夜失眠时,我真像一只大老鼠啊。我要神不知鬼不觉地溜到洛珈的居所,窸窸窣窣,偷听和窥视,在她躺平时伸出多毛的前爪按她一下。她也许并不厌烦这样的一只动物,会将其藏在屋内。

洛珈进入金融业后明显变得忙碌。这不令人担心,我最怕她变成标准化的女强人。那样的女人只是缺少胡须而已。好在我的爱人绝非如此:她会在约会时加倍补偿,只为了灵与肉的双重亏欠。她柔软的双唇从我的额与颊浅浅蹭过,不说"抱歉"之类,而是紧紧相拥,是那种无法抗拒的书面语。我们分别携来的鲜花插入同一水瓶,散发出清纯的香气。我像她那样尝试使用书面语,可总是有些蹩脚。没有办法,这种时刻只一个行家里手就够了。分手前,她把那件小肚兜似的睡衣细细整饬,我知道该回自己的卧室了。

"下周吧,如果可以请假,我们就一起去山上为父亲扫墓。"她看着我。我说:"一定。我无论如何要去。"

周末到了。一直没有等来洛珈的电话,却等来了挚友余之锷。他把车停在公园附近的停车场,然后直奔我的宿舍。"啊啊,傅老兄,这才是我们说话的地方啊!我一登上楼梯感觉全来了!"我扳住他的肩膀:"是啊,寒碜的记忆全来了。不过那时几瓶啤酒就满足了。"余之锷端详这套小屋,啧啧称赞。"怎么了?"我问。"'一箪食一瓢饮,回也不改其乐'。了不起。瞧瞧我们身边吧,只要有了一点钱,或者借上几个钱,也要住别墅开豪车。庸俗的人最空虚,智者从不这样,因为他们有更多的大问题需要关心!"我同意。不过我还是强调:"我绝不是什么'智者'。"

我们看着墙上的一幅"访高图"。他仰脸品画,叹息,搓手:"他只画同一个主题。见不到画中的人,隔空喊话呢。"是的,"高人"在另一个时空,网络时代把人的差异进一步抹平,要产生一个"异人"更难了。再就是,那样的人真的走到跟前,我们也认不出来。有人对那些特异的禀赋和性格总是入迷,有时会放下一切去寻觅他们,对这种事天生敏感。"异人"会满足我们的想象,让我们在活生生的奇迹面前认识人与人的不同、人的各种可能性,更有我们的盲角和误区、我们的平庸。我想告诉之锷从少年到青年的一些经历、所见所闻以及永不满足的好奇心。我曾为一个天才少年的传闻而翻山越岭：这个少年能够望着星星一口气说出成串的妙语，无停顿无间歇无病句，接连说上几个小时；我在一条大河边上见到一个穿黑色短裤的中年人，他能够挥手断石；我还在山坡上遇到一个穿粉红抿裆裤的姑娘，她能听懂羊的话；我的一个朋友和水塘中的鱼交流无碍，经常伏在水边说话，分手时鱼群一齐跳起来道别。这都是真的，是我亲眼所见。

"不过，究竟怎样才算真正的'高人'和'异人'？"余之锷认真起来。他认为作为一个严格的概念，而不是一个形容词去使用，还需要更加严谨。特立独行也许比身怀绝技更重要，因为那关乎心态和品质、自我恪守。一个人的刚正不阿，不随俗见的坚持和洞悉、勇气和心智，大概是"异人"的核心内容。我说："可不可以这样说，'异人'是拥有自我的人，他们不在潮流之外，也不在潮流之中，而在潮流之上。""好的。请说细发一些。"我指着"访高图"上影影绰绰的小人儿："他们避世独处是因为要思考和处理复杂的内心问题，但并不意味着糊涂。跟随潮流是俗众，淹没潮流会丢失，而在潮流之上，就会有更开阔的视野，那才是'高人'。"余之锷许久没有说话，沉吟道："是的。我想是的。"

他说半个月前又去了一趟半岛，去了朋友的那个河湾和山峦。这已经是第三次了。他要打理多少公司的事情，几百个员工吃喝拉撒，开辟新旅游线，融资与合作。"每个企业都有资金链的问题，近期垮掉的几家公司都在这方面出事了。不过再忙我还是去了那里，待了三天。"他伸出敷了创可贴的左手；"我参加了采栗子。我跟那头叫'小灰'的小驴成了朋友，我们依依不舍哩。"他特别说到了新结识的一个人，那是朋友的好友，因为常到山里采药就熟悉了，"他叫何典，笔名'何俚嫣'"。他将几个字写下来，我觉得有点怪。"他是医生还是作家？""都不是。会治病，偶尔发点学术文章。朋友讲了不少他的故事，我想这个人可能就是一个'异人'。"我被吸引了，细细问起来。"看上去很普通的样子，衣着朴素，五十多岁，话不多，长得黑苍苍的，听觉不敏。不过相处时间一长，又会觉得他既专于个人世界，同时又对正在发生的事情毫不隔膜。他独处的时间很长，却不避世。他常常在山里待上很久。我的朋友总爱邀他住到山顶，还专门为他搭了一座草寮，里面有床有书，还有一把古琴。朋友对'高人''异人'有相当概念化的理解。人家何典不会弹琴。"我笑了，记住了一个名字。

苏步慧怎样？我很想见到她。余之锷说妻子干一行爱一行，当下成为公司最忙的管家婆。那个合伙人兼董事长喜欢她喜欢得不得了，说人这辈子娶了这样的女人一定幸福得要死。"他问我是不是这样，我说要死也一定是感时伤世的缘故，而不会因为幸福。不过我真的很幸福，我是指婚姻。"我想这一对夫妇的情形应该让洛珈知悉：朝夕相处未必厌烦，深刻的爱情也不会陈旧。

余之锷要告辞了，临走前提出的一个要求使我吃惊：安排洛珈与他们董事长会面。我以为听错了，没有。"董事长得知你有个了不起的同学，外号叫'女王'，是个手眼通天的人。"

我费了好大劲儿才使自己保持了波澜不惊的模样。我在紧张运思，消化和处理他的这番话，分解其中蕴含的复杂信息。"女王"？想起来了，在德雷令那个晚宴上听过同样的称谓。"手眼通天"？这怎么可能？她不过刚刚转到金融界，而且学非所用。我有点茫然。我在挚友的目光下无可逃避，只能如实回答："是的，同学。不过谁知道她愿不愿和生人见面呢。我和她也不常见。"我没有说谎。余之锷轻松下来，说："只是他的一个想法，你试试吧。

他被称为'小诸葛',也是人精。我在公司里其实是个多余人,我老婆的作用也比我大,她敬业、热情,你知道她很单纯,团结凝聚员工的能力超一流。所以董事长更重视她。对了,她在女员工里看好了一位,想介绍给你。"我无心听题外话。

这一夜失眠了。奇怪的是想得最多的是那个河湾和那个"异人",而不是挚友相托之事。黎明时做了一个梦,梦到自己正在一个浅浅的河湾戏水,身边是一丛香蒲,只腿独立的鹭鸟在一旁观望。醒来长时间看着天花板上陈旧的水渍,那图形仿佛是一个穿戴古代服饰的老人。我想如果有机会也要去一下河湾,换换空气是必要的。每天辗转在公文里,一周的时间眨眼就过。想着挚友和一帮山民嘻嘻哈哈敲打野栗子的场面,有些眼热。因为起得晚,早餐已经是上午十点了,匆匆打开手机:老天,一长串未接电话,还有长篇大论或短短几个字的来信,各种消息和图片。这些如果悉数浏览并挑几个回应,起码需要半天时间。网络时代的人相互扰烦:我不清净你也别想安宁。可我已经备好了一沓方格稿纸,用以完成那部重要的家族史。铃声刺耳,是女上司,我马上集中精神:她在加班。有些事情要处理。我说马上赶到,对不起,昨夜睡得太晚。

原来几份急用的材料要修订,足有两万余字。完了,这个周末。女上司已经用红笔在打字稿上做了几处标记,端着杯子站在一旁:"你近来好像有些分神。该理发了。单身男人必须每天洗澡。""对不起。"我这才想到昨夜入睡前没有洗浴。她有洁癖而且嗅觉特敏。"你这种人常常有一股硫黄味儿。"我有些吃惊:"这是怎么回事?""这得问你自己了。"她呷着杯子,"能量总会转化。瞧头发油脂多旺。要知道,火药的成分就是硫黄、炭和硝。"她为自己的幽默而得意。我吭吭哧哧埋头干活,用力划掉多余的字和词。我的心里确实常常装有一团火药:在一个必须克制的环境中收敛和伪装,保持一脸的温文和庄重。可是长期运动生涯中形成的发达肌腱,特别是粗壮的三角肌是无法掩饰的。我处于比较敏感的位置,所有锋芒都要收束,"夹起尾巴做人",她多次善意提醒,用心良苦,眼睛里充满默契。有一次机关内部座谈会上,我发言超时且声音响亮,逻辑清晰。她事后找我谈话:"观点是对的,不过要注意'谈锋'。瞧瞧有人木讷讷的,更让人放心。"她说的"有人"就是最有力的竞争对手。从那以后我就有了一种期期艾艾的样子,腰也弓了,好像正被什么疾病所困,衰弱到手无缚鸡之力。这作为一种姿态和习惯也带到了另一些场合,在朋友和熟人的聚会上,我的欲言又止和蔫蔫的样子引起了他们的关注:"怎么了?感冒?不舒服?"

私下里我已成为机关第一帅哥、无可争执的钻石王老五。圆圆有一次在通往食堂的小路上笑嘻嘻地截住我,很快谈到了那个女体工队员,做个吓人的样子:"敬而远之就对了。没有金刚钻就少揽瓷器活。你适合正常的姑娘。不过都知道你被霸占了,干着急也帮不上忙。"我的血冲到了脑门:"谁能霸占我?"她马上笑了:"就是!我对那些人说,人家才不是,我敢保证他是个'童男子'!"我的火气更大了:"你凭什么保证?"由于气愤,手中瓷钵里的汤溅出了一些。我头也不回地离去了。在以性为燃料的现代生活中,已届中年的"童男子"成为笑柄实属必然:一个人如果处于性的边缘,也会成为生活的边缘。如果不甘沉沦,就奋起直追吧。我直追的目标只有一个,而这在许多年前的干草垛旁就已经确定了,并将终生如此,矢志不移。

我一次次想到了流浪之路。艰难困苦，玉汝于成，但愿人生的大麻烦全都成为过去，一切到此为止。不说那些朝不保夕的饥困和恐惧，只说坎坷关节上她们给予的友爱和援助，就让人热泪盈眶。我那时是个破衣烂衫的少年，芜脏的头发被宽容大度的女性伸手一理，就会流下感激的泪水。那时我野性未消，带着三分惊惧和七分警戒，高挺的鼻梁下是刚生出的一层唇绒。长长的跋涉之后，如果能有一个散着香气的干草垛子多好。我关于女性的爱护和大大小小的冲突，将来如何书写，将考验自己的诚实。如果一个人懂得感恩，就应该更多地写到爱和被爱。记得在我刚刚进入这座城市的时候，曾有一个女子愤愤地质问："你有什么了不起？你就没有被人狠狠地拒绝？"一番话醍醐灌顶，说得太对了：到现在为止，我更多的不是被爱慕，而是被拒绝。我是一个懂得感恩的、被侮辱与被损害的人，也是一个不屈不挠的人。这一切，我都会在自己即将动笔的家族回忆中做出准确无欺的交代。我会记下亏欠，记下伤害，也记下慷慨。有人背后中伤，说我是一个被压抑的好色之徒。仔细想了想，不是。我不过是迷信于爱。

5

我一直没有忘记与洛珈去东部半岛扫墓的事。半个多月过去，还是没有接到她的通知。她对这样的大事不可能忘记，也不会轻易耽搁。在等待的日子里，德雷令找到了我。他约我去一个安静的地方"坐一坐"，显然有什么重要的事情。他在下班之前就将车子停在离机关大楼不远处的法桐树下，显得颇有耐心，见我上车未吭一声，只默默地将车启动。在一家高档商场的最顶层，有几间四壁贴满红橡木的餐厅。这里可能实行会员制，德雷令掏出一张卡片晃了一下，一位高个子少女就把我们引进了一个包间。这里安静极了。刚坐下他就像换了一个人，不再板着脸，咧开大嘴盯着我。我路上想过，他很有可能正打女上司的主意，因为她也是一颗棋子。在与上层人物的关系方面，他从来较少掩饰，曾在同学会上故意透露与一位权势人物的来往，说："有什么大惊小怪的，傻子吗？"说完瞄着桌上的人，好像要从他们当中揪出一个傻子似的。他这会儿合上大嘴，用那个戴了戒指的手敲敲桌子："老亦衔，猜猜我今天要你干点什么?"我不猜。他的上唇愤愤不平地翘起来,脸上挂着吝啬的笑容:"我已经找过洛珈多次,人家女王纹丝不动,也只好请你出马。实在没办法。"

我大出所料。镇定了一下,我说:"我会比你的面子更大吗?"他的下巴转动几下,松松领带,眼睛一直没有离开我。我加一句:"她有那么重要?"德雷令往旁边瞥一眼,站起来开门,原来服务生端着托盘站在门外。每人一份,简单精致,外加冰水。他解释说今天的事太重要了,所以我们一滴酒都不能喝,要保持清醒头脑。他欠着身子为我加冰,又装模作样回身将门反锁。我有些紧张。"是这样,"他笑吟吟的,"你俩骗过了所有人,哼哼。不过一种游戏玩得这么认真,可不光是有趣。咱们心里都明白那是怎么回事。"我的脖子有些胀痛。我努力将语气放得平淡:"我和她是很好的朋友。""就是朋友?哪天去你们那儿做客?我对那个小区是熟悉的。不过除了你常走的那条路,我还认识别的路,'女王'嘛,有自己的宫殿。不说了,说多了会急的。"他饮下一口冰水,将浮在杯顶的冰块咔咔嚼碎,咽下去。

我的手心开始出汗。他吐出的每个字都不可放过。我这会儿担心的不是自己与洛珈的隐秘,而是其他:洛珈可能受到各种猜测与伤害。令我震撼的还有另一层意思:我的挚爱隐匿了什么,她在这座城市的某个角落藏下了豪华居所。那不仅是财富的隐私,而是其他。天哪,我既不敢也无法想象,本能的反应是全力掩饰:"你想到了哪里,简直扯得太远了。她的几处居所我都知道。她为老母亲准备的那一套我最喜欢。"德雷令龇着一口坚牙,夸张地绷紧嘴巴盯住我:"看看急了。再多的资产也不必惊讶,问题是你一无所知。你这会儿还充愣卖傻,说什么'都知道'。腰杆儿硬吗?不行,我得摸摸你的腰杆。"

德雷令真的站起来,做出要摸我的样子。我生冷的目光让他缩回手去。他哼着:"今晚我们已经谈得差不多了。再多说几句,咱仨可都是老同学啊,一定要相互照应好!这可是硬道理,这个不难明白!"是的,我心里很明白,他今夜的谈话两个字即可概括:威胁。但这其中究竟握有多少实锤,还是未知数。我知道凭他的顽劣,搞私家侦探这一类玩意儿完全可能。这让人不寒而栗。过了十几分钟,我逐渐冷静和自信起来:因为深深的爱,而不是其他。我只能信赖她,而不可能是对面这个满脸刮得铁青的家伙。这个浑蛋从学生时期就属于恶棍,这没有什么好说的。眼下要做的一件事是稳住他。我笑了笑,与之碰杯:"咱们别瞎扯了。你应该清楚,我和洛珈的关系只是我们俩的事,说到底与他人无关。所以请您自重并尊重我们的隐私,不能跟那个多嘴多舌的舅舅乱说。"德雷令拍着膝盖大笑:"老亦衔啊!这还要你提醒?今晚说的这些,到目前为止只我们俩知道!你把心放到肚子里,回头代表我们这些好色的男人,所有人,按住那个小娘们儿硬亲一通,然后别忘了提醒一句,让她为老同学办点实事儿!是不是?嗯哼!"他在皮椅上四仰八叉,一副胜券在握的模样。这样过了一会儿,他又站起,凑在我耳郭上小声说:

"放心吧,我不会兜底。如果城里人知道是你独吞了她这么多年,你就会被人撕巴了。嗤啦一下,黑影里划了脖子!这可不是吓唬你!老兄,你的胆子也真够大啊,我真是服了老兄,服了!"

我一夜未眠。上班时女上司见我脸色苍白,问:"怎么回事?病了?""没什么,可能是食物中毒。""什么食物?""耳食。""啊,又是木耳。毒木耳是很可怕的。"搪塞她容易,剩下的事怎么办?我已经将那一幕过滤了多次,心绪烦乱。我经历了太多事情,可这次全然不同。我遇到了一个特殊的敲竹杠者,那一记重击最终会落在那个至美的额头上。这是症结之所在。让我吸进丝丝冷气的,还有隐在茫茫夜幕中的一切未知。我一直用尽全力让自己笃定,最后真的感到腰部有些酸痛。我想起那个家伙夸张的动作:伸手来摸我的腰。这个不可一世的恶棍。

最让我为难的是如何告诉洛珈?我认为先要应付那个该死的东西,因为没有谁能经得起他的折腾,弄不好最后清誉尽失,百口莫辩。也许洛珈真该帮帮那个浑蛋,如果有一点可能的话。可她根本就不是一个千手观音!我真想亲手把那个野心勃勃的家伙宰了。几次想给洛珈电话又作罢。后来想起去东部扫墓的事,这才不再犹豫。忙音。好不容易接通。"啊,那个事啊,怎么会忘。是的,焦头烂额。我尽快找时间。"看来有什么事情真的缠住了她。我鼓了鼓勇气,说:"我们必须马上见面,电话上说不清楚,是关于德雷令的。"几秒钟的静默,很快传来淡淡的笑声:"好吧,我知道。这人很孩子气的。见面说。"我放下电话,长长地吐出一口气。她的声音具有神奇的力量。我一下轻松了许多。

这次是一大束花。我在花店里精心挑选了雏菊和勿忘我,又搭配几枝毛茛。我没有选鸢尾和玫瑰,也舍掉了她经常要买的百合。这个夜晚时间从容,她扎上那个带小狗图案的围裙亲自下厨,不让我插手。她带回的保温箱里已经有两个菜,这会儿要亲手烹调一份海菜汤、一份蒜蓉鸟贝。一瓶冰酒早已摆在桌上。她解下围裙,容光焕发,端起酒杯:"来,敬我操碎了心的小伙子。"酒太甜了,不能多饮。可我们还是喝光了两瓶。就像遇到什么喜事，这个夜晚好极了。我甚至没有机会说到那个败兴的人。我们吃冰淇淋，她那只猫舌小心地舔着银匙，说："本来很简单的事情，有人一定要搞得神神秘秘。他总想让别人一块儿卷到自己的阴谋中。我可以帮他，但不会迁就他的这些陋习。他有事从来不到办公室谈，总是鬼鬼祟祟把人约出来。"

我于是详细地说到那个夜晚，着重指出：这是阴险的敲诈。她用一张粉纸擦一下嘴，又换一张拭拭眼角和鼻翼："他已经习惯了咋咋呼呼。那是他的风格。你听听就好。他生活在梦里，不过最后还得回到现实。""我制止他说出我们的关系，怕引出其他麻烦。"她笑了："他不会说的，他在打别的主意，没事。"一块石头落了地。我拥住她，发现她瘦了，肩胛骨有些凸出，腰臀曲线也加重了。她现在可以拿很高的年薪，可我们并不缺钱。我们缺什么？我们缺少这样的簇拥；如果再从容一些还可以读很多书，我的朗读能力是第一流的。我能绘声绘色地读莎士比亚，而且使用方言，她那会儿笑得直不起腰。"活着还是死去？这是一个问题！"她擦着眼角的泪花，又说起了书面语。这就像战壕里的士兵听到发令枪一样，我一下跳起来。这个家宽敞而又雅致，在等待中散发出点枣泥的气息，还有些许艾草味儿；如果时间再拖下去，就像女上司说的那样，没准儿会冒出一股硫黄味儿。那是爱巢与主人一起洋溢的悲伤啊。我天真而又多智的爱人，让我们随着年龄的增长，快些结束时代的烦扰，比如能否扔掉那笔来之不易的年薪，回归平凡的生活？

我想了很多，只是没有说出来。我在松开她的时候鼓鼓劲儿，说了余之锷提出的请求：见一见他们董事长。她很爽朗："这有什么!我们的工作就是这样嘛!你让他到我的办公室好了!""他的意思是一起吃饭。""他们就是这种坏习惯,又要办事又要陪餐,这太不公平了。""是很庸俗。不过那些人觉得这样才好。余之锷不是生意人。"我赞扬这位挚友,说他们夫妇堪称楷模。洛珈对苏步慧更感兴趣,问她长得怎样。很难描述,我只能大概说一下:大眼睛,大嘴,大额头,人不苗条,笑起来嗤嗤的。"那怎么会美?"我说是美的,真的非常可爱,"那是多种元素组成的。有猫科动物的雍容。单纯到了极点,什么话都信,而且动不动就'爆发母爱',这是余之锷说的"。洛珈不再吱声,像在细细揣摩。

我想早些确定回东部半岛的时间,洛珈说:"就最近。不再拖了。"

我开始着手准备东行的事,因为这不是一个周末可以完成的,我们除了扫墓还要看望老母亲,和内弟见面。我提前告诉女上司,说近期可能要回老家一趟。"老家不是没有亲人了吗?"她问。我说是的,不过毕竟是老家,总有些杂七杂八的事需要处理。她不再问什么,待了一会儿说:"其实那个女孩,就是体工队员,相当不错的。""相当不错。"她抬起眼睛:"你想继续?""不,我是说她是个好女孩。不过年龄差异和其他,我们并不合适。"她皱皱眉头:"年龄算什么。我那位更大。越拖年龄越大。"我低下头:"是的。我想我越来越不适合结婚了。""这是心理障碍,"她歪头看我,"结婚没那么复杂,试试就知道。"我小声咕哝:"不,她们在我看来就像钟表齿轮那么复杂。"想不到她听清了,拍手大笑:"哈哈,哈哈。"

我请了两天假,再加上周末,有四天集中的时间。洛珈的神情一路严肃,这使我想到此行的性质。这不是旅游。我们没有直接去老母亲家,因为洛珈不能肯定母亲能否一起上山。我认为撇开老人是不妥的。她摇头:"以前也要分别上山。因为要甩开那个棋棋。他扛着宝剑大呼小叫的,父亲会难过。只有我和母亲才有去那儿的资格,现在还有你。"我明白了。像上次一样,我们彼此分开住在宾馆里。在这样的时刻,哪怕是稍稍亲昵的举动,都会引起她的反感。

天阴着,洒了一点毛毛雨。这是上天的泪水。一曲悲歌响彻心头。她父亲的故事,与更长的故事连在一起。啊,我不敢想她的外祖母和外祖父,还有她的舅舅。那个悲惨之夜是人类的至哀。我们站在墓前。她的声音很小:"放心吧,我很好。是的,我们在一起了。是的,爸爸放心吧。"她的泪水流下脸颊。我如果在他生前见上一面多好啊。那时候我在哪里?我还很小,不过已经踏上了流浪之路。遗憾的是我连他的照片都没能看到,这不该。她的回答令人心寒:原来有一张的,可惜母亲随那些珍贵的遗物一起携去了大宅,后来又带回了学校宿舍,可是重新打开时什么都在,唯独少了那张照片。那是唯一的。母亲发疯一样到处找,继父说从没见过。"如果是他藏起或毁掉,我会恨一辈子。"洛珈说。

我们离开前去了母亲家,只说出差路过这儿。老人的白发又多了,比上次更加慈祥。那双有点像异族人的清美的眼睛看着我和女儿,一手一个牵住。洛珈讲了为她备好的房子,讲了那座房子的周边环境。老人有些欣慰:"好,好。"我说:"您一定要早些去啊,我们住在一起多好。"棋棋离开了一会儿,这时从里屋蹿出来说:"缘分啊,谢谢啊,不用劳驾了,我和妈妈挺好。"老母亲严厉制止他:"怎么说话!"棋棋马上拍拍我:"他是我哥们儿。"

从东部半岛回来，长时间无法摆脱沉重的心情。这次棋棋又赠我一件稀珍的礼物：一块指甲大的焦黑的弹片。它照样用一个精美的锦缎小盒装起，塞给我时小声说："这是从我爸左腿上取出来的。"我有些为难，这样的遗物怎好送人？但拒绝又会造成伤害。我留下，没有告诉洛珈，只把它放在宿舍里。也许是一种幻觉，每到了半夜，屋里就会响起若有若无的呻吟，尽管很小，还是让人无法入睡。我想知道这呻吟从何而来，不得不一次次打开锦缎小盒，一点声音都没有。

失眠开始了。有几次忘了关机。圆圆在电话上抽泣："亦街，你说说我为什么总想那样？""怎样？""就是死。这是真的。"我劝她，她很快笑了。剩下的长夜干点什么？写自己的家族吧，这才是一件要务。它完成后将复印多份，其中一份留给家人。她也许会翻开第一页，然后一直翻下去。关于这份回忆的腹稿打了许久，总也未能真正落笔。试了几次，一动笔就是公文的格式和腔调。十分苦恼。

首先要从外祖父写起，因为他是我至为尊敬的人，是枢纽式人物。我无数次想过他的形象：文静的男人，颀长的身材，许多时候穿一件干净的灰布长衫；有时戴眼镜，有时不戴；挺挺的鼻梁，温和深邃的眼睛，多情而肃穆。他从很小的时候就去了北方一个大都市，又从那里起步，抵达域外；他回到半岛港口小城时，已经是一位中西医术兼备的良医了。这时候美国南方浸信会的一个分支已在半岛登陆，建起了北方最早的教堂和学校，还有一座相当规模的西医院，它就是比洛克菲勒基金会在北京建成的协和医院还要早二十年的怀麟医院。因为与这所医院的频繁往来，他成为一个虔诚的基督徒。怀麟不知挽救过多少生命,已成为半岛人心中的圣地。它们与学校和那座大教堂合而为一,成为北方声名显赫的存在。当时外祖父已在小城南郊有一处诊所,这里既是他的济世之所也是修行之地。

母亲最难忘的是度过童年的那个大院。那是人们津津乐道的地方,是诊所,还是一座小型动物园。主人喜爱动物成癖,在这里养了猴子和各种鸟,羊、骆驼、牛和乌龟,还有鹿、獾、狐狸,猫和狗,它们多到数不过来。羊是各种各样的,为了让西部的羚羊能够登高,院里堆起了高高的假山。北方没有水牛和骆驼,它们和猴子等一起从外地运来。他特别喜欢驴和马,在他眼里温驯美丽的驴子是最可爱的。家里有一匹大红马,几乎能听懂他的每一句话,他经常和它一起在乡间小路散步。去几十里外的教会和医院时,他会骑上红马。当地人从不叫他的名字,都称"先生"。"先生骑着红马走了""先生回来了""我们看见先生又领回一只大猫头鹰""先生把一个人的眼睛治好了"。

外祖母与外祖父自小结有婚约。外祖父北上,从那座大都市再到异域,这些日子里外祖母已经长成了一位沉默寡言的少女。她父母早逝,一直住在外祖父的祖宅里。她终于等到了一个高爽英挺的男子,两人毫无悬念地完婚,后来有了两个女孩,小女儿就是我的母亲,这是许多年以后的事了。

外祖父不仅是教会和医院的常客,而且和同盟会的革命党人打得火热。一九〇六年徐镜心受孙中山派遣从日本回国,在半岛成立了北方支部,下辖直隶、东北三省及热河的革命党人。归国的徐镜心及同党在半岛创办新学,酝酿起义,终成熊熊烈焰之势,为清廷最为痛恨之人。徐镜心在半岛地区设立的女子学堂为"坤元女校",离外祖父的诊所只有五里之遥。这所学堂后被清廷取缔，历经几番摧折，不断改换名称转移校址，一直存在下去。母亲后来被外祖父送入女子学校，成为她一生最重要的经历。直到生命的最后阶段，她仍能清晰地记得一些同学的名字、新学几次解散复又创立的经过。这些新学女子都是革命党骨干，后来纷纷离家奔赴新区。母亲当年因为要陪伴外祖母而没能离开，但直至晚年还一一记得她送走的女伴，讲那些依依不舍的场景。

半岛为清廷重点围剿之地，革命党人发起大小战事不下十余次，战斗无数，牺牲无数，一次次陷于逃亡的险境。徐镜心去关外发动起义，联系新军，复又潜回，来去匆促，直到最后被袁世凯杀害于北京，年仅四十一岁。而后半岛土匪蜂起，至抗战初期，自立为司令的土匪队伍即有十五支，他们在整个地区往复劫掠，无恶不作。外祖父生前与徐镜心和革命党人的交往已无史料详载，它们来自母亲和外祖母的叙说。她们直到逃离小城，在临海荒野里搭建一座茅屋艰难度日时，还保存了一顶礼帽。我至今记得那是一顶白色的帽子，有一圈黑色饰带，我不知从哪儿找出来，戴上玩，被外祖母严厉地制止了。她收起那顶帽子，说这是一位客人的，要等他来取。母亲告诉我：那个人不会来了，他是一位革命党人，是你外祖父的挚友，已经牺牲了。

抗战开始后，除了异族人与反抗者的大小战斗，再就是土匪武装与各政治派别的纷争摩擦。土匪与异族军队既合作又争夺，没有任何道义可言。外祖父的声望使一些恶势力十分惧怕，他们对他发出各种威胁。当时的诊所只能勉强维持，主人的精力主要用于抗战事务。他把大量积蓄用来购置枪支弹药，以至于断绝了那些心爱动物的口粮。羚羊饿跑了，老水牛被村民牵走，乌龟也失踪了。只有那匹红马始终和他在一起，是他忠实的伙伴和坐骑。关于这匹马的故事，母亲和外祖母讲了多次，已经印在我的心中。那是一个催人泪下、真实而又难以置信的故事。

抗战的第三个年头，从属教会的怀麟医院落入异族军队手中。土匪司令们经常火并，惨案频发。整个半岛进入最黑暗的时期。几支土匪队伍与外敌合作，势力日益壮大，其中最大的一支土匪武装头领出任保安司令，称"半岛王"。也就在这样的一个秋天，大约是立秋后的第十日，下午五点多，母亲和外祖母正在大院里收拾晾晒的东西。太阳还没有落山，西天彤云如血。不知从哪儿传来了大马的嘶鸣，这声音越来越近。外祖母手里的笸箩掉在地上，那匹大红马撞开了院门。"啊，你自己回来了！"随着外祖母的呼叫，它跳了一下，扑向木头台阶，下颌一下下磕打起来。母亲觉得怪异。她们去抚摸它，手碰到长鬃时沾了红色，惊叫起来。大红马往外跑去，两人紧紧跟上。出了大街，往西往南。高秆农作物被大马蹚出一条小路，再往前就是一片沙岗，是稀稀落落的黑松。大红马在松林里站住，磕蹄，引颈长嘶。

外祖父的血洇红了一小片沙子。人已经没有气息。抵抗的队伍来到大院，已经是几天之后。这些大都是外祖父的友人，他们说几天前先生还在城里救治伤兵，三天三夜没有合眼，然后又和朋友一起运送弹药。他是在返家的途中遭遇土匪的，"半岛王"早就对外祖父恨之入骨。当时姨母住在稍远一点的地方，那是港城东边的隆华区，当她和家人赶来时，外祖父已经安葬了。父亲当时对噩耗一无所知，他正在路上，受另一个人的差遣，从水路赶往一座北方城市。

悲伤惊恐笼罩了一座院落。诊所关闭，主人的动物走失大半。

那头可爱的驴子等不来主人,郁郁而死,被葬在一棵白玉兰下。那匹大红马跟在外祖母和母亲身边,直到最后的日子。整个港城落入"半岛王"手中,后来被另一支更大的队伍接收,抗战随之结束。可是这里非但没有迎来太平,反而进入了更大的混乱。所有土匪武装都消失不见,他们加入官军或编入其他队伍。港城南郊的这所大院已经被残兵流匪多次洗劫,大部财物荡然无存。外祖母和母亲最珍惜的大红马几次遇险,最后幸亏一位姓郑的老人救下。

我的回忆总是在红马脱险的地方停顿下来。这个至美生灵与我们家族的命运紧密相连,是不得不说的一个奇迹。每每想起这个未曾谋面的生灵,就生出深深的敬意与感激。它必须写入族史。我在无比孤单的童年时期,在一路游荡的少年青年时期,与各种动物结下的诸多友谊,它们给予我的援助,许多时候是谁都无法替代的。外祖父深知物性之别和纯稚之美,所以才如此护恋它们,养育它们。试想一下,如果没有这匹红马,外祖父就成了死无葬身之地的游魂。

因为有许多事情要从头回忆,也就迎来了失眠之期。我有不止一个朋友为失眠所折磨,其中的一个说:一个人何时入睡、睡多少,是由心灵掌控的。也许是的,不过一任心灵的支配也实在痛苦。朋友说:该睡就睡,不该睡就醒着。我暂且同意,不过黑眼圈怎么办?昏昏沉沉怎么办?我要上班,要处理大量的公文。

为了安眠,家族史的事先要放一段时间。其他扰烦不可胜数,谣言、中伤、情事、忧肠,小小荧屏上推送的海量文字和视频。这个巴掌大的小魔器总有一天要砸掉,它也是天灾人祸的一部分。多少倾泻,耸人听闻,末日之心,垂死和嚎叫。世界被拖入深渊。有时心情之糟,几可用上"悲愤"二字。女上司自年轻时代就紧追时新,从打扮到其他无不领风气之先,可是现在也有些抵挡不住了。她一大早就惊恐万状地告诉:某某人死了。翻开网页,真的死了。正惊诧,网上又在辟谣:没死。她愤慨之极:"该死的手机!"小小荧屏既冷漠又热烈,瞧那些性的描述多么细致下流。她问:"这对过来人还好办一些,青少年怎么办?你这样的单身汉怎么办?"她乜斜着我。每逢这时候,她那对风韵犹存、幸灾乐祸的眼睛就让人受不了。这双眼在二十年前力敌千钧,可即便是现在也不能小觑。她没有文过眼线,可它天生紫嘟嘟的,能够十分突出地表达喜怒哀乐。她的神情五彩缤纷,就像她的语言一样。高兴起来,她可以用五六种语调说话:普通话、本市方言、半岛口语,还会四川话、上海话和陕西话。后几种方言来自几位首长,她学得惟妙惟肖,说的时候打着手势,让机关同人入迷。有时我从心里承认:在她的手下工作也算有幸,可以免除寂寥刻板之苦。

近来她对我的无精打采常常表现得不耐烦,说:"这样年纪不该这样。还幸亏是运动员呢。不要沉迷在一些嗜好中。就像抽烟,要拿出足够的毅力戒除。"我不得不为自己申辩:"我从不抽烟。""我是指别的。凡嗜好都不能过分。"她不想讨论下去。我不悦。她知道我既不饮酒也不打牌,更不可能吸毒和赌博。她了解我,该不会怀疑有其他什么邪癖吧?"单身汉"的苦恼和麻烦简直无处不在。人说不定因何倒霉。不过她一直想帮我解脱困境,比如积极张罗婚事,都是难得的好意。她的良好修养以及随年龄而增加的庄重与收敛,使她能够很好地拿捏分寸,不致使下属过分难堪,这也难得。

我曾对洛珈谈到了这些。对于身边这位特殊人士,她会有意无意多听几句,实际上了解得比我还多。她说:"那可不是一般的女性,十几岁就会打网球,穿着布拉吉。父亲去许多场合都带着她,发育又早,是多少人的梦中情人。一位外国友好人士来访时要带走她,实在看好了,她也动心了,最后被那人胸脯和胳膊上密密的毛发给吓住了。"我惊叹,然后补充:"她关心人,还懂些中医,我眼睛累,她就说吃'石斛夜光丸'吧;我牙齿胀,她就说吃'清宁丸'吧。坏就坏在那些品行不端的人私下乱说,像那个老科长,就编出一套不雅的故事,什么下乡支农时长时间盯着刺猬交配,什么最喜欢到配种站去参观。她的丈夫有一段头上生了瘊子,他就说谁也受不了那么多绿帽子,咱这座城市本就闷热。"洛珈发出不屑的声音。我不解的是,那样口无遮拦品行低下的人为什么会留在机关里?她说坏人也有相应的人脉,再说某些特殊的人物留下也好,一旦放走就更难控制。她十分憎恶那个家伙,说了两件事:有一次他在食堂排队打饭,竟然伸手去摸前边的人;还有一回他帮女邻居换灯泡,站在高凳上磨磨蹭蹭,用一种缩腰术,把裤子弄掉了。"'缩腰术'是怎么回事?""我也不懂。可能是让腰迅速变细吧。"我惊叹:"坏人什么办法都有,一般人想不到。看看,你知道的比我还多。"洛珈摇头:"这是组织人事信息。"

那次还谈到德雷令,她说毕竟同学一场,总算帮了他一点。我说这样也算稳妥。她冷笑:"这个人不知怎么想的,总是狮子大开口。他如果走得太远,谁也没有办法。"我并不知道具体内容,但认为她说的肯定对。她接着说到了余之锷的合伙人,即那位旅游公司的董事长:他们在办公室见面了,谈得很好。"我让他下次带助手一起来,我想见见她。""什么助手?""就是苏步慧,他常带她出去,说她是公司里的'第一撒手锏'。"我笑了:"这怎么可能！我太熟悉她了，她可不是什么'交际花'。"洛珈哼着，"这方面你不懂。魅力是多种的、隐晦的。有的女人看上去没有漂亮的五官和身材，可就是无法抵挡。总是往前凑啊凑啊，眼都直了。"我听着，不知是否影射。我说："可是，她是天下最正派的女人！"她立刻反驳："这与正派有关系吗？"我不再吱声。是的，她又说对了。

可能就因为与洛珈的那番对话，我长时间想着余之锷夫妇。又是许久没见了。不知两个人忙得怎样。我由他们又想到了那个河湾，他们已经三次光顾那里，这对于忙得不可开交的企业人士来说真有些不可思议，由此也可以想象那个地方的魅力。我曾在东部地图上认真研究了一番：那儿处于两市交界，经济欠发达；远离城区，人烟不密，交通也成问题。他们夫妇可能被大自然的某个局部打动了。因为少年流浪之故，我对半岛十分熟悉，对平原和山地丘陵都不陌生，可就是想不起有那样一个地方。我拨通了余之锷的电话，他果然忙着，但仍不忘发出热情的邀请："来吧，这回我们不在家里吃饭，去一家小店，特色鲜明，主要是，她想让你开开眼界。"我很好奇，随口问了一句："那儿有'异人'吗？""问到了点子上，来吧。"

从前他们住在不远处，我是常客；如今相距几个街区，也就更加渴念。那些旧时光一去不返。那时与之共饮，坐在不太宽敞的餐厅里促膝畅谈，宛如家人。苏步慧从不把我当外人，什么都说，没有忌讳，说得兴起就用力拍我，快活极了。现在都忙，生计变得迫切了。我扳着手指计算他们出国的女儿多大，吓了一跳，二十了。时间真快啊。我想因为国外花费大，所以他们才会这样卖力地赚钱。而我和洛珈就没有这些问题。我们甚至从未认真讨论过生育的事。洛珈会生出多么漂亮的男孩或女孩,不敢想。用苏步慧的话说:你什么都耽误了。这会是一生的最大遗憾吗?无法回答。

我按照他们夫妇发来的定位,拐来拐去找到一处荒凉的地方。这可能就是郊区的心脏了,因为任何地带都有自己的领衔区域,不然就会散乱无序。有些地方看上去乱七八糟,但了解透彻以后就会发现:这里自有内在秩序,而且井然条理。我们可以讨厌甚至憎恨某些邪恶的规矩,但它们真的存在。这片郊野刚刚被利用起来,是城市扩张的副产品,像我们所熟悉的那种铁皮屋顶、生了锈的在风中噼啪作响的镀锌板之类到处都是。简易房已经陈旧,好像刚刚立在地上就要拆毁。较大体量的彩钢瓦平顶建筑很出眼,它们大多是低档超市,走进去会大吃一惊:里面应有尽有,从家用电器到果蔬摊、草药摊、小孩玩具和绘本区。人流也相当可观。这里维持了另一种繁荣,显示了生机,让人感受开拓的力量。从某种程度上讲,这里是现代城市往前推进的前沿,是最生猛的部分。那么,余之锷夫妇今天光顾的场所,它们被选中的理由就可以被理解了。他们也是很挑剔的人。

这是一栋长条形的平房,规模不大也不显眼,畏缩在一些彩钢瓦顶中间,如果不仔细肯定找不到。我刚开始在差不多的简易建筑中寻觅,后来好像听到了低音炮的轰鸣。我觉得会是那个地方,虽然印象中他们夫妇是极不喜欢喧闹的。往前移动了一段,发现他们两个站在一座平房旁边,正四处张望。我第一眼就注意到苏步慧的浓妆:白额红唇,让人想到了京剧脸谱。

进屋后才发现空间比想象的要大:一个吧台,里面站了调酒师,是一位扎马尾巴的男子;除了高桩转椅之类,还有二三十个粗笨的原木座位，一些小圆桌上放了饮料之类；尽头那儿有个矮矮的木台，如果称为舞台又实在小了些，后边是丝绒垂幕，上边有淡弱的顶灯。几个音箱蠹在矮台两旁，音乐就从那儿出来。我们刚刚落座，一个瘦削的男子打了个响指，音乐关了。苏步慧把我按在一个圆桌旁说："我们已经来了三次，是我拉他来的，到这里不是满足口腹之欲。酒好，菜很马虎。这种地方都一样。"余之锷在一旁插话："你不一定习惯。反正换换口味也好。第一次我没有吃饱。生菜香肠这一类，卫生状况让人担心。"苏步慧反驳他："你还想吃什么？这又不是吃大餐的地方。这里的面包好，刚烤的，切开的面包棍，别的地方也吃不到。"她的话音刚落，一个打领结的男孩就送来了一个垫了白布的柳条筐，里面是焦黄的几块面包。真不错。我拿了一块，又脆又香。饮料和酒也上来了，水是冰的，里面漂了一片柠檬。"不错吧？"步慧仰脸问我，笑眯了眼。我说："真不错。"她又说："刚开始呢。"我呷着冰水，吃点面包，等待着。

大约过去一个多小时，场面依旧没有多大变化。只是旁边的圆桌渐渐坐满了，酒吧那儿的人也多起来。调酒师的动作有些花哨，表演性很强。苏步慧低下身子介绍："这小伙子是从大地方挖过来的，月薪很高。"余之锷像一个事不关己的陪客，东瞥一眼西瞥一眼，自语："还是那些老人。"苏步慧不同意："每次都有新的，他们有的闻名而来，一些人从这座城市转车，也会来的。"我不知道他们在说什么。他们很快意识到这一点，开始介绍：这里是一处前卫艺术家聚会的地方，是一群特殊人物光顾的小酒吧。"什么艺术家？"我还是不解。"主要是诗人，他们一会儿要登台朗诵的。"苏步慧说。我想起来了，她是喜欢诗的，从学生时期就这样。余之锷以前说过，她有一段时间尝试了很多，那时极热衷于诗歌活动，还是学校诗歌小组的热情参与者。我从余之锷那儿看过她学生时期的作品，不过是些顺口溜。余之锷总是替她辩护，收起那些诗作时不忘补充一句："现在她不这样写了，要写也会很现代的。"

所有人都在交谈，吃东西。一看周围就明白是常客，习惯于这种等待和简陋的饮食，丝毫都不挑剔。我觉得有点无聊，但没有抱怨。从进屋到现在足足过去了一个多小时，有人终于发作了：圆桌中间喊出"嗷"的一声。我立刻去找喊叫的人，看不到异样。后来是接二连三的尖叫、大笑，还有的跺脚鼓掌。苏步慧仰头四下看看，满意地对我挤挤眼。这时那个极瘦的男人又出现了，他站在吧台和圆桌之间的通道上拍两下手，说："哪一位呢？有请！"他东西瞭着，一伸手："请！"我看到了，一个比他还要瘦的男子，脸色发青，腋下夹着一本杂志往矮矮的台子那儿走去。掌声稀稀落落，场内静了许多。我目不转睛地盯着登台的人。服务生送上麦克。

朗诵马上就要开始。我觉得朗诵者太瘦小且毫不注重仪表，多少是一种遗憾。他翻弄那本杂志，因为一手要抓紧麦克，卷放杂志就有些困难，不得不对在眼上找了好几次。这人眼神不济。他在念，准确点说是咕哝，除了个别词汇，大半是听不明白的。我尽力了，但真的听不懂。一首结束，掌声比开始密多了。又是一首，同样听不懂。我对苏步慧抱怨："如果打上字幕就好了。"她的注意力一直在那个诗人身上，听完后立刻鼓掌，最后才回答我的问题："啊，这需要适应，我过去也和你一样的。""这不是适应的事儿，听不清说什么。"苏步慧嚼着面包："怎么说呢，现代诗不是那样听的。感受一下就好，从那声音入耳的一霎儿，不，你看着他说就行。讲不好，你自己琢磨吧。"我转脸看看余之锷："我们以前都听过诗朗诵啊，多么响亮！有一次诗人从上台就一直背向我们，老天，他一转身满脸都是泪啊。声音把整个剧场都震动了。"余之锷看着妻子，救助一般，想听到一个满意的解释。苏步慧一挥手："知道。那不是诗。那类似戏曲表演。那也叫诗？你现在见到了诗，诗是这样，它是生命的、灵魂的。"

我听着。也许对。不过我还得想想。肚子咕咕响，食物太凉了。我从来不喜欢冰块之类，可是来到这座城市之后，特别是最近五年，每到一些场所就要不停地加冰。我不好意思要热饮。好面子就会伤胃。接着又有两个诗人上场，大同小异。反正是弄不懂意思，就入乡随俗地听和鼓掌。这样终于迎来了一个不大不小的高潮：主持人上来不说话，他等众人安静。安静了。他伸出双手做出乐队指挥那样的动作，伸平了往下轻轻一压，嗓音干涩："他终于赶到了，他就来了，让我们欢迎。"场内掌声一下响亮了。苏步慧一边用力拍手一边歪头对我说："今天就是冲他来的！传说他要来了，这是真的。你看吧。"我的目光四处睃着，最后发现吧台边上一个稍胖的中年男子慢慢转过了脸。很圆的脸。

这个男子留了长发且向后梳理，像老太太那样在后脑处扎了个拳头大的圆髻，并且罩了黑色纱网。老天，说心里话，我对留马尾辫的男人也不过刚刚习惯了两三年，对后脑留圆髻的男人还是有些不能适应。我盯着他，发现他的动作比刚才那些登台者稳重十倍。他把弓着的厚实的背部挺直，一偏腿下了座位，眯眯眼瞟瞟满场，沉着地走向矮台。手中空空。到了台上，接过麦克，这才从内衣口袋里摸出一个小小的精装诗集。全场鸦雀无声，只有他翻书的声音。他比所有人都要平静从容，头颅慢慢倾斜，用异样的目光盯着手中的诗集,仿佛正在看一个让人惊奇的陌生物件。这样看了几十秒,眉头紧皱,愁蹙的略带沙哑的声音响起来,照例是平淡的语气。我承认一句都没有听懂。好在这一次我已经有了思想准备,觉得这种情形其实是自然而然的。听了一首又一首,当听到第三首的时候,我觉得这个人可能受了很多冤屈,甚至是带着人生最大的沮丧来到了这座城市。他正在忍受常人无法忍受的什么,这都说不定。我也不知道为何会有这样的感受,算是猜想吧。这时他的朗诵进入了尾声,与他人完全不同的是最后:张开的右手往上伸、伸,伸到耳朵上边一点,然后握成拳头,猛地往下一拉。我想到了拉响汽笛的动作。结束了,掌声骤起。一旁的人窃窃私语:"瞧瞧就是不一样!""老山货了!到底是老山货了!"苏步慧歪着身子和邻桌的人说着什么,用力点头。她转身拍打我一下:"怎么样?看到了吧!"我十分不解:"'老山货'?这在半岛是指很老的兔子啊!"苏步慧的表情由紧张到松弛,说:"那也行啊!那也是老资格啊!"

从平房里出来有些累。我伸懒腰时看到了满天星斗。到底是郊区边缘,这儿的夜空多好。余之锷的车子停在不远的一条石子路旁,我们走过去。苏步慧的手插在丈夫的臂弯里,回头拉我一下:"今夜好吧?""好。不过老这样也不行。""那当然,那还用说。这种高档地方只东郊有,市中心反而找不到。""可能是房租便宜吧。""有一点。不过主要还不是这个。你知道,有一些项目,艺术项目,就需要与环境结合起来。这里野疵疵的,有后现代的味道。"很深奥,不懂。我觉得疏于往来的这些日子里,可能她去的地方太多吧,单纯的人变得复杂了。彩钢瓦之类是临时建筑的需要,与前后现代并无关系。因为时间从容,路过他们家时就待了一会儿。

今夜我没有吃饱,一见他们端出茶点立刻高兴了。看着我狼吞虎咽的样子,苏步慧说单身汉啊,刚刚吃过了还这样,"之锷,你看亦衔的变化大不大?眼窝深了,嘴唇紫了,体重至少掉了五六斤吧"。我说自己近期睡眠一般,这在以往并不多见。余之锷说睡眠时间压缩是现代人的通病,节奏快了是一方面,主要还是各种信息太过拥堵,人的眼睛和脑子都停不下来。"手机上各种消息交织一起,很极端,而且没法回避。这基本上是个造谣的地方。"我深有同感:一方面是知识爆炸,另一方面又出奇地无知;充斥页面的荒谬浮浅乃至颠倒黑白太多,许多时候那些似是而非无聊脏丑之物呈蜂拥之势。我有一次在办公室说到深深的厌烦,女上司就说:"多看好的一面。多少正面的激动人心的东西。"她以前可不是这样,她以前抱怨的声音更大。我说:"正激动人心呢,无耻的内容就推送过来了,它们是硬塞进来的,又不是我找来的。"

我想说,比起这个世界的核危机,能源问题和环境污染,可能网络传播带来的后果更为严重。这已经无可挽回,它是生存和精神品质方面的。真可怕。"有时看热点话题和涌来的一条条跟帖,会让人万念俱灰。可是许多时候又忍不住。我不知道该做一个热情的人还是冷漠的人,我对人性包括自己,开始丧失信心。"余之锷说。我发现他鬓角的白发又多了一些。苏步慧摸摸丈夫的头:"小伙子高兴些。"

谈到他们董事长与洛珈的会面,他说:"他很能干,公司发展得比预期的要快。"余之锷夸自己的合作伙伴:"这个人属于奇才。他有激情但决不冲动。照目前的速度发展下去,很快就进入同行业的前几名了。"我问:"全市?""全国。"真是出乎意料。

"你们越来越发达,最后要见你们一面就更难了,再也吃不到烧茄子了。"我不是玩笑。苏步慧撇着嘴,看着丈夫,像在等他说话。他与妻子对一下眼神,看着我:"不瞒你说,我们也另有打算,正下一个新的决心。不过到底要干什么,请允许我们暂时不说出来。"我有些不舒服,不过相信他们也不会隐瞒太久。接着说到了女儿的事,苏步慧忧伤起来。余之锷摇摇头,一脸无可奈何:"她回来一趟又走了,根本待不下。人全变了。让她出国可能是我们今生最大的失误,能不能回来还是未知数。"苏步慧低下头:"我让她一定要回到祖国。她冷笑呢。"余之锷一脸愤懑:"一共在家待了半月,整天在外边逛,知道了不少烂事。她十有八九是不回了,说'没希望'。我火了,说那就创造希望!谁说没有希望?她根本不想跟我们讨论,她冷笑。"

整个夜晚,无论是那个酒馆里的朗诵还是余之锷夫妇藏下的秘密,都没有后来他们谈起女儿时用到的一个词给人更深的刺激:"冷笑"。是的,小小年纪在冷笑。我像她父母一样忧心忡忡且愤而生悲。回到自己宿舍才发现肚子有些胀,大概不是吃多了,而是因为冰水凉食的原因,还有生气。我为后一代生气。没有办法,我们这一代的非凡之处和可悲之处合而为一,一天到晚都在为他人、为大事忧愁。

一上班接到通知,机关的某个小组今天要找我谈话了。前一段为了配合整顿纪律,专门在走廊设下专项活动举报箱。因举报者众,三只箱子增至七个。我并未觉得有什么特别,以至于完全忘了这事。我不认识谈话的人,他们都是从下面科室临时抽调的人员,两男一女。组长手指焦黄,一看就知道烟瘾很大。他提问,由两个年轻人低头记录。原来内容并不单纯,经过梳理,归纳为几条。一是涉及亲属关系中的悬案,好在已有结论。第二条颇为严厉:我在起草公文时随意篡改,故意歪曲上级指示精神。我一下蒙了。努力回忆,想着辛苦的文案工作的细节,没完没了的加班、修饬、讨论和成文的过程。我经手的文字量已达百万字,对不起,实在想不起有这回事。负责人启发我,找出几页打印纸念了几段。明白了,那是为了避免刻板的重复,在阐述中使用较为活泼的文字,既生动易懂又贴近原义,这正是我的长处。我为自己辩护。女记录员很年轻,习惯于边记边念:"并未歪曲原义""为行文易于理解起见"。

谈话继续,令我更加吃惊的事项出现了:深夜潜入某女士室内欲行猥亵;借大龄不婚的优势多方猎艳,借工作之便偷窥女士。因为所涉内容过于敏感和具体,问者焦黄的手指一一点住印好的文字,一字一顿,文绉绉的。我因为惊愕和愤慨,已经不太在意措辞。我立即否认,血涌到脸颊。"请仔细想想,不要着急。"他掏出一支烟,又放回去。他由于烟瘾无法缓解而烦躁,手在腿上搓着。我想到了去圆圆宿舍的经历。老天,那个夜晚的事情如果不是她说出去,别人怎么会知道。我固然不会相信她能举报,那也太阴险了,但信口开河是肯定的。我无法平静,尽量把事情的来龙去脉从头复述一遍。女记录员边记边念:"夜夜被大老鼠所扰,不得已才找同事抓捕。""为诱鼠而关灯,以致不慎触碰胸部,并非有意为之。"这事如果找当事人问一下,是很容易搞清楚的。但负责提问的男子太细腻了,不厌其烦,过于注重细节。

"你确定是摸到了她的胸部?""摸开关,不小心。""你发觉那不是开关,最初反应是什么?""立刻松开了。""从摸上到松开，共有多长时间？""两三秒。""嗯嗯，我不得不说，时间有些长了。"我对他的结论无言以对。这是他的看法，我不想顶撞。最后，关于偷窥一事让我备感屈辱且不可容忍。我说这种鄙琐之事不可能发生也从未发生，工作就是工作，再近的距离，眼睛也只能落在文件上，或直视对方，以示尊重。"有人反映你从上方，就是人家衣领那儿看下去，借着身高的优势。你做过篮球运动员吧？""是的。不过我还没有这样下作。""你经常约见女性吗？"我的脸又烧起来："这更荒谬。我在长达三年的时间里只见过三名，而且都是事先拒绝过的。""最近一次？""那是一位体工队员，再未接触。"他盯着我，想从中看出破绽。大概到了关键部分，他在加重语气："据查，该同志与被猥亵者频繁通电并发出各种挑逗之词，以至于让对方苦不堪言一度产生轻生之念。"我差点跳起来："这是指我和圆圆的电话和微信短信！我敢保证，我的所有电话和通信都是可查的！"提问者转向那两个人："记上，'可查'。"

问询进行了半上午。我的上衣湿透了。结束时负责人有了一点笑容，拍拍我的肩膀："有则改之，无则加勉。"他让我在记录上签字，我签了。我心有不甘，问了一句："那些事一看就是胡扯，为什么还要求证？"对方微笑："这是我们的工作。"我也笑了："如果举报者说我暗中研制火箭，想干掉月亮，也要查？"对方一愣，严肃地看着我："查查也无妨。要知道，我们是动机与后果统一论者。"

我的心情糟透了。出了那间屋子，觉得整个世界都有些异样。我们遇到了一个"统一论者"，那就没有任何办法。不过我要找圆圆算账！我气冲冲的样子，一回到办公室就被女上司看到了，她笑眯眯地问:"被谈了?"我的眼睛不小心掠过了她的胸部,马上紧闭双眼,转向一旁说:"没法办了。"女上司拍拍我:"还是年轻,经历事情太少。这不算什么。"我仍旧看着一旁:"你根本不知道那是什么乱七八糟的。"她还是笑。她可能知道一些,但不会具体。我客观上承认她生了优异过人的胸部,丰满而不臃肿,有着女性的大方庄重及母性的魅力,但自己真的不曾对它产生过性的想象。我尊重她还来不及呢。而且,主要的是,我有自己的心爱。不过这些理由与谁申明?我怎么这么倒霉?难道这就是自己的劫数?

下班后,我还在想找圆圆算账的事。我前后想了许多,以防止因为气闷和冲动而导致失策。我明白,这很可能是别有用心的人在利用她,以达成不可告人之目的。我抓起电话又放下,这样一直延宕到深夜。不行,这事不了结就不能入睡。"圆圆,对不起,这么晚了打扰你。但我不能不问清楚。""啊,是亦衔啊!巴不得呢,不晚不晚,你知道我是夜猫子。"倒霉,事情坏就坏在遇到了这样一个人,让我跳到了黄河也洗不清。从何谈起?从"摸"说起吧,这是症结。我指出她不该将那个夜晚随意闲扯,结果引起了轩然大波。她听着,一边发出"嗯嗯"声,仿佛很享受的样子。该她解释了,我等着听这个大龄女孩怎么辩护。她冷了一会儿场,肯定在找理由,不过一开口就郑重起来,有一种成竹在胸的气势:"啊,这么说吧,我可以有把握地说,这是那个秃驴的把戏。我是指老科长,对,是他。你知道这个人对我垂涎三尺,只剩下了三根翎子还开屏呢!他的下作你怎么想都不过分。不巧的是那天晚上你去我那儿办事,被他看到了。"我不得不纠正:"不是'办事',是捉大老鼠。""是的。反正他把时间都记下了,共一小时三十六分,还说这么长时间,你们吃得消?我斥责他,告诉他人和人是不一样的！人家亦衔的正派不是你能想象的！举例说，即便黑灯瞎火伸手不见五指，即便手按在乳房上了，人家都没有一丝邪念！我们的交往要多正派有多正派，半夜打电话发微信，聊上半个时辰都是常事，没有出过一点事！那家伙听得眼都直了，他嫉恨我们。你全听明白了吧？"

我一直想从她的话里找出破绽，很难。我叹气："你倒是心直口快。不过这会引起诸多误会的。你如果方便的话，能否澄清一下？"圆圆沉默了片刻，爽快答应："好说。士为知己者死，你说怎么办吧。""就是说明一下情况。""行，不过我担心那些家伙听不明白。他们有时故意装糊涂，我一遍一遍重复，他们就高兴了。唉，挺麻烦的。不过你放心吧。"听到这番话总算宽慰了一些。这个夜晚又一次让我感到，圆圆其实是个好姑娘。

通过话还是余怒未消，主要是因为那个可恨的老科长。如果任其妄为，今后的苦恼会无穷无尽。但是与一个显而易见的无赖打交道，绝非我的专长。巧的是不久之后的一次机关大会，我散会后去洗手间，刚转身就发觉这个家伙正从肩膀上方往下看。我质问："这也能看？""哦，没什么，碰巧看了一眼而已。"他平淡的样子更加激怒了我，原先的忍耐飞得精光，我脱口喝道："诬陷是要负法律责任的！"他的两只眼逗到了一起，瞟着我后退一步，猛地一拍巴掌："明白了。是那小子，我不告诉你他的名字。那天议论一些趣事，我说了你的好话，还用例子加以说明，就让他钻了空子。我可以与那个人对质。"我盯着他，想从他的眼神里看出有几分可信。我仍然愤怒："那糟蹋我和女上司又是怎么回事？这有谁才干得出？"他一愣："这更不关我的事。话又说回来，她也不是什么好东西，你年轻，来得晚不知道，那些年下乡支农，老乡家的孩子结婚，晚上时兴听房,就数她去得早回得晚。我知道她对你不错,还是听老哥一句,对她这样的根本用不着客气。"他说完转身就走,我气得一句话都说不出。

与那个混账的谈话让我多少认定,至少女上司的谣言与他有关。我料定找她谈话的事情不可能发生,但令其心烦的诽谤未必停息。果然,后来她还是旁敲侧击地说起一些事情,显然想从我嘴里打听什么。是的,在她这样的位置想听到真话也不容易。出于对她的怜惜和感谢,也为了让她有所提防,就适可而止地谈到了一些,如下乡听房之类。我没有点出老科长的名字。她一听就火了,但很快缓和下来:"那时候为了和村里群众打成一片,也要入乡随俗。听房是当地习俗,赶个热闹也是应该的。其实贫下中农的孩子一个个都很憨厚,又能听到什么?不过是'啊、啊'的,没什么。"我同意且谅解,她说的一定是事实。

她对几天来的谈话有些厌烦,说据有关人透露,就连刚刚毕业的学生都有人举报。"这怎么得了。人人自危不是好事。"她很失望。我同意:"如果咱这里成了举报大户,谁都不会有好日子过!也不会有未来!"听了我的指斥,她马上补充和纠正:"加强监督很有必要。"我不以为然:"成天忙于一些鸡毛蒜皮的荒诞,巨贪大恶会在 旁发笑呢。"她一脸惊愕地盯住我,好像在问:他们在哪儿?

我一连三次给洛珈电话,她都不接。这样的情形越来越多。这使我想到今非昔比,她担负的职责确实比以往大了几倍。偶尔见面也不如过去从容,虽然鲜花如故,书面语如故,但一切都不同了。有一次我和她正在一起,突然就一动不动地僵住了。她问:"你,怎么回事？"我也不明白，我好像走神了。我前言不搭后语："啊，我好像，好像没法和隆重的人上床。""隆重？"她皱着眉头。"请原谅我用词不当，我是说，我一想到你肩负的重大责任，就有些担心和害怕了，就分神了。"她笑了。亲吻，浅浅的，像小鸟啄人。她温柔地捧起我的脸，一遍遍端量，打趣而不乏认真地叫着："我的童男子！"我受不了这样的称谓，每次听到都想大呼一声："我不是，从认识你之前就不是了！"但这样的话从没机会说出，更担心对她造成伤害。不过，对挚爱撒谎是更恶劣的行为。

　　我企盼与洛珈早日约见，因为积累的事情实在太多。我不知该不该把连日来的遭遇告诉她，也不知她现在的情绪如何。我发现从心灵到身体都在想她，没法，我尽管不是诗人，可有时真想为她写上一首又一首。我觉得她身上随便哪一处都成诗，眉毛，眼睛，嘴巴，包括胸与肩。不敢想她的臀部，那儿至美，让人觉得凛然不可侵犯。我以前见她围着浴巾从洗澡间出来，就半认真半俏皮地说道："不怒自威的小腚。"是的，一种罕见的隆起和柔软有致的曲线，标示出美之极致。我在心底不止一次告诫自己：是的，就因为美的崇拜，我会让渡一部分尊严，哪怕在特殊的时刻、在某一天，哪怕事关重要的原则和立场。不过这一天最好还是别来，无论盛世还是乱世，咱们都太太平平快快乐乐地过下去吧，时间太快了，转眼一年、十年。我想你，半夜尤甚；而这样的时刻你在安睡吗？你睡得着吗？

　　当失眠成为一个心事后，我请教万事皆通的女上司。她问得比较细：近期？多久了？入睡难还是中间醒？兴奋还是忧虑？特别是，作为过来人不妨一问：是否关于异性？最后一问让我连连否认："不不，绝对不是。""噢，那么其他呢？""其他，"我从头想着,"可能网络也是一个问题。回头想想,主要是智能手机出现之后才有的毛病。总的来说,这东西让我心烦。"她同意:"是这样。一般来说,它不是个吉祥物。"啊,她出语不凡,言简意赅,然而说得真好。我点头:"我们半岛常有一些擅长看风水的人,他们主要看一个人的住处和摆设,因为这与日子过得好不好有关系。我看手机这东西把人的风水搞坏了。"她笑着,笑弯了腰。笑过之后我还谈失眠之苦:到底该怎么解决?她正色道:"不必紧张,实话告诉你我失眠就很重,几乎每天都靠安眠药。""为什么?""担任领导职务的人都这样,每天要考虑多少事情啊!"我明白了。我说:"那我也吃药吧。"她立刻摆手:"坚持一段再说吧。等你提了副局长以后,那会儿视情况再定。"

6

德雷令在电话中暴怒:"她竟然不接我的电话!上次我已经说得很透了,想必是阁下没有告诉她吧?"我反感这种语气:"告诉谁?""就是你那个'贱内'!""对不起,这不该是你叫的。请好好说话。""那你就通知她,我正等电话。你们之间总不至于失联吧?"我说对不起,我也常常联系不到她。这是实话。那边的人吵吵嚷嚷把电话挂了。我知道洛珈正有意冷落这个人:或者不放在眼里,或者故意激怒他。作为同学她太了解这个人的急切。他会在自己的王国里把所有人折腾得团团转。据他的一些大小跟班说,真不明白老板从哪儿来的一股神力:一大早出现在某个地方,结着领带神采奕奕,可凌晨三点还在电话上训人,暴跳如雷呢。这个人永远胡茬浓黑脸色红润,一双大眼像牛一样。人和人的差异多大啊,他在急速旋转竞争激烈的世界里如鱼得水,所以这个世界的命运早就注定了。我怕那根弦绷得过紧会断掉,想提醒洛珈有人正怒不可遏。我不知道他具体要做什么、一方对另一方有何承诺,但从这家伙的口气上判断，事情有些复杂。我又想到了他在那个夜晚发出的威胁，特别是他用一口结实的牙齿咔咔嚼冰的凶相，真是吓人哪。我以长时间机关工作养成的含蓄和守株待兔的耐心，那时只是竭尽全力地应付，以免对方看出胆怯和破绽。

其实直到现在，我还是不能踏实。我并不相信耸人听闻的揭秘，而是害怕洛珈遭受暗算和中伤。他想让我在嫉妒中展开想象，以至于愤怒，好在我没有中计。我的想象力并不差，但我克制了自己。我没有其他选择，因为我从来都像一株向日葵那样，转动着一张脸庞。这就让他造成了低估和错判。不过我还是接通了洛珈的电话，说那个人真的在发火，急了。"让他急好了。"她照旧平静。"如果狗急跳墙，会不会造成不必要的伤害？"我像个贤内助那样提醒。她的声音柔软极了："啊，墙很高，他跳不过去。闲下来我会帮他的，不过我的力量很小，尽心而已。亦衔，咱们不谈他吧。你要作息好，注意饮食，这才是最重要的。听到了吗？"听到了。我觉得作为一个日理万机的女人，她已经对丈夫尽到了责任。

她为什么要忙成那样？她有失眠的毛病？好像没有。天生干大事的人。可是女人要干大事吗？如此美丽的女人一天到晚干大事，这个世界还会可爱吗？我这样的想法放到女权主义者那里必遭训斥。她不是那样的主义，她用过人的温柔、使男性迅速折服的面貌和气质，早就把那种主义连根拔除了。她以特殊的方式征服周边，究竟怎样去做，我无从概括和想象。我在内心深处是将她奉为"异人"的。据挚友余之锷说，他今生看到的真正的"高人"即"异人"，类似"访高图"上的那种人，至今只看到一个，那就是在河湾遇到的何典了。靠转述所知有限，不过还是给我留下了深刻的印象。那个吸引挚友的地方时而在脑海里闪现。我发现自己自小养成的强烈好奇心,并没有随着年龄的增长而变得淡弱。我随时想在生活中看到某种奇迹,而最大的奇迹当然是人。我常常对身边一些有个性有异禀的人产生兴趣,哪怕这个人是有害的甚至是极坏的,也仍然抱有探究的热忱。我有时真的会想念一些有怪癖的坏人,也许想看看他们在阴险恶劣的同时,会表现出怎样超人的能力。

比如,我因为那次谈话,对老科长的关注更进了一步,真的增加了不少好奇心。此人职微言轻,却有着相当广泛的人脉,还是超级富翁的舅舅,能够出入一些特别场所。关键是他能变戏法,我就亲眼见他在宴会上吞下一把金属刀叉。所以我不怀疑洛珈说的那个特技:他会缩腰术,一瞬间将系得好好的裤子抖搋掉。流氓有术,害必大焉,这个其貌不扬的人十分诡诈,他盯着人看时,那只沉重的鹰钩鼻子显得特别可怕。是的,我虽然对这个人无比厌恶,可内心里也还存有不少的谜团。如果不是因为日常的烦琐和其他顾虑,我会和他好好聊聊。我并不是为了听一些秘闻和小道消息,而是其他。他作为一个机关混子和老城区的痞子,大半生经历也蛮稀罕的,算是一些偏僻的知识吧。这种兴味可能与我自小流浪的经历有关:深入底层和民间的人,对生活褶缝里的某些东西有着天生的好奇和敏感。

除了老科长,我身边的女上司也很特异,也许离"异人"只有一步之遥。她身上的局限性和世俗气如果淡弱一些,就能迈入"异人"的境界了。现在还不行。她貌似一个资深机关人士、一个富有社会经验的世家女子,实际上就像一枚汁水丰富的多籽石榴一样瑰丽饱满。她甜着呢。她可不像一般公务员那样恪守规矩,尽管于二十年前就收敛了过人的风骚,但毕竟瘦死的骆驼比马大,高兴时展眉一笑,高高的胸脯大肆抖动,那种巨大的感染力、那种人性的格局，还是比常人阔大出许多。她以真正的见过世面之人的疏阔和轻松，深深地影响了我。我从她的言传身教中所获良多，这绝非一点点机关经验，而是其他多得多的东西。在她面前，我常常觉得自己十分单薄和幼稚。我对她有诸多看不惯的地方，但每每对她所展示的知识范畴、特异无测的生活视角，感到极大的钦敬与讶异。

　　为了不至于遗漏事情，我常常翻看手机上来来回回的信息。我发现有两个人和我来往最多，用语却至为简单：洛珈和女上司。她们只三五字，最多一小行，如电报，颇有古文之风。而另两个女性稍稍特别，即圆圆和那个女体工队员。后者因为见面的余波，常有些礼节性的问候。那次相见她的话语不多，有一种体育人士的直爽和干练，但后来就让人多少改变了这种印象：发来的图片和文字都很细腻。她会抒情，说到夜晚："看着星星，想起老家河边上和外婆在一起，我在她怀里睡着了。"说到月亮："总想一个人走出去，躲在杉树下一声不吭地看它在天上。"为什么是杉树？杉树挺拔高大啊，就像她的身材，这算过度诠释。可怕的是圆圆，这一年来不知发来多少文字，凌乱不堪却色彩浓烈，偶尔有醉后粗话，甚至接近《红楼梦》里的薛蟠体。不过通篇看仍然会有纯洁无瑕的感觉，尽管极力做出"有瑕"的样子。我与她的通信竟然是最多的。我发现了自己的空虚和寂寞：需要一个人絮叨，而这人是女的，有婆婆妈妈和打情骂俏的劲儿。心头的空白有待填补，这当然事出有因。我独自待在又小又乱的单身宿舍，后果终于显现了。我有不少业余时间可以打发，比如早些动手写出那部家族史。可能因为心情过于郑重，只是没完没了地想，至今没有写下一行字。

　　我正翻看信息，女上司声音低低地说了一句："狸金的事注意了吗?""没有啊,什么事?"她的食指在我头顶的双毛旋那儿使劲按了一下:"这么大的事都不知道。"我急忙搜索,啊,原来狸金出事了:发生了大爆炸,并由此引出乱糟糟的一摊。要从头搞明白需要几天的时间,因为关于它的文字和图片太多,翻也翻不完。这事刚发生不过一个星期,可见网上发酵之速,因为涉及的目标过于庞大。我们一般不议论狸金。

我放下其他,用了两个小时研究这个突发事件,最后被一个叫耿杨的人吸引了。他是一个车间保洁员,于爆炸发生第二天说了一句话:"和进来的人打了个照面。"这话是群聊时留下的,结果被一些人大肆引用。耿杨哪里知道那个时段和那个人多么重要,哄传开来马上成为焦点。"电解槽""鼓风口""液压装置",这些我一概不懂,只觉得一场大爆炸演化并牵出其他,背后有许多连带的复杂脉络,令人震惊,眼花缭乱。"迫于压力,工作组进去了,不是一个,而是六个。"女上司说。"从现在透露的情况看死了几个人,但重点不在这里。"她的食指戳着桌子。在我看来莫过于死人的事更大了,我问:"重点在哪里?""在后面、后续,所以只能等待了。"她的目光落在案头:"智能手机,缺少智能的人使用,就会出事。"

她说得很对。这可以找出无数佐证。她说:"太复杂了,他根本玩不了。不要说他,就是我也从不群发东西,只用来看看消息。我们家那口子更绝,他到现在还用老式翻盖手机。"我同意。不过实在没有办法,信息刺激就像罂粟一样,一旦中毒就很难戒掉。圆圆讲过的一个情形让我害怕:她一天到晚不让手机离开半米,夜夜放在枕边。我与她相差无几,这是要害所在。是的,那个耿杨如果手里没有那个物件,就不会陷入时下的绝境。群殴,诅咒,骂到祖宗十八代。他毫无还手之力。从零零星星的词句中就可以知道这人有多么笨拙，连话都说不利索。然而这样的粗倔之人偶尔说出什么，却有意想不到的杀伤力："我后悔不该当值，原本打算早起赶集再去小孩他姥姥家。"这反而进一步凿实前言，接着迎来又一轮铺天盖地的诅咒。有这样的必要？宰鸡焉用牛刀？我觉得保洁员就像一只可怜的小鸡。当我指出这一点时，女上司马上板起脸："可不是这样简单。有别的事。""什么事？""自己想去。"

需要想的事情太多。这个世界过于烦琐了，其实这其中的绝大部分都可以省略，从一个事件再到其他，往往都是因为节外生枝的胡思乱想给搞坏了。活得简明扼要多好，可是办不到。人是一种奇怪的动物，最后总被自己制造的烦丝给缠死。洛珈就有些复杂，这是她努力适应这个世界的结果。她说我："你是一根筋的人。"透着忧虑的赞扬，说得太好了。我在很长的时段里只能做一件事情，比如从认识洛珈到现在，就是竭尽全力地去爱。我预计这事将一直做下去，这件事做完了，一生的任务也就完成了。可是她太忙了，腾不出身，这是症结之所在。也还有其他干扰，比如分散在日常的心烦，比如"你正走在副局长的路上"这一类诱惑。好在我明白一生主业为何，其他一切随时可以放弃。

我的"一根筋"遗传于不幸的父亲。血缘的力量就是如此强大。每次从头回想谜一样的父亲，都让我深深地惊叹。在家族史中，父亲一章比外祖父要繁复一些。我不断地猜测和寻觅一个清晰的形象，又不断地迷惘。在几位亲人中，他与我相处的时间最短，却在最大程度上左右了我的命运。我因为他而逃离，也因为他而担惊受怕受尽屈辱，最后却要为他感到深深的自豪。我做不成他那样的人,从世俗的意义上看也比他幸运,尽管未来还不得而知。他一生最大的幸福是遇到了母亲,而最大的不幸是遇到了另一个人。那个人道貌岸然,俘获了他的心。

父亲的家族前溯三代还是阔绰门第。每到祭扫的日子,父亲这一族就要翻山越岭去一个神圣的地方。大家族因为避乱分成三支,其中一支逃入南部山地。父亲出生在一个不算富裕的家庭,因为长辈不善经营,剩下的房屋土地已经不多。我从未见过爷爷,母亲说那是一个奇怪的人:常年游手好闲,每年出门做一次生意,然后就在家里消磨时光。父亲却说爷爷这个人"了不起":"下一手好棋。'连环马'用得好,从无敌手。"母亲苦笑:"人也不能靠下棋活着啊。"她说爷爷实在是一个怪人,在全家艰难糊口的日子里,他一天到晚忙着下棋。这个家主要靠奶奶打理。

父亲十几岁时遇到了第一个也是唯一的贵人,那是他的本家叔叔,当时正在一座海滨城市做大营生。他在许多方面都像洛珈的外公,仪表堂堂,周旋于各个场合,具有很高的资望。他在一次回乡探亲中见到了父亲,觉得这个身体单薄然而双目黑亮的男孩,一生就要耽搁了。他提出将父亲带回那座城市,一边读书一边做些杂事。奶奶一百个高兴,爷爷却哼哼着:"你能教会他'连环马'?"这样问,最后还是一扬手打发了儿子。

这一去即改变了父亲的一生。不然他就是一个会下棋的山民。他在本家叔叔的商号做事,业余跟一位先生读书。本家叔叔将其视为己出,将一些重要的事情交由他做。我常常想象父亲当年的模样,因为没有留下照片之类,我把他视为一个装束时新、内向而热情的青年。母亲说到父亲与她走到一起时的样子:"多数时间穿制服,只在必要的时刻才穿浅灰色长衫。永远是皮鞋,一头短发浓黑。他独身走夜路，穿过野地或土匪横行的路段都不害怕。他在漆黑的夜里捋一下头发，噼噼啪啪爆出蓝色的火花。"最后一句让我惊讶，但又不能不信。后来我在大学时写过一首小诗，上面有一句"少年的闪电"，就来自母亲对父亲的描述。

可能就因为父亲具备独行的胆量，叔叔把一件天大的事情交给了他。这事重大而又危险，一生只可以做一次。可悲的是他不出所料地完成了重托，却又不幸地缠在了这件事情上，竟然一生未能解脱，直至死亡。那是抗战即将走到最后的困难时期，无论是异族军队还是官军和其他势力，都到了拼死冲决的阶段。一支土匪武装两次归顺官军，复又倒向敌军，再后来又与第三方合作。这个土匪司令先后收编了其他两支武装，被任命为半岛保安司令，称"半岛王"。这个嗜血魔王被传为身怀异术的不死之人，几次单枪匹马冲出火阵而毫发无损。就是这样一个强悍的匪首，在一场大战前夕，抗敌战区迎接的一位重要人物不幸落入他的手中。被俘者对于几派政治势力的博弈都太重要了，生死存亡牵动许多人的心。自其被捕后经过了宪兵队和保安队的关押，不久将押解南京。这期间战区动用各种力量营救全都失败，从中周旋的人不仅未能如愿，还被"半岛王"杀掉。

本家叔叔于最后阶段参与援救，动用了半生积累的重要人脉。本城及南京的几位有分量的人物都伸出援手，这使他看到了几分希望。他与父亲彻夜长谈，让这个同样沉默淡定的年轻人看过了所有文书，嘱其藏好几封信札。"那是一个胸无点墨的狡猾之徒，喜怒无常，机灵善变，所以并非无懈可击。此行关系重大，务必抱定决心，如韩愈只身叛营，舌战群顽。"他特意谈到古代文武兼备的韩愈出使藩镇得胜而归的故事，用以激励父亲。

大战在即,"半岛王"总部设在莱山之南的一座危城,从东部城市去那里要突破三道封锁线。父亲星夜出发,一路历尽艰险,于第四天凌晨抵达城防要隘,在守兵押解下进入敌营。等待营救的那个重要人物被称作"仁公",这是父亲记了一辈子的名字。出于特别的禁忌,那个人从来没有告诉真实的姓名。这是后话。父亲初入敌营,"半岛王"并没有给他"舌战群顽"的机会,而是没收了所有信札,将其关入黑暗潮湿的铁屋中。一连三天审问,父亲一直保持重要信使的庄严之貌,沉着应对,最后不忘提醒一句:面见"半岛王"和"仁公"。直至第五天,那个杀人不眨眼的魔王终于现身。父亲事后对母亲说起那一刻的诧异:走进来的人干瘦,中等个子,额上有触目的青筋,两眼眯着,好像永远在笑。他说话声音很低,有些沙哑,一边说一边摘下帽子搔痒,剃了光头。父亲对要说的话不知揣摩过多少次,暗自预设过各种场景,唯独没有想到要面对这样一个孱弱不堪的家伙。他试着怎样说出"点穴"之言:危乱激变之局,狡兔何止三窟,时下良机唾手可得,何乐而不为?父亲相信类似言辞前番必定说过,重蹈覆辙未必奏效。他反向溯源,说此人几经危难皆能化险为夷,何也?究其实不过是人人得知背景,宁可放虎为患也不愿铸成大憾,说白了不过是故意送到贵司令口中,既除大患,又未结怨。这家伙把帽子戴上,哼一声:"你说的?"父亲说是自己叔父,"那个人与您虽未谋面,但早已惺惺相惜"。"半岛王"笑了。父亲这才看到他长了一对尖利的犬牙。这是唯一的一次惧怕。

"半岛王"与父亲简谈三次,时间很短,话语不多。最后是决定的时刻,"半岛王"眯着眼说:"我会放掉这人,不过你和他都跑不出防区,不会活着走开。"父亲不知道他的意思,听下去。

"放走你们，我也不会活过半年。"父亲不动声色，问："你的办法？""那个嘛，我的卫兵会押送你们出城，在十里外开火。你俩或被乱枪打死，或逃过一劫。"父亲问："你料定会是哪种结局？""半岛王"又笑出了犬牙："凭你这个机灵的小子，会被打死？"父亲谢过，他又说："不过出城之前先要委屈你一下，你们要关在一起，至少三天。"父亲与之讨价还价，最后成交：关押两天。

父亲救人心切，恨不得立刻与那个人见面并一起出城。他被押到一个看守严密的囚房，铁门打开，扑面而来的是一股腥臊气。黑屋里铺了麦草，那上面蜷坐了一个稍胖的人。此人即大名鼎鼎的"仁公"。两人就此结识。两天两夜，交谈不可谓不多。这是父亲终生难忘的两个昼夜。他后来无数次说起见面的印象：四方大脸有些虚胖，很白，一对眉毛黑而短；很奇怪的口音，很乐观的性格；肩膀塌着，手很小。父亲说除了对方的一双小手让自己不适，其他方面都没有失望。"那对小手被我紧紧地箍在手心里。可我怎么也想不到，就是这样的一对小手，后来拨动了乾坤。"父亲没有夸张，后来，十几年后，如果父亲的眼神没有错的话，这位"仁公"确是极重要的一位人物。

他们促膝而谈。"仁公"见过的世面比谁都大，早在年轻时就出过国。他对父亲谈了许多，中外古今，天下大势，主要是特别的"义理"，父亲说他一生中的所有疑难都被这个人扫除了。他看到了真正的希望。他觉得人生太难太苦，他熟悉的这个半岛血流成河，人人伤绝惧怕。这位"仁公"谈吐质朴自然，有理有力一针见血，诚恳切近，绝无疏阔之风，给人以无畏从容之感。"这是我一生所见最用心用情的好人，长大见识。"父亲在年迈体衰遍体鳞伤时这样回忆。他从心里感激本家叔叔交与的至艰至险的任务,从未后悔。两天时间过得太快,有人在铁门外大喊"送你们上路"。天刚蒙蒙亮,他们被解开锁链,在一个小队的押送下穿过长廊,走入高墙围起的院落。在跨出院子的一刻,父亲停住,回身看这座铅灰色的建筑。在一扇小小的窗户上,他看到一个瘦长的光头闪了一下。

他们走在前边,一小队全副武装的士兵走在后面。出了营地继续往前,过了几道门卡,跨过铁轨,就是稀稀落落的房屋。前边是旷野,影影绰绰可以看到纵横的壕沟,看到堆起的沙袋之类。后边有人喊叫:"走快些走快些,再不就来不及了。"父亲和"仁公"加快脚步,突然听到有人拉着长音叫道:"准备!"父亲回头一看,只见这队士兵端起了枪。他毫不犹豫地将"仁公"按伏在地。与此同时枪声响了。硝烟散去,他们抬起头,士兵已不见踪影。他们爬起来就跑,不顾一切地跳蹿,钻入空荡荡的壕沟。

他们跑了整整一天,直到天黑才敢停步。在一个山坡村边,他们找到了一个玉米秸垛子,就钻了进去。太阳还没出来,他们重新上路。又跑了半天,实在太饿,小心地走进一个小村,发现几乎是空的,问了问才知道所有青壮都被抓走,只剩下老弱病残。这里已是防区边缘,往东北方向走二十余里就是各种杂牌军的地盘,那里紧挨抗敌武装。他们讨来一些地瓜面窝窝,又讨了一个装满水的大葫芦,匆匆赶路。他们不止一次躲过零散的土匪,穿过最后一段里程,总算抵达目的地。"仁公"在这里有无比的权威,他们受到了盛隆的接待。多年之后父亲回忆那一天还念念不忘,说自己亲眼见到了"仁公"何等受人爱戴,"在那些人眼里,这个人就是神灵啊。我是搭救他的人,所以那些人把我看成天下第一功臣。他们有发报机,'仁公'得救的消息很快报给了更远的总部。在这个喜庆的日子里,他们杀了一头猪来款待我们,还用当地老乡自酿的酒把我们灌醉。这一餐终生难忘"。

父亲在那个地方待了两天,不得不离开。本家叔叔不知道他的死活,更不知营救成功与否。"仁公"恋恋不舍地陪他走了一程,后面十几米远是一个护兵。"仁公"问他是否愿意和自己一起做点什么?这正是父亲的心愿,他紧握对方的那双又小又软的手:"我怎么找你?""仁公"告诉父亲,两个月之后他将出现在东北的一座大城市里,"我会在那里等你"。父亲毫不怀疑这个约定,说:"那时我会把一切准备好、把叔叔那边的事情打理完。""仁公"说:"一言为定。"他们紧紧握手。

父亲很幸福,回到城里马上把这幸福分给了叔叔。这位体面的绅士说:"孩子,这是你办下的一件大事。好好安下心来,不会再让你冒险了。"可父亲的心已不在商号和银庄上面了,一直想着那个约定。他暗暗做着告别的准备,想在一切料理得差不多、离开的前几天再告诉叔叔。但要瞒住这些太难了,叔叔问父亲到底想干什么?父亲流出了泪水,说自己永远不会忘记叔叔的再造之恩,但男人要走更远的路,总有一天会离开长辈。父亲说得泪水纵横,最后一抹眼睛,等待叔叔的裁决。叔叔看了他一会儿,说:"明白。不过孩子,这条路太远太难了,比你去见'半岛王'还要凶险。你要想好。""我想了太久,我全想好了。"叔叔不再作声,最后问他启程的日子,他说了。叔叔说:"我在关外和直隶一带都有生意要打理,你顺路把这些事务一起办理吧。忙不过来就另做打算,我再想办法。"

父亲全都答应下来。直到很久之后,他才明白叔叔的良苦用心:为其留下一条退路。因为叔叔深知这个倔强刚直的男儿一旦上路,是很难回头的。父亲带了叔叔送与的盘缠出门。这是一生悲凄的开篇。多么冷的冬天啊,关外的枯冷让他这个半岛人没有想到。幸亏叔叔为他备下了一件狐皮坎肩。他对母亲说:"我那时才得知关外的冬天多么冷!如果没有这件狐皮衣服,我踏上那边就得被活活冻死。"他一直挂记那位"仁公",心想这么冷受得了吗?他甚至想买一件棉衣,见面时把这身火热的狐皮送给"仁公"。这样想着,找啊找啊,抵达了约定的地点。一栋三层楼,也是常见的浅灰色。他一踏入就觉得不对,因为里面的人怪模怪样,从穿戴到说话。那种古怪的鸟语让他诧异之极。后来他还看到了黄头发高鼻梁的异邦人。他一边嘀咕着"老毛子"三个字,一边小心地问着"仁公"。所有人都看他,摇头说:没听说有这样的"公"。他坐在大门台阶上,看着洋车、各色人等穿来走去。他初步的印象是,这座关外大城除了枯冷,还有怪异。

　　父亲一连三天去那个地方,结果相同。他失望而又不甘,好在叔叔这里有商号买卖,他就耐心住下来。一个月之内去那个地方多次,无不空手而归。他后来琢磨:"仁公"肯定是特殊之地才用的别名,真实的名字一定是个秘密;但他认为某些范围内应该是知道的,而且对方绝不会让自己扑空。他在后来的一天深夜惊醒,猛地坐了起来,好像看到了一个湿淋淋的背影。这背影出现在梦中,洇出了红色。他捶了一下自己的太阳穴:"'仁公'牺牲了!"这个想法固执地缠住了他。是的,只有牺牲一个原因,才会让一位有约有信的人从人间蒸发。

　　他开始稍稍安心地在关外为叔叔做事。但他仍然忘不掉"仁公",渴望出现神奇。他几乎很少回到叔叔的那座城市。这次出关成为他人生的分界线,他开始适应长途奔波和严寒了。也就在这段时间他来到与叔叔事务有些关联的半岛港城,结识了从新学回家的母亲。母亲在外祖父的诊所大院里,动物们纯稚的眼神安慰着她。一天下午,有人搀进一个瘦削的男子,他就是害着眼疾的父亲。因为焦虑的跋涉,他一到港城就病倒了,而外祖父是有名的眼科医生。这似乎是上苍最完美的一次安排。父亲眼疾很重,不得不住在大院诊所边厢,双眼蒙着厚厚的棉纱,由人引导走路。外祖母和母亲为他熬药,还要牵着他的手。七天之后,眼上的棉纱摘掉了。

他第一眼就看到了站在面前的母亲,就此知道一双温热柔软的手、轻轻的呵护者,原来是这样一位女子。他不愿离开这座小院、这里的医生,还有那些动物。他从来没有对一个地方产生过这种留恋,迟迟不愿上路。可他还要离去。行前他去街头买来一大束鲜花,放在了母亲的窗前。他离开,刚过十几天再次返回。这次不是眼睛,而是心,一颗心再也不能沉稳地跳动了。外祖父为他把脉,下药,由母女俩煎药,喂他喝下。这一次他有机会和外祖父谈许多话,从半岛的局势说起,说到关外。外祖父惊喜的不仅是小伙子清晰的谈吐,还有自己年轻时过往的一些城市对方也都去过。父亲小心地隐去"仁公"两个字,却说出了叔叔的名字,外祖父兴奋地拍腿:"我见过,那是个谦谦君子。"

这一年春天,白玉兰在大院里开得很盛。父亲和母亲举行了婚礼。外祖父和外祖母没有儿子,只有两个女儿,大女儿已经成家,住在港城东边的隆华街上。小女儿的婚姻是他们牵挂的大事,所以这个春天是混乱不堪的岁月里的至大安慰。就在这一年深秋,外祖父遭到了伏击。这令父亲一生愧疚和悲痛:当时他正在奉天,没能与母亲和外祖母一起追赶那匹红马。就从这个秋天开始，半岛战事到了最后阶段。港城一带为兵家必争之地，不同的势力轮番角力，城区不断易手。说不清番号的武装分别占据码头和海关一带，郊区和更远的边缘又分属其他队伍。白天和夜晚归附不同的强人，恶性事件找不到确切的施暴者。外祖父的诊所大院遭到洗掠，那些令当地人着迷的动物前后失散。这座为人称道和自豪的宅邸成为危险的地方，主人利用一切机会搬出尽可能多的物品，寻找喘息和立足之处。外祖母携他们暂时搬到隆华街，住到了大女儿家。三个人挤进一幢平房小院，除了随身携带的大小包裹，还有那匹红马。

母亲后来说，你父亲在最艰难的时日，并没有像一个男子汉那样待在家人身边，"他本来会那样的，可是刚在姨母家住了七天，就急火火地出关了。他不知从哪儿看到一张报纸，上面有一张照片，立刻喊了一声'仁公'！那是我第一次听到这个名字。"母亲的眼睛盯着天空，仿佛往事正在那儿飘逝。"你父亲说这是他，原来他还活着。他过去一直认为那人牺牲了。他的脸涨红了，在院里急急走动，说再也不能停了，他马上要走，还说自己很快就会回来。就这样，他离开了。"母亲眼里没有泪水，她已经习惯了漫长的煎熬和等待。命运是不可改变的，它妥妥地为每个人安排下一生关节。

父亲匆匆而去，原说七八天归来，可拖了一个多月才转路回到港城。这其中原因颇多，除了曲折无比地寻找那个影子，辗转中一次又一次失望，再就是急转直下的战局了。直隶地区已经变天，港城也是同样。官军大败，那些服装齐整武器簇新的队伍开始溃退。所有大船都被征用，从奉天到港城的航路早已封闭，这是父亲未能按时回返的缘由。港上的中大型船只都用来运兵，它们开到东边那座城市会合待命,然后去更远的地方。外祖母和母亲栖身的姨母一家离城区稍远,可这里也混乱到极点,一度就要断炊。好在外祖父的一个姓郑的朋友为她们送来一些杂粮,这才让一家人勉强活下来。

又是一个春天。港城的运兵船全部开走,新的武装占领了城市。残留的官军逃兵以及散匪正被肃清,城区及四周乡村常有枪声响起。零散的枪声渐停,稀稀落落的花儿就开了。母亲还记得那天下午:她正在郊区沟畔剜菜,抬头看到一株荠菜和飘飘的蝴蝶,马上想到了生死未卜的父亲。她携着半篮野菜往家走,心里有些高兴,因为晚餐可以做一锅咸菜糊糊了。还没进门就听到了红马兴奋的嘶声,加快步子推开门,一眼看到了站在院里的男人:破衣烂衫的父亲。

喜极而泣的一家。母亲说饥困的父亲一口气喝了三大碗野菜糊糊。"他的眼凹了。顾不上细说这一路,只是吃东西,大口喘气。直到第二天他才讲出寻人不遇,逃窜,断航,讲坎坎坷坷。你父亲这一辈子就两个词可以概括:寻人,被困。他一直在跑路,跑过一站就被困住,然后再去下一站。"母亲说得没错,父亲一生就是如此。他已经奔跑了太久,从关外到关内,从直隶到港城,跑完了长路,就该被困住了。大约在父亲返回的第三天,几个穿制服的人带着士兵开始街区登记:所有居民都要上花名册。他们是港城军管会的。这些人在小院里逗留了一会儿,对那匹大红马特别感兴趣。

平静的日子是极短的。一些吓人的消息从街区传来:隐下的残匪和其他坏人被搜捕,他们有的企图逃走,被当场击毙。大量图谋不轨者、犯有前科者、身负恶名者,都被缉拿归案。郑叔叔有一天神色慌张来到小院,绷着脸:"街上正追查给官家当值的人,也就是'区长'。""找到了？""没。军管会从留下的名册上找不到人。可'区长'一定有的。"母亲问："找到会怎样？"郑叔一抹脖子："这样。"全家都不怀疑。"他们不该滥杀啊。"父亲说。郑叔叔摇头："杀。"第二天一早，一个面色发青的人来了，身后是带枪的士兵。他们一进来就把小院的门关了，问父亲："你为什么要逃走？"父亲不解，说要处理紧急业务，然后说出了叔叔的名字。穿制服的人在本子上记了，抬头说："这个人知道。这个人半月前在大沙河刚被镇压。"父亲的脸唰一下白了："镇压？""就是枪毙。"

父亲被他们押走了。他一路上来不及问自己的事情，只不停地叫着叔叔。这怎么可能，这肯定是谣传。但是到了一个大院里他才明白，一切都是真的。他坐在桌旁，有人翻着纸夹，从中抽出一张照片，往桌上一拍。天哪，是叔叔。他伏在了桌上。所有的辩护都没用。他不断地嚷叫，诉说叔叔怎样营救"仁公"。他们不听，只问他出任"区长"一事。父亲站起："区长？什么区长？""伪隆华区区长。你因为惧怕才逃窜的，现在归案了。"父亲一下跌坐在凳子上，像问自己："伪区长？他在哪儿？"审讯者拍拍他的肩头："就是你，阁下。"

接下去的几天都在审讯。父亲彻底明白了：这是一场天大的误会。他认为没有比这件事再容易说清楚的了，因为他以前压根就没听说这个词儿。他内心深处极为震动和难过的，是本家叔叔的冤死。天哪，他欲哭无泪，只有伤绝。他甚至因为悲痛和怀念，无心为自己辩护。这样拖了几天，审问者冷冷地告诉他：一些敌伪人物和其他隐匿的敌人，都先后镇压了，你属于哪一批还说不准。父亲这才梦醒一般明白过来：自己正面临杀身之祸。他终于想到了为自己辩污是刻不容缓的大事。一经振作，头脑变得如同当年深入敌营时的清晰和强健。他从头说怎样找到"半岛王"，怎样突破三道防线；怎样周旋和营救；怎样抵达抗战区；怎样与"仁公"约定关外。说完了，静静等候。审讯者脸色肃穆，在屋里踱步。这时父亲突然浑身颤抖起来，说："我的棉衣！我缝在棉衣里！""什么东西？""证据！"

父亲说的是那张指引他急急离去的报纸，那上面有一张半侧的照片，就是"仁公"。审问者立刻派人去小院，取来了那件棉衣，果真从里面拆出一张发黄的报纸。父亲伸出食指按住那个有些模糊的照片："就是他，是他。找到他，你们什么都会明白的。"审讯者抬头看了他很久："你没有搞错吧？再好好看看。"他将报纸对在眼上看啊看啊，点头："十有八九就是。方脸，很白，两只眉毛又黑又短。口音怪，不南不北。"审讯者把报纸收起："你等着吧，我们很快会搞清楚的。"

父亲满怀希望地等待。半月之后，审讯者再次将他叫到那间小屋，严厉地说："你说的人是我们的首长！你认错了，他根本就不知道你！还有，我们从半岛战区查证，从来没有什么'仁公'！你最好不要骗我们，这帮不了你！"父亲急了，双眼圆睁："'仁公'这个人也是假的？绝不可能！当年为了营救，多少人冒着生命危险！他不会无影无踪。"审讯者一直盯着父亲："说下去！全说完！还有什么理由？"父亲痛苦地闭上了眼睛，泪水涌出：

"最后的、最吓人的理由，就是'仁公'真的牺牲了。"

父亲记得那是最长的一次申辩。除此而外没有更多申诉的机会。事情就此耽搁下来，既没有认定他是"伪区长"，也没有说他清白无辜，更没有足够的证据表明他是一个功臣。但半年拖下来，他仍然没被关到监狱中,也没有接受严惩的迹象。罪大恶极的各色人等一批批受到审判。父亲继续关押。他从忧愤中努力解脱,告诉自己:"仁公"既是实实在在的人,真相就会大白于天下。他在耐心等待中变得鬓发斑白。

一年后的一个深冬,父亲被叫去谈话。谈话者没有重复太多,只是说隆华街的案子查无实据,但也找不到相反的证据,这是最大的问题。父亲提出一个郑重的请求:请给我一些时间,我会千方百计找到证人。对方不予采纳,说:"查找一个人是有关部门的事,而不是嫌疑人自己的事。等待吧。""可我实在等不得了。妻子和岳母为我操碎了心,我必须见她们一面了!"谈话者总算笑了笑:"你的案子告一段落,今天说的就是这个。你基本上自由了,不,你还要接受传唤。总之这对你是好事。"父亲没有听得明白,但"好事"两个字是清清楚楚的,于是就感谢起来。那人看看手表说:"你要随大队人马开赴水利工地,那是一个重大工程。开拔前你有三天假期,准备一下行李。回来一次不容易。"

父亲喜忧参半,发疯一样跑回小院。家里所有人都惊呆了,哭了。只有父亲一个人没哭。"终于放回了,你啊!"母亲说。父亲告诉:放回了,不过只能待三天,然后就随大队人马进山,去一个水利工地。全家沉默了。父亲走到那匹大红马跟前,把脸贴在它的额上。他发现大红马瘦了,问外祖母:"它怎么了?""它想主人,一到黄昏就向西南扬着头,那是出事的地方。"在团聚的三天里,父亲不止一次表达了这样的意思:一个人总要做些事情,那个大型水利工程肯定是重要的。他不惧劳累,唯一让人惋惜的是没有时间去找"仁公"了。母亲问:"真有这个人?"父亲暴怒,青筋鼓起,后来才平息下来,摸着母亲的脸说:"再不要这样讲。如果连你都怀疑他的存在，那就真的没有指望了。"母亲答应他，不过最后还是说了一句："'仁公'不仁！你拼死拼活找他，差点丢了性命，他倒藏在暗处不吭一声。"父亲再次正色："如果他已经牺牲了呢？"

父亲上路了。临别叮嘱母亲一件事：自己离开山地就很少回去，那里除了父母就是一个弟弟了，希望母亲能去看看他们。

我相信父亲走向那片死亡之谷的时候满怀欣悦。他什么都不知道。在集合的港城东郊小广场上，他发现队伍中都是神色沉郁的人。他不想多问，只想早些抵达山地。各种车辆塞满了物资，汽车和马车，还有小推车。队伍跟在车辆后面，一会儿罩在暴土中，一会儿又被后面的车辆超越。就这样走了一天，天黑就在原地宿营。这里实行军事化管理：吃饭睡觉都要吹号，做饭的炊事员就像以前在战区见过的那样，扎着围裙，在路边支上大锅，一会儿烧得烟气腾腾。睡醒了就走，走黑了就睡，饿了就埋锅造饭。这样行走四天才进入山地。父亲目测了一下，发现山势一再加高，队伍还要登坡向前。工地在大山深处。

一片片帐篷和简陋的窝棚就是宿营地。这个水利工程大到无边无际。不知有多少"小队"编成"人队"，究竟有多少"大队"也难以知晓。这里管束严格，从工地返回驻地，甚至连吃饭都要排队，由一个光头队长指挥。父亲他们的主要工作是凿山，用钎子铁锤，两人一组。有专门的技术员指导他们放炸药，炸开碎石再运到远处。领头的给大家训话，告诉他们这是江北数一数二的大工程，要将大小水库用石洞明渠连接一体，还要修建更大的水库。这个工程一旦完成，大山里外的梯田和平原都将得到灌溉。父亲听得兴奋,觉得参加这样的工程是一辈子的大事。他想到了那个苦寻不见的人:那个人知道了也会高兴的。只有劳苦一天后躺在窝棚里,他才会想母亲和外祖母、山里的亲人。他不敢想本家叔叔,不信自己的恩人说没就没了。

工地上危机四伏。进山不到半年,父亲所在的大队就死了七个人。他们死于塌方、哑炮、激流和疾病。后来父亲知道,还有人是自尽的。父亲越来越强烈地思念家人,向队里提出探家的事,表示只需七天:用两天时间跑完三天的单程,日夜追赶,就能在家里待上三天。领导不允。他又央求:五天吧。领导再次拒绝,说每年只有一个假期,可选春节或中秋。

除了随时遭遇死伤之危,再就是糟糕的伙食。多么繁重的体力劳动,开饭时每人一个掺了粗糠的地瓜窝窝、一碗菜汤。人饿得直不起腰,半夜蜷着呻吟。所有人都瘦得皮包骨头,脸色发青。有人实在熬不住,去水库边捉小蟹小虾,结果跌落溺亡。还有人在山野吃一些不知名的果子中毒,险些丧命。一个小队只有三分之一的人勉强能够出工,父亲就在其中。领头的让他们勒紧腰带干活:"这是国家最缺粮的时候,能吃上一口就不错了!"父亲听了立刻挂念起母亲她们,山外消息已经断绝。

终于盼来了中秋节。父亲一直瞄着这一天,好像就为了看到最大最圆的月亮,他才没有死去。他一想到与家人相聚就嘣嘣心跳。为了缩短路上的时间,他凌晨启程,然后就急急追赶。他用一根宽布带将腰扎紧,把鞋子绑牢,快一阵慢一阵地奔走,准备用两天时间赶完这条长路。往北大致是下坡,好像有一只大手在后面推拥,稍稍停脚就会一个跟头栽到地上。他背上有一块干粮,实在忍不住才啃上一口。走了一天,半下午时分觉得两腿发飘,试着伸出一只脚触到结实的地面，再抬起另一只脚。可是一阵黑雾从头顶罩下，他慌起来，突然明白：自己遇到了"黑煞"。半岛人都知道，一个赶路的人遇到它必死无疑。父亲倒在了路上。

关于这次历险，他生前讲得不多。母亲说你父亲命不该绝：一位过路的好心人搭救了他。"那是一个串乡药匠，他从布袋里摸出一个药瓶，又把人扶到路边一座空棚子里，喂下药和水。你父亲的干粮只剩下一口，那人就留下了一把救命的东西。"我一直记住了，它是那个年代海边才有的奇特之物：一束焦干的带鱼尾巴。平时这细细的鱼尾是要扔掉的，但饥馑之年都舍不得。它们晒干后系成一束，赶路人带在身上。父亲一路嚼着细丝似的带鱼尾巴，踉踉跄跄扑进港城。

他在天黑前摸到了隆华街的小院，这里已经半空。原来外祖母她们等不来人就搬走了，去了几十里外的海边丛林。父亲看一眼天上的月亮，反身跑出了小院。

7

余之锷来得有些突兀,不过实在令人高兴。那只刚买的小茶炉煮得咕嘟嘟响。古人,比如苏东坡就是这样煮茶的。好友光临,一起饮茶,日子总有可爱之处。余之锷瘦了,两眼有点外凸。他的一双手比过去粗糙许多,拍我,使劲捏我的肩膀。

"本来想一起吃饭的,以后吧。我们晚上还要忙着打理。"他大饮一口,烫着了。"亦衔,上次我和步慧说有件事要告诉你,还记得吗?""记得啊,什么事?"他点点头:"这事儿让我们琢磨了很长时间,现在总算定下了。我们决定退出旅游公司,要去半岛定居了。"我愣住了。实在想不到。"那么大一摊子,说走就走?这动作也太大了吧?"余之锷笑笑:"决心不是一天下的啊。再说董事长一个人就料理得绰绰有余,我们走开没有问题。""只保留股份?""不,清零了。"我这才想起最重要的一问:"去半岛干什么?"

"河湾。"

我仍旧不懂。以前他和苏步慧去了多次，难道这次要把全家搬去？正是如此。余之锷讲了整个事情的原委：他的朋友因为另一项目，要从那个河湾脱身。可是几年经营下来，一草一木都舍不得。朋友见他们特别喜欢这里，就说了一句："你们城里的事业如果不是干那么大，接手这一摊子最好了。"余之锷听了动心，回来后一直在想那片山、山溪、栗子树和山核桃，特别是那个长满香蒲的河湾。他忍不住把电话打回去，说你先不要找人，说不定我会接手的，不过得好好商量一下。电话之后想得十分仔细，经营、承租期，其他事项，特别是城里的公司等。他最在乎的是妻子，她说："啊啊，那多好啊，那么大一片，都是我们的了！"两人兴奋了几天。后来他又问了国外的女儿，对她从头讲了一遍。孩子说："真要那样，我回国就有了度假的地方！"他放下电话对妻子说："我们可以定下来了。"

我觉得既出乎意料，又有说不出的高兴。好像我也是参与者。"真想不到。我度假也有了地方。好哇，不过要问一句，承租期多久？""特殊山林可以七十年。""那足够了。那太棒。尽管这个弯儿转得有点大。"余之锷笑了："步慧骨子里很浪漫，还偷着写诗呢。不过她这人你也知道，一切随我高兴。她说了，自己这辈子的专业只有一个，就是给我当老婆。"他口无择言，让人嫉妒。

余之锷说近期他们两人可忙坏了：除了将公司的琐事一一交出，还要将家里的杂七杂八归拢好，"有的带走，有的暂存，有的封起。"我问房子怎么办？"房子卖掉，换一套三居室留在城里。要准备一笔钱投到那个地方。朋友说不需要大的投入，但毕竟是我的一番新事业！""那个地方原来的建筑还好吧？"余之锷点头："那些房子已经很好了，远超我们的需要。我说的是那片林地，需要投入。"我明白了。我想起了那里有个"高人"叫何典,会中医之类,还是一个古文字学家,笔名"何俚嫣"。我提到他,余之锷立刻笑了:"各种人很多。秋忙时节要请一些人来帮忙,上次和他们一起收栗子,有个叫'胖手'的姑娘歌唱得真好。"我逗他:"作风一定要严谨,尤其到了乡间。""啊啊,是啊,你说得很对。"余之锷没有多少幽默感。

安静下来我想到了一个问题:自己会更加寂寞。以后找他们一次就要乘车远行了。我皱眉时对方发现了,他低头品茶。"亦衔,这次不是闲扯了,这次真的催你办事了。""办什么事?""婚事啊。以前步慧给你介绍那个姑娘正经不错。不过现在晚了,她等不及,找了一个杂技团的人。负责驯兽,敢和老虎搂着脖儿亲。"我说那是马戏团。"杂技也包含这个。姑娘说以后我和步慧去看节目就不用买票了。我们见过那小子,胳膊上的毛又长又黑,有动物缘也不奇怪。姑娘说自己的男朋友爱老虎,在一块儿待长了,走路都像老虎,神气也像。后来我端量了一下,真的。小伙子不苟言笑,有猫科动物的高冷,走路也是那个架势。那姑娘变了。"我询问的眼神看着他,想知道变得怎样。"可能和男友待久了,身上总有一股猫尿味儿。"

他这样说时,我想到了洛珈:她看上去总是喜气洋洋的,其实那才叫高冷。她要拒人于千里之外,根本无须冷言厉语。如果需要,或许在一瞬间就能让人感受那种冰寒彻骨。我回忆干草垛见第一面的情景,惊异于那种不可摆脱的战栗和震荡。是的,自己就像一个悍气难驯的野物,就此被彻底击垮。我这里只有服从,一直跟随她的脚步、她的节奏。她是一个温柔的驯兽师。

余之锷走了,走前约定至少再聚一次。我说自己将在周末或其他时间帮忙整理书籍之类,还要为他们饯行。

狸金风波越闹越大。奇怪的是,一般网络热点大致会经历一个由盛到衰的过程,时间不过半月左右。持续一个月的话题很少。但这次有些特别,卷入的人越来越多且十分驳杂,那个曾经广受注意的保洁员一度消失,后来又被推到前台:先是出现了零星赞许,接着引来一波更猛烈的抨击谩骂。关于这个人的半生劣迹一一揭出:少年即为玉米盗贼,曾偷窃生产队未熟的玉米若干,用编织袋扛回家去,半路被民兵截获;上学时偷窥女老师更衣,以掏鸟窝为名将头探进小窗;老毛病不改,有人从他床头发现若干女人内裤。挖掘最深的是其母系家族遗传:一男一女得过不同的精神疾病。有人指证耿杨举止怪异,有时神色慌促。如果将全部帖子归拢,会发现这是一部内容相当驳杂的人物野史。各色人等都在表演,有的出言凌厉,有的话中有话。那些颇能蛊惑者正把事件引向另一个方向,进而牵出数不清的头绪。我记住了最活跃的几个名字:火火、小单单、刘赖通、言小爱、苟全法,大半是网名。网络公开化、铁屋凿洞之功可以不争,但最终还要看为谁所控。在某些情势之下,它更像一条漫长空泛、扁平浮浅的水体,芜杂浑浊,不断汇集的悬浮物呈败絮状发散。这种耗损和消磨的背后需要多少昏聩、无知以及对自身生命的毫无痛惜。这不仅指日夜喧嚣的参与者,还包括了自己这样的看客。观望、沉默、痛苦或欣悦,全是浪费。时间啊,热量啊,叠叠相加的光阴啊,在无知无察无关痛痒中流逝。我们恍若进入了一个集体扯淡的时期。

我的哑默并不能保证自身能量的积蓄。人人都在痛苦和忍受、无能为力的旁观中付出,化入共同的悲哀。女上司比我还要投入,她一会儿冷漠一会儿愤然,最后谁都不知道她的态度到底是什么。她在这条浑浊的河里呛水了,糊涂了。不过她是个善良的人,一度可怜那个不幸的保洁员,但很快又说"可怜之人必有可恨之处",说"小人物何必卷进大事情",说"狸金出事还得了"。女上司最终厌烦了,将稍稍遥远的烦恼抛到一边,把文件夹打开,与我讨论起眼下的工作了。我从近处发现她的眼线又变深了,这是年龄的缘故;微微显现的皱纹很柔细,这使整个脸上的神气显得稍稍狰狞而仁慈:它们交叠出现,每当缓和时就温厚,每当严肃时就可怕。时光用冷酷的细线勒紧人的皮肤肌肉和骨骼,不断地用力,刹紧,而人在日夜抵抗;人最终败下阵来,露出骨子里的东西。人没法掩藏自己。我在想,随着年龄的增长,我一定要更多地笑,微笑,哪怕虚伪一点也好。这会使我掩去一些悲凉和绝望。人上了年纪,会有一些急躁。

"你和那个体工队的就算结了?"她问。我说可不是结了嘛。她听了反而有些轻松,吐了一口长气。"也许太大的个子不适合你,"她上下打量,说,"你找个小巧的更好,'小鸟依人'。一天下来乱糟糟的,心要赶紧静下来。"我知道她在说网上的喧闹。我说真的不能再和她们见面了,没有精力啊。"精力哪儿去了?"她问。我说总有忙不完的事。我想起挚友夫妇为我介绍过的那个姑娘,她就是娇小型的,"不过,她找了个驯老虎的。"我随口咕哝了一句。她马上抬头:"老虎?""我朋友认识的一个小伙子,是公司女员工的男友,敢和老虎搂脖儿亲!这种职业够吓人的!""啊,那个。老虎平静的时候也不错,善哒哒的,火了不得了。"她对猫科动物的观察打动了我。我觉得那种杀戮的仁慈透着无尽的奥秘,就是这个产生了致命的吸引。我叹息,说那个小姑娘自从跟了这位男友,身上一直有去不掉的猫尿味儿。她笑弯了腰。

　　余下的时间谈到了余之锷。我说了他们夫妇近期的改变,说公司做成那么大,现在又要去半岛承租一片山峦。"有人一辈子谨小慎微,待在一个地方不动;有人天生胆大,不断地尝试,像一条不断改道的河。当然千里迢迢归大海,凡河都得流进大海。"我说。女上司说这种人就像赌徒,有时赢了,有时输得一塌糊涂,"还是稳当些好。我这一辈子都在机关里,知道干好一件事也不容易"。我同意,不过我在想她干了哪件事,想不出。我说:"我的朋友没有赌徒的心理,他不过是浪漫了些,老婆尤其浪漫;他们大概想过一种诗意的田园生活。"她冷笑:"年轻人谁不浪漫?方式不同罢了。关键是有没有本钱,还要看时间。"她眨眨眼,问:"他多大了?""比我小两岁。""那还好。有时间才能折腾。像老一辈人,有的舍下万贯家财投身革命,那才叫浪漫。"我说:"那是信仰啊。""是信仰,也是浪漫。我们年轻时候都浪漫过。"我同意。我知道她年轻时候可不好惹,是一个真正浪漫的大姑娘。不过她的时代已经过去了。

　　洛珈终于主动打来了电话。我说老天,你一点音讯都没有。她说:"啊啊,啊啊。"我一下想起了她小嘴微张的模样,幸福地听着。她像驯兽师一样对待我:让我一直处于饥饿状态,然后就让我乖乖地服从指令了。她说:"我总想着,想着,一忙全忘了。这不,我们的麻烦来了,他找来了,就是棋棋,咱们得应付一下了。"我马上兴奋了:"棋棋?好啊!和母亲一起吗?""没。他自己。我让他住在给母亲准备的房子里。今晚我们三个一起吃饭,然后到家里去。他总得到我们家一次吧。"当然了,我很高兴。我常常想到这个小伙子。我知道他并不喜欢她,他来这儿多半是找我玩。可她的一番话很快让我觉得自作多情了:"他是为公司的事情来找我的。小家伙也有了事业心,难得。"我说难得。不过我觉得内弟并非这样的材料。晚上见吧。

我们在经常用餐的那个小店里接待棋棋。小伙子好像成熟了许多,话没有以前那么多,也很少用挑衅的眼神看洛珈。她问母亲的饮食起居和其他杂事,小伙子不感兴趣。他大口饮下冰凉的啤酒,打个响指叫来服务员,又要了一打。洛珈不让他喝太多,他说这算什么。一会儿他的话就多起来,埋怨姐姐不该这样不该那样,说:"你的哥们儿有我多?我有一支大队伍,浩浩荡荡!"我听不太懂。洛珈放低声音对我说:"他和那帮狐朋狗友搞了个公司,要做网游。"他听见了,严肃更正:"不是'狐朋'!"

饭后回到家里。尽管洛珈提前来这儿整理过一番,水瓶中多了一束花,但仍然无法消除那种空荡和落寂。这里没有一丝烟火气。棋棋很内行地四处看了看,鼻子蓬蓬吸着:"漂亮的屋子,装修不错。地板过时了。窗子很棒。电动帘好。浴室我喜欢啊,大浴缸是洗鸳鸯浴的吧?"洛珈拧他的耳朵:"小小年纪胡说什么。"他吐吐舌头,转身对我小声说:"这个小娘们儿不好对付。你大概知道她的厉害了。谁也战不了她。""战"字太刺激。我说:"她都是为你好的。"小伙子发出"嗤"的一声:"我这次来是跟她谈判的,我和那帮哥们儿做好了打打谈谈的准备,两手都要硬,吃不了亏。""谈判?跟谁?"小伙子翻翻白眼,他觉得我连这个都听不明白,太夸张了:"跟洛珈,跟这个小娘们儿!怎么?你一点都不知道?"我真的不知道。正这时她走过来打断了我们:"别喊喊喳喳了,有事明天谈,现在好好玩。这儿怎么样?"棋棋两手插在裤兜里,说:"你们这是两个大套间啊,分睡啊?"洛珈又想拧他。他躲着说:"家里搞得像宾馆。不过我更喜欢你为我们买的那一套。破费了啊。以后说不定我会常用到呢。公司需要有个办事处。""那可不是办事处!不允许你带任何生人去那儿,如果不遵守这个,房子收回。"她语气冷冷的。棋棋胆怯地看看我,伸出双手:"明白,我不带他们。不过你的房子钥匙可要交我。我随时来的。"她没有同意:"每次来给我电话,我给你打开。"棋棋急了,对我求助:"听听,哪有这样的事,这哪里是给我们买的房子。我一生气,妈妈就不会来了。"我不知该怎么办。洛珈看着他,口气软下来:"只要不胡乱领人来,怎么都好说。"棋棋高兴了。

我和洛珈送棋棋去他的房子。每次走进这座葱郁的老院子都喜欢,树太大了,安安静静,今夜又看到好几只水光溜滑的流浪猫,它们在高傲地散步。以前来过装好的这套老房子,这次走进屋里还是觉得舒适雅致,可见她是用心的。装修时她甚至没有告诉我,事后才说只来过很少几次,谈个大致原则,看看设计图纸,主要让助理负责。我这会儿惊讶于那位助理的能干,瞧一些细节处理得多好。一套老房子陈旧的格局经过不俗的修饰和几处小小的改动,变得十分考究。内弟一进门就拉开了主人的架势,为我们摆上水杯,还从包里找出一大把干果摆在茶几上。我一直觉得棋棋不错,离开时就夸起来。我说半年不见,这小伙子成熟了许多。洛珈不以为然:"那都是假象。他还是胡闹,现在不搞军事那样的游戏了,可人还是那帮人,不会成事的。"我想问"谈判"是怎么回事,又觉得唐突。不过她很快就说到了这上面:"我怕他搞砸了,怕母亲上火,想让一个朋友收购他们,他当个小股东就行。朋友是这方面的专家，人也可靠。"我不知细节，但觉得很有道理。

这个夜晚她久久依偎，话比往日少多了。我想在特定的时刻听到醉人的书面语，没有。她似乎有些分心。她在拥吻的时刻奇怪地躲开了，笑着说："亲不动了。"这种巧妙的措辞事后觉得可爱，但当时还是让人失落。我们仰躺着，沉入浑浑的夜色。我说到狸金，她大概想知道女上司的态度，欠身问："她怎么说？"我说她也糊涂了，"只说狸金可不能出事"。洛珈重新躺了，说："她一点都不糊涂。"我又说到了余之锷夫妇的大胆举动，她说："这两个人挣了一些钱，孩子也送走了，就想玩玩。当年辞职就很冒险，想想看，以后各种保险都压在自己身上，风险很大的。现在去经营荒山，当庄园主，太浪漫了吧。"我说："我真希望咱们也浪漫一些。"她的双唇在我额头轻轻一触："我们能这样在一起，已经够浪漫了。"我像被提醒了一样。真的，我怎么就忘了这个显豁的事实。瞧瞧，谁都不知道我们相爱的方式，连她的母亲和弟弟都不知道。她在棋棋面前装出一切正常的样子，没留一点破绽。

第三天棋棋要走了，突然给我电话，说知道我有个临时午休的地方，想来看看。他来了，看着破旧楼房，特别是简陋的室内，高兴得不得了："好啊哥们儿，这才叫酷。这里就缺一样东西：一张行军床，床边要挂军用水壶。"他坐下来看着墙上的"访高图"："什么东西？"我为他解释这张画，他说看不懂。我关心他的公司，刚问一句他就兴奋起来："还记得你去那幢大房子看到的？现在就不同了，我的一帮哥们儿全搬过去了，所有的房间都摆满了电脑和摄像机，戴大耳麦的小妞儿一律穿野战服，她们是演播员，可来劲了。'军情室'还在，沙盘也在，不过上面插的旗子变了。"我说不懂，他说这就对了。他解释说这是网游综合平台，"很好玩也很复杂,你当然是外行"。我有些不安:"经营是很难的。如果洛珈有专家和朋友,不妨听听她的。"

想不到我的一句话让他警觉起来,眼睛像猞猁或豹子,盯来一眼,让人发冷。"你和她串通好了?"我慌得连连摆手。我真的什么都不知道。他可能觉得这种事是问不出的,索性不再问,只是非常自负地说:"我们和她、她的朋友不是一个路数。我们赚钱只是一方面,主要是好玩。她的朋友想要,其实是看上了我们的大队人马。"我说你多想了,你姐姐是做金融的,她只为你担心。棋棋笑了:"你如果不是为她打掩护,那么就是小看她了。她什么都做,只要赚钱就行。她的朋友要听她的,她的人脉厉害。可我这次没有上当。收购公司是没门的,但我们可以合作。""谈完了?""完了。整整两天都在谈,不是和她,是和一个小平头谈的。背后是她。我装傻。哥们儿,我们俩是好朋友,我敢向你保证:我和'冷美人'成不了朋友!"小伙子真可爱,不过太倔,不好对付。我在想,偏见和固执真可怕啊。

终于要和余之锷夫妇分手了。经过几天的归置,他们处理了一大摊子公司和家里的事,可以放心地去那个河湾了。喝了告别酒,我的心情一直沉重。苏步慧却比往日更加亢奋,说:"这些天和一些朋友道别,都眼泪汪汪的。真有意思。我们又不是上战场。"我说是的,不过再见你们一面真的有些难了。"我会想你们的。"我说。我太轻描淡写,其实这对我可能是很大的损失。像这样掏心掏肺的朋友,城里一个都没有。谁都取代不了这两个人。"多通通电话就好,要吃烧茄子,那得乘车去半岛。"步慧很幽默。

我差不多已经决定:今年夏末年假哪儿也不去,就去河湾。

"我们一定好好经营，不负众望。不过那个朋友留下的是一个完美无缺的窝，我去看了，发现很棒。他正做的是了不起的事业，耗了多少心血啊，如今交给我们了。我们定会努力！"余之锷一脸诚恳。苏步慧呷着嘴："唯一的遗憾是你不能带上女友。光棍一根也好。等你了。早些来，玩个痛快。不过你带上朋友也欢迎！"我大概没人可带。机关上这些人都不能带，那个有恩于我的女上司似乎可以，听这个见多识广的人指指点点，也会很有趣的。只这样想，没有说。

伤感是廉价的，可它出现了。为了换个气氛，我和余之锷就那片山野谈到了美国的艾默生和梭罗，这是两个有名的自然主义者。我说有点煞风景，他们的模仿者多了些，把许多好生生的想法给搞得概念化了，庸俗了，最终成为了无新意的过时之物。想不到余之锷对这个话题很敏感，马上说："岂止是梭罗，就是古代的穴居之士也不能学。不少人像他们一样躲入大山深处，其实又能藏到哪里，最后学虎不成反类犬。"我当然同意。我明白他不愿与一些简单的模仿者混为一谈，他追求的是清新的现实主义，并没有看上去的那么浪漫。果然，他开始解释自己的一些想法，准确点说是"心念"。我听得很仔细："我没有太多深奥的追求和思考，不过是被这里一天到晚的喧闹给吵烦了。我想安静一下，不过是这样。我说的'吵'还不是人烟稠密车水马龙，而是其他，是一再重复的、差不多的声音。说啊说啊，总是那一套。有时改改腔调，最后还是相互重复。我想找一个清新一点的、能够生长的地方。这就找到了那个偏远的河湾。"

我非常赞同。城里的聪明人真多，乡下人初次陷到这里会大呼小叫：天哪，到处都是高人和天才！其实听常了看多了，才发觉这里不过是传递消息的人多,腔调变来变去,内容差不了多少。剩下一个字:吵。可是你又没法捂住耳朵,最后只得变得和他们一样,一起吵下去。人说到底不过是大自然的产物,无语的自然其实有可能是最大的教导者,从这个意义上我们也就多少可以理解"访高图"上的那些"异人",他们为什么总是住在僻远的山巅,一再地躲开人声。这里面有些道理。网络时代吵得更厉害,倾听再倾听,最后终于觉得耳膜受不住了。余之锷说:"学习就免不了模仿。工业和后工业时代的榜样是现成的,科技听起来脆生生的,可是它们不光不能解决所有的问题,还带来了更大的问题。我们曾经觉得'理想主义'这个大孩子是可爱的,后来又恐惧了,因为它玩得太过,死人太多。如果再加上物质主义和纵欲主义,最后一点希望的残渣就打扫干净了。这时候亦衔,我们还会怎么办呢?"

我怔怔地看着他。我无法回答。但仅仅一个躲字是无济于事的:天网恢恢疏而不漏,你无论如何都在一张网里,总不会扔掉手机吧?我想起了女上司丈夫采用的方法,那老头儿干脆只用老式翻盖手机。可是人家围着一帮传递消息的人呢,我们学不来;再就是,这个世界正在发生什么,我们都渴望知道。无法餍足的好奇心是一个大问题。这里面确有分寸的把握。就此我又想起以前和他讨论的"异人",特别是那个令他入迷的何典,据说这家伙连最新发生的事情都知晓,却从未深陷其中,能够居于"潮流之上"。这太难了。不管怎么说,先离开这里,先拥有那片山峦和河湾,走一步看一步吧。一条河流最终还是要入海的。

我想他们也会寂寞,想念往昔时光,想我。"实在受不了,你们就回来待一段,反正城里还有房子,可见你们也留了后手。"我揶揄道。苏步慧的大眼亮了:"是啊,我们还要一起去东郊的酒吧,去听诗朗诵!"余之锷看看我,手搭在她的肩上:"瞧瞧,人还没走,就想着那个扎圆髻的家伙了!"我不喜欢那个人。说实在的,扎圆髻的男子本来就令人不悦,再加上用一个黑色的线网罩起来,更让人受不了。我逗苏步慧:"如果条件允许的话,咱们可以邀他去山里朗诵。我想这一类人总是不难找的。"她马上严肃地摆手:"错了,他们不好找。"

这是他们赴河湾之前的最后一面。这天的星空格外隐晦,简直一颗星星都不见。我乘了一小段公交车,多是步行。车流人流似乎比白天还要多,交织的灯光让街道和高楼显得虚幻。我从我们家,就是那个高尚小区的门前经过,然后又拐到棋棋离去不久的那个老院。从围墙上探出高大的法桐和白杨,让人想象里面的生活。我直接走回自己的宿舍。一路都让手机静默,这时打开,马上看到好几条微信。棋棋感谢我的热情款待,说后会有期。他邀请我早日去他那儿见识一下:"一个大车间,一个战情中心和指挥部,你会花眼的。"我会去的。我想那位老母亲了。不知怎么,连日来一闭眼睛就会闪过那团白发。苦难的岁月沉淀在她的身体里,可她那么柔弱。我的泪水差点涌出:想到了自己的母亲,她也那么柔弱。她和洛珈的母亲,两人谁经受的苦难更多?无法回答。

我想和洛珈视频通话,犹豫了一下还是作罢。这个夜晚如何度过?所有的、大多数夜晚,她又怎样度过?无须想象,正像结识前的那些夜晚无须想象一样。无区别地对待所有的夜晚,这是怎样的境界。我如果有长达三十年或更长的修炼之功,可能会做到这一点。那就一头扎入深山得了,不要在滚滚人流里挣挤。自己真像另类穴居者,一个大隐隐于市的怪人。想象某个角落里有一个女子轻手轻脚地走动,坐下翻一会儿书,偶尔取一杯水,很是安慰。她是一个嗜读的人吗？曾经是的。我提到的每一个中西人物及其典故她都知道。她长于记忆而我专于想象，做白日梦是我的强项。可是最奇特的一个梦被她做了。假设她真的是一个"异人"，会因为性别的缘故而变得愈加迷人吗？答案是肯定的。她和苏步慧是两极人物：一个高深莫测，一个清明如水。可是洛珈并不浑浊，难得之处恰在于此。她把温柔和诡秘一起藏入又密又长的眼睫之下，忽忽闪闪，一会儿就让我入迷了。我说当年那个留了两条短辫的姑娘打扮有点傻，不过也更加神秘：素装在当时如此普遍，却仍旧难掩逼人的妍丽。而今这种奇妙的、人为的、极不可信的距离，又让她的魅力变得超级强大。有人总是将自己的一生凌驾于他人的理解之上。

电话响了，是她。"睡不着，聊聊吧。""啊，聊聊。我刚从余之锷夫妇那儿回来。""要走了？""是的。真有点舍不得。约定了年假去他们那儿。"洛珈说她是没有时间休假了。这让我怜惜：一天到晚忙啊忙啊。金融，这对我陌生极了。我更熟悉自己的专业范畴，而她轻易地走出专业，说到新知识却头头是道。她要玩实的，那是市场铁律，真刀实枪。我替她担忧，她却十分轻松。她问："你还关注狸金吗？""一般吧，不过大致知道。那个姓耿的保洁员太可怜。""我关心背后的势力。你注意那些别有用心的人没有？比如说废弃的矿井、抛尸案？"我真没看到。"那些帖子很快被删，但我看到了。"我有些吃惊。她说："我想到了另一些人。一般人没有能力掀起这样的波澜。"我无以应答，因为一无所知。不过我只相信她的判断。我想离开这个话题，她及时煞住了话头。

我们应该有更好的夜晚。像过去那样，比如那个干草垛下，无比简陋也无比美好，啊，大自然。新鲜干草的气味无可比拟，我真想问一句：还记得那些夜晚吗？月亮，星空，干草？当然记得。我们经历的恰像《复活》中写到的聂赫留多夫和玛丝洛娃之夜，多么迷人。不过自然场景相似，人物命运却迥然不同。那种追悔和背叛是断然不会发生的。可是今夜总让我感到一丝类似的悲凉在逼近。这不是我与她之间发生的，而是周边的空气和颜色，冷酷的色调，是这些在强加给我们什么。剩下的岁月也许是奋力挣脱和逃脱，也许还有时间和空间。像余之锷夫妇，那就是一场自我放逐啊。我说不清。但我真的感到了某种严酷的围拢。我作为一个曾经流浪的男子还好说，一个柔弱的女子走近此地、当下，那太可惜了。我忍不住叹了一声。

那边即刻被提醒了，她想轻松一下，开始谈到足球，几个大牌球星的出走。这就不是我的强项了。我熟悉篮球。不过大学期间留下的一点遗产也消耗得差不多了，因为没有那么多时间和兴致，发达的肌肉正在退化。当年让她赞赏的那个倒三角"型男"已不复存在。我在自身形貌上谦逊了一下，她马上说："我不同意，你永远都是最棒的。"这就说到了棋棋，我说他这次显然从外形到内心都变得成熟多了，可见男孩子在这个年龄段发展很快。她说："啊啊，多少像个男子汉了，不再扛着那把宝剑。不过还是一颗孩子心。他玩玩可以，插手网络有多冒险，他一点都不知道。我就是想阻止他，让他解脱出来。他听不进。""是的，肯定是的。"她笑了："你也不懂，算了不谈这个。近来有好书推荐给我吗？以前说'告诉我书的消息'，相互传递好书。"我得想一想了。我说："一本老书，我们在学校时都读过的，今天再读会有不一样的感受。《布登勃洛克一家》。""好啊，我记下，再呢？""再，嗯，读一本小说吧，可惜名字忘了。那里面有个难忘的老人正设法安度晚年；还有一个失败的王者、一个情种。""谢谢亦衔，我都记下了。晚安。"

再次与女上司一起出差。这次不是往东，而是向西北方进发，我和她，外加一个喳喳叫的刚毕业的小女生。女上司的职级是不可以配秘书的，但长期以来我就分担了这样的角色。可能是受前一段传言的影响，她现在想留心培养一个提包的人。小女孩长得小巧，留了男孩一样的短发。女上司刚见她不久就问："有朋友了没有？"小女孩说没有没有。女上司看看我："可惜。"小女生叫"生生"，不知为什么，我一见她就想到了内弟棋棋。可能某一代人的共同气息吧，他们话风相似，直接而俏皮，还有无法掩饰的一点玩世不恭。小女孩穿低领衫，乳沟袒露，让人有点不适。这次我们去的地方也是海边，那儿的风有些硬，结果生生冻得一直抱住胸部。我正好带了一件外衣，就给了她。她穿上像风衣。

我们的商务车路过一片很大的园区，女上司指指窗外："看到了吧，这就属于狸金，总部在东边。就是这里发生的事儿。"我马上认真看起来。我说："看不出什么啊。"女上司说哪能看出什么？是的，如果从外表看出什么，那除非是遭了一场空袭。不过这个事件也等于一场轰炸了，隆隆之声还在继续。"这么说那个惹祸的保洁员就在这儿了？""现在已经开除了。"

出差的任务刚完成一半，女上司就接到开会的通知。剩下的一半就靠我了。她走前想了想，对小女孩说："你也随我一起回吧。"小女孩答应"好嘞"，还是不想离开。她喜欢海，吃琵琶虾的模样很凶。她说："别了亦衔。"伸出的小手像猫爪一样，柔弱无骨。她俩走了，剩下我自己走在海风里，有一种久违的幸福感。

这里比那座城市静多了,特别是沿海大道,修整得很用心,路边花坛、树墙,人行道由彩砖铺成。不过这么好的景致,竟没有多少人享受。我走了一会儿,坐在石凳上看海。苍茫的黄昏,大海有比其他时段更神秘的色彩。没有船,只有无尽的迷茫。淡淡的雾压在远处,天海相连处无限遥远。这和我童年看到的几乎一模一样。不过那是半岛的海了。关于海的记忆太多,它几乎等于童年。一个自小看海的人会多少不同,通常不会那么大惊小怪。我曾遇到一个西部的朋友,他到半岛溜了一圈,见到我就咋咋呼呼:"天哪,我见到了巡海的夜叉!"我问长什么样子?他说不清楚,说那家伙从太阳的方向走来、从海里,"越走越大,越走越大"。我笑了。

我此行主要是征求周边几个县区对一份报告的意见,以便形成正式文件。事情很容易,轻车熟路。任务完成后还有些时间,在屋里整理笔记。一个县区的人来陪我,说我们去看看一个当地有名的堡寨吧,是土豪大户当年筑起的防匪堡垒。这让我有些忌惮,因为工作中是不能去旅游景点的。"那也要走走,不能一直憋在室内。"说得有理。我们走出来。走着走着就路过了狸金园区。这里绿化不错,银杏树都是速生品种,所以已经很高了。他低一声高一声地说到那个沸沸扬扬的事件。我只听不语。可是太巧,这时旁边的垃圾箱前出现了一个提编织袋的男子,瘦瘦的,陪同的人一愣。他往垃圾箱那里走了几步,回来说:"不是。"

原来他认错了人。他凑在耳边说:"这个人真像耿杨。吓我一跳。"他咕哝起来:"他被开除后就没营生好干了,只能提个袋子捡垃圾。他去任何地方应聘都没人敢要。"我说:"那就回老家种地。""您有所不知啊,这里的地都被城里来的大老板做成了农场,村里已经没有地了。""那怎么办?""那就只好捡垃圾了。连这都不行，有个外号叫'魈魈'的保安有一天见了他，扭住就打，弄折了他一根手指。"我站住了："还有这样的事？为什么？""因为，"他四下看看，"当时就是这根手指伸出来，说了那番话。"我身上一阵发冷。我问："你说真话，他没有造谣吧？""怎么会。可他死不改口，又傻又倔，这就不好办了。"

真的不好办。"后来呢？""后来说他有精神病。有人见他提着编织袋站在路边，就是找不到垃圾箱。"我们往回走。园区旁的银杏树真美。路边有垃圾箱，一个又高又瘦的男人翻过一个，又翻下一个。

这一夜很难入睡。眼前总晃动着一个手提编织袋的瘦干干的身影。我想起了大学期间读过的一个人和一篇文章，那是法国左拉的《我控诉》。这一刻，仅仅是这个夜晚，我又想起了那个法国作家。我爱的人让我告诉她"书的消息"，那么好吧。我一刻不再耽搁，马上将那篇名文的题目发给了她。

坐了大半天公共汽车，头晕。我可以休息半天。睡后右手食指疼痛，我对它呵了一口气，重新睡去。恍恍惚惚来到了一片林子，阴阴的，小路上有绿苔。鸟儿的鸣叫稀稀落落。我沿着小路向前，路旁有一只橘黄色的狸猫探头看我。走啊走啊，看到了一幢茅屋，棕色的屋顶上站了一只鸽子。我觉得十分眼熟。洗得泛白的木板门，陈旧的窗棂。我扒着小窗往里看，看到了一个满头白发的老婆婆。啊，泪水夺眶而出。这是外祖母。我不知从窗子还是小门跳进了屋子，大声喊着，紧紧拥住。外祖母身上有林子的气味，我贪婪地吸进胸间。"好孩子你去了哪里？你走得好久啊，一点音信都没有。"她抚摸我的后背，下巴压上我的头顶。我起身去找母亲。"母亲在林子里找吃的东西，一大早就出门了。"我反身跑进林子。一条条小路既熟悉又陌生，四通八达，通向野枣林和老鹰的窝，然后又弯弯曲曲抵达老狗獾的洞穴，拐个弯，延伸到海边，在一片盛开的红色沙参花下止步。我叫着"妈妈"，在湿漉漉的密林里穿行。

醒来后双眼酸涩，饥饿难忍。我熬了一碗麦片粥喝下，煮沸茶壶。手机上似乎堆积了不少信息，懒得细看。傍晚时分圆圆来电，她情绪很好，说知道我去外地了："我们一起吃饭吧？今晚有场杂技马戏表演，咱们可以在场外吃个快餐。"我马上想到了余之锷讲过的那个女孩的男友，驯老虎的家伙。"是本市那个杂技团？""就是呀。"我痛快地答应下来。下楼后发现圆圆已经站在不远处，仍然穿了那件黑白格子连体衫，像俏丽的斑马一样出眼。她手里挽着一个白色小包，说："别人见了我们，说不定还以为是一对情侣呢。"她说出的恰是我的忌惮。顾不了那么多，今晚只想看看老虎。

西式快餐很凉，末了还要端一杯冰饮入场。我们坐在靠前的座位。开始是蹬碗，叠椅子，变出一缸金鱼和三只鸽子。终于见到可爱的小家伙们了：小狗和小马驹全上场了。大狗熊笨拙的脚步，一边走一边瞥着满场的人。"我最喜欢狗熊，今晚就是冲它来的。"圆圆拍拍我。我也喜欢大熊。不过我一直在等那只老虎。后来是斑马，我歪头看了看圆圆的装束。终于来了老虎，嗬，今晚的大角色，它的大下巴大脸盘看上去多么忠厚啊。一个穿了白衫黑绒背心的小伙子在引导它，不断发出低沉威严的训诫。小伙子头发浓黑，美中不足的是两只大眼有点鼓。他手里的短棍一会儿玩成花，一会儿又指向老虎。他亲老虎的额头，啊，搂脖儿亲。"这就对了，这就是他了。""谁呀？认识？"圆圆转脸问。我说："啊，不，那个驯兽师。"

散场后圆圆兴致更高了。她边说边走，当我发现走偏了已经太晚。这要绕个大弯才能回到大院，她是故意的。"你瞧见了，那只大老虎听话时多可爱啊，我真想去台上拥住它亲，握住那对肥嘟嘟的大巴掌。"她说。我也有同感："调教老虎的人真不简单。"她想起了什么，咂着嘴："那个老科长就有杂技界的朋友，所以也有几手。前几天他们聚会，非让我去不可。还是不停地喝散装啤酒，吃一大堆小龙虾。那回他露了两手，站在高凳上一抖瑟，裤子掉了。幸好还有短裤。"我看着她。"这是真的。哗一下掉到了脚背。""尽是声色犬马。"她笑了："声色犬马是生活，一脸正经是上班。总不能一天到晚上班吧。"

我不再说什么。剩下的一段路尽可能闭嘴。一会儿圆圆又聒噪起来："那家伙有个了不起的大富翁外甥，别人才把他当回事。总得有个像样的靠山。我无依无靠，所以才混成这样。你有女上司罩着呢。""胡扯！"圆圆笑了："听说她给了你'约法三章'。"我站住。"别这样吓人的眼神。其中主要的一条就是不准你'嫁人'。"我的火冲上脑门："'嫁人'？我是女的？""反正她希望你永远单身。""这又是那个家伙说的吧？世上还有比这更愚蠢更卑鄙的谣言？"

这一夜我给气坏了。第二天上班见了女上司，她笑吟吟的模样让我很不舒服。我一进来她就把小女孩赶走了，问余下的两天过得怎样？我说就那样。她的脸很快板起来："有人看见你回来就找圆圆？"啊，这么灵通。我如实说了去看杂技的事："老虎吸引了我。""以前提醒过你，这个大龄女孩可要躲着。"我不想为圆圆辩白。但我知道这个女孩并不坏。我倒由此想起那个老科长的毒舌。他说女上司用王熙凤对付贾瑞的方法整过自己,还说二十年前有个小伙子很帅,就因为沾了她,结果痛不欲生,喝药自杀。"那个小伙子有名有姓,如今就在一个电影院卖票,戴一副黑框大眼镜。"他说得活灵活现,我却一个字都不信。我这会儿对女上司说:"你一个字都别信。"她哼一声:"那就洁身自好吧。"

洁身的最好方法就是剧烈运动。我很久没有在球场上痛快一番了。周末的整个下午都在大汗淋漓。这使我忘掉一切,只时而想起大学校园。当年我穿七号球衣。那些场外的目光啊,那当中就有洛珈的。我在场下抱怨说:"有你在,我就投不准三分球了。""那就投两分球吧。"而今因为荒疏运动的缘故,半天下来累极了。我提着一个大包走出来,准备打车。正站在路口,一辆轿车嚓一下停在身侧,车窗里探出一个头颅:"快上车别愣着。"我来不及犹豫就上去了。真是冤家路窄:德雷令,他的运动服都没脱,刚刚在打网球。"啊哈,从背影上看是你,果然是你,巧不巧。""你不是打高尔夫吗?""也打网球。怎么样,夫随妇贵了吧?"我忍着,正想找个词儿怼他,他又抛出一句:"如果你不嫌弃,我替你找个私家侦探怎样?"我的神经绷紧了。他慢悠悠转着方向盘,让车驶向另一个方向,我说:"拐早了。""知道,打个弯送你回去。你肯定住在自己的破窝里。"我怒斥一句:"下车下车。""很快。"他说着"砰"一声把车门锁了。这个十足的坏蛋。我在心里说:我恨你,也因为与你同窗而耻辱。他故意将车子从那个高尚小区绕了一圈,成心放慢车速;绕过大门之后马上提速,一直朝我的宿舍院开去。

车子在院门一侧停下,车门却没有打开。我恨透了这个恶棍。他点上一支烟,门窗紧闭,成心呛我。他吞云吐雾说:"我们是同学，你也知道我心里想着你。老亦衔，你其实比我还要明白，不过碍于面子不说罢了。你懂得独霸这样一个娘们儿可不容易。那需要更大的本钱，或许还有本事呢。你必须学会掌控，弄清她在干什么，才能牢牢地握在手心里。你现在两手空空，采取的是满山放羊法。可是小羊儿转到山后去了，被老鹰叼走了，你还在这边哼哼呀呀唱小曲儿，顶个屁用！"我的心像刀扎一样。被他激怒是很容易的，沉着应对可不那么简单。他还在盯住洛珈，看来不会轻易罢手。她伤害了他？她为什么要那样做？我相信洛珈只会像我一样对他避之唯恐不及，不会和这种人纠缠。但事实上就是被他缠上了，他想敲竹杠。另外，我上次就察觉到了，他想搅乱她的家、她的后方。这对她或许是一个真正的威胁。

"请你把窗子打开，我快熏死了。"我说。他不光大口吐烟，还不停地放屁。这家伙想把一肚子怨毒释放出来。他笑了，慢悠悠将烟揉灭，把车窗打开一半。"现在这个年头即便是两口子也得揣个心眼，别说你们这种古里古怪的关系。说句实在话，对付她，光是按住硬睡也还不够，尽管这是非常重要的；你还得设法迷惑她，让她晕头转向才行。我看起码现在你们之间的关系是反着的。"我为了吸一口新鲜空气，正在使劲把头探出去，大声回应："那是你自己的方法。""不错，但肯定也适合你。不瞒你说，我老婆，我是指现在这位，一开始仗着出身名门显贵，还对我耍大小姐脾气呢。我给她戴上笼头，从头到尾一顿硬捋，总算服帖了。如今我走哪儿她跟哪儿。男人要有威，你有威吗？"

奇怪，我听到最后一句真的在心里这样问起来。我承认自己没有威。可是我有爱。我回头看着他，发现这双豹子似的眼睛好像套了双层瞳仁，深邃而且微微发蓝。可能是光线的缘故，他的结膜闪着一层磷光。我的目光顺着他粗粗的两臂看下去,惊讶地发现就在他的双腿之间,就是那个部位正鼓鼓地凸起很高。他看了看我,咕哝:"你琢磨什么,"伸手从下腹部取出一只很大的胶皮火罐。"今天我算帮你了,以后你会谢我的。顺便说一声,今年的同学会你可要参加,到时候下个正式请柬。是我操办的。那天我们要好好喝一杯。"说完他把车门打开。

我迫不及待地跳出车子,看着绝尘而去的家伙,长长地吐出一口气。我不会和这样的狂徒争辩,那将是白费口舌。许多人不明白这个,总是和他们争啊论啊,最后把自己活活气死。我们在讲理,他们在掠夺。就这么简单。为了安全起见,我把德雷令说出的部分内容尽快告知洛珈。我说:"这次仍然是威胁,他想搞乱我们的'后方'。"洛珈听了"哦哦"两声,显然不想多谈这个。她很快问起了我出差的事。"还好吧。""啊,有些话听听就好。任何事情都不会那么简单。我担心你一时莽撞做出什么,要知道你的位置是相当敏感的,要谨言慎行。"我想说点什么,愤愤不平的心绪又被她勾起来了。但我忍住了。我只想和她早些见面。她笑了:"亦衔啊,我实在太忙了,手头有一大堆报表要处理。我抓紧做。我会请你吃最好的西餐。"我难掩沮丧:"我不喜欢西餐。""那就中餐。"

8

棋棋离开不到一个月又返回了。这一次他待了一个星期,但直到离开前一夜我才知道。他一周的时间都在忙碌,顾不得跟我打招呼,就连洛珈也没有告诉一声,这有点出乎意料。他胡子拉碴地来到我的宿舍,把一个方格大包"嘭"一声摔在茶几上,我给他提下去。他情绪低落,显然遇到了一个大坎。我想给他一点鼓励,但不知从何说起。"做任何事都不是一帆风顺的,小伙子跟我说说吧。"我给他倒水,还找出一盒玫瑰饼。"跟你说没用,找那个小娘们儿才有用。她装得没事人一样,说自己忙啊对这种事一点头绪都没有啊,让我空等了三天。"我不信:"会这样?""就是,我们的平台给封了,我那帮哥们儿都急坏了。"我明白了,可事情到了这一步,洛珈也未必帮得上。

我说出了自己的想法,棋棋笑了。他吃了一个玫瑰饼,咂咂嘴,又吃了三个,说:"老哥,你早该让她怀上!她要做了母亲,心肠就不会那么硬了。"我想捏住他这张生了小胡子的嘴。"我知道她自己管不了平台的事儿,可她那些朋友呢?那个要吃掉我们的小平头呢?"我觉得这事非同小可:"那人也只是经营者,又不是管理者。""什么啊,那家伙这会儿高兴了,看着我们在热锅上转。""最后怎样?""最后还是她让我和一个狗专家见了面,说遇到类似问题只能耐心点儿。她让我回去等消息。""她还是帮了你啊。"棋棋撇着嘴,抓起地上的大包。

夏天正在深入。这座城市的闷热是有名的,初来此地的半岛人每年都要遇到一个坎儿:最初两年因为没有空调,一到夏天我身上都会热出一些紫色斑点。现在好多了。现在空调吹拂,夜深人静仰躺着,总觉得有件人生大事没有做好。时间不等人。可洛珈压根不愿涉及某些最为重要的问题。我们确立的原则、人生的重大约定,当然需要逐一践行。可与此同时也应该知道:凡是合约中必有一条,当缔约人遭遇"不可抗力"的时候,有的条款就可以放弃。多少忧虑不安,多少辗转反侧,显而易见,我长时间以来都面临了这种"不可抗力"。

压力巨大。我要休假了。一想到去半岛河湾,身上立刻放松了。实际上只要和他们夫妇在一起总是高兴,这除了志趣的原因还有其他,说不清。当然吃烧茄子也是原因之一。行前我问女上司:有没有感兴趣的东西?我会带些回来。她想了想说:"山地小米不错。算了,季节不对。"我没有问洛珈,不过走到半路还是提到了这事儿。她说:"没什么,吃好玩好,回来我要看你的精神状态。""放心吧。回来我要带几支蒲米给你。""什么是'蒲米'?""啊,就是香蒲结出的嫩棒,清香甜爽,你肯定没吃过。"她高兴了,说"好好",最后加一句:"不过你要严格要求自己。"这句书面语让我愣了半天。以前她从未这样提醒。

余之锷开了一辆山地车来车站接我。我第一眼就发现他的肤色变了：多少有点栗色。成了。人也爽朗许多，有这种肤色的人大都如此。我还没说几句他就讲起了苏步慧："这会儿正张罗饭菜呢。第一餐很重要。"车子在爬坡，还没见到山与河。后来看到了一条中等宽度的河，水很绿，好极了。"就是它？""就是它。如今成为一个大城市的引水通道，所以谁也不敢污染它了。你觉得我们很值吧？"他拍了一下方向盘。我的眼睛一时离不开水面。道路傍河而行，我想那细细波纹之下一定有很多鱼。

车子有一段离开了河道，还在爬坡。看到了，一座苍绿的山，嗬，它并不小啊，它的东坡拖延了一些，渐渐往西才高起来。"到阁下的庄园了。"我说。余之锷说："哼哼，哼哼。"他特别得意时就这样，只发出鼻音。入了他的地盘。没有高墙只有木栅门。我说："到底成了地主老财啊，就差垒起土围子了。"他说："哼哼，哼哼。"终于看见苏步慧了：扎着围裙，两手沾了面糊，站在一排石屋前面的空场上。她眉开眼笑，一直这样；她的大嘴咧开时让人想到一朵秋葵。我走近了，她嚷嚷着："行个洋礼，行个洋礼。"我们轻轻贴了一下脸。余之锷站在一旁："哼哼，哼哼。"

顾不得一路疲累，洗把脸就开始领略这个宝地。有些大，先看看他们住了什么地方。石头房子呈拐尺形，大约有十间之多。拐角的地方其实是两个交会的大间，大到让人吃惊，足有四十平方米以上。这是整个屋子的中心，可能是聚会之处，也是最讲究的房间了。墙上有几张画，"访高图"还在；中间有一个老式铸铁炉子，大概冬天就靠它了；不同的座椅，柳条墩子，布艺沙发，老榆木凳，摇椅。引人注目的是地上有一张老虎皮，仔细看看才知道是仿制品。客厅一角是一个通到上面的楼梯,他们引我上去。嗬,一间更为宽敞的阁楼,头顶有粗壮的木头椽子,中间摆了一张大条桌,上面有茶炉和杯子,有一块不大的毡子。这儿的窗子不大,南北各二,伏在窗上看山、看树、看整个领地,好极了。我看见西南方不远处的河湾了,发出一声:"哞!"

他们笑了,搓着手。我自己都觉得刚才像牛叫。这个大湾可不小。水流在这儿遇山,地势逼它不得不拐;可就这缓缓一拐,拐出了一片绝美的风景:弯月形的一片沙原,水浪轻拍,由浅入深;啊,湾的一侧,靠南边一点有一丛蒲草,再远一点还有梢头发红的柽柳。几只水鸟飞起又落下。它们有鱼吃了,我们也有鱼吃了。这儿像一个缩小版的海湾,我在海边出生,熟悉它们,也深知它们的好。多少海湾的记忆啊,浅水中的小鱼唰唰跳,成群的银色身躯无比诱人;黄色的小蟹子和海蚯蚓。这个河湾有相同的东西,也有大为不同之物。是个畅泳的好地方:往里可以游入整条河道,待在浅水处可以闲嬉。拥有这么一个河湾,不要说山林和其他了,就已经是一对福人儿了。

我说我嫉妒。苏步慧拍着手:"嫉妒好,那些年我们来看了也是同样。"我这才想到离开的那个人,这个人不同寻常。"他为什么要放弃呢?他如果不走,你们加入进来会更好。"我说。余之锷摇头:"有些事情不得不放弃。不过你看了,搞成这个样子也耗费了他不少心血。但我们也不是坐享其成,以后慢慢讲;我们来后整修改动了不少,这幢房子是这样,其他地方也是。"还是先吃饭,苏步慧走在前边,两手像投降一样举在肩上,我这才注意到她手上的面糊一直没有洗。厨房在石屋尽头,与餐室连通一体,比一般公寓的设计至少大两三倍。这里的炊具属于现代和传统、民间与都市相结合的风格，仍在使用烧木柴的大灶，但也有液化气。墙上挂了干蘑菇和大蒜串之类，有大大小小的铲子夹子漏勺。有一只长柄勺的勺头足有水桶大，不知是用来干什么的。苏步慧要最后加几个菜，在大小锅灶之间忙着，不停地转身。

桌上已经摆好了几个碟子，里面的菜肴我竟然大多不认识。"这太多了，我们吃不下。"我看着，翻开两个盖碗，惊叹。余之锷往杯里添了颜色很深的酒，搬弄小瓷坛。"所有东西都是自产的，出自这里，包括酒。"步慧坐下，首先敬酒，"什么酒？"她待我饮下后问。啊，好大的劲儿，有一股糯米香。我猜了几次。余之锷说你怎么猜得准，这是蒲根酒。我突然想起外祖母也酿过这种酒，但那是浅黄色的。一种连接了童年的酒，让人有说不出的安慰和感激。炒螺蛳，小鱼羹，蛋煎木槿花，豆豉蟹肉，炖蘑菇，薄荷小虾卷，蒲菜奶汤，蒲米糕。还有千层饼和包子，香气逼人的粥。烧茄子没有上，它暂时退役了。我不想说话，只顾大快朵颐。"平时这些是轮流尝试，今天合在了一块儿。步慧要炫耀一下。"余之锷说。为了欢迎我，步慧和他都喝了一杯高度酒，脸红了。我平时不喝烈酒，但青年时期走在长路上，有时也少不了一暖身躯。辛辣和特异的香气连带往昔的感慨，还有那么多哀伤。这片山峦令人亲近到心的深处。我一次次回忆少年和青年的半岛游走，搜寻着记忆的褶缝。

午饭后去河湾。一片香蒲在风中摇动，像对远客致以问候。水鸟飞起。青蛙箭一般射出。水浪外面的这片沙子最宽处大约有三十米，呈镰刀形，长约五十米。好漂亮的一片沙滩，大致是白色的细沙，分布有一粒粒小鹅卵石。石子在水中呈黑色蓝色红色白色，小鱼在其间游动。远处的河水闪着深绿色，甚是诱人。这条河在拐弯处宽一些，也仅有五十米左右。我很容易从这个湾游到对面，那儿有杨树柳树和蒲苇之类。河湾深水的一面垂挂了草须，通常会有大鱼躲在里面。我如果逮两三条大鱼交给主人，也算体面。我说要下水了，马上回去取泳裤。之锷拦住说："酒后不泳。忍一忍，我们三个今晚要做这个节目。""节目？""啊，项目。"

中午大睡一场，起床已三点多。这里一点都不热，风顺着河道涌来，还有苍绿的山在旁边。这里说不定深夜还要加一床薄被子。主人说再待一会儿上山，暑气一般要五点才降，这段时间在屋里喝茶。"有不少事情要说呢，茶炉滚了，你听。"余之锷把我引进那间大阁楼，一进去就是咕嘟嘟的煮茶声，苏步慧已经在那里忙碌。这是一种老茶，一块又大又厚的黑色茶砖放在一旁，茶锥手柄上缠了布条。"这里时兴喝老茶，煮炖，半夜喝它读书最好。冬天这样打发，夏天差一点。"余之锷指指窗外："夏天泡在河里的时间多。"我这才注意到靠南墙的阴影下有几个书架，大概城里的好书全搬来了。

茶太酽。好茶。我想起了那个"异人"何典。"老何啊，不爱出门。她请他更容易一些。"余之锷指指苏步慧。她笑了："他尊重妇女。我和他话题更多。我们谈疾病，谈药。我迷上了采药，已经认识三十多种草药。他如果没事，其实是愿意来的，有时也会宿下。他不是专门的医生，通一点。不过他治好了我的病。"我问什么病？"就是急躁，有时想什么就急得不行，坐立不安。"她说。我问想什么？"想什么都这样。他说这其实是一种病，琢磨了几天，下了几服药，好多了。"余之锷认真地看着我："她说的是真的。比如说前一段让你来，每天都催我打电话，咕哝说还不来还不来，急坏了。"我好感动。我觉得这真是数一数二的好人。

我也很急躁。我希望那个人也能帮我一下。我母亲曾说这个毛病其实是父亲遗传的：那真是一个天下最急切的人，比如说要找"仁公"，夜里想起，夜里就上路了。他找了这个人一辈子，终未成功。我问苏步慧服药后的感觉，她说胸口下边一点不再往上一阵阵提拉了。我说那是胃的部位，她马上拍手："对对，他就为我治胃。""可你是心急。""心急也是胃的问题，平时说'胃口太大'，就是恨不能把什么都一口吞下，太急了怎么成。要细嚼慢咽，一点一点来，耐烦一些啊，就好了。"我听不明白。她说："你自然听不懂。你得听他讲。他也不多讲。他就是给你号脉，不多的话。他其实不是医生。"

说到了写诗的事。我知道苏步慧尝试过这门手艺，后来基本上放弃了。我在少年时代受一个人的蛊惑，青年时代发病了，试过，完全不成。我认为这可能也属于一种疾病吧？苏步慧听了肯定地说："我问过老何，他说有的是，有的不是。""怎么讲？""那要看你写了什么，要诊断。方法是你先写上一两段，再配合号脉，就能得出诊疗结果了。"苏步慧看看余之锷，有些不好意思："我把给之锷一首中的最末几句写下来，老何看了看，又号了脉，说'这不是病'。""东郊那些人呢？比如那个扎了圆髻的人，你告诉他了吗？""写了一段，其实不用多，再说我也记不了几句。老何看了，很快低下了头。我说可惜他不在，你无法号脉。他说'不用号了，这是病'。"我心里暗暗服膺。我期待见到这个人。

太阳不再烤人，我们出门了。鸟儿喧腾，蝉也吵。没有人声，是一座空山。主人说夏天没有多少活儿，一般不请人来。秋天则不然，那时许多活计都要雇人。"雇人，这问题严重了。你获取的是'剩余价值'。"我说。余之锷点头："我对他们也有这样的价值。""我有些糊涂了。"我说。"是啊,很艰深的一笔账。到了秋天,你一定要来帮我们收栗子核桃啊!"苏步慧喊着。山的北坡很缓,栗子树出现了。它和小时候看到的大片橡树几乎一模一样,不同的是分别结出板栗和橡实。我喜欢橡树有时超过了白杨和阔叶枫,更超过了柳树。北方那些严肃的树种南方人大概享受不了,它们的英爽气是相对干冷的气候给予的。它们更内敛干练一些,每年入冬都要度过沉思默守的几个月,思考了许多,蓄起了内力。所以北方的春天是热烈可怕的,原因是大地绿植充满了热情洋溢的心情。我从片片金色的连翘和不顾一切吐放花蕾的金合欢身上,感受着巨大的忍而不发的激情。无论是春夏秋冬哪个季节,人走在林中都会经历无言的陪伴和注视。这些独守一方的生命一般来说是很自尊的。

　　侧柏多起来。它们在整座山上是最多的,可以说远远看去的苍绿大半源于它们。这中间杂生着黄栌和栾树、红叶李、野山桃和椿树。这在晚秋会有斑斓的色调。杜鹃鸣叫起来,一两只野鸽子在山的另一面自语,老野鸡的嗓子惹人谛听。上山的路不宽,悉心修整过,有的已经称得上古道了,石阶已经磨得发亮。循着弯弯曲曲的山路往上,还有一些岔路,分别通向一些不同的区域,那里分布着这座园林复杂的经营:蜂场、饲养棚、果园、茶园。它们规模都不大,收获之物除了自给自足仅出售一点。从远处看这座山并不崇高巨隆,可是走到近前才知道它也足够复杂。这么大的地方仅靠两人打理是不可能的,问了问才知道除了秋忙要雇用不少人,平时还有一对常年帮忙的山里夫妇,他们是"老鲁"和"老鲁家的",今天驾车出去拉东西了,明天才能归来。我们快登到山顶了,一会儿就看到了濡湿的山土,看到了卷柏和青苔。有细细的水边流边洇,滋润了一大片山阴。我想到了高处有泉，如果是那样就棒极了。

山路在这儿转来弯去，不止一次绕过突兀的巨石，给人峰回路转之感。这里竟然有野鸢尾和宝铎草，有山菊。终于来到了一块不大的平台：石凳，草寮，藤架。连着这块场地的斜坡下边有一丛竹子，绿得可爱，到跟前一看原来是一个人工小塘：利用斜坡巧妙地收集山水，并为防止过分的蒸发而搭起半边顶盖。这儿显然有常年渗出的水流，但因为量小还不足以形成小溪。但这里因此而有了水泽，这在高处可算一件大事。果然，主人精心经营这个地方，瞧那草寮搭建得多好，它由山草覆了厚厚的顶盖，四根立柱中间还有苇秆帘子，下部是连接桩柱的长条凳。走得近了才发现草寮紧挨一间小屋，远看只是它的一部分。它挂了一把锁，打开之后让人有点吃惊：矮床上有蒲苇编成的席子，上面摆一小桌，桌上有杯盏茶炉；一把老琴挂在一旁，再一边是几函古书。蜡染花被叠得规规矩矩，下面是低柜，带三个铜把抽屉。

我对余之锷表示今夜要来这儿宿下，他说："不成，没有蚊帐，长期不住人，物品不全，不舒服的。"他说这是那个朋友一时兴起搞的，就为了吸引那个何典。朋友认为凡"高人""异人"就要像画上那样，住山巅枕流泉抚古琴，闲来读书吟哦，打打坐。"你看这个，"步慧到旮旯里拖出一个高桩蒲团，"什么都准备好了，人家老何就是不感兴趣，从没上来住过。朋友是一片好意，可惜不适用。"我明白。"异人"不仅靠形式和仪式，再说时代变了，一个人一边拿着智能手机哇啦哇啦讲着，不停地滑屏，还要置身于这些行头之间，是有些别扭。我说："偶尔感受一下，借一点情怀可以，睡一觉也还好，一直在这里熬下去也受不了。"余之锷说："对。那个朋友在经营时多少犯了一个错误，就是总想搞一下旅游。他想捎带着赚点城里人的闲钱。"

他的一番话让我明白,也许对方当年与这个人的交往就是这样开始的。果然,余之锷说了实话:"那时这里刚刚做出点模样,他建议我将这儿列入半岛旅游路线,形成一个景点,说可以采摘、游泳、野餐,而且可以攀岩观水,最重要的是草寮里还有个'高人',正打坐呢。他还给何典制了一身大襟粗布衣裳、黑腰长筒软靴。为了吸引对方来这儿住下,朋友想了不少办法,甚至以请教的方式邀何典一起练打坐,品茶,翻弄那些古书,谈古说今。"我忍俊不禁。苏步慧缩起鼻子:"何典是什么人哪,那是真正的'异人',而不是演员,他用眼角斜着一瞟我们那位主人就全明白了。他说自己不会弹琴;'下棋呢?'何典说象棋马马虎虎。朋友惋惜,说'最好是围棋'。人家何典主要是对山上的几种草药感兴趣,当然也喜欢这里的风景。我们那位朋友过于实用主义,结果这片山峦没能满足他的计划,兴趣也就淡下来了。就这样,我们接手了。"她庆幸地搓着手。

不管怎么说这个高处的草寮还是极大地满足了我。形式主义的一部分当是有功无过的,许多东西就依仗形式上必要的严谨而存在而恪守,比如宗教仪式等。我试着在蒲团上坐了一小会儿,又在寮前翻了翻古书,是一套《诗切》,清人所纂。我感觉真的不错。我半认真半玩笑说:"老余,你们两口子如蒙不弃,住草寮这活儿交给我得了,不过这要等我退休之后。那时我的心性也修炼得差不多了,不再逞强好胜了,更能坐得住。"步慧说:"你得穿大襟衣服,头顶扎上发髻。"我说这些都好办。说到这些,其实对我并非太大的戏言,因为只有我心里知道内在的向往正被强烈地撩拨起来。我知道过犹不及,可是矫枉又必须过正。不下狠心穿上大襟衣裳坐稳蒲团,人这辈子就得闹哄哄地过完算完。我对余之锷说:"古琴要学;棋稍后一点;以后会专注精修。"余之锷还是悲观,说:"没有对弈的人呀。"步慧马上说:"我来。""你不行,这么大的山峦和园子全靠你了,你是管家婆。"

我们站到最高处看着四周。暮色下的山峦有些神秘。到处苍绿,不,在东南侧的一面有不大的一片空荡之地,那是阳坡的一部分,在这里看上去就像一块丑陋的秃斑。余之锷指指那里:"那是干石砬子,除了几棵小草什么都不长。美中不足。那个朋友想栽树,根本不成。没水,土薄或可以说根本没土。那些石隙很浅。他费了不少钱,失败了。那里一直荒秃,有五十多亩,不小了。"我看着,承认是个遗憾。"你有没有信心让它长出大树?"我问。"就我这辈子,栽成十棵八棵也难。"他说。"如果接连栽下去,一代一代接力,那才会成功。把千万年的一块秃斑治好,这功劳大到没法计算。"我这样说,一时来了豪气。苏步慧说:"我请何典来看了,他不懂岩石地质,可他能弄懂,只看了一会儿就说,这里不是凿石填土的事,而是设法让外边的水能洇进来,内部水系连通起来才行。如果不得涵养,只靠天上的水和人工的水,树是活不久的。"我觉得很有道理,问:"那怎么办?""那难办了。那需要找专家测量,设法打穿斜向的岩石层,工程是很大的。"步慧无可奈何的样子。

余之锷指点着东南部:"蜜蜂养在那儿,不多几箱;往北是杂果林,有几种水果,以梨为主,从北边引进了一种老辈就有的'黄县长把梨',从秋天放到夏末还汁水饱满;西北边快到河湾南头了,那儿是牲口棚,几个好伙计都在那儿了,它们是牛羊驴马,那个懂事的小驴小灰就在那儿,一打开栅栏门就往家里跑,它和人亲；养鸡场很小，也在旁边，它们喜欢听另一些动物叫啊闹啊，互相也是个安慰。"我想起来了，还没见猫和狗呢，它们可算主要角色。步慧说夏天热，都出去放风了，到山隙找乐子，一会儿会回来的。"这些都是老鲁两口子管吗？""以他们为主，我们也搭一手，忙时再加一些人。所得产品不多，收入归他们一半。他们不贪多，所以我们这些伙计们也不辛苦。"余之锷口中的"伙计们"指各种动物。

天色晚了，再不下山就困难了。这些地方会在接下来的几天好好看一看。我觉得要找时间干些活儿，不然就成了一个纯粹的食客。就在我们下到半山时，一条大金毛狗赶过来，身后还有一个小跟班，山东细犬。它们见了主人可真热情，哼唧，跳，就差紧紧搂住他们亲吻了。金毛贴在余之锷身上，那条细犬的长鼻子不停地触动苏步慧的裙子，有两次将其撩起，她满脸羞红地推开它。它们先闹主人，然后就对客人表达了恰当的欢迎，嗅嗅，摇着尾巴，转脸看看主人。主人介绍我之后，它们就欢畅和放松起来，跳着往前边引路去了。"这两个家伙一定是去饲养棚那儿找小灰几个玩去了，不然不会离开这么久。我还以为跟老鲁的车出去了。"苏步慧说。

晚餐简单一些，但也比在城里复杂。苏步慧让我见识了本园食材做成的各种切糕：玫瑰切糕、蜀葵小粉冻、杏仁卷；特别是一种半透明的清香可口的甜点，最后上来，让我喜爱。"这是用第一茬香蒲米掺在淀粉中，加蜜，是'蒲米糕'。"我马上想到了回程带给女上司的礼物了。我说了这事儿，步慧对丈夫说："看看亦衔这人，多忠。这怎么能让上级不喜欢？"我听出这中间的讥讽了，脸有些烫。我也察觉到，毕业以来遇到的那个婆婆妈妈的女领导，她过多的善意最终打动了我。我不赞同那个人的许多观念，但对她生活的关切和工作的提点总是感激的。"女上司没有一点儿坏心眼，这很难得。"我说。苏步慧笑了："你要求也太低了吧。"余之锷说："不，他要求不低。坏心眼是现代人很普遍的东西，我们也有。"苏步慧伸伸舌头，大嘴合上了。

我今夜在一百瓦的灯泡下看着苏步慧，再次确认她像猫科动物，尤其像那天看到的大老虎。我是指它单纯和善、天真活泼的时刻。大老虎有时是很随和的，叫干什么就干什么，用大巴掌推一只胶皮球，笨拙而又简单，那种项目不在话下。苏步慧在参加聚会时偶尔化妆，额头很粉，脑门就显得更开阔也更像老虎了。她张着猫科动物的大嘴哈哈大笑，对一切都不设防，好像天底下没有谁会算计她。余之锷对内人的保护周到而不动声色，看似大大方方，实则小心提防。有一次参加朋友的一场婚宴，一个伪装的情种在一旁瞄着苏步慧，大概最终忍不住了，过来伸手指着她对余之锷说："请问这是尊夫人吧？大名鼎鼎，能否借一步说话？"这家伙结结巴巴的电视剧腔儿让人又烦又气，余之锷大着声音叫苏步慧："人家借你一步呢！"苏步慧站起来，还没等挪步，余之锷就说："不借！"然后把她按在原座位上。

两只猫儿回来了，高高竖起的尾巴交错晃动，站在稍远处看着吃饭的人。这是因为生人的缘故。一只大黄猫，肥肥的；一只黑白花猫，十分秀气。"小耍耍，小膘虎，过来见见亦衔叔。"苏步慧拍手，再次召唤。大黄猫先一步到她腿上蹭了一遍又一遍，她就说："哎呀小耍耍孝得呀！孝得呀！"另一只即小膘虎了，它专注地看我，进一步退两步，最后还是倚在她的身上。我伸过手，它嗅一嗅，眯眯眼走开了。余之锷说："没有办法，这里的所有动物都跟她亲。这是一种天然的能力，可能是母性强的原因。我说过，她身上的母性大约是一般女人的二十倍。"苏步慧不高兴了："你好像专门比较研究过似的。"我知道这种事要量化是很难的,但她的确有一种过人的温度和怜惜,举手投足间都透出呵护照料的劲儿,那是说不清的。就我熟知的女性来看,比如洛珈,美艳自不待言,但不到万不得已是不会表现出多少母爱的。这和年龄没有关系。

月亮啊,接近大圆的月亮爬上来了,就从窗外的山坡那儿。哎呀,山野的月亮,久违的时刻。我无心久恋餐桌,站在窗前。夏风微微,这会儿该去河湾游泳了。我的心思被他们看穿了,两个人七手八脚地收拾桌子,说"准备一下准备一下",各自走开了。我回自己的房间换了泳裤,还戴了水镜。下来时余之锷也穿了泳裤站在那儿,只等苏步慧了。她迈着那种懒洋洋的大猫的步子下来,微胖的身体在月光下更无遮掩。她奇怪的泳衣印着地瓜叶儿图案,费力地包裹着整个人。"多讲究的人,泳镜。"她拍拍我的脖颈。我说:"我想大睁眼看看水里的鱼。""那不难。"余之锷说。

水在月色下泛着诱人的光,近处和远处色泽差异甚大,往河心里看,对岸黑魆魆的,有些吓人,不过也增添了诱惑。我想今夜一定要到对岸看看。水温比大海高多了。沙子匀细可人,先躺在浅滩上沾一身,然后像摸一头水怪那样展开两条手臂,往里游啊游啊。苏步慧稍稍离开一点,在偏向余之锷那边划着水。她的泳技好像一般。我在香蒲处停止划动,感受沙子在腹下掠过的痒痒感。好像有小鱼小虾被我惊扰了,它们在肚脐和腋下蹿着。水浅处可以仰躺,水不过耳,两脚浸在蒲叶里。想想他们单独在这儿戏水的亲热样子,又嫉妒了。如果有那么一天,洛珈同意不再对我的挚友保守秘密时,我们就可以一起躺在这片洁净的水里了。那会多好。迷人的月色,沙子,小鱼和香蒲,噌一下飞鱼蹿过。她也许就在这片美丽的河湾怀上了。

我在蒲根那儿捉到一只不大的螃蟹,它夹疼了我,我交给步慧,她把它放了。我一头扎入深水,炫耀般地往前游去,速度快极了。两个人喊我,我不应。大约游到了中心线,再往前是最深处。我站起试了试,远远超过了身高。我仰泳变自由泳,水花溅得很大,用这种方法通知了对岸的水族,同时也表达了无比的愉快。到岸了,茂密的草须中果然有蹿动的东西。青蛙乱跳,鱼在穿过,似乎有个一米多长的影子静静地从两腿间滑过。我攀上岸,发现这里有庄稼地,河岸旁是一条不宽的沙土路,上面有马车的辙印。月影下的树木留着浓荫,让人想起无数的少年夜晚。这儿真静啊,除了水泡的破碎声,青蛙的投水声,再就是小虫的鸣叫了。一只大鸟被我惊飞,它从一棵树逃到另一棵树,叫着:"狗狗。"它藏好之后我才下水,试着寻找河那边的两个人。月色下的水面泛着一片鳞斑,他们在哪里?肯定是掩在了小香蒲中。他们泳技逊色,就乐于去那儿戏水。我迎着小香蒲游去。

可能是累了,第二天起得很晚。有马的喷嚏声,出门一看,发现一个五十多岁的男人和女人正在卸车:马车上尽是杂七杂八的东西,有肥料、吃的东西、修好的潜水泵。余之锷两口子换上了工作服一起干,全都汗津津的。我被介绍给老鲁和老鲁家里,两个人说"好好",并不停手。我也动手帮忙,不听他们的劝阻。老鲁两鬓斑白,瘦长,短发,极干练的人;他老婆则是个标准的胖子,但动作一点都不笨拙。狗和猫兴奋地左右奔走,极想搭上一手的样子。它们对刚刚归来的人和马表示了最大的欢喜。那匹枣红马静静地等待,苏步慧去抚弄一下它的嘴巴和颈鬃,它温顺地蹭着她的手。

"你来动动'小广理'吧。"她对我说。我觉得这名字好有人气,她说这是老鲁使用了儿子的名字,只在前边加了一个"小"字。我先与小广理对视了片刻,见它水汪汪的大眼睛并无厌拒,这才去摸它的嘴巴。世上最柔软的生命部位,没法形容。它多么英俊挺拔,它总是让人想起久违的那种更健康更迷人的生活。现代人要见到这样的大马多么难啊。

车上的一部分东西取下来,剩下的拉上往前,要放进南边的堆房里。上午十时之前的这段时光,是这儿夏日最可使用的舒适,热气还没有蒸起来,夜里蓄满的凉意并未消散。河湾那儿总有惬意的风,带着水的阴凉抚摸一切。这段时间通常要忙完一天里必须完成的活计,然后才坐下来喝茶聊天,做点闲适的事情。我走近早餐桌前才发现,余之锷两口子已经先一步采来一些果子,水灵灵的青菜和刚挤好的羊奶就放在那儿。看来这种生活节奏成为习惯,他们已经是两个山民了。"我们通常早餐时间稍晚,老鲁两口子早得多,他们会忙完了再吃饭。我们只有过节才一块儿用餐,平时都是自己开伙。饮食习惯差别很大。"苏步慧边给我添茶边说。我逗她:"你们偷着吃好东西吧。""不不,食材大致一样,烹调方法不同,他们喜欢炖东西。"

离开石屋到山的西侧,那儿是饲养棚和一幢不大的建筑。老鲁夫妇是这儿的主人,张罗着一切。事实上他们和那位离去的主人一同来到这儿,不同的是他们留下了。养鸡场很小,不过是几十只鸡散养在很大一块地方,而且每天上午和傍晚还要放它们到山坡走走。宽大的饲养棚有几个木栅门,里面分别是羊和马、牛和驴,还有几只灰毛兔子。从鸡到四蹄动物,它们全都干净水滑,毛色闪亮,见了来人就好奇地打量着,不再吃东西。那只毛驴叫"小灰"，是我以前听说过的，它正隔着木栅门望着苏步慧。她为它开门，它快着步子走出。老鲁在一旁说："嘀，嘀。"

小灰乖乖地站在她跟前，像个听话的孩子。它的嘴巴那儿是雪白的，像永远戴了一只大口罩。长长的眼睫，灰蓝的大眼，稍稍的羞涩，还有妩媚。"多美的大眼啊！"我赞叹。余之锷深表赞同："真是。仔细看看，羊、牛和马，它们的眼睛无一不美。"苏步慧说："各有各的美。小灰是谁都比不上的。""谁都比不上。"余之锷说。我说："一天到晚关在栅栏里会拘束了些。"老鲁走过来："小灰太黏人，只是晚上要关，不关的话就跑去找他们，一下一下敲门。"我笑了。

我们在四周活动时，小灰一直跟在身边。它默默的，悄悄的，更多地挨近了苏步慧。我觉得它是将她当成母亲的。我在这些可爱的动物跟前徘徊时想到了他们远在国外的孩子：她一定会迷上这儿的，再次归来一定要到河湾啊。我说出了这个想法，他们说：会的。"这孩子，这些孩子，和我们大不一样了。"余之锷感叹，样子有些沉重。这会儿响起了"呱呱""嘎嘎"的叫声，原来是两只大鹅昂着长脖从一边转出来，警惕地盯住我们。老鲁说："它们是这些鸡的朋友，也是大保镖。山上黄鼬多啊，大鹅就专门驱赶黄鼬。"我问狗和猫不成吗？"不成。狗和猫心不专。"老鲁一脸赞许地看着大鹅，掏出烟斗吸起来。

我们从老鲁那儿找来几顶斗笠。这儿的太阳真大。匆匆转过山的西坡，没有上山，只绕着山下的小路去看了杂果林和养蜂场、茶园。一切都比我们想象的小得多，不过是点到为止，不成规模。我问为什么是这样？人手问题？余之锷摇头："主要是原来的朋友设计这里时，并不是生产型的，而是为了旅游，那样经营起来会省力。后来发现游客很少,设计失败了。"我说在这个基础上扩大规模,增加人手,就转成生产型的了。苏步慧夸了我,但很快又说:"这可不是我们来这里的想法。不想赚大钱,钱是赚不完的。这里出产的东西够自己用,再送些朋友,就不错了。"也许是这样。但我明白,就目前的情形,他们四个人要养护这座山、这个河湾,已经非常忙碌辛苦了。

半天转下来十分疲劳,出了许多汗,衣衫尽湿,两腿酸痛。好在那两只可爱的狗总是跟住,小灰也在,两只猫偶尔出现在一旁。我从山下回来即急不可待地跳入了河湾。这会儿余之锷夫妇在屋里忙,没有陪我。阳光太炽,我只好躺在那丛香蒲的空隙里,这儿有躲荫的水族,它们与我相安无事。我在想这是多年来从未有过的一场闲暇,似乎过于奢侈了。我在阴凉里闭上眼睛。旁边的一只青蛙蹦过来,睁着一双大眼,雪白的下颚在翕动。小螃蟹从手边爬过,弄得我痒痒的。我想起了小时候的那条渠水,那儿也长满了蒲苇,也游动着它们。渠水一直清旺,日夜不息地在我们茅屋边流淌,赶往大海。我躺在水边,听到外祖母呼喊了,这才爬起来。几乎每到这时都有一只水鸟被我惊起。我往茅屋那儿跑去。母亲不在,外祖母正把盛满东西的瓷碟端出,迎着跑来的我说:"找你妈去。"

母亲在茅屋后面的小果林里忙着。那儿有大大小小的梨树和苹果,还有一棵大山楂树、一棵樱桃。这是我们四口人小心呵护的宝贝。郑爷爷不在,他出门买东西了。郑爷爷就像亲爷爷一样,不,他比那个人要亲得多。我从来没见过那个住在大山里的爷爷,他已经过世了。我只从母亲和外祖母那儿听过他的故事。我对他好奇中透着畏惧,如果当年见了他一定会害怕的。郑爷爷是无比和善的人,当年是外祖父的徒弟和帮手,所以当外祖父离世后,就全心全意地帮助我们了。我们就像一家人。

　　说到那幢救命的小茅屋、小果林，还要感激郑爷爷。母亲和外祖母不愿说起那段血泪岁月，可永远不会忘记。外祖父遭到土匪伏击，惨死在小城西南郊的松树下，那儿的白沙被他的血染红了。从那一天起，那个远近有名的诊所大院，饲养了无数动物的乐园就再也不得安宁。骆驼被人牵走，大龟和羚羊都失散了。匪兵和其他武装不断袭扰院落，外祖母和母亲只好搬到城东的姨母家避难。她们在郑爷爷的帮助下逃出来，特别牵来那匹曾经寸步不离外祖父的大红马。父亲远去关外，归来不久又蒙冤离家。外祖母和母亲在城东的临时居所里苦苦等待父亲，等来的却是更坏的消息：他即将奔赴南部水利工地，归期遥遥。她们没有离开，在这里苦等。

　　大约是一年之后，父亲为了赶上中秋节，用两天时间跑完了三天的路程。这是他一年里唯一可用的几天假期。他一头扑进海边那个避难所，感激得眼泪汪汪。原来郑爷爷一直在为苦难的诊所主人、先生遗下的家人找一处新的住所。他走遍了港城及周边街区，发现没有一个可以喘息的角落。那个年代烽烟刚熄，危机四伏，整个城市和郊区都像浸在翻涌的泥汤中。老人不得不远程跋涉，穿过近海的一些沼泽，去河口一带的沙堡岛，再进入没人涉足的荒野。在一座大沙岗下，他惊喜地发现了一棵茂长的山楂树，还有一棵大李子树，再看四周，有高高矮矮的榆树、钻天杨和白杨，还有望不到边的橡丛、荆棘、混生的杂树。最难能可贵的是有一条长流不息的水渠从沙岗中间穿过。

　　老人做出了规划：在岗下大李子树旁搭一座茅屋，可能的话还要掘一口水井；在南部一片不大的空地上植树；开垦一小片播种的田垄。他到处打听荒岚的主人,最终买到了二十余亩,拿出了全部积蓄。郑爷爷牵着大红马,驮着一点家当,和母女两人一路往北进入荒原。那时候这里是真正的僻远之地,除了偶见一个猎人或采药人,几乎没人踏入这里。他们在地界周边架好篱笆,又植树墙;在山楂树的前后左右栽种果树,在大李子树旁植下另一些树。

  一家人无比爱护这匹红马,让它自由来往在林子里。大家发现它常常驻足远眺遥远的港城,那是诊所的方向。它从不离开茅屋太远,总是环顾四周。父亲回来的第二年大红马就死去了,先是枯瘦,最后不再进食。全家人流着泪水,把它葬在大山楂树旁边。

  屋子前后的树木结出果子时,我就出生了。从此小茅屋里有了四口人。我是吃着甘甜的果子、听着各种故事长大的。我从他们嘴里知道了外祖父,还有另一些我从未见过、对我至为重要的人和事。爷爷和奶奶没见过,他们过世了。奶奶没有离开大山,爷爷却来过沙岗下的茅屋。外祖母和妈妈知道他挂念不幸的儿子,所以才长途奔走,好不容易找到了这里。"爷爷是什么样的人?"我十分好奇。外祖母让母亲说,母亲拢拢头发,回忆着,尽可能说得逼真:"你爷爷不胖,偏瘦的体形,比你爸爸矮一点。他头发花白,肩不宽,两条胳膊比一般人长,看上去没有多少力气。他一辈子没好好干过庄稼活儿,喜欢吃,喜欢下棋,走这么远的路来找儿子,还带着一副象棋。"我觉得爷爷是个有趣的人,虽然外祖母和母亲都不喜欢他。我问过郑爷爷,老人这样评价爷爷:"棋下得好。酒喝不多,愿意喝两盅。"

  在母亲嘴里爷爷大致是一个游手好闲的人,虽然家道衰落逃进了大山,可是到了他这儿,竟然还多少保留了一点纨绔子弟的流习。当他得知儿子从东部城市一路走来,去关外,奔直隶,来港城,最后又到西南部大山的水利工地受苦时,只哼了一声。每说到这里母亲就一阵不快:"他手拿一个长杆烟斗和十分考究的荷包,望着一个地方出神,咕哝着:'这腌臜不腌臜死个人!'这句话并没有具体内容,只是个口头禅。为了接待他,我们到处找吃的东西,那时什么都没有。我们发现了渠边的香蒲,就采来嫩茎做成蒲菜汤,还用蒲根酿酒。他喝得脸红了,让郑爷爷和他下棋。郑爷爷不会,他就不高兴。有一天林子里来了个扛枪的猎人,这人懂一点,你爷爷就好好显示了一把棋艺。那个猎人后来一直夸,说这老头儿连环马使得真好。"

从母亲他们的只言片语中,我觉得爷爷是一个好玩的人。说到他的好吃,外祖母讲了一个例子:他想吃豆腐,可这儿没有,好在郑爷爷学过,就用仅有的一点豆子做了几方豆腐。剩下的豆渣母亲舍不得扔,掺上林子里的野菜炒了一盘。炒豆渣端到爷爷面前时,他皱着眉头躲开,说这东西牲口都不吃。后来他可能被香气吸引了,就夹了一筷子。结果一大盘被他抢吃了大半。我笑了。外祖母说:"他吃过就睡,躺在树荫下打挺儿。最不高兴的是没人陪他下棋。如果谁夸他的'连环马',他就高兴。那是什么时候啊,一家人好不容易活下来,他还到处找人下棋。"

爷爷的事情就知道这么多。他如果遇到我,也许会谈得来。我觉得他尽管贪玩,但极可能是一个"异人"。那总是好的。外祖母说:"你出生前几年,最缺的是粮食。这里的沙地不长玉米麦子,只长一点红薯和土豆。我们试着在周边的树丛里种一点豇豆和扁豆,把它们装在罐子里。要用果子去村里换一点粮食,可村里人也常常挨饿。你妈妈和郑爷爷就推着果子去港城卖,这条路不好走,要从一大早走到正午,一车果子卖掉返回就是半夜了。一趟辛苦只换来一点玉米，维持三口人的日子。"她擦着眼睛："孩子，你妈妈的脚上打满水疱。她从小娇生惯养，怎么受得了这样的苦！你姥爷生前最呵护的就是这个小女儿，所有人都说先生的女儿啊，天仙一样！你妈妈真是长得好看。"

我不知道自己长得像母亲还是父亲。可能眼睛像母亲，性格像父亲。外祖母叹息，说到往事就长吁短叹。那是母亲从多次解散的女子学堂出来的最后一次：许多同学和女伴都要去革命新区，不再待在家里。可是大人怎么舍得让好生生的女孩去外面，一天到晚看着她们，防止跑开。母亲整天和女伴合计出逃的事，只是舍不得外祖母。她没有离开，可能成为一生最痛苦的事。如果她真的走开，就不会有这座小茅屋，不会遇到父亲，更不会有我。我一想到这儿，就觉得世上的事情好奇怪啊。

我能记事后不断地缠着母亲讲故事。我问她当年逃往新区的尝试。她说有好几次，有一次已经到了港城东北边的村子，再往东走一天就抵达另一个天地了，可还是回来了。她不忍把满头白发的人遗下。她说了一个特别令我难忘的事件：有一天她和女伴约定了正午出逃，那是七月的一天，天热得出奇，所有人都躲在一个地方。她们走得急，没有带足够的水。几个人先是往北，穿过草丛灌木，钻进一人多高的柳棵和紫穗槐棵。往前有一些稀稀落落的小村，再走一程，就踏上去东部城市的大路了。有人会在城郊的某个地方接应她们。

时隔二十多年，母亲还清楚地记得那个灼热的夏天。她说一行七人，年纪都在十七八岁。她们全都打定主意走到底。走啊走啊，衣服湿透了，头昏脑涨，两脚像灌了铅。大家实在走不动了，就躺在了柳棵下。母亲担心再也爬不起来，拉着她们，咬着牙往不远处的小村走去。村边上有几个男孩赤条条的,其中一个手提罐头盒改成的小桶跑来跑去。大家倒在了沙滩上。母亲喊着,向孩子们扬着手。他们跑过来。母亲指着提小桶的孩子,说"水、水"。桶是空的。孩子们跑开,一会儿领来了一个老奶奶,她提着一罐热水。小男孩的小桶里是刚刚从井里提上来的凉水。母亲接过热水又推开了,觉得心里的火苗儿都快蹿出来,她伏在凉凉的小桶上畅饮起来。女伴们有的喝了热水,有的喝了凉水。谁都想不到这是决定生死的选择。

"那些喝凉水的都活了,喝热水的都死了,活了四个人。"母亲说。她说那是最后送走的一批同学,这些人都不知下落,有的过了长江去了更远的地方,有的还在北方,不过全都失去了联系。母亲牢牢记住了一件事:人在热天晕厥时不要喝热水,要喝凉水。她这样叮嘱我。我对母亲的亲历毫无怀疑,所以在后来一个人上路游荡的日子里,有过多少焦渴难耐的时刻,我都选择了凉水。我们大沙岗下的茅屋旁有棵巨大的李子树,它就像神灵一样守护着这一家,它的下边就是那口甘甜的水井。我一个人在灼热的夏天奔跑,在丛林中穿行,浑身湿淋淋地归来,立刻提起一旁的小桶,它也由罐头盒改成,去井里提出凉凉的甜水,一饮而尽。

小茅屋里的人有一个共同的心事,就是等待日夜敲击大山的父亲。我常常爬到最高的树上,看远处的山影。我再长大一点,就会去山里找父亲了。当时茅屋最缺的是粮食。到后来到处都没有粮食了,小村没有了,港城没有了,一些背枪的人窜到林子里,找到了我们的茅屋。外祖母说到母亲,告诉:"孩子,她一个人守在门口,想挡住那些寻找粮食的男人。他们铁青着脸,搜过了村子又进林子。他们以为林子深处的人家会藏下粮食。你妈挡住他们,喊着,让我们有个防备。郑爷爷把剩下的一点麦子藏在缸里,埋在了山楂树下。树的一边是大红马。搜粮的人翻遍了所有坛坛罐罐,把土炕也挖开。你妈说:'这是睡觉的炕啊,怎么会藏粮食?'那些人把地上的苫儿翻遍,又用铁钎往地下捅。有一次捅到了什么,挖出来是一块瓷片。搜了半天,两手空着,最后盯着树梢上挂着几只干豆角,说:'你们饿不死!'有人从外祖母盛书的箱子里翻出了一只小口袋,里面是一点豇豆。领头的人说:'还藏了什么?'你妈喊:'这是留给来年的种子!种子拿走,以后什么都没有了!'那个领头的从口袋里摸出几十粒,数了数扔在地上。搜粮的人走了。"

我们小茅屋是幸运的。小村里的人饿死了多少,谁也不知道。我们在林子里找到一些干枣、野核桃,还有渠里的螺蛳。外祖母有一天坐在渠边发呆,看着蒲叶中长出细细的蒲棒,饿得发慌,就折下来塞到嘴里。啊,那么清香甘甜。她折下一大束抱回家,说我们有救了。这是了不起的一天。我们一家永远感激这条渠和这些香蒲。日后我们还得到了富含淀粉的香蒲根和鲜嫩的蒲芯,那叫蒲菜。一块块蒲根就像生姜的模样,它们放在火中烧烤一会儿,逼人的香味就冒出来。我们有了对付饥饿的宝贝,这是从小就被告知的秘密。

这一年中秋节父亲没有从南山回来。他们那群凿山的人死活不知。外祖母说你爸大概没有力气上路了。她说得对,后来父亲说起那些日子,说那时连爬的力气都没有。"还能凿山吗?""能。喝一碗糊糊,躺着一下下凿。""后来呢?""后来我还是爬起来。我不能躺下。""为什么?"父亲的一句话让我难忘:

"我要活着,去找'仁公'。"

母亲回忆这段日子，说一看到南边的山影就想起你父亲。她不知他的死活。她要准备一点蒲根和一点干枣上路。郑爷爷和外祖母死死拦住她："孩子，最好的办法还是在茅屋里等。"他们担心她一上路就再也回不来了。他们是对的。就在苦等的日子里，郑爷爷在深冬里死去了。外祖母说："他本该走在我的后边，他为这一家人操碎了心。他生前常做一个梦：一个人穿了灰布长衫站在松树下，对他说：'我有要紧事先走一步，好好照看她们。'他一直照着这个梦去做。"外祖母哭得伤心，对母亲说："如果没有老郑，咱娘俩还不知会怎样。"老郑爷爷葬在了大沙岗上，在高处看茅屋里的一家人，不远处睡着那匹大红马。

郑爷爷去世后的春天，刮了一场大风。这是几十年未曾出现的呼啸，直刮得昏天黑地。家里没有一个男人，只有外祖母和母亲，她们经历了那么多，也还是有点害怕。大海在北边七八里远，它的咆哮就像响在耳边。我们关门闭户蜷在炕上，过了一天一夜。大风停下来，出门一看愣住了：天哪，靠近沙岗的果树埋到了梢头，连那棵大山楂树都埋到了半腰。整片小果园埋了大半。她们在绵绵的沙子上坐了一会儿，开始铲沙。

"如果这样铲下去，我们大概要干上一年才能解救这些果树。"母亲后来说起这场大风，"我们干到第三天已经累得走不动了。第四天傍晚来了救兵，算是老天有眼：你叔叔出现在小院里！几年不见他长这么高了，那张脸比你爸要窄一些，眼神一模一样！原来他听说你爸在大山里，就去找他。水利工地太大了，谁也不知道他要找的人。这样找了两天，最后一直找到海边荒林来了。他见了差点被沙子埋住的茅屋和果树，二话没说就干起来。我从来没见这么强壮的男人，一手提一个筐子。说起来没人信，他不停地往外提沙子，绷着嘴不说一句话，第三天一早沙子全搬走了。"母亲擦着眼睛："孩子，叔叔搬走沙子又不停地栽树，这四周的青杨就是他栽出来的。"

　　我们的茅屋、园子、无边的丛林和哗哗奔流的长渠，经历了那么多。大自然把无限的往昔用浓浓的绿色遮掩起来。我行走于大沙岗、岗下的林野，在密密的杨树和柞树柳树、钻杨与合欢树、洋槐和大叶枫中间流连或迷路，听咕咕嘎嘎的各种鸟鸣，压根想不到悲凉的故事化成了枝枝叶叶。

9

我在河湾待了难忘的一周,直到最后也没有见到何典。余之锷夫妇几次联系他,好不容易才接通电话,原来他因事去了南方:为考察一段碑文。这使我想到此人是古文字研究者。回城后慢慢消化一周的河湾,奇怪的是一闭眼就是那些或沉思或欢跃的动物,还有苏步慧囔囔的笑声。她作为女主人好到不能再好,任何客人都知道她是不可取代的,男人有这样的女人辅佐事业,只会成功不会失败。她随性,宽容,满足,宛如晴朗的天空。有时在她的氛围中会不由得思忖:生活之幸福无所谓富足贫穷,至为谐配的异性才是根本的依据和基础,舍此其他都是妄谈。可见余之锷一辈子有福了,他不会陷入虚妄,而是一个实打实地抱住了贤惠大闺女的人。我得再次说,嫉妒老余了。

我一遍遍想着洛珈,有些焦灼。算了,用力遏制自己。我是一个历尽艰辛的人,就像那个有名的智利诗人聂鲁达在自传中所言:"我坦言,我历尽沧桑。"我在大学期间仔细地把这本传记读下来,在心里说一句:历尽沧桑?我比你苦多了。像我这样自少年时代就一言不发绷紧心弦的人,这会儿正与举世无双的美人对垒。我终于忍住了,没有拾起电话。我省下了买花钱。应付热情洋溢的女上司,献上清香扑鼻的蒲米糕,然后就闷在昏暗的宿舍里。这儿真的有一股公羊味儿,也因此更加让人惬意。我回来后做的一件事,即找来何典的著述学习。一个居于穷乡僻壤的人取下笔名"何俚嫣",令人莞尔。他能写出什么?顺藤摸瓜从图书馆抱回一摞杂志,细细地读起来。

他的这些大作属于古文字研究领域,这对我有些深奥了。他发现"小"字是由化学物质芒硝而来,是古人对它结晶形状的描述。所有与"小"有关的文字皆与芒硝结缘。我想象他怎样蹲在地上琢磨这些白晶,"异人"二字跳入脑际。听余之锷讲过一件趣事:为了研究"风"字,他甚至亲手做了一个久已弃用的乡间器具,就是风箱。一架打磨得光光滑滑的小风箱摆在案头,时不时地抽拉几下。他最后认定那个字是古人对此器具的描绘:有手柄,有推拉。他进而发现所有与此字有关者概源于此,如"甬道"即为"风道","凡"字也是"风"的另一种写法。我们平常使用的"甲乙丙丁",经他考证竟是一种射箭步骤:"甲"是将箭矢搭在弓上,"乙"是单腿后撤准备拉弓,"丙"是拉开弓弦,"丁"是射中靶子。

他先后还有两篇宏文,时隔两年,却经历了否定再否定的过程。那是考证古"齐"字的曲折。最初他认为这个奇特的字与麻雀有关:古齐国三面临海,遍布沼泽,栖息了大量鸟类,而这其中最多的就是麻雀。确实如此,我清晰地记得直到二十世纪七八十年代,整个半岛地区的麻雀还多得出奇,如他所述,它们成群飞翔时实在齐整壮观,成为一个庞大的极为灵敏的群体。所以,"齐"字宛如一群麻雀的标记和描摹。而传统考定的成说,"齐"字系"箭杆装入箭筒"之状。他后来又经过了多方考察和探究,最终对自己原有的认知产生了怀疑,进而重归传统。但他这期间仔细辨识了可以用来制作箭杆的竹子:并非一般种类,而是当今极为少见的品种,它粗细适中,坚硬且竹节收敛不凸,十分匀直。他在自己兼职的书院发现了这种竹子:跑遍半岛无觅处,得来全不费工夫。

"何俚嫣"这几个字有些顽皮,以至于让我很难将它与艰涩的籀字研究者联系在一起。我想象他的拙与慧、闷与灵,也正是这种奇怪的结合才有资格进入"访高图"吧。我把一摞杂志看完正是一个黄昏,合上书页时电话响起,心跳异样:是她,最终绷不住,打过来了。"你回了,有人见你去了图书馆。这次玩得好吧?给我带回什么礼物?"洛珈的声音有掩不住的疲惫,我马上心疼了。我说:"给女上司的蒲米糕应该留下一点,别的都不新奇。""你这个老实人。早些见面,有事商量。"我忍住欣悦和激动,听她安排一切。这一次没有去离家很近的那个小店,而是直接回家。

我带了她喜欢的一束白色雏菊。她先一步回家,头顶的发髻让我吃惊。像一个明眸皓齿的贵夫人,一个告别往昔的陌生人。她的目光一下就灼到了我,我一动不动地僵着,脑海里浮出一个词,是德雷令为她取的外号:"女王。"她走过来,我触到她的耳郭时,轻轻咽回了那两个字。所有的亵渎都必须远离,永远的雏菊,清淡,有药香味,一瞬间把人领到月光如水的野地上。我们在干草的气息里踯躅,小心地躲闪彼此。后来还是挨近了,糟了,和所有的青春一样迷狂了,痴傻了,胡言乱语了。她呵气一样问:"累吗?

愉快吗？他们夫妇还像过去一样？"我用力点头。我想把她精密如钟表齿轮的躯体小心地展开，然后伏在蓬蓬勃勃的胸脯上，一直眠去。

她携来一个不小的木制食盒，两层，里面有六份精致的菜肴，桂花莲藕糕、烤虾、蘑菇卷、笋片烩木耳、鱼冻，还有一个紫花汤钵。我们都添了一点白葡萄酒。我想起包里有一瓶河湾带回的蒲根酒，让她立刻品尝。"啊，多么辣啊。"她停住了。我一饮而下，告诉她：这是野地人喝的，北风一旦吼起来，就靠它的劲道了。她说："咱这儿没有那样的风。""会有的。"我把剩下的烈酒摆在架子上。从她的声音和眼角那儿，我再次感到了她的辛苦。这世上究竟有什么值得你如此奔波，舍上一切去应付？也许这就是生存。余之锷夫妇也在劳碌，可大为不同的是，那两个人大抵服务于一座山一片河滩和一群动物。那些动物啊，大鹅大狗和猫儿，小驴和牛马，还有清水洗过一样的干干净净的花翅鸡。而你为之忙碌的只是一些人，各种各样的人，他们糊满了欲望的污垢。原谅我的嫉恨和尖刻，因为我十分警惕和厌弃那些人。一个无法掩饰高傲和美艳的绝色女子大可不必如此。我心里装有一个"大我"和"小我"，当"小我"泛起时会说：明年，顶多后年我大概就是副局长了，我有能力有条件让你生活得清闲而幸福；"大我"涌起时我会说：哪怕我清贫一生，哪怕我像父亲那样衣衫褴褛半生凿山，也会让你幸福，我会竭尽全力保护你。是的，有谁敢欺辱你，我会拼死一搏。

"你信不信呢？"我看着她，竟然真的发问。

"我什么都信，尽管不知道你在问什么。亦衔，咱该好好规划一下了。"她的手抚摸我的胳膊，那儿有一棱一棱的肌肉。我再赞同不过了。两条人生的河流合而为一，一直流淌至此，也该自然而然地拐弯了。水流总要随地势而变易,那常常是不得不如此。我们转弯时形成的河湾会异常美丽。我们该拿出一点勇气了。我又想起朋友以前讲过的那个苦追丽人一生,最后下场凄惨的不幸之人。他有一句话深深地刺激了我,这会儿被我引述:"结了一辈子婚没有老婆。"想不到这句尖刻的话在洛珈这儿并无惊人的效果,反而惹得她大笑起来。她笑过之后说:"上次棋棋大概也跟你说了,他遇到了不小的麻烦。还好,总算解决了。他是贪玩的孩子,只有遇到坎坷才会长大。他迷上的那一摊子有多难搞,现在可能明白了一点。"我知道这是指网络平台的事,问:"你帮他了?""不,为他找了合伙人。棋棋当个小股东还差不多,当老板会出大事。他现在不那么傲气了。一头小狮子,正被驯过来。我在想,只要他不迷恋那一摊子和那伙狐朋狗友,就会和母亲住到这里。只有这样才能安定。母亲是我最放心不下的。"我理解她的心情,也支持她的想法。我甚至想到了更好的前景:一大家人在一起、在同一座城市,过着温煦而正常的生活。我们的人生就此将进入另一个轨道。我深深地点头。"他可能还要为这些事找你,他更信任你。你一定要鼓励他。"她叮嘱。我说:"一定。"

议完重要的事,她又说起一件小事,其实也不算小:"德雷令发出了请柬,让我们下个周末参加他的同学会。"我说没接到。"他故意把请柬给了我,抬头写'亦衔洛珈伉俪'。""啊,这个称谓不错。我们去不去?""你说呢?"我想说"不去",看看她若无其事的样子,还是请她决定。她闪着那双浓长的睫毛,出乎预料地说:"不妨去一下,看看是什么名堂。""好吧。这个家伙一辈子都在不择手段地搞钱,一个聪明的傻瓜。""搞钱不一定傻。"她看我一眼。我想说的是另一个意思,我说:"金钱至少到现在也没有过时;

不过狂热地、不顾一切地追逐,肯定是过时了。"她笑了,像小羊那样把头顶在我的腰上,长时间没有吭气。她抬起头:"我的亦衔成了哲学家。"

接下来我较多地谈到了河湾。她说:"听上去怪好的,尤其对一个不熟悉乡村生活的人来说。不过你多少也能看出他们的寂寞吧?""还真没有。""那是他们掩饰得好。所有摆脱了喧闹的人,最后都会陷进另一个泥潭。"我想说余之锷他们可能不在"所有"之列。人的觉悟力和纠正力是差异很大的。他的初衷并非为了落入另一种概念化的生活,而是尽可能找到清新的、能够生长的地方。比如河湾,一片香蒲、柽柳、山上的树和花;他们养蜂场那儿开的一片紫的红的白的小花真是美到了极点。这样的生长,起码在这个拥挤的、覆盖水泥柏油的城市是没有的。这里人多,生长的思想就应该多。可是我们要问:多吗?回答是犹豫的。同样因为这种不信任,他们离开了。他们疲倦了。

我不希望我和你,亲爱的洛珈,在已经有了一把年纪的岁月里,跟上一堆乱哄哄的人成天空转。我们天天鹦鹉学舌,实在耗不起。我想说:只要有你陪伴,随时说一声"走",我就会立马离开这儿。但我没说。我今夜不想让她伤心。我知道她正忙得热火朝天。"我有个不大不小的心愿,就是有一天能够与你一起去河湾度假。"我说。她垂下眼睫:"这是个遗憾。我们的选择带来了这样的后果。凡事都是有得有失,忍一忍,舍弃华而不实的浪漫吧。"我咂着嘴,在"华而不实"四个字上停留了一会儿。比较起来,远的不说,只比较一下挚友余之锷吧,我的爱情和婚姻来得更实惠一些吗?老天,很少进入这样的权衡,这可得从头好好计算一下了。

回到宿舍时已经很晚,余之锷兴冲冲来了电话:"亦衔你说多巧,你刚走何典就从南方回来了,匆匆赶到河湾。他不光是为了见你,还要顺便采几味中药。"我说你告诉他,一回来就拜读了先生的大作,真是大开眼界。"一个了不起的人,见面后要好好向他请教。"余之锷说:"嗯。你该快活些。这次步慧偷偷观察过你,说'亦衔一闲下来,就有一股落落寡合的样子'。女人眼尖。老兄恕我直言,别再拖下去了,如果没有大碍,再不能一个人过了。"我差一点笑出来,会有什么"大碍"?放下电话又接到一通短信,圆圆,生生;最后是德雷令,他在提醒下个周末的事,说正式邀约已交"贱内"。这个讨厌的家伙。圆圆说我们已经太久没见了,这段时间她经历了一些惊心动魄的事情,如果我有兴趣,就请她吃一餐。我暂时不想破费。生生这个刚来不久的小女孩除了被公文折磨,就是女上司带来的烦恼:要她像小狗一样跟在身边。"我需要自己的空间。"她抱怨。我能知道那是怎么一回事。圆圆因为等不到我的回应就打来电话,上来就问:"你总是那么骄傲?你就从来没有求人的时候?别忘了,在我们女孩儿看来,你这把年纪已经是一个老头儿了。"

她说得对。其实我不但没有骄傲,许多时候还是自卑的。不管怎么说都要感谢她的提醒,尽管这个女孩本身也大有瑕疵。我曾经是个饥一顿饱一顿的流浪少年,自然少不得乞求。这一路走来都要掩住心底的呻吟,只为自尊。可是你一定要亲耳听到我的呻吟才高兴吗?不,我会把它藏在心底。我不能满足你和他、他们。我在最为焦渴之时也努力保持一份自尊。还有,我想体面地老去。

棋棋邀我去东部小城,但有个条件:不告诉姐姐,这让我犯愁。我去那儿一定要拜望老母亲,她会告诉洛珈的。棋棋说:"这一次就免了吧,哥们儿别那么多礼道,我妈挺好的,用不着牵挂。你的住处我来安排,找个周末就成。"我不知道有什么事情,他却一再坚持:"你如果不来,以后就没机会了。就算一场告别之旅吧!"说得有些吓人。我想追问,那边电话扣了。我不安起来,知道问一问洛珈就会清楚,但又不想冒得罪内弟的风险。我发出一条信息:遵守承诺,周末到。我知道下个周末要参加那个浑蛋的同学会,也只剩下这两天的空档了。

棋棋将我安排在城郊的一个宾馆里,这样离那个大宅就近多了。他笑嘻嘻地站在那儿迎接,说:"哥们儿来了。"时间已经不早,我建议明天再去他的老巢,他马上否决:"越早越好,今夜就去。"他陪我用餐,出手大方,大概以此提醒现在自己已经是大老板。出门后一路无话,他走在前边,比起前几年,那双腿明显沉稳多了。背剑少年不见了。来到那幢大宅,望去有些森严,所有窗帘都低低垂下。他用钥匙开门,院门和屋门都锁了,给人一种神秘感。进入楼内才发现廊灯灿灿,到处亮得炫目,有不少人在走动。我想拐进一个房间,他立刻伸手揽住我的肩膀,径直上了二楼。

我们在那个最大的房间门口停了几秒,让我抬头看了"战情室"三个字,这才开门。与以前见过的布置差不多:沙盘,闪烁的小灯,插满的小旗。不过走近沙盘才发现那些山头的标识已经改变。他一脸严肃地坐在旁边。过了五六分钟,外面响起一声"报告",进来一个身穿迷彩服的平头小伙子,"啪"地打个敬礼,双手递上一个文件夹:"总裁阅示。"棋棋皱着眉头打开夹子,抽出一支笔唰唰签字,交还。小伙子再次敬礼,转身大步离去。我正看着,门外又响起"报告",是女声。进来一个穿迷彩服的女子,双眼圆大,口红淋漓,头束高髻,同样毫不含糊地敬礼,重复前一个男孩的话语和动作。我觉得有什么不对劲儿。

棋棋前边引路，依旧不言不语。他打开一间屋门之前将食指竖在嘴上。啊，屋内是几个少男少女在忙碌，一色迷彩服。一排荧屏闪烁，噼噼啪啪的键盘声。我想就近看个仔细，棋棋却拉住了我。在走廊尽头一个稍大的房间里，他将屋门打开一道缝隙，让我看里面支起的几台摄像机、一两个浓妆艳抹的少女。头上包花头巾的小伙子打着响指，动作迅速利落。棋棋轻轻带上门，又领我看了走廊两侧的几个房间，全都大同小异。最后我们来到了东北角的那间小屋，这里有一架行军床，墙上挂了军大衣和军用水壶。他让我坐在一个小马扎上，自己歪在床上，一脸沮丧。

"你看到了，这是现在。"棋棋扭一下身子，行军床吱吱响。"马上就有人接手，你以后再也看不到了。"我顿时明白了他前几天电话里"告别"的意思了，心情随之低沉起来，问："彻底退出吗？"棋棋摇头："还是股东。不过我只会待在这间小屋里，这才是我的地方。加上房租和分红，钱不会缺。可是我交出了作战指挥权。"最后一句让我觉得好笑，但笑不出来。我心里其实同意洛珈的判断：这是个长不大的孩子，不适合做这样的事情。这其中的风险一定很大。我不敢置评，怕他伤心，只好安慰："还是玩你的军事吧，公司交给别人也好。"棋棋砰砰拍打床边："一个时代有一个时代的战争，这里就是我的前沿阵地！"我无言以对。他熟悉敌情并掌握现代战争的全部规律、洞悉其中的复杂性，特别是前所未有的高科技属性？

棋棋摘下军用水壶咚咚灌了两口，擦着嘴："这事儿背后站着她，那个小娘们儿。我知道她会瞒你。什么小平头男人啊，'阁下阁下'叫着，她抄着手站在一旁，不过是装装样子！我总有一天会弄明白的！"我不敢苟同，说："棋棋别这样想。她是不愿让你冒险，她图个什么？"棋棋呼一下站起："我这么多朋友！我这么大一支队伍！我这里有一个总部！"他的胸脯快要碰到我了，冷笑："你说她图什么？"我有些紧张。说真的，我仍然不想附和他。这个贪玩的、注重表演的、虚荣的指挥官，很容易把一切都搞砸。我完全不懂网络平台之类，但我知道所有生意都不会是这样做的。我想让他坐下，可他还在大口喘息，气势汹汹。

"你以为我会轻易退出吗？"他挑衅地看着我。我这会儿才明白：这次邀约可没有炫耀和告别那么简单，这其中还另有企图，即利用我再次牵制对方，以便让他保留深度介入的权力。我不敢肯定自己是否拥有这个能力，不过要好好权衡一番才能有所行动。我首先要判断洛珈在这个过程中的真正角色，其次还要对这个小伙子做出进一步评估。今夜，我再次发现自己作为一个男人，拥有清晰的理性是多么重要。我承认，我现在想尽一点姐夫的责任了。

"她以后会更加关心你的。其实她内心里一直是这样的，她对你和母亲有多好，你会感受到的。"我说得诚恳，细声细气的。棋棋看着我，那对冷漠的好看的眼睛像猫。他在审视我。我加重一句："事情一定是这样的，你不该怀疑。"棋棋坐下，咕哝一句："她对母亲和我是不一样的。"他说的是实情。这是谁也没有办法的事。不过我仍然在心里认定：洛珈爱自己的弟弟。她在某些方面像我一样，喜欢有趣的、单纯的、有性格的孩子。也许面前这个小伙子真正成熟的一天，反而不那么让人牵挂和痛怜了。

返回的一路有些沉重。随着车子摇晃，脑海里交替出现一张不乏稚气的面庞，再就是炫目的灯光、穿迷彩服的男女。就像穿行在童话和噩梦之间。我真的迷惑了，不知这个疯狂的世界为什么要如此旋转,飓风已经接近我赖以生存的大陆边缘,开始摇动我的小屋了。那种没有理性也没有善意的力量,不过是借助于一种集体盲从和昏聩。要摧毁安宁的生活就直接动手好了,还用得着这般大张旗鼓?与其说内弟童心未泯热衷于表演,还不如说整个群体、整个世界都太爱表演了。这是一种奇怪的、令人厌恶的轻浮的欲望。

好好蜷在小窝里休养生息吧,下个周末还有一场极不情愿的派对:同学会。从来到这座城市之后我只参加了一次这样的聚会,觉得简直糟透了。同窗相会的亲热、那种近似于亲情的东西会在极短的时间内蒸发一空,剩下的只是赤裸裸的现实的药渣。炫耀,不安,嫉羡,不平和巴结,都相继出现了。大多数人没有进步,他们停留在这个时代的最大公约数中,谴责众口之谴责,颂扬他人之颂扬,不同的只是扬着一张势利的脸、机智的脸。没有同情同理心,多的是对权势的依从。教育的背景,知识的价值,在这里几近于零。看来这些东西最不可靠。这同样是一个寻找机会的场合,就像狩猎一样。有什么机会吗?好像没有。可是仍旧要试试运气。这里起码可以交换各种消息。这里并不交换良知和忠诚,也没有多少友谊和信赖。这里只有少许江湖义气,但没有什么正义。

我脑海里徘徊不去的还是内弟。他热衷于当一个司令官,这使我惊异于血缘的力量。洛珈嘴里那个粗鲁而善良的军人形象又浮现眼前。不幸的老人,酗酒,最后才活出一点新意。他与妻女告别的时刻,会想到半岛纷乱的马蹄之下,践踏了多少贫民和稚弱吗?这个小伙子同样渴望战争,可是为什么就不能向往祥和与安宁?这让人百思不解。

我希望洛珈在最后时刻取消同学会的邀约。没有。她多么忙碌啊,她的高傲不言自明,她突兀地出现在那个久违的场合,会显得多么不合时宜,又是多么令人大喜过望。我则不同,一个体育爱好者而已,一般记忆中还有"相貌堂堂"之类。当年没人得知我和洛珈相恋的秘密,所以也没人嫉妒。在所有同学中除了那个浑蛋故意强调"伉俪"二字,大概没有任何人会想到其他。我和洛珈分头抵达一家珠光宝气的宾馆,出现在辉煌庸俗的一间大宴会厅里。他们先到一步,正交头接耳。每个人都穿了最好的衣服,女的涂口红,男的结领带。所谓的同学会不过是一次招待会,大厅中几个大餐桌,前边有一个台子,可以去那儿致辞。我比洛珈先到,除了跟周边的三两位握手,只静静观望。召集人未到。有人伸长脖子四下看着,想看清到场的都是哪些人。这时候洛珈来了,她刚出现在门口就有人喊了一声:"啊!"人们回头看她,三五个站起,另外两三个迎上去。女同学离她很近地叽叽咕咕。洛珈有节制地笑着。她今天穿着并不显眼,甚至还不如平时讲究。不过她的头发是经过整饬的,我觉得她的发际线那儿有些紧,额头显得更鼓更光洁了。她的眼睛一如既往地迷离热情,温煦和舒放的气息在厅内播散开来。她就是有这样的特质或者魅力,这是一再验证且永远无可抵挡的。我这次发现,许多人在悄悄注视她的同时,都不同程度地出现了灰心丧气的样子。他们努力振作自己,以便找机会上前搭言。她远近看看,发现了我,招呼一声走过来。她握住了我的手,拽着:"啊,亦衔,你好!"我暗中捏了捏她温软的小手,她立即抽回了,转去的目光在说:顽皮。

大约过了十多分钟,那个家伙出现了。宽大的黑西服晃动着,身边是两个瘦瘦的小平头,他们一进门就接过他的外套、手提皮包站立一旁。德雷令今天脸刮得铁青,头发浓黑,垂着领带四处握手,握到洛珈就说:"啊啊,啊啊。"似乎他有意忽略了我,直到最后才像突然发现一般伸出戴了大戒指的手,朝我远远一捅:"你来了!好!"他三两步跨过来,揽住我,最后夸张地行了洋礼:用那张脸贴了贴我的脸。

宴会开始前德雷令站到台上讲话,简短庄重,一双手合在小腹上,像个经过大阵仗的人。他说想念啊,忙啊,都一样啊,不聚一次不行啊。他让大家痛饮,并分别请人上去讲几句。有三两个饶舌的上去了,可是下边的人嗡嗡的,吃东西,并无听的兴趣。德雷令指着洛珈说:"哎呀,你,请了!"洛珈站起做个手势婉拒。宴会正式开始。送菜肴和酒水的男女服务生穿梭席间,一律黑背心白衬衣,动作幅度很小,相互之间多用手势示意。德雷令在座位上哈哈笑,仰着头,一会儿又拥住旁边的同学拍打。他端着杯子,那是白酒,四下找碰杯的目标,竟然走到我的跟前,瘪着嘴说:"老亦衔,今天不喝醉不行了。"我说德老板量大,我不喝白酒的。他把嘴对在我耳朵上,恶狠狠地说:"看见'女王'了吧,演得不错,你们都是国家一级演员。"我警告他:"请好好喝酒。"他一仰脖子干杯,又让服务生添上。他往洛珈那一桌走去。

几个人上前给德雷令敬酒,爆发出一阵阵大笑。不少人喝多了。果然有人端着杯子上台了,说:"我们都是精英,精英;而德老板是骄子,骄子!"他带头饮下,拍着巴掌唱起来,把许多人逗笑了。又有人上台,仍旧是赞颂德雷令的话,然后说:"我给大家讲个笑话。"他讲的笑话一点都不可笑,且与今天的主题毫不搭界。他醉得厉害。德雷令和几个人嚷嚷,大笑。不一会儿德雷令再次关注到洛珈,上前牵住她的手,对大家说:"拜托大家为我们鼓掌,祝福我们吧,我真的不行了。"不知是什么意思,但掌声响起来。洛珈脸色依旧,像是微笑,声音却足够冷淡:"德雷令,请你回到座位上去。"这句话太熟悉了,哦,是老师对小学生说的话。奇怪的是德雷令听了,条件反射似的"啊啊"两声,乖乖地回到原来的座位上去了。我吸了一口凉气。厅内平静了一瞬,接着又是嘈杂的交谈。

时间已至下午三点多,主食上过了。几乎没人愿意离开。大家开始三三两两地自由结合,聊自己感兴趣的话题。我发现三分之二的人喝得有点多,有人脸红话多,而有人正好相反:脸色苍白沉默寡言。有两三个人在抹眼睛,发出若有若无的抽泣。有人拍打他们的脊背,说:"没什么大不了的。我们都在。德老板在呢!"最后一句提高了声音。大家转脸看那个人。他问:"他哭了!为什么?"正在抽泣的人朝大家摆手:"没事儿,是多年没见,高兴啊!"大家这才长长地吐了口气。那个人双手高举拍打一下说:"请德老板为我们说点什么吧,请啊!"

在掌声里,德雷令歪歪扭扭走上台子,一个小平头上去搀扶,被他恶狠狠地甩开。我看到这时候的德雷令两眼放出凶光,挨个儿搜索台下的客人,仿佛要从中找出一个仇人。他一度盯住我,牙齿扣紧下唇"嗯"了一声,又转开。他往洛珈的方向看去,放肆地笑起来。他把麦克风调整一下,鼓着嗓门讲道:"我们这把年纪,已经学会看、看人。不能被骗哪,不能被咋呼。别看有的人长得有模有样,扭捏啊,害羞啊,小鸟依人啊,高高在上的'女王'啊,其实是,其实是,"他像换了一个人似的,两手扭动着,做出女人的样子。大家都被他逗笑了,目不转睛地看着。他说到了得意处,突然一改嬉皮士的样子,把上唇瘪起来,猛地提高声音说:

"其实呢,你不过是个嘴大屄宽的玩意儿!"

全场愣住了。惊人的粗话像爆开的一枚毒气弹。大家抬头四下睃着，吸着气。我的血冲到头顶，一双手握出了响声。我去看洛珈，她神色如常，坐在那儿端杯自饮。不过我看到她的手似乎在微微颤抖。有人上去搀住了晃动厉害的德雷令，他嘴里还在重复"玩意儿"几个字。两个小平头拥上去，快速推开客人，接过德雷令沉重的双臂，往大门撤去。

我被几个同学缠住，留手机号码之类，但一颗心已经离开。洛珈不知什么时候走了，到处没有她的影子。我匆匆告别，出门，上车后才拨通她的电话。她已在回家的路上。我说自己马上赶过去。我晚一步上楼，发现她已经换过了衣服，手持一杯冰水站在窗前：楼下有几个孩子在玩滑板，他们戴着防护头盔，非常帅气。她被迷住，转脸时一副欣喜的样子。我余怒未消，说："这个恶棍！这个放肆的流氓！""啊，他醉成那样子，别认真。"我觉得她平静松弛的语气是刻意的。我说："这个人渣，他已经疯了。"她不谈那个人，望望窗外叹一声："该回去看望母亲了，我昨晚又梦见了她。我觉得有点冷，伸手揪被子，触到一个热乎乎毛茸茸的东西，它紧贴我，一副长脸，是那头小驴。我们玩了一会儿，母亲房间的灯亮了。"我说要回也只有周末的时间了。"也许我一个人过去。去去就来，不然的话睡不好。"我知道她可以自己安排日程，她那儿忙碌得多也自由得多。我又想到了那个日夜窗帘低垂的大宅，那些穿迷彩服的少男少女。

这场同学会比想象的还要糟糕。可能是今生最后一次去那儿了。几个小时的经历给我的触动将长久地留在心头。那些陌生感遮掩或压抑了熟悉的痕迹，声音和眼神都需要重新适应。那会儿少不了谈到近期的一些网络热点，谁都逃不开这张网。令我震惊的是有人根本不了解狸金事件,却开口就骂那个保洁员,用语尖刻低俗到令人吃惊。我不想与他们有任何讨论。我发现这些人当中至少有十几位在洛珈跟前是毕恭毕敬的。还有人目光长时间追逐德雷令,为他大声鼓掌喊叫。我对洛珈说:"我们真不该去那个地方。"洛珈拍我一下算是安慰:"在那里,昨天今天,几十年的时光连在了一起。"说得对。可是令我深感难过的,也正是这个。

我努力回忆那些缺席者。不曾露面的还有十几位,他们散布在这座城市的角落里,似乎总是沉默。没有消息,听不到一点声音,就像一尾尾入海的鱼。其中的一部分长成了大鱼,另一部分消失在激流险滩中。据说编制本市同学名录时,有十几位始终无法取得联系。他们沉寂了,我宁可相信这是一些远离喧哗的人、厌烦的人。他们是对的。

聚会后遗症出现了:不止一位频频发来微信,他们热衷于闲聊,推送无穷无尽的消息和逸闻,特别是并无主见的"立场论述"。我不得不直接表达自己的心绪:冷淡和疲惫。友谊是好东西,可我真的倦怠了;还有,像我这样的"光棍汉"是相当容易灰心的。他们几乎无一例外地对我目前的状况保持了好奇心,表达了不愿放弃的热情与责任,不断地提供个人掌握的一些美好资源:一位老姑娘出身名门且至今仍为处女,早年因过于清高而失去良机;还有一个寡居多年,实际上仍保持清纯少女一样的姿容和性格。最令我震悚的是这样一则信息:有个孤僻倔强的女子在某次聚会中见过我,从那时一直注意研究,现在决定亲自解决。我胆怯地问传话人:"怎么解决?""哦,这就不得而知了,可能是自己出面吧。"我额上渗出一溜汗珠,担心或多或少的暴力倾向。我以前曾听说一件真事：一个毕业不久的书生被一个出身本城老户的女子看上了，当男方提出分手时，那个粗手大脚的姑娘一把揪住了他的衣领。我对掺杂了任何暴力的婚姻都是恐惧的。那个老同学为我宽心："放心吧，那闺女也是忍了很久，你不要太多顾虑。"我不再多言，但由此更加清醒地认识到，在貌似平凡的日常生活中，的确有亟待解决的很多事情，其中最棘手的还是两性问题。平时的许多叹息、耿耿难眠或烦恼不安，或许都能从中找到一些源头。

那场聚会打开了许多窗口，同窗们汇集的听闻让人惊讶：有的成为了不起的谋士，隐在千亿富豪或类似人物身后；有的沉溺于同性恋之中，整个打扮都变了；有的正从事神秘的生意，经手的可不是什么针头线脑，而是国之重器；有的迷入异趣，已在国际蛐蛐大赛中跻身名宿。当然也有个把人沉沦，酗酒或隐居。我对最后一类颇感兴趣，因为想到了"异人"或"高士"。

在这极为脆弱又相当顽韧的生活流中，惴惴不安和谨小慎微是经常发生的。我每天走入高耸的机关大楼，出示通行卡，会忘掉其他一些琐屑。按部就班的机关生活给人一种确凿无疑的客观性，会让人忽略其他，比如闲寂时才会光顾的心灵角落。女上司，生生，其他人，大家在走廊往返穿梭，每天有那么多事项需要关注和落实。这一切让人充实和笃定。而一旦走出这里，从踏向食堂的小径开始，那些认识和不认识的端着散装啤酒、提着保温袋，为日常生活忙碌的人，就让人有某种生存秩序的偏离感。至于回到空荡荡的个人宿舍，那更要格外小心了。独自用餐、翻弄纸页，更不要说滑动屏幕和接收私人讯息了，那种具体和琐碎会让思维歪歪扭扭地赶路，一脚踏偏，无边的烦恼就会接踵而至。

周末没有正事可做，就需要格外警醒一些。洛珈是否回了小城？她这次肯定是一个人行动，此行必定与棋棋有关。他们姐弟俩也许要进行一次艰难的对话，这很重要。正想着他们，突然接到一个陌生电话，女子，嗓门稍稍有些粗糙："您答应过那个科研项目。"她说。我有些惘然，最后好不容易才记起一位老同学说过类似的事，当时并不清楚是什么项目，只匆匆应付而已。想不到这位科研人士真的要在周末光顾了，马上紧张起来。我说找时间去单位谈吧，对方说："那不太好，去您住处最佳。""最佳"，我一边琢磨这两个字，一边想着怎么拒绝。电话响起忙音，糟了。我不再理睬，关机打开茶炉，准备消受这个周末。可出乎预料的是，水刚刚滚沸，敲门声就响了。

谁也想不到一个科研人士会如此珍惜时间，行动力又如此之强，让人觉得无礼。一个脸庞黑黑的高个女子站在门口，大约四十多岁，双眼溜圆，正努力微笑。她伸着手，胳膊长长的。我心里生气，也只好礼让。她进门后马上脱了外套，洗一下手，接过热气腾腾的杯子。她一边呷着茶一边四下端量，点点头："您知道了，我正写一本书，其中一章是各类独身人士的现状，以及目前社会各阶层心理建构同质化问题。"我不得不打断："我不知道也不愿被写进书里。""那他没说清楚。是这样，会隐去实名及单位，尤其像您这样的高阶人士。"我为难以至于愤懑，说实话，当时没有立马回绝真是极大的错误。我说："我是从来不参与也不热衷于这一类社会调查的。"她右手伸平："不不，这不是调查，是科研项目，我个人承担的。我更注重友谊。"她露出白得惊人的稍大的牙齿："您知道我是多么费力才找到您的吗？"她拍一下沙发："我打听了一些立志独身的人，他们当中有人知道，可是电话询问所在单位，又查无此人。幸亏您的同学从中牵线。"我站起来。我非但不是一个那样的立志者,而且正为缺乏正常的婚姻生活而烦恼不已。我不得不再次提醒:"请不要把我列入您的科研项目中,谢天谢地。"

她看来还是不想离开,不知所措地看着我。她勉强收起笔记本,皱着眉头笑着:"啊啊,您就和我以前的那位男友一样,一般地说说倒也无妨,可是一旦将冲动啊、性想象啊、食物的影响啊、不应期啊,这一切具体量化,立刻就没精打采了。"我说:"对不起,我们还是避开这个话题吧。我们甚至还不认识呢。"她马上抿着嘴:"我们一定会成为朋友。不过理论是一回事,实践是又一回事,很多人不习惯,这也在常理之中。我理解您。"我盯着她比一般女性稍大一些的手、宽而平的肩膀,有些悔惧了。我不想和她关门闭户地待在一起,今天天气不错,出去走走多好啊。我不再作声。她自语似的说:"到现在还没有接触过女性,该是多么纯洁的人啊!您知道现在的人都想过来了,一般都不再纯洁了。我一看您的眼睛就知道,真是一丝烟火气都没有。我最佩服和敬重您这样的人。"

我不愿被这样误解和赞扬,挺倒霉的。我稍稍提高声音说:"我经常,我早就接触过女性,并不是您认为的那种人。我想我们的谈话该结束了。"我站起来。她脸上有了明显的不快,不过很快就爽朗了。她只好站起,嘴里却在强调:"您确实是新的类型。这反而让我受到了启发和触动。"她伸手握别,再次抬头打量:"瞧瞧,一点烟火气都没有。而且,您那么谦逊。"她头也不回地走了。随着顾长的背影越来越远,我感觉自己刚刚有些粗鲁了。她直爽、干练,显然是个事业型的。也许她来得不是时候,我今天的心情有些低落。

我想一个人走一走。出门后拐出大院，不远就是那个不大的公园。人不多，下棋的，溜旱冰的，还有卖孔雀毛的。一个腮上描了红点、头上插了鸡毛的小丑一样装束的人，正在变戏法，吸引了几个老太太和小孩。他使我想起了那位老科长，于是绕开。一个琉璃瓦凉亭，旁边是茂盛的蜀桧：很久以前的某个夜晚，我和洛珈一起来到这儿，在树下亲热。现在我又不自觉地走进了这里。一对恋人依偎着，见了我马上分开。他们一高一矮相差悬殊：女的原来是那个体工队员。她见了我"啊啊"叫着，一脸绯红，指指那个又小又瘦、脸色异常的男子说："这是小刚。"

小刚只到她肩膀那儿。不过小伙子有一张精致的脸庞，五官甚是完美。他腼腆地过来握手，大眼忽闪着，真是一点烟火气都没有。"他也是搞体育的，"她指着他介绍，"教孩子体操。"小刚头发湿漉漉的，显然是刚才亲热的结果。他们很幸福。我说："认识你真好。我以前也搞体育，不过是业余的。"告别了他们，刚走了几步，体工队员又追上来塞一把糖果。原来他们刚刚订婚。

我坐在一只石凳上。太阳把四处照得暖暖的。这儿一个人都没有。在我的印象中，公园里的人越来越少了。电话响了，是那个老同学："她想继续，你呢？"我不知所云，好不容易才想起上午告别的科研女子，大惊失色："继续什么？""谈下去啊。""谈什么？"他不高兴了："正经些，印象如何？"我如实说："很好。""那太好了。实话说，她已经注意你好久了，现在想从科研的角度进入，然后把你拿下。""拿下？""对。亦衔，你就从了吧。"我一下站起："这事到此为止。"他严厉了："或许传言是真的？""什么传言？"他哼哼着："有人几次见你和一个高个男子勾肩搭背，谈也谈不完。"我马上想到了挚友余之锷，是的，他说得高兴就会拍打我的肩膀,这又怎么了?他哈哈大笑:"所以说人家从科研角度接近,真是个聪明办法!""看在老同学的分上,快饶了我吧!""我会饶你,可人家会把你写进书里。她网上有个专栏,流量大极了。喂,想不想看?"我一气之下挂掉了电话。

电话又响,一直响。是德雷令。"老亦衔,那天便宜了你,你基本没喝。我很久没有这样放开了。不过醉人不说醉话。那天你肯定听懂了,我重重地敲打了那个娘们儿。她听得明白,你倒不见得。"我的手指骨节又胀起来:"想不到卑劣下流到这种程度!而且,在同学会上!""你算说对了,就在这个场合。你可能不知道,这些人当中有我的朋友,也有她的铁杆。她算是好好利用了同学一把。我就是说给那些人听的。"我认为那些人对洛珈的尊重和喜爱是自然而然的,她从来都颇有人缘。他继续喊叫:"我那天不过是打个招呼,让她那一伙明白,不必相煎何太急就好。你像个老实人,你让那个不安分的娘们儿收敛一些,我会记你个大人情的!"他嘻哈着,放了电话。

我的脑子有些乱。节奏变化太快。从科研女到体工队员和小恋人,转眼又是打上门的恶棍。眼下什么都提速了,只有自己还在迈着原来的步伐,这会误事的。想到这里不再犹豫,立刻拨通了洛珈的电话。啊,她的行动比我迅速多了:已经从东部小城赶回。"见到母亲了?一切都好?""都好。这次我们谈得不错,我最放心不下的就是她。她疼棋棋,人之常情。"我想她说得对,不过老人在关键时刻还要依赖她。我想听她多说一下棋棋,没有。我把德雷令的话告诉了她,她仍平静如常:"这是个疯子。"我忍不住问:"他为什么死死缠住你不放?肯定是误解了什么。"她冷笑:"那属于臆想,他想多了。这个人不值得多谈。""可是,"我不得不再次强调,"他会伤害到我们。""他没那么大本事。阴险的人是不会这样咋呼的。"我同意她的话。身边有一个沉稳的女人真好。我轻松了一些,转而谈到这几天的怪事:关心我的人越来越多了。我说:"独身的自由好像并不存在。如果从科学的角度找到了依据,那也只是另一种歧视的开始。"她说:"自由需要争取,它不会放在那儿让人享用。"我琢磨她的话,说得真好。抱怨是没用的。每个人争取一点,就会多起来。自由,自由。我握了握拳头。

我又想到了"异人"。是的,他们不过是比一般人多了一点自由,专注于自己的事情和趣味罢了。事实上有人就乐于支派和招呼他人干这干那,自己却待在一个角落里贪婪享用。我忘不了初到机关时,有个资深的头儿把我们大热天中午赶到一个招待所,说拔草拔草,把雪松下的小草全拔了。天太热了,我们差点儿中暑,他自己却躲在屋里抽进口香烟,喝威士忌。由此又想到那个上门考察我的女子,她应该首先解决自己的"冲动期"和"不应期",以及倒霉的"食物的影响"。我讨厌成为任何人的科研对象。

想得最多的还是河湾。我比余之锷还大一点呢,可他事事都赶在了前边:一份看上去人人羡慕的差事放弃了,去做旅游;在租来的意大利邮轮上悠哉了几年,又拥有另一个令人垂涎的地方。他是主动的人生,而我是被动的人生。他老婆仰着脖儿听他说话,张着可爱的近似猫科动物的大嘴巴;而我事事要听洛珈的,凡事总要依她。我的大男子主义从半岛游荡时期就丢得干干净净了。人长得强壮高大胸肌发达有什么用?瞧瞧公园里看到的那个小刚,被一位高大的女体工队员宠成了什么,头顶都被亲湿了。我真想再去河湾住上几天:去东部半岛的调研任务每年都有,那该是不错的机会。我会好好讨教何典的那次失误:为什么就把古"齐"字当成了一群麻雀？说真的，我喜欢麻雀这种小东西，瞧它们后背的羽纹，还真像一点古"齐"字的笔画。如果他不推翻原来的判定多好啊。我宁可让"齐"字源于麻雀。

郁郁不快和浮躁的心情，只有在手持鲜花的约会中才能变得烟消云散。可惜我等来的可不是这样的好事。洛珈在黄昏时分打来一个电话，语气从未有过的急切："棋棋已经来到几天了，可是人影都没见。他去了哪儿？"我一听就紧张了。她很快放下电话，大概又问别人去了。一个小时后她告诉我：母亲说人去了你们那儿，可一直没有音讯；问了网络方面的朋友，新近的合伙人，都说没见。"这就怪了，他来这儿没别的去处，也不是乱跑的人"。她真的急了。我赶到了棋棋应该待的房子里：空空的，没有来过的痕迹。洛珈叹气："真不让人省心。电话关机，几天几夜了。我让母亲不要急。"可我们一点办法都没有，也许只有空等了。

第二天深夜电话响了，是棋棋。他一开口就说："姐夫，是我。"我听出他的口气有什么不对劲，甚至有些气喘。我大声问："你在哪里？怎么不来家里？""啊啊，没事，没什么，我被朋友请来了，必须在这儿待几天，对，就几天。"我听到他吞吞吐吐，追问："为什么？你到底在哪里？"那边停了一会儿，好像手机是被捂住的。他又说话了："你们耐心等两天，不会有事的，我们见面再说。"电话挂了。这事蹊跷，一听就有些怪异。一个快言快语口无遮拦的小伙子变成这样。一个词儿蹦到脑海：绑架。

洛珈同意我的判断，说这事发生在棋棋身上，完全有可能。"他太张扬，也太幼稚。"她说。我还是不愿相信这是真的：他有什么价值让对方冒险？不过先不管这些，要赶快想想办法。报警？我让她拿个主意，她总比我有办法。她渐渐沉着下来，又一次细细问了棋棋当时的话，从内容到口气。她说："他们不会伤害他，因为对方没有发出威胁，也没有索要条件。等等看吧。"我搞不明白，如果真的绑架，意义又在哪里？换一个角度看，会不会是棋棋自己的恶作剧，用以发泄对姐姐的不满？说不定这小子正藏在某个宾馆里偷着乐呢。我忍不住说出了这个猜测。洛珈直接否定："不会的。"

从棋棋失踪到再次出现，整整一周。这家伙果真出现了：背着那个双肩包，一如往常，还是那副满不在乎的模样。不，走近些看，他似乎瘦了，脸色有些暗紫，眼神里是失望和怨怒。"快说说棋棋，到底是怎么回事？"洛珈第一时间赶到，问着一言不发的棋棋。我是最先知道的，当时他往我手机上发了两个字："回了"。棋棋呆坐着，搓搓头发，想笑，但笑不出。这样待了一会儿，他从包里摸出一点零食扔在茶几上，自己填到嘴里嚼起来。"你从头说说。"洛珈说。"嗯嗯，"棋棋皱着眉头努力回忆："我一下车就有人过来，戴墨镜，小平头，问你是棋棋？我说是，大爷是。他们就说公司接你了。我以为是姐姐朋友派来的，心想够意思，就上了车。谁知车一下开得飞快，出了街道更快，旁边的人一个冷不防就把我的手扭住，头上罩了黑布。我喊也没用，知道出事了。"我们不打断他的话。

"我想找机会撞开车门，不过肯定是锁上的。好吧，会有别的机会。我一路都在想办法，黑影里憋得难受。车开得飞快，真颠。大概是出城了。不知往哪儿开，后来听到了路边有乌鸦叫，这才有些害怕。挨吧，妈的，我真想宰了他们。这些人干什么的？我想啊想啊，想不出有什么仇人。我不想了，只等着。车停下，有人在路边和开车的说了什么，听不清。车重新疯跑一段才停下，几个人拉我下车，架着往前，小路，转了几个弯。门响了，我穿过一条长廊，几道门。我快闷死了。一个粗嗓门说：'就这么个物件？'随我来的人答：'就他。''狗日物。'粗嗓门骂了一句，走开了。黑布罩从头上摘下，手还捆着。我一睁眼愣住了：这是一间石头房子，水泥地上铺了麦草，小窗有铁网。老天，对面是几只孔雀，它们在那儿慢腾腾地走。我让他们解开绳子，问这是怎么回事，是不是搞错了？他们说不会错。'那为什么？''因为你小子得罪人了。''我得罪谁了？''你得罪大人了。'然后他们不再开口，哐一声关上铁门，走了。只剩下我和孔雀。我不停地砸门，没人理。半夜我又砸门，进来一个脖子上戴金链子的光头，手里握一把刀，吓唬我说：'再砸巴，割你两个蛋。'我不砸了。我气得要死。白天看孔雀，它们拉屎，还朝我开屏。这七天吃的全是猪食，又稀又脏。我一喊，他们就伸出一把剃刀吓唬我。就这样一天又一天，天亮了，又是捆手，罩上头套，沿着来的路线把我送回。他们除了吓唬我，让我吃最坏的食物，没有打我，也没问我什么。"

"就这些？"洛珈问。棋棋咬着牙，点点头。我说我们可急死了，差点儿报案："总算平安回来了。这事肯定是出了岔子，可能对方发现绑错了人，就把你放了。"洛珈两手抄在胸前，踱了两步："不可能。他们就是这样计划的，这等于发出警告。""警告谁？"我问。棋棋说："当然是冲我来的。"洛珈不再说下去，只让他洗个澡，换换衣服，然后一块儿吃饭去。

整个用餐期间洛珈都故意不谈这个糟糕的事件，只说东说西，转移棋棋的注意力。我发现这个小伙子眼神变得沉甸甸的，装出一副不在乎的英雄气，其实受了很大惊吓，有时呆呆地看着我和洛珈。她轻松地说着笑话，问起了我们单位那个新来的女孩生生：

"那小姑娘不错,让她和我们棋棋做个朋友怎样?"我说这事靠谱儿。棋棋的眼睛盯着墙壁说:"孔雀。"我说:"那也许就是一个动物园,他们搞恶作剧。来,咱们先忘了这事儿,余下的交给我们处理,那些人真的不是为了对付你,你该怎样还怎样。"洛珈深深地瞥了我一眼,没说什么。她举着杯子看着,说:"生生和棋棋的事真的交给你了啊。"

我们把棋棋送回住处,出来时有些晚了。风有些凉。我和洛珈在楼下看了看棋棋的窗子,然后往她不远处的宿舍走去。我陪她上楼。很久没来了。多么温馨的屋子,这和我那个住处有天壤之别。一尘不染,静谧之极,透着女性的气息。她在这儿度过的时光多吗?我发现了床边和案上的书。是的,这里最适合阅读和静思。我想在这儿陪她一夜,看着她睡去。我知道她为棋棋的事受惊了,虽然看上去若无其事。她坐下来问:"亦衔,你刚才对棋棋说那些人不是以他为目标,而是另有其人。你这样说过是吗?"我点头:"那主要是为了安慰他。谁知道呢,也许他那一伙真的有了敌人。"她笑了:"棋棋?他有这样的本事?"她摇头:"如果真是这样,他们会好好折磨他一番,不会这么潇洒,像儿戏。这不是一般作案的套路。"我一点都想不出头绪,只是听。她说:"在他们眼里他只是个孩子,目标是他的家长。""那他们为什么不要赎金?""因为这伙人不缺钱,他们最多的就是钱。他们想要别的,到底想要什么,孩子家长知道。所以他们不必跟棋棋废话,关几天放人,信号就算放出来了。这是威胁的一种方式。他们的办法还有许多。接下来他们会观察一段,看看有没有效果。"我多少明白了一点,这里的"家长"指的就是她自己。我马上沉重起来。我很快想到了德雷令,又觉得不像。"会是那个浑蛋?"我问。她未置可否。我有些沮丧，只想说：我们既跟不上，也没必要追逐这个加速旋转的世界，因为一切都没完没了。这是一个不断重复和累叠的欲望的世界，各种欲望。这是一架大功率的粉碎机，它借助人性的特征，就像遇到了一堆干柴，很容易就把它们打成了粉末。既然是一棵草，我们还是浸到水中，比如河湾那样的地方吧，这样就不太好粉碎了，因为变艮了。其实我们真的不需要那么多，我们躲在这样小小的空间就够了，吃简单的清淡的食物，搂住硬睡，太阳晒到屁股再起床。你这么美，我这么健壮，我们合在一起，再有余力就生一个水光溜滑的小男孩或小女孩，他们用一对小手来摩挲我们，这不是很好的人生吗？

我要说的无非是这些，其实她比我懂。可是她为什么还要那样追赶和辛苦？我痛惜地拥住她，伸手理她的发际那儿。灯光昏暗，她鼓鼓的光洁的额头就是永恒的光源。我亲吻它，这是一生的方法。她拱了一下我的胸口，强大的母性像涌动的浪潮，要等待它荡漾和退去，泛起哗哗的泡沫。我在淹到胸部的水面那儿伸颈长吸，一言不发。我该离去了，天不早了，我好像被叮嘱：这儿是她个人的小巢。

东部半岛调研活动开始了。女上司让我开列计划准备出发。这既让人高兴，又有点不放心。我不愿在棋棋的事情发生不久离开洛珈。我将调研选项扩大了一倍，这样能延宕一段时间，还可以将范围延展到半岛两端。女上司原则上同意这个计划，只担心机关事务太忙，人手紧张。她还是带上了生生。她说："要拿出有分量的材料，还得傅亦衔。"她要找一个人当我的助手，我赶紧拒绝了。又是三个人成行。上路前与洛珈通话，她说："去吧，如果有可能，再带回些蒲米糕。"我说可惜季节不对,也未必有机会去那儿。

但我心里已经打定主意:自己去那儿最好,如果不成,就带她们俩一起。生生不用说,女上司是最爱玩的,她会借个题目去那儿。那对好客的主人会欢迎我们的。行前我在电话上对之锷说:这次或三个人一起,或者就我自己。"我想见到何典先生。"他说一定的,"他正在帮我设计一个大项目。""什么大项目?""你来了才知道。"

女上司高高兴兴上路了,生生伴在身边。我们去了半岛东部,一直走在清冽的海风里。接待者像以往一样热情和周到,他们的特征是聪明伶俐,说话动听,从内容到语调。地方差异总是明显的,东部饮食以海鲜为主,空气湿润,当地人说话有旋律感,像唱歌一样。我对这种语调非常熟悉,每一句都听得懂;女上司听懂三分之二,而生生只能听懂一半。这里在古代是齐国腹地,属于东夷族的地盘,这个强大的氏族最初在黄河入海口建国,后来在西周的强势压迫之下逐步东迁,先是于薄姑一带立足,而后东移归城,历史上俗称"东莱"。我们现在听到的就是东莱后裔在讲话,吃他们的饭食。海胆壳长满了毛刺,是顶级美味;碗口大的螃蟹,镰刀形的对虾,火红的鲷鱼,怪模怪样的海参。女上司告诉生生怎样用锥刀撬牡蛎,怎样用银勺挖海胆,怎样轻轻吮食指甲大的小螺,十足内行的样子。生生娇滴滴地叫着"呀呀,啊呀",服务员笑着凑上来。他们喜欢这个袖珍美女,就近欣赏她精致的眉眼。女上司正吃着一只琵琶虾,一转脸看到生生袒露出一半的乳房,眉头立刻皱起来。她放弃剥了一半的虾,说:"扎人。"

我们接受了当地部门的建议,去海岛考察水产养殖。这是一个近年旅游得到开发的近海岛屿,风光秀丽,餐饮业发达,海鲜极为丰富且烹饪方式争奇斗妍。女上司对当地随员说:"注意接待标准。"对方说:"好来。"餐桌仍然重重叠叠堆满海物,大海螺每只像中型瓷碗那么大,吃一只即饱,女上司却一口气吃了两只。随员说:"喝酒,高度酒才好。"她没有喝,结果回到住处就感到不适。医生来看了,对我和生生说:"大概得住院了。"

我们一起出岛去市里医院。生生想哭的样子。女上司挂了吊瓶,脸色苍白,不爱说话。她后来睁眼问我们都没事吧?我们点头。"奇怪。什么海螺?"随员弓着腰说:"最新鲜的深海螺。"说过又小声补充:"很早以前用来做罐头,支援亚非拉的。"我想笑。生生握着她垂在床边的手,又拭她的额头。这一夜生生陪床,我回住处。洛珈有过两次电话,我告诉她女上司住院的情况:可能食物中毒,也可能过敏,反正有点严重。洛珈不关心这事儿,说的是棋棋:"他经历了这一场就想通了,不再为公司的事耿耿于怀了。"我问:"那伙人并不是针对他的吧?""是的。不过棋棋认为是冲他来的。也算歪打正着吧。我劝他做些别的,那一摊子就交给别人打理吧,看看多麻烦,很不好玩的。他第一次不再顶撞我。"我有些欣慰,不过还是担心那伙无法无天的家伙会做出别的事。洛珈说:"你在路上安心玩吧,这边没什么大不了的。"

病人情况正在好转,但一时不能出院。调研活动不可能长时间耽搁下去,女上司让我们按计划进行,不要待在这里了。生生看看我,语气里有抑制不住的高兴:"怎么办?"我说听领导安排,我们继续吧。女上司的目光落在生生小巧的后背上,说:"生生留下吧。"我发现生生的脸色沉下来,嘴里却说:"就是嘛!亦衔自己去就行。"我说也想多陪一下,女上司摆摆手:"走吧,听我电话。"一颗心放下了。

10

从半岛西部直接往北,开始进入那片低山。随着离河湾越来越近,我兴奋起来。女上司出院时我已在市区西部,这使她惊讶于我的效率。她高兴了:"不要那么急,毛躁会出事的。我不再去那个岛了,在这边待几天就和生生回了。你自己注意张弛有度,吸取我的教训,千万不要乱吃东西。"她真是个好人。我让她多休息,一切尽可放心。我想的全是河湾。联系余之锷了,他说与何典正在山上,他们正一起忙那个"大项目"。我担心影响人家的正事,故意不说抵达的时间,这样余之锷就不必去车站接人了。我出站后直接搭一辆出租车,车子一直开到山下,停在那幢拐尺形石头房子跟前时,太阳还没落山。我背着一个大包,正要敲门,两只猫跑过来。我去抱它们,它们躲开了。这时那头小驴从石屋另一边转出,定定地站住看过来。我喊了两声"小灰",它马上迈起快步。"好朋友又见面了!"我抚摸它温热的脊背、嘴巴,看它毛茸茸的大眼睛。至美的生灵。我问主人,它抬头看石屋。

我和小灰站在台阶上。门开了，是苏步慧。她一怔，皱起眉头笑了："以为你最快也要明天才到呢！好极了亦衔，我们都等不及了！"她上来摘我的包，拍打小灰，把我们一起迎进屋里，又反身放小耍耍和小膘虎进来。屋里只有她一个人，正在准备晚餐。那只大餐桌上已经摆了几个碟子，里面是速食品；灶上冒着热气，浓浓的香味让人垂涎。她说余之锷和另两个人，那是何典与一位水利专家，正在山顶勘测呢，再有半个小时就回来了。她电话上大声喊着："还不快回，亦衔背着大包来了。对，就站在灶间里。"她背对着我。人又胖了一点，说话时夸张地缩着脖子。

我想帮她，她摆摆手，还朝小灰做了个手势。小灰往餐桌前走了几步，她对我喊："你招呼着，它不懂规矩。"我把小驴引到一边，但不想将它关到门外。苏步慧忙着灶台，我就和小灰玩。它显然记得我这个客人，贴近了站着，还对准我的脑门亲了一下。我告诉步慧："它确实吻我的脸了。"她飞快地动着铲子说："它会亲人。"她端到桌上的两个菜肴都没见过，是银杏和多种菜蔬做成的浓汤、细如毛发的某种水生植物与鹌鹑蛋。蘑菇至少三四种，都采自这座小山。肥肥的鲢鱼头，胡椒泥鳅，芦笋春卷。饮品除了自酿的蒲根酒，还有山药红豆羹和啤酒、加饭酒、即墨老酒。

听到了狗的哼唧声。出门时那只金毛迎上来，热烈欢迎，然后又回身挡住那条细犬没头没脑的扑动搂抱。我一边应付它们一边看下山的人：余之锷身旁那个脸色有些黑的人大概就是何典了，另一位瘦高个子戴了太阳帽，一定是请来的专家。余之锷扬手叫我，歪头向旁边介绍。何典点着头，直到上前握手，都是一副不苟言笑状。他的眼睛如少女一般水亮，眉毛浓黑，给人一种特异的感觉。我说："久仰了。"他嘴里发出"嗡嗡嗯嗯"声，显然对常用的客套话并不在意。水利专家是何典找来的，余之锷说已经诊断了两天，这次要"根治秃斑"。经过一番解释我才知道，原来他们要整治小山西南坡那片石滩，让它与整个山体一样蓊郁葱茏。"这可不是小事，要明白这块地方一直光秃，我们要从根上解决问题。"余之锷说。苏步慧说："上次你见过。我们接手前的那位朋友也起过这个念头，要动手才知道这有多难。"

我们站在门口说话时，小灰跑去又跑回，身后是端了东西的老鲁夫妇。苏步慧"哎哟"着迎上去，帮他们拿东西。原来老鲁拿来的是一个大炖锅，还冒着热气，离我们十几米远就飘来浓烈的香味。老伴提着三层蒸屉，里面是大枣红薯和毛芋头。"这一下吃物全了，你们得好好喝酒。"余之锷让大家进屋。小灰跟在后面，没有凑近餐桌，它和猫狗们徘徊了一会儿就出门玩了。老野鸡的叫声从远处传来，晚霞映红了天空和大地，小山的轮廓开始模糊。

老鲁和专家喝蒲根酒，苏步慧和老鲁家里喝山药红豆羹。何典只喝滚烫的即墨老酒，它的颜色像酱油。我和余之锷也喝老酒，饮了一口，浓浓的焦煳味儿。"这种酒是入药的，活络驱寒。"何典举举杯子。我一见他就想起曾经误考的古"齐"字与麻雀。那是一段由他自己了结的古字源方面的公案，想来有趣。这可能是一个并无幽默感的人，所以不宜贸然搭讪，更不能随意说笑。余之锷几次说我："体育健将，三分球高手，笔杆子，书迷。"我趁机说起何先生关于古文字的大作。何典低低应一句："惭愧。"苏步慧说："典哪，赶空儿给亦衔号号脉。"她的称呼新颖，愈显亲近。何典专注地看了我两眼，将浓黑的老酒一饮而尽。

餐后老鲁夫妇回到自己住处，何典和专家都宿在石屋里。我们转移到阁楼那个大茶室中，茶炉已经沸滚。我看到三个男人脸都红了,就问自己怎样。苏步慧说:"你什么时候红过脸?你很少喝酒,吃了不少大鲢鱼头。"我的脸热了,问大鲢鱼是哪儿来的。她说夏末水旺时,一天傍晚老鲁从河心逮来。"那一次还网住了一只大鳖,有小脸盆那么大,老鲁作个揖放回河里。""为什么作揖?""老鲁一直认为河的这一段是老鳖说了算的。"我琢磨着,问:"这儿的河长是谁?"苏步慧回身推一下余之锷,问是谁。余之锷说过去是那位朋友,现在按理说是自己,"不过还没有正式任命"。

我们一直饮茶到深夜。老茶砖和新旧朋友,快活的苏步慧和沉默少语的何典,刻板的专家和主持茶会的男主人。我观察较多的是何典,发现他那对眼睫长而密,再加上一对明眸,与整个严肃的脸相和黝黑的皮肤极不谐配。他很能饮茶,这和传说的山中"异人"是相符的。那些居于深山僻地的修行者整日与茶为伴,清读终日,时有深悟。我觉得何典穿着较为一般,不过是灰衫黑裤,脚蹬一双旅游鞋,看上去是一副腹富口俭的模样。之锷对他说:"亦衔在大机关,其实不过是一介书生。"何典看看我,扑闪着眼睫问:"有时间读书?"我说很紧张,读书多的时候还是上大学前后。"老何读书那才叫多,他过去在图书馆。"余之锷说。苏步慧说:"典哪,你的文章我读不懂。""躁了不行。""我不躁啊,我还躁吗?"苏步慧不高兴了。余之锷说何典过去在电视大学图书馆,现在去了一家书院,所以有大量时间。"时间才是根本的利益,是吧老何?"何典闷声喝茶,答一句:"是的。"

简短的对话中,我在想这些年忙于公务,并没有多少自处的时间,而那才是"根本的利益"。我不再说话。苏步慧问起了女上司的病,感叹:"都是海螺惹的祸。"何典听了,咕哝:"海物寒凉,多食姜。"我想白天该找机会请他号脉。一只猫头鹰突然叫了起来,这声音在深夜太过凄厉。在半岛海边,我们都知道这种声音多不吉祥:打鱼的人听了不敢进海,老人听了会想自己不久于人世。有人一听到这叫声就往地上吐:"呸呸呸。"何典站到窗前听着,说:"真好的鸟儿啊。"

第二天起床并不晚。吃过早餐余之锷说:"专家今天才能勘完,他走后我们再好好玩。"我表示要一起上山,苏步慧说她也要陪亦衔去工地。我们出门时,那两只狗已在待命,它们一路在前。路边的核桃和栗子都快熟了,仅有的几棵柿树漂亮之极,大红果实格外诱人。野枣一串串瓷亮,揪一个,酸得要命。何典随手采几颗枸杞嚼着,说:"这山上的枸杞含铅量大,不如新疆和宁夏。"

那片秃秃的小片山地上,几处石隙已得到清理。有些石头上做了油漆记号。余之锷包里有米尺和其他工具,专家的杂乱东西就放在原地。苏步慧对我介绍:那些记号都是前一段地质专家标上的,他们走了,又请来水利专家。"因为要弄清石头和水。树不能长在石头上,也不能缺水。"我知道将一片不大的秃山绿化起来有多么艰难,这会耗去十年或更长的时间,令人望而生畏。为了保护山体,基本上不能使用炸药,仅仅依靠人工,可能会花完这两人的全部积蓄,还有时间。我长叹一声。苏步慧小声说:"之锷要干。他说硬骨头一点一点啃,一年栽活一棵树,二十年就是二十棵。"我接上:"三十年就是三十棵。"苏步慧白我一眼。

金毛和细犬陪伴我们,刚开始十分专注,嗅着拉开的皮尺,还探究掘开的石隙,渐渐就不耐烦了。它们不知是追逐山蚂蚱还是飘动的蝴蝶,大口喘着奔跑在四周。后来它们又往一旁跑去,一边跑一边回头望着苏步慧。她跟它们走去,招呼说:"亦衔,咱们去蜂场那儿。"我跟上去。它们跑跑停停。山的东坡和缓,长了高大的橡树和合欢。绿草地上到处是小花,红的粉的蓝的,还有黑的。看到蜜蜂了,它们正忙碌。远远看到一个人在弓腰干活,是老鲁。这儿只有十几个蜂箱,它们放在草地上,旁边是矮矮的平顶小屋。苏步慧说:"看到山花了吧?野菊最多。我有时在这里一口气坐上半天,看花看书,看蜜蜂。就像做梦一样,人在这儿了。回想上学那会儿,怎么也想不到会有一座山、一个河湾。"我和他们同一年来到城里,她和余之锷来自南方一所大学。后来我知道她是校话剧团的,是十分受欢迎的女主角。不过我总觉得她不像擅长表演的人,只在眯着眼读诗的一会儿,才多少像个表演者。

我有一阵沉浸在回忆中。满坡的野生气和忙碌的蜜蜂让我想起了少年时代:大树和草丛、绿色中出没的各种动物。我耳旁又响起外祖母在林中呼喊的声音了,她的声音能够传出很远,也许是故意和她逗趣吧,只要她喊起来,总有一两只大鸟与之呼应:咕咕,嘎嘎,嘎儿嘎儿!它们扰乱她的声音,仿佛要把我引到它们一边。外祖母更起劲地叫啊叫啊,一定要压倒它们。我也呼唤起来,先是朝向它们,然后又向着外祖母的方向,一边喊一边往家奔跑。

"余之锷说你在学校编过一部话剧,是吧?"她亮晶晶的眼睛看着我。我说是几个人一块儿,我不是主笔。"那也好啊。我如果演出你的作品,那多好。"我说那是肯定了,"不过你演什么角色最好?"她说:"你猜。"我猜不出。我想她当导演更好,就像她在河湾这儿当女主人。她说:"我演了两个角色,都是纯情少女被人骗了。"我吃惊:"你被人骗?""哪里,是角色。我那会儿一百市斤,不信吧,瘦得很。我的腰只有一拃,穿百褶裙,当年时兴这个。我被人正经追过一阵呢。没用。我和老余一眼就对上了。"我笑了。她说:"你那好友可是个高手,他只用了别人百分之一的劲儿就把我拿下了。""'拿下了',"我重复一遍,"这说法好。老余是那样的人。"她哈哈大笑:"你们真是两极啊,一个出手又快又狠,另一个至今还是光棍一根。这种事朋友帮不上忙。"

老鲁隔着一个白色面罩和我们打招呼,手里提着什么,一团蜜蜂围着他转。苏步慧阻止我走近,只绕着他远远看。我们去了那个平顶小房,里面是各种杂物,还有装了半桶的蜜。苏步慧用一个竹片挑了一点蜜给我,甜得发咸。返回山的西南坡,两只狗早就等在那儿了,挺胸昂首,尾巴不停地摇动。何典和水利专家指着石头说着,余之锷在一张图上记录。这片山地秃斑近了看实在不少,实际丈量仅为五十二亩。它存在的时间很长,以前说是千万年,现在听专家说,才知道它从出生之日起就是如此。现在要让它浓发丛生,变成浑然苍绿,真是一件了不起的事。这是不是过于莽撞和天真了?

下山时我和何典走在一起,小声问这个工程的难度,到底需要耗去多长时间?他说这就难讲了,量化是困难的:以前在石隙中栽下的东西长不大,遇到旱季全都枯死;所有石头都是有根的,连在深处岩层上,只有把斜纵的花岗岩凿开,让酥岩层的山水渗进来,同时将石隙扩大,才能从根本上解决问题。"乔木长起来,下面的灌木就有了,这种生态可以接续下去。"何典说。人工凿山是不可想象的事情,那需要不少人,远非摘摘核桃栗子那么简单。我问是否可以使用炸药?何典说:"那要经过专门审批才行,还要专家来做,采用小规模定向爆破,难度也很大。即便这样,大致还是要依仗人工。这已经论证了多次。"我畏难起来，最后把心底的纠结吐出："那为什么还要干？这个'秃斑'一直存在。""因为这是一块'秃斑'。"我在心里说：更因为内心的倔强。人是很倔的。有人一定要做下去，直到做成。"这到底要多久？"我又问。何典盯着前边的人："三十年？一百年？只能一年接一年做，蚂蚁遇到了一块最硬的骨头。"

我相信余之锷与苏步慧最初是被秀丽的河湾吸引，被一种崭新的生活诱惑，最终却跌入了另一个宿命：凿山。我差点对何典说到自己的父亲，他整个下半生一直在凿山。

何典因为有事，与专家一起返回，临走答应两天后还要回来。老鲁夫妇一定要我们去他们那儿用餐。老鲁家里真是能干的人，她和男人一起打理山上山下许多事情，主要侍弄动物。它们把她当成了妈妈。那匹大马小广理紧贴着她的胸脯，她和它咕哝咕哝说什么，其他动物都抬头看。小灰在苏步慧跟前转着，又咬老鲁家里的衣襟。那只白羊咀嚼着，仰脸逐个打量，叫着"咩咩，咩咩"。"它在问我们吃饭了吗？"老鲁家里说，对它们扬手，"我们这就吃瓜面开花大馍去。"

老鲁夫妇居住的石屋不大，平顶，里面有一个触目的大炕，炕的上方贴了一张怀抱大鱼的娃娃。一口大锅冒着白气，她上前揭开，苏步慧探头一看叫起来。白气散去，我们都看清里面有玉米饼、开花馍、南瓜山药大枣红薯花生毛豆，还有泛着红油的咸鱼和蛋花蟹酱。咸带鱼覆了白菜根，装在一个棕色陶碗里。有一种圆圆的白馒头似的东西烤得一侧焦黄，是蔓菁。马铃薯蒸得裂出金黄的瓤儿，玉米穗还裹着青皮。大锅里应有尽有，一顿丰盛的晚宴全在这儿了。老鲁家里和苏步慧不让别人沾手，她们熟练地使用一块粗布,"哎哟哎哟"一件件取宝一样端出来。老鲁炫耀他的瓜干酒,摇摇葫芦对我说:"咱的酒装在这里,上山也挂在腰上,立冬以后就用得上了。"他让每个人都喝一小盅,连老鲁家里和苏步慧也不饶过。

从老鲁家里出来,我们三个去了河湾。风凉了,不能像过去那样下水了。月亮出现在山顶,把一片弯月形的沙滩照得明晃晃的。那片香蒲在摇动,里面有咕咕嗞嗞的声音。月光太亮了,小蜻蜓从蒲叶上飞起来。肯定有大鱼藏在藻叶下,它看到了我们,噗噗吐出一串水泡,滑入深水。往对岸望去,沿岸的杨树和槐树像高耸的山的轮廓。银色的细波涟涟无边,好像有无数的小型水族在跑,贴着水面追逐嬉戏。我们身后有哈气声,原来猫和狗都来了,它们专注地看着水面,不敢打破月光下的静寂。那只高大壮硕的金毛悄声站在苏步慧旁边,像个忠诚的卫士;细犬跟随余之锷,寸步不离。小耍耍和小膘虎离我近一些,它们正小心地查看脚下,防范一只举起双螯的小螃蟹。

这样的夜晚已经久违。身边的两个人就为寻觅这样的夜晚而来吗?是的,这里似乎最适合发生一场大爱情。苏步慧打破沉寂说:"也许有一天,那需要足够的闲暇和精力,我们会设法邀请一批朋友来这儿办一场音乐会。听众不多,我们一块儿忙秋、打理这片山峦的老乡们,还要请城里老友。这会是多么棒的晚会啊!"她描绘的场景足够迷人,好到不敢奢望。我盯着河面,又转身看看月色为山峦镶出的浅蓝色边缘,闪烁水一样光色的慢坡,说:"这儿如果上演一场歌剧,一定让人终生难忘。"

余之锷在听,望着河湾一言不发。细犬好像发现了香蒲丛里有什么,警觉地向前。它挺胸昂首的剪影真美。我们今夜有太多浪漫,这也是难以避免的。就像今天的晚餐,有时也会饮上几杯,好在不会长醉。山中传来敲击声:"咔,咔咔。"余之锷说那是什么鸟,它一到夜里就这样敲打。它的声音比啄木鸟沉重,很钝,让人想到铁钎和锤。我看着山影。一场没有尽头的开凿即将开始。那何尝不是浪漫。

何典归来了。他带回两本古文字学著作,厚厚的,上面署名"何俚嫣"。这是一个隐入民间的人,专注于几个领域,皆有不凡成就,却从不以专家自居。他说到这几本书:"不过是日常有感。"我想说这可是艰深的学术。他说:"读字有感。"他也不认为自己是医生,只是个千方百计把日子过下去的人:"疾病折磨人,就想法解决它。无证不能行医,我和遇到麻烦的人一起想办法。"苏步慧笑吟吟的:"典啊,你就给这个独身大哥瞧瞧什么病吧,号号脉。"何典看我一眼,没说什么。我把手伸过去。他不再推辞,过了一会儿又看我的舌苔。"什么病?"苏步慧问。"没什么病。""他到现在还是一个人。"她说。"那不是病。"我解释:"我也不总是一个人。"何典点头:"不是一个人。"苏步慧又问:"那我的药还吃吗?""入冬再吃吧,停些日子。"我看看步慧,不觉得她有什么病,瞧多么健康活泼。

何典把一包书送到阁楼上。他离开的时候余之锷告诉我:"她有一段离开我就害怕,耽误很多事。她委屈得要哭。说不定什么时候就一动不动地抱住我。"我听着:"那好啊!""好什么,何典说这是一种病。他给她开了一些药,现在好多了。"余之锷看着她。她不笑:"这是真的。我那时白天晚上都抱住他,抱着抱着眼泪就出来了。""抱住他,这不算什么错吧。"我说。苏步慧有点生气:"你懂什么。跟你说不清的。"正说话何典回来了,拍着一本书问:"这东西还没扔掉?"我看了看,是很有名的一部西方黄色小说。我接过来说:"也算名著了。"苏步慧说这是原来那个董事长给的,"一堆书中夹了这本。"何典脸色沉下来:"他怎么能给你这样的书?那也算朋友、合伙人?"他的目光转向余之锷。余不好意思了:"他是很看重步慧的。"何典说:"你们不再合伙是对的。"苏步慧红着脸没有吱声。

关于这本书,何典又说到了作者,认为这虽然属于精神现象,其实也是生理现象:"作者是个有病的人,我们古代叫'色痨',其实是可以服药的。"我听下去。"通常要破瘀和潜阳,但还远远不够,要镇伏。可惜现在没有那么好的煅龙骨了。"我听不太懂,只隐约知道一点。何典由此论及时代乱象,说到网络上推拥的淫秽,大感忧惧:"古贤说'万恶淫为首',其实是对的。淫荡开来,社会人生既无严整无庄重,也无敬畏,从此就像一件破了边的毛衣,很快拆散一空。男女大伦蕴含基本原理,一旦荒废,人生也就不再肃静。"我看看余之锷,很想评论一番:似乎有些道理,但未免太过保守僵固。碍于面子,再加上论题复杂,我没有说什么。

"欲火当有大能,但不可一口气烧完。前些年乡间推广一种'省柴灶',要一点一点添柴续火,就是那个意思。"何典叹道:"男女之事不过是忘我,那些淫人不过是玩火。""忘我"二字听到了心里,又觉得这位夫子并不迂腐,也许是很能爱的一个人。我刚才听他说到网络乱象,觉得这人绝非闭塞,只不盲从而已。他能专注能持守,能发一己之力。我故意问起狸金,何典果然一切了然,对那个保洁员尤其关注,说:"人心多么阴暗残酷,这就是一个窗口。"

几个人沉默了。苏步慧怯怯地问:"不就一个保洁员?那些人恨不得把他撕碎了,为什么?""为了让人恐惧。"何典声音沉沉的。

话题太过沉重。我在想那些眼熟的名字:小单单,火火,苟全法,刘赖通。这让人想到一群走夜路的人,他们身着黑衫,斗笠遮面。入夜,茶炉沸滚的时刻到了。苏步慧为我们煮茶,忙来忙去,叫着"典啊",让人欣慰。我真想学她那样喊上一声,又不敢造次。何典不苟言笑,抓起陶杯时一副小心翼翼的样子。这人初看木讷,实则心智灵慧,通晓时事。他每年有一两次远游,去南北东西,尤其要在水土迥异的南方过一段时间。余之锷说到这个人的南方之行:"他那里有切磋的朋友,也有茶友。最好的茶砖就是他送的。"苏步慧说:"典啊,你有空还得给我开药,我又那样了。"何典点头:"入秋的缘故。"

我多少好奇,趁她到一边搬弄水罐时问余之锷。他说:"总是慌慌的,安定不下来;还有,缠人。"慌慌的不好,缠人是好事啊。余之锷说:"她想孩子,担心她一个人在那边;再就是想城里一些人。这边为她解闷的人还是太少。"我琢磨这些话,似乎能够理解。鱼与熊掌不可得兼,既拥有静美迷人的河湾,又围拢那么多花花色色的朋友,这是不可能的。我宁可不要后者。但我离不开洛珈。问题是步慧和心爱者在一起,所以就紧紧拥住不愿放手。想想她搂紧他的样子也很有趣:他要上山,她搂紧;他要找老鲁,她搂紧。

苏步慧提来一个瓷罐,里面是山泉,从山顶草寮那儿取的。她一边为茶炉续水一边说:"我一直想找机会请那些做音乐的人来,在河湾做一场音乐会。可是山南坡的项目一开,就没有心情了。"

何典说:"那是另一种心情。"余之锷点头:"我把朋友已经做过的事列了一张表,标记了他植的树、他挖的引渠、他在东南坡养蜂场上种的花品。我要接上干。那块'秃斑'是他的心病,只不敢去碰。这块最硬的骨头留给了我们。这是更大的一场音乐会。"我兴奋地拍他一下。苏步慧懒洋洋的,仰着脸说:"哎呀,不一样啊。"

夜深了。我们站在小窗前看天上的月亮,望着不远处银波闪闪的水面,感受轻轻掠过香蒲的风。何典赞叹:"真好。一天里最好的时候。再冷一些该去南边小屋听老鲁海聊了,那是一场乡间大宴。"我问怎么回事?苏步慧说:"听老鲁慢悠悠讲山里故事,我们和典最爱听了,不愿睡觉。"何典说:"你们这儿最宝贵的不是山上的药材,也不是其他,而是老鲁这个故事篓子。他是河湾一宝。"我神往地看着那个方向。一片山坡树丛挡住了那座小石屋的灯火。余之锷说:"老鲁讲故事,都是听过见过的实事儿,地名人名清清楚楚,从不瞎编。""可也够悬的,我有时给吓坏了。"苏步慧伸着舌头。何典说:"真事比编造的更古怪。""更古怪。"余之锷说。我真想今夜就去老鲁石屋。

尽管夜里睡得晚,早上醒来并不困乏。啊,新鲜的阳光和风一起涌入窗口,带着浓浓的山野清生气。山菊的香味非常明显。苏步慧和何典已经用过早餐,在一旁商量煎药的事,听来有趣。"心口那儿闹腾,哗哗哗泛上来。捏巴捏巴会好些。""火夏伤阴,滋补是自然的。不过镇伏也不可缺。我是讲究这个的。""以前没有。""以前不到时候。"我很想问"捏巴捏巴"是什么意思。他们一起到门外去了,余之锷说:"她是迷信他的。不过有效。他是业余行医,只对熟人。"我想这和古文字研究的道理相似,会在某一个端点、某一个方向深入而独到。

门外阳光灿烂。狗和猫在近处跳闹,小灰也来了。何典一见小灰身上沾了什么,就抓起一只长把梳子走过去。小灰急着和金毛它们玩耍,想躲过,被他一把扳住梳起来,一边梳一边劝导:"不梳不行,美貌无以立本。"小灰渐渐变得顺从。余之锷笑眯眯看着,告诉我:"老何对它们总有办法。有一次我找不到他了,后来才发现他蹲在羊栏里,正耐心地给那只奶羊前前后后按摩,手法细腻。那只羊眯着眼很享受。按完了,他拍着手看它,它绕着他跳啊蹿啊。他对我说,动物和人一样,也要打通'任督二脉'。它大概是第一次被按到了这些穴位,你看!这是真的,那只羊从来没有这样欢跳过。"我一直看着何典和小灰,一个那么细心专注,一个那么温顺恬静。眼前的这幅画美极了。

我们三个一起去了小石屋,帮老鲁夫妇收拾饲养棚,又和一群动物厮磨了一会儿。何典余之锷与老鲁商量事情,苏步慧就让我和她一起采蒲菜、拾螺蛳。她戴了蜡染花布围裙、套袖,包了一块头巾,挎着柳条篮走在前边。香蒲旁有一条水汊,蓼花盛开,莎草稀疏,水生植物根下有亮晶晶的卵石,一些螺蛳就聚在那儿。秋天的蒲菜萎缩在芯里,每棵只取一两片。我向女主人提议:这几天就要返回城里了,能否去小石屋听老鲁聊大?她说不能直接说听故事,那不行。"要随口说到,顺便说到"。我明白。她说今夜我们带一块好茶找老鲁去。

这两天的大部分时间手机都设置了静音,每隔一会儿要翻阅页面,因为这是工作时间。信息蜂拥,一如既往。我惊讶地发现竟然没有洛珈打来的电话。她该多忙啊。女上司返城,嘱我早回。圆圆和老同学都有留言。关于那个"从科研角度进入"的女子,牵线的老同学仍旧没完没了:"你这样可不行!你这样就能算完?""你那方面到底是怎么回事,能跟我说说吗?以便让我心里有底。"我觉得费解而愤懑。在非常个人化的私人领域,他一定要"心里有底",这太过分了。我没有理他。棋棋沉默了,小伙子进入了低潮期。他可能第一次感受了恐惧。人世间啊,如果没有恐惧多好。恐惧是必要的吗?它最终不可避免吗?它的魅力何在?它会跟随一生?

夜晚来临了,这是此次河湾之行的最后一夜。凉风习习,我们一起去老鲁那儿。何典从南方带回了美物:一方香气深藏的老茶。老鲁夫妇被礼物迷住,抚摸,对在鼻子上嗅,嘿嘿笑。赶紧支起茶炉,搬弄新水。老鲁说:"这种老茶非要狠煮才行。"他用老树根做了一个茶桌,四面是有靠背的老榆木椅,坐上去十分舒坦。"你们谁醉过茶?"老鲁一边洗茶一边问。我们都说没有。"那就对了。老茶家一般不醉。"

果然是浓烈的香气,由内到外,一点点洇开。它是这一刻的夜氛,是从遥远山地飘过的讯息,比无数声音相加还要丰富。我沉默时想到了鸟鸣和大风,想到了雾气。茶香的作用是助思,令人做无边无际的想象。我少年时代的那片海滨林野不曾产茶,所以没有它的故事。外祖母和母亲不太喝茶,她们说到外祖父时才说到茶。今夜老鲁居于上座,旁边是胖胖的老伴,他们摆弄茶具,将一把把干果放进碟子。何典熟练地抓果子吃,说着今年的栗子和蜂蜜的收成,讲到去年的冬寒多么可怕:河冰里有一条大鲫鱼,好像正跳着,咔一下冻住了。"有人说半夜月牙升起来,亲眼看见一溜二尺多高的小人儿,一溜小跑过河了。"他说。

老鲁很快接上:"那是狗獾吧,它们远看像小孩儿。有一年我夜里冻醒,起来抱柴火,一伸手就摸到了一个毛茸茸的家伙。我以为是野猫呢,可它忒老实,一动不动。我把它揪紧,抱回屋里一看,是一只花脸狗獾。它大冬天不待在山洞里,也许是饿了。我找出一块干鱼和咸肉,它看看我吃起来。它的眼神我至今记得,像县城供销社的老韩,眼角有些吊。"苏步慧高兴地拍手。老鲁又说:"说起老韩这个人也有意思,他这人疼闺女,她出阁了还不放心,因为男人喜欢赌钱,常把她一个人扔在家里。他有一天半夜想起闺女,就骑上电驴子去城西豆市村看她。路过一片低矮的小土房子,窗户透出亮光,里面热热闹闹。有个声音传过来,挺熟,跷着脚往里一看,一些打牌的人当中就有瘦干干的女婿。他悄没声地看,只见这几个人除了女婿,都穿了古人衣裳,大襟粗布,头戴相公帽,脚蹬老式牛鼻鞋,穿了纳底白布袜。正觉得怪,又见其中一个从兜里掏出一把什么,一摇闪变成了钱。他女婿手气不错,一会儿就赢了一大堆钱,高高兴兴装到褡子里。老韩吸着凉气走开。他一口气跑到闺女家,闺女披上衣服出来开门,说爹又怎么了,他问女婿可在,她说他吃过晚饭就出门了。老韩不说什么,坐等到天亮。门响,女婿背着褡子回来了。老韩问他干什么去了,女婿答出门游玩,遇见一些人耍牌,就顺手打了几圈,结果大赢。老韩把褡子摘下,往桌上一倒,倒出一堆纸灰。两个人吓坏了。原来和女婿打牌的都是阴间的人,他们夜里没事就聚在一起玩耍,好在并不害人。"

苏步慧说:"好吓人哪。后来呢?""后来老韩就回家了。""再后来呢?""再后来我也没见老韩,听说当了股长。民不与官交,我就不找他玩了。"何典点头,说:"这座山不大,不会有怪物。那些山山相连的地方就难说了。"老鲁点上一支烟，吸一口又掐灭："难说了。有一年我赶车路过北大洼，就是这一围遭最大的集市，是个鸡鸣天儿。车过沙河边，一群大姑娘从山里出来，穿着花衣服，搽着胭脂。她们胖乎乎的，就像我家里这位差不多，走路一扭一扭。"老鲁家里不高兴了，插一句："说我作甚。"老鲁接着说下去："一扭一扭。她们肩上扛着果子、大个儿葵朵。我心想赶集也不该起这么早吧。她们走过去，风里立刻有一股臊貔子味，我吃了一惊。她们刚过去一会儿，又有一溜儿小个头姑娘出来了，她们身腰细发，小腿软绵绵的，一边走一边甩着小手儿，那个整齐。小姑娘和大姑娘一样，头顶肩扛的也是山枣和野瓜、拳头大的芋头。她们一转眼就走远了，是去沙河集。我心里纳闷，觉得这山里闺女就是勤快啊。过了一会儿太阳出来，四下望望都是山峦，没有村子，心里明白了：刚才看到的大闺女是狐狸，小闺女是黄鼬，它们把山里采集的野果送到集市，换来鱼肉荤腥。"

　　大家都笑了。我觉得这些动物实在可爱。我说："只要它们不害人，交换商品也是不错的。"余之锷说："能够闪化为人，那算精灵了。"老鲁拍腿："那当然了。那得修炼多年才行。这些精灵大致是凭本事吃饭的，顶多出来和人逗逗乐子。书上说狐女相中俊俏小生的事也不是胡编的。山南老殷家二儿子在乡里当差，长得好，骑自行车还戴白手套，就被路边的一个闺女看上了。他们在路边亲嘴儿，小伙子每次嘴上都沾了细毛。那是狐狸闪化的闺女。"余之锷惊讶地看看苏步慧。苏步慧说："你盯我作甚。"

　　老鲁嗓子沉下来："野物，妖怪，和人的事情也差不多。人过了九十也许知道，南南北北的大山和老林子才叫凶险，什么狠性都有。最毒辣的有两种妖怪，一是'黑煞'，二是'血煞'。'黑煞'没有人形,像雾气一样上挂天下挂地,人遇上十有八九也就没命了。"何典点头:"没命了。"我想告诉他们:我的父亲从南山赶回海边茅屋的路上,就曾遇见"黑煞"。我听下去。"'血煞'要比'黑煞'厉害十倍!那也是没有人形的东西,也像雾气,不知从什么地方漫过来。它罩住一个村子,人人都得发疯,胡乱喊叫,砸东西蹿跳,转眼就撕咬起来。'血煞'最爱吃十几岁的小孩儿,抓住咯嘣咯嘣吃,像吃水萝卜。实在吃不饱肚子,连上年纪的人也吃,有时上到八十下到小月子孩,都吃。那些年常有跑'血煞'的人,就为了躲避血光之灾。"我觉得头发梢那儿悚悚的,因为小时候真的经历过。我想说:千真万确。我萎在了黑影里。

何典沉吟:"凡妖怪,无论多凶,都有解法。"老鲁点头:"这话不假。老人们说过亲身经历的一件事,一年开春,村里人正准备套牲口下地呢,一大早有人喊快看山口。大伙儿抬头一看,只见一股黄不拉叽的雾气往这边漫开,镶了吓人的紫边儿。不知是雹是雨,反正都知道不是吉祥物件。老人大叫一声'不好',领人就往上风头跑。这是'血煞',它停在村口,等着风转,因为它没有脚,要借风赶路。'血煞'一直候在村头三天三夜。第四天刮起清风,回村取东西的老人发现'血煞'颤颤抖抖散了,一些脏东西像脓血一样吧嗒吧嗒落在地上。原来它们最怕清风。"

大家吐出一口长气。老鲁说:"记住,'血煞'来了要逆着风跑。"苏步慧说:"好在它没有脚。"何典摇头:"它借着风势,那比脚快。"

我一直隐在黑影里。今夜的故事让我怦怦心跳。老鲁讲起"血煞",哪里知道这对我根本就不是传说。我们直到凌晨才离开小石屋。一路上没人说话。月亮偏到一边,河湾有风吹来。金毛和细犬无声地跑来，它们全身颤抖地贴紧我们的腿。苏步慧一个个拍打它们，安慰着。

我无法睡去，站在窗前看黑乎乎的山影。林木在朦胧的月色里一片肃穆。远处的夜色像一片瀚海，响起若有若无的涛声。一阵寒冷，我披上衣服。宛如几十年前的荒野之夜，孤单，枯寒，胆怯。外祖母和母亲如在隔壁，只无法寻觅。一只失群的鸟儿从远处飞过，声音沙哑。我害怕孤单的夜鸟。小时候，这种一荡一荡的鸟鸣总是让我惊醒，然后再也不敢入睡。

父亲还在大山里，那时的夜晚只有我和外祖母。母亲去园艺场做临时工。海潮和林涛灌满了茅屋。我们许久没有看到外面的人走进林子里了，只有野物日夜呼叫。这片林野没有人烟，凡有人背枪进来，外祖母都会小声说一句："土匪。"她说大股队伍追得土匪四散奔逃，他们跑进了山里，跑进海边的荒林水汊。林子里早就没了老虎，也没有熊和豹，最后连狼都没了。能够伤人的只有蛇和蜘蛛，不过小心绕开就行。背枪的人才是最可怕的，他们有的散在四周村子里，眼神和别人不一样。外祖母能辨认这种人。

外祖母教我读书识字，从一个木箱中找出各种书。我看不明白，抱着这些宝贝去林子里，装模作样读给树上的鸟儿听。有些鸟儿熟悉我，和刺猬一样接近我。我胡乱编一些故事说给它们。后来我真的认得了一些字，开始大声朗读。

入冬后，外祖母和母亲把木栅门修好，糊上窗棂。这个冬天好冷，母亲从外面抱回一摞枯枝，生起一个大火炉。这个铸铁火炉是郑爷爷从外祖父的诊所搬回来的。这个冬天幸亏有火炉和外祖母的故事。这是我在她身旁度过的最后一个冬天。接着就是春天，寒风没有减弱,进林子采药的人戴着翻毛皮帽和大棉手套。有个老人说了一个吓人的消息:北边很远的地方,有个叫"大兴"的山地,出了一件惊天动地的大事,"啊啊,吓死人了。"他吐着舌头,一瞧我就不再说什么了。

她们听了老人的话,脸色好难看。春天迟迟不来。风不那么冷了,可空气里有些奇怪的腥味儿,不像大海的气味。后来刮起了漫天沙尘:鸟儿和各种野物全躲起来。大风过去的第二天黄昏,一个采药的老人气喘吁吁进来,一坐下就说:

"不好了,北边大山里出了'血煞'。"

我这回听得清楚,相信就是前些天另一个老人的口信。他说:"这是真的,它是一股雾气,罩住一个地方,人就发疯,撕啊咬啊,一天一夜就没了几十口人。它这会儿正从北往南,说不定什么时候就会飘到咱这儿。"老人脸色铁青,牙齿磕响了。这一夜真长。我蜷在外祖母怀里,怎么也睡不着。猫头鹰叫了,吓人的声音响了一夜。一连多少天外祖母和母亲都不爱说话。有一天我看到外祖母两手合在胸前,低头站在大沙岗前祷告什么。母亲说:"你姥姥有心事就会这样,她在说给郑爷爷和大红马。"

"血煞"离我们越来越近。母亲和外祖母商量事情,故意躲开我。又过了几天,我看见外祖母在灶上烙锅饼,母亲忙着找出一些衣物。风变冷变大,全是风的声音。沙子打在窗上,树枝啪啪落地。天亮出门一看到处都是枯枝败叶。桌上摆好早餐,一溜小碟里盛了小咸鱼、鹌鹑蛋、蘑菇和甜糕。这些只有过节才能吃的好东西全端出来了。她们变着法儿做好吃的,鱼汤,丸子,开花大馍,花卷儿,榆钱饭,鸡蛋蒸蟹酱,煎刀鱼,萝卜馅儿包子。外祖母说:"孩子,吃饱了才能上路。"我心里咯噔一声。

傍晚，妈妈把我叫到一边："你还记得那场大风吗？"我说记得。"就是那场三天三夜的大风，茅屋被沙埋掉一半，屋后小果园差不多全埋了。""是叔叔赶过来，一手提一只筐子，把沙搬走。""好孩子说得一点不差，就是叔叔。他住在南山，年纪大了，你愿和他住在一起吗？"我跳起来："我不离开！"妈妈脸上流下两道长泪："孩子，'血煞'眼看就要来了，再不走就来不及了。"她这样说时，大风吹来的黑云正掠过树梢，外祖母头发蓬乱从门外进来搂住我："孩子，这是真的。你要赶紧往南。"母亲扯扯我的衣装，拍拍我的肩膀："孩子，男人长大了都得出门，你要一路记住，自己是呼家店南边大沙河方家店人。"我点头。我记住了。

第一次知道林子这么大。黎明鸟被惊起，四蹄动物左右蹿跳。它们要送我一程。到处都是呼呼嗒嗒、唰唰嚓嚓的声音。林子变得稀疏，前边是旷野，连绵无边的荒草和一条条小路。晨雾里有远近的村庄，玉米和高粱刚抵双膝，一条大狗昂首挺胸看着我。

母亲说我将在天黑前走近那条大沙河，要趁着天光踏上一座木桥。我想着叔叔：总是笑，瘦窄的脸，一双眼睛像父亲。我记住母亲的叮嘱，如果迷了路就打听："呼家店怎么走？"过了呼家店就问："大沙河怎么走？"外祖母讲过大沙河的故事：里面有一只好心的大鳖，它一天到晚守在湍急的水流里，有人落水，它就把他平平安安送到对岸。前边的山不高，有一道豁口，一条不宽的路就从那儿穿过。我明白：过了这里就算正式进入山地了。

整整走了一个上午才看到呼家店。我不敢走进街巷，远远绕开，去找那条大沙河。走啊走啊，山更高了。这些山从远处看是蓝色的，走近了才知道是黄色的。稀稀的树木长在山的半腰，山顶全是石头。山上有雾,雾里有各种鸟儿在吵。我又听到了熟悉的杜鹃声,这和海边林子一模一样。太阳西斜,老野鸡叫了,它呼唤黑夜。我加快脚步,顾不得吃东西,只喝了一点葫芦里的水。太阳眼看就要下山了。面前横起了一条大河,啊,宽宽的全是白沙,这是一片大沙滩啊!脚下响着沙子,走了半里才听到水声。好不容易才找到那座小桥:石头上搁了几根粗木头。我小心地走上去,木头又滑又颤,随时都会掉进水里。好不容易过了桥,又踏上绵软的沙滩。从沙子上穿过,天就黑了。有人背着柴捆走过,我问哪里才是方家店?他伸手指指前边:"往南,往西,过了一条不大的河就是了。"

走了不远,真的再次来到河边。河心是细细的水流,踏着几块石头就过去了。一股热乎乎的风吹在身上,风里有熟悉的艾草气味。烟气和灯火混在一起,一座黑乎乎的村子轮廓出现了。我差一点哭出来,在心里喊着:"叔叔,我躲'血煞'来了!"

街上行人很少。我打听着,拐过又弯又长的小巷,终于找到了一座小小的石头屋:在黑影里踞着,一点声音都没有。

11

离开河湾之前,我一直想和余之锷说点什么。可是对方越来越忙碌,正准备着手治愈上苍留下的一块"秃斑"。有时我想:既然这种不完美是天生的,那么万般辛苦是不是多余和自不量力?不,只要亲眼看看那个光秃贫瘠的山坡,可能就会心有不甘。朋友找到了下半生的苦役。行前我想对余之锷说出一腔心事,而这一切在过去总是隐藏起来的。我好像突然发觉自己有了一把年纪,许多事情开始变得急切,担心不加紧脚步痛下决心,就要来不及了。从少年到青年,逃出林野,走过呼家店,越过大沙河,继续往前,直至今日,已经真的老大不小了,却仍未找到一个真正的归宿:至今还没有一个实实在在的家。

何时讲出心中的隐痛?余之锷一定会问:是谁、是什么,最终妨碍了你的选择?不知该怎样回答。是虚荣,是胆怯,是按部就班和一意追随的软弱?是无能为力与慵懒迁就?好像都不是,真的不是。我要如实回答,只能说:因为爱。

是的，我让生命中的一切都服从于它，将其视为最神圣最不可侵犯之物。我为此付出了所有。我在它发生之初就是清醒的，甚至预计自己将在某些时刻为了它而放弃宝贵的权利。为爱而忍受而屈辱，这好像是真正值得的。但是今天，现在，此刻，我已陷入深深的苦恼，好像正被什么日夜噬咬，最终难以按捺。可是我知道行前如果不能说出"洛珈"二字，也就无法与朋友讨论这件人生大事。我迟疑着，以至于最后推迟了半天行程，和他单独待了两个小时。

我们俩从河湾那儿走开，消失在苏步慧的视线之外。我们去了即将开凿的那个山南坡地，坐在高处的一片裸石上。从这儿可以看到远处连绵的山影。我的开场白说得直截了当："之锷，我越来越怀疑自己目前的生活是否值得，因为在我这样的年纪，真该做出一个决断了。""啊？你也不想在机关待下去了？""怎么说呢，我很矛盾。"余之锷看着我的眼睛："详细说说看。"他讨厌我黏黏糊糊的说话方式。我移开目光。没有办法，这会儿还是没有勇气说出那个滚烫烫的名字。我沉默了。余之锷捡起一块石子，投向裸石，发出尖厉的碰撞声。

我想起他以前讲过的那个真实故事：一位男子不停地追赶自己的深爱，她走到哪里他就跟到哪里，一路相随南北穿梭，为此放弃了事业放弃了居所。他一生都在这样的奔波之中，直到五十多岁疲惫不堪，一头栽倒在南下的火车上。爱的力量真大，也真伤人。这里说的是一种具体的爱，它会把人活活困住、困死。爱使人出卖原则，跨越底线，因为是爱。算了，这场至关重要的讨论真的无法进行下去。我说："那就再考虑一下吧。"

下山前我和余之锷绕到了东边那个小蜂场，看到了苏步慧和老鲁正在那儿忙着。她迎上来，笑眯眯地站在一块巨石旁。我这才注意到它像床板一样平整,四周全是花草。我们坐在巨石上。从这里看疏疏的林子和草地、星星点点的花,真是美极了。一些鸟儿并不怕人,它们跳荡在老鲁身边,又飞到我们脚下。余之锷告诉妻子:"亦衔想离开机关了。""真的?"步慧大眼如猫。"没有。只那么想。""不是说快当副局长了?"步慧的话让我喉头发胀,嗓子有些哑:"那倒不会影响什么,那不过是个小问题。"苏步慧刨根问底:"大问题是什么?"我反问:"你说呢?"苏步慧眨着眼:"那就只有爱情了。"

找何典道别。他一个人在阁楼喝茶,翻一本古书,那双有些凹的水汪汪的眼睛用力地看过来。他想起了什么,从一旁的挎包里掏出一个小瓶:"我也没什么送你,这是一种刀创药,如果不小心伤了哪里,撒上一点很快就好的。"我接过来,谢了他。

终于上路了。随车摇晃,一边翻看没有回复的留言和信息,从中找出必须处理的部分。一阵倦意袭来,颠簸无碍,竟然一口气睡了两个多小时。昨夜几乎没有合眼。睡梦中一直躺在一座小石屋中,是叔叔家。夜晚有些冷,山里的夜晚就是这样。我睡的大炕很热。睡前叔叔添了许多柴火,说:"孩子好好睡一觉,这一路啊。"叔叔和许多年前险些不是一个人:又黑又窄的脸上满是皱纹和斑点,身上没有多少肉,只留下强韧的筋骨。这无比单薄的身躯仍然有着不可思议的力量:搬起大石砣,轰的一声扔在一个地方;将一大捆远超自己体量的柴捆扛起,从山坡一直扛进院里;担起两个盛得满满的大筐,一口气攀上梯田。婶婶胖胖矮矮,两手合在胸前微笑,不停地叫着"孩子啊孩子啊",一会儿伸手摸一下我的额头,呵气一样说:"孩子啊不怕,咱这里没有'血煞'。"她指了指屋角的一杆土枪：黑苍苍的木头枪杆，长长的筒子。这是看山人防狼用的。我好奇地看它，抚摸它。叔叔说已经多年没有狼了。我说"血煞"不怕枪，那是像雾气一样的无形妖怪。叔叔像听一个神话，仰着头，小孩那样半张着嘴巴。

我们的石屋这样小，后面却有一个大园子，里面长满果子，还有兔窝鸡窝，有大鹅和鸭子。我钻进园子半天不愿出来。所有的兔子和其他动物都在短短的时间里认识了我，提防的眼神很快变得和气，试着用头和爪子触碰我。大鹅昂起脖子比我还高，亲我的头发，在下巴那儿蹭着。鸡啄我的衣服和手。鸭子看着我喊："呱呱、呱呱。"兔子跳到膝上，那柔细温暖的皮毛好生可爱：它们夜里很少睡觉，所以一双眼睛熬得彤红。婶婶指着这片园子说："这里是祖上老宅，一点一点塌掉，剩下的一把火烧了。小石头屋只是当年的一个边厢，只它留下来了。"我吃惊了。婶婶又说："你爷爷一天到晚下棋，奶奶一个人管不了老宅，就眼瞅着荒塌了。"

我没见过爷爷，不过我想自己也许和他玩得来，没准还能学来高超的棋技。闲下来我打开包里的书，先是默读，然后高声朗读。婶婶和叔叔笑眯眯的。叔叔说："孩子，你得上学去了，不能荒废这件大事。"他们一遍遍合计，叔叔出门一天，回来说："孩子去学校吧，那里有个远房亲戚，会对你好。"我真想哭一场。我想念母亲和外祖母，紧紧咬着牙关。

学校就在大沙河边。那是一片黑乌乌的树林，林子里有许多房子，用石头和砖垒成，屋顶长了许多瓦松。这在过去是一座河神庙，里面住了大沙河的神灵。这使我惊讶：一条河是有神灵的，它的住处被人占了，会不会发怒？远房亲戚是一个四十多岁的长络腮胡子的人，他接过我的东西，领到有一排有地铺的屋子。这儿的人全是山里腔调。"你怎么不说话?"老师问。我说:"嗯嗯。"我出了林子就不爱说话了,在林子里跟无数的树和野物说话,离开它们就不知道说什么才好。"你要多说话。"老师说。我点头。老师故意在上课时提问我,为了听我说话。我的声音是来自海边林子的,所以一开口大家就瞪起眼睛。我口吃,闭上眼睛,等待一阵热辣辣的感觉像潮水一样消退。老师说:"你的嗓子像一种鸟。"

回到叔叔家可以睡长长的觉。这时恍惚回到海边林子,风声和海涛声混在一起从枕边掠过。第二天又要去学校,每次从颤颤的小桥踏过,都提心吊胆。我发现学校教给我的字,还没有随身带的书上多。不过这里教算术。我不喜欢算术,只喜欢故事,而书上有许多故事。我真想离开这座黑乌乌的学校。

冬天来了。大雪纷飞的日子,突然又听到了"血煞"两个字。这消息传到了山里。叔叔和婶婶都慌了。一连三天大风刮得昏天黑地,风停了,重新回到学校,跨进大门才发现到处没有一点声音。我进了空空的屋子,天哪,桌子和窗子全都破了,满地纸屑碎片。所有屋门上方的雕花和彩绘都砸烂了,那是以前河神庙留下的。所有人都不知跑到了哪里。我蹑手蹑脚去了地铺,胡乱装好书和杂七杂八的东西。出门时遇到几个慌慌张张的人,他们顾不得理我。我一直往大沙河跑去。雪停了,风大了,大沙河中间的水流冻住了。

整个冬天我都藏在小石屋里。外面的风大极了,北风。北风多吓人哪,我一想到那个在风中移动的妖怪就周身发抖。叔叔往炕洞里塞了更多的柴火。我还是颤抖。春天来得十分缓慢,就像那个海边的春天一样,花儿开了又败,寒风阵阵割脸。天空雾蒙蒙的,落叶和杂屑飞到半空。一群不知名的鸟儿掠过,向更远的山里飞去。傍黑,叔叔脸色煞白地回家了,一进门就和婶婶关在了里屋。

第二天凌晨,叔叔不再隐瞒。我估计得不错,这回"血煞"真的要来了,它抵达山地北部,那里已经死了很多人。我知道动身的时候到了,天亮前就要出门。婶婶像外祖母和母亲一样,早在几天前就为我准备了上路的东西。"只要风声过去,赶紧家来!"婶婶说。叔叔叮嘱那句最重要的话:"记住,咱是'呼家店南边大沙河方家店人'。"我用力点头。天快亮了。鸡在打鸣,园子里的动物发出嘈杂声。

出门后两脚生风,一直盯住天上的星星。向南,要一口气钻到北风吹不透的地方。我摸了摸身上的水葫芦,它紧贴腰侧。太阳升起来了,山雾被呼呼点燃,东边的山影映出一道金边。林梢在跳动,从那里传来大鸟的叫声:"嘎啦啊呀,沙啦啊啦!"我一直未敢放慢脚步,脚上很快起泡了。哪里才是尽头?我往山坡攀去,心里突然涌起一个念头:去水利工地寻找父亲!

新的想法让心跳加快。我朝着西南方向走去,一路打听。路上的人指点重重大山:"工地嘛,就在大山后面,那里有隆隆炮声。"我侧耳倾听,听不到。天黑下来就寻住处,草垛、空屋,看山人小窝,只要能过夜就行。走了七天,不知到了哪里。我问路上的人,他们就说:"是'老鸦川'吧?山那边进来一帮开山的人,接着黑老鸦一群群飞来,就叫'老鸦川'了。"我继续往前。随着山坡变陡,乌鸦真的出现了,它们像石头一样压在树丫上。我听到了炮声,沉沉的。"爸爸!"我叫了一声,眼泪涌出来。

循着炮声往前,终于看到了帐篷和泥屋,看到了升起的炊烟。一些破衣烂衫的人端着碗筷从泥屋进出,一边喝汤一边走。我不再害怕,鼓起勇气走进那些人中间。一些戴了柳条帽的人围在一起,我问这儿有没有父亲?他们说光报出名儿也白搭,"哪个连哪个排？几营几班？"我什么都不知道。他们指着前边："从这儿出去全是工地，你怎么找得到？"

我饿坏了。开山的人勉强填饱肚子，谁都没有多余的东西。好不容易分到一碗稀溜溜的玉米糊、几块黑硬的瓜干。晚上，我爬到一个空铺子上睡觉，那是前天刚刚空下的。不断有人死在炸药掀起的石头下，塌方的事经常发生。我在工地上蹿来蹿去，最后引起了一个黑脸人的注意，他把我交给一个矮矮的汉子。这个人外号叫"半个人"。他用手电照着翻遍了我背囊里的每一件物品，最后把两三本书捏在手里。这手真脏。他说一句"跟上走"，把我关进一间小屋里。这里除了一团麦草什么都没有，夜里冻得跺脚。天亮后有人砰砰砸门，扔进一个拳头大的窝窝。门外有一队老人站了一溜，我给推进中间。背囊和书还在"半个人"手里。这队人给领到一堆石头跟前，每人发一只锤子。砸一天石头，晚上再次回到那间冰冷的小屋。我趴在小窗上喊："我是呼家店南边大沙河方家店人。"没人理睬。

半夜门开了，进来的是"半个人"，拎着背囊。我再次喊出那句话时，他蹲下，突然揪住了我的耳朵。"从哪儿蹿来？从哪儿？"他的手指抠在颌下，一阵钻心的疼痛让我大叫。"看我怎么治你这只小貔子！"他狠踹几脚，走开了。一夜又疼又冻，几乎没有合眼。我想起母亲和外祖母的叮嘱，明白犯下大错：我只该一路往南。一遍遍想着怎样脱身，将背囊藏进麦草里。天阴得乌黑，收工时，我藏在了一丛灌木中。一直等到满山灯火熄了，我才小心地接近那座小屋。啊，麦草中的背囊还在。

整整一夜都在狂奔，浑身创痕被风一吹，发出阵阵痒痛。我现在对一切都不再留恋，只一路向南向南。

生来第一次见到大江。想去江的另一面，又害怕从此找不到回家的路。我一连十多天徘徊于江边水汊，在苇丛中钻来钻去，直到结识了一位"鱼蛮子"。他用柴草搭了一座地窖，周边蒲荻中全是这样的窝棚，里面住了逃荒的人。他们平时吃小鱼小虾，挖植物块根。我帮老人干活，住在窖子里，一颗慌跳的心好不容易安定下来。我一天天住下去，想不到成为一路上最长的耽搁：冬天过去，又是春天。春天开始让人张望。我日夜想念半岛，想听到海边的消息。没有，没有任何人说到"血煞"两个字。"鱼蛮子"就像哑巴，一天只说一两句话。我的心一横，想离开水汊。分手时老人长长叹息，向我说出了一个镇子的名字，说那里有自己的亲戚。他从年轻时就逃出镇子，已经在外乡过了多半辈子："你路过时去看看他们吧，说我哪儿都好，身板硬朗。"

随着越走越远，我有些后悔：那个无忧无虑的小窝再也没有了。老人的镇子在沼泽野地东北方，要翻过一座大山。走啊走啊，我对喧嚷的人声无比胆怯，但最终还是硬着头皮走进了巷子，最后打听到那户人家。宽大的木头大门后边有一处大院，隔成几个小院。一个六十多岁的大婶迎出来，听我说过野蒲水汊里的老人后，一屁股坐在了地上。因为我从老人身边来，她让我住进厢房："歇歇脚吧孩子。"我犹豫了一会儿，放下了背囊。她的一双儿女都在镇上做事：儿子在农机站开拖拉机，女儿在供销社管仓库。

我帮大婶打理小院，将多年堆积的杂物清理干净，把大块树墩劈成烧柴。她的女儿回来了，年纪比我大一点，脸色红红的，一双大眼不太友好地看着我。大婶让我叫"莱莱姐"。她冷着脸，长长的睫毛忽闪着，没有应声。吃饭时，她从兜里掏出两块包了花纸的糖果，给了母亲一块，给了我一块。我不舍得吃。

夜晚我在厢房读书。窗户被弹响了,莱莱探头问:"你干什么?"她推门进来,问起水乡的伯父,发出叹息。我发现她脸上板板的,心肠软软的。她看着窗外,两根又长又粗的辫子搭到腰上。我从来没见过这么长的辫子。她走了,屋里有一股糖果的甜味儿。我取出口袋里的糖果看了一会儿,继续读书。这天夜里做了一个梦:我回到了海边林子,身后总跟着一个人,回头一看是莱莱。

我把小院里的所有活儿都干完了。我想离开,大婶就让我帮儿子的拖拉机卸货。他比莱莱大两岁,同样沉默寡言,穿了沾油污的蓝色工作服,对我十分冷淡。拖拉机拉砖、拉煤,到了一些站点就要卸货。他站着抽烟,让我和一些人干活。我的手碰得哗哗流血,他看都不看一眼。他从来不和我闲谈,更不问一句伯父。回到家里,莱莱说:"去供销社打杂吧?"我没吭声。第二天莱莱说:"我们那儿是会计说了算,你去吧。"

她领我去了仓库。好大的房子,里面堆满了各种货物,到处黑乎乎的,要在货架中走一会儿才能看清东西。一个角落亮着一盏马灯,有人披了衣服伏在那儿,是个三十多岁的女人。她就是会计。会计提起马灯看我,我也看清了她:个子不高,眼窝发紫,眼睛溜圆,胸脯那儿像塞了什么,高过了下巴。她活动时很笨拙,看着我笑:"嘴上都长出小黑绒了。有劲儿?"我害羞了,点点头。莱莱高兴了,拉拉我的手走开。刚离开一会儿会计就喊,我又转回。"把这些肥皂码那边。"我搬起一箱箱肥皂,她又问:"识字?"我点头。她把一个漆皮夹本递过来:"慢慢念。"说着抓起一个算盘。全是货物名称和数字。她噼噼啪啪拨着算盘。

莱莱身上总有一股糖果味儿。她偷吃糖果时也塞给我一颗。有一次我们正吃糖果,发觉有双眼睛,原来会计不声不响地站在黑影里。我慌了，往货架后面跨了一步。会计回她的角落去了。莱莱小声告诉我："会计她爹是老股长，这里人人都怕她。"莱莱识字没有我多，她从供销社找来一些收购的旧书，我读她听，直到深夜。有一天半夜，她哥哥闯进厢房瞪了我一眼。我闭了嘴巴。她说："读。"我念不成句子了。在仓库里，最好的日子就是会计出门报账，这时只有我和莱莱两个人。我们偷吃糖果，读书。我发现她稍稍有些胖，真壮啊，大概是吃了太多的糖果。她剥开一个橘子瓣形的糖果填到嘴里，又咬下一半给我。

会计越来越多地指派莱莱出去做这做那。会计说仓库真闷真热，却不开门窗，只穿一件小背心。她的胸脯太大而且有一股奶羊的气味。我钻在货架深处干活，她总能找到。我觉得她身上散出的热气抵得上一只火炉。她在黑影里看我干活，紫色的大眼让人害怕。她把算盘咔咔甩了两下，用手背将珠子拨开，用食指扣下一颗又一颗，问："我来问你，一共偷吃了多少糖果？"我慌了："不，不知道。"她把货架上的一包点心啪地摔到地上："这个也偷吃过吗？"我不敢说谎："不，这是大货物，我不敢。"她仰脖大笑，逼近，胸脯差点按到我的脸上，又热又酸的气息像雾一样笼罩。她指着自己的胸部："这才是大货物哩，敢吗？"

我扭开头，一颗心快要跳出来。她突然大喝一声："立正！"我在全无预料的口令中猛地立定，险些撞到她的胸部。我退开一步，她上前一步。"我真的没吃'大货物'！"我挣脱，恳求，紧闭双眼。她的身体沉极了，揪扯，喷气，一只货架被碰倒了。"你不会承认，你不会从实招来！"我头蒙了，不知在发生什么，整个人就像溺水一样，浑身湿淋淋的。我奋力把缠上周身的水草抚开，探出水面大口呼吸。我感到了她身体的一部分，绝望中呛了一口水。我用双脚蹬住货架，身子往上弓起、弓起，猛力挣脱。我把她掀翻，腾地跳起来。她尖叫，跪在地上揩着什么："你等于杀了我，看我怎么收拾你！"她提上衣服，回身去抓地上的算盘。

重重货架就像野地丛林。我一次次绊倒又一次次爬起。身后有屏气声，有算盘的哗哗甩动声。我从货架缝隙里挣出，一抬头看到半裸的身体堵在那儿。她扑过来，可怎么也揪不住我汗湿的头发。"哎呀你气死我了，你敢偷吃支援亚非拉的东西！"我看清她的一只脚鞋子掉了，只穿了袜子。我不顾一切地推倒三个货架，听到她被砸到的哀号，只不停步，一头撞开大门，跳到了白花花的阳光里。我一口气跑进巷子，跑向那个小院。

我身体的一部分被弄脏了。我一边哭泣一边洗涤，一直洗到天黑。我关在厢房里，任人敲门也不出来。莱莱要我把门打开。我说："那个'大货物'，她要告发我们。"我粗略说过了发生的事情，莱莱揽住我安慰着。这时又有了溺水般的绝望。我听到了她嘭嘭的心跳声。"不用害怕，她偷吃更多。她欺负了你。"莱莱气得咬牙切齿。我说："我叔叔有一杆火铳，什么野物都不怕。"莱莱说："她是最坏的野物。"

外面有一个男声在吆喝。我们分开了。这天晚上我没有吃饭。夜深了还难以入睡，只觉得饿极了。我趴在窗上看了一会儿月亮。不敢想白天发生的事情，懊丧到了极点。门被轻轻敲响，是莱莱。我刚要说什么，她进门就捂住了我的嘴。我们用呵气似的声音说话。我晃动她，她开始抚摸我。我只想伸手摸一下她的胸部，那个很软很高的地方。她说："那不行。"她附在我耳边说："你就像一匹锃亮的小马。"她说供销社就有这样的小马。"现在，小马拉车去了，长大了。"我后来执拗地要摸她那儿一下，她说就一下吧。

我和莱莱夜夜都要待一会儿。我再也不去仓库了。莱莱说那个"大货物"让我回去结账：工钱四块多呢。我说不要工钱了。一天夜里莱莱刚离去，门就被嗵嗵撞响。门外的人并不进来，站在那儿说："你给我出来。"是莱莱哥。我跟上他出了院门，一直走到巷口。天空有一轮弯月，风很凉，一大丛菊花在摇晃。他声音沉沉的："你知道自己干了什么？"我牙关胀疼。"她也是你碰的？"刚说完就亮出一把小刀，像拇指那么大。我的惧怕突然消失了，喊："我们一起骂'大货物'！"他根本不听，做出戳我的样子，我跳开了。他在后边追赶，大声喊着，喊声和狗吠混在一起。

"小叫花子！从今天起，见你一次杀你一次！"

他不再追赶了。我跑开一段路，又慢慢返回菊花旁边。我的心情糟透了。这是从海边丛林跑出后最难过的一天。我知道要离开镇子了。可是怎么与莱莱和大婶告别？怎么办？我看着天上的弯月，不知该往哪里走。我并不怕他，我是伤心。我为什么伤心？我虽然知道自己早晚不会待在这个镇子上，可真要离去了还是伤心。

一夜都在巷口徘徊。东边一点点改变颜色，天亮了。我回到小院。早饭时一家三口都在，莱莱哥哥冷着脸，装出什么都没发生的样子。饭后他们都走开了，只有我和婶婶在。我说自己要去东边办一些要紧的事。"什么事？供销社让你去？"我说是的。"这次要去好多天，要随身带些东西，这个，"我把一本书举起来，"这是交给莱莱的。"婶婶说："一路小心，世道乱哩。"

走出镇子，背囊更沉了。我几乎没法不想莱莱。她回到空空的厢房会生气的。她只要打开那本书就会看到里面的纸条，上面写了告别的话，写了我必定回来。我没有写离去的原因，也没有提到她的哥哥。我厌恶那个下巴尖尖的人,特别不喜欢他的尖鼻子。但我一点都不恨他。

我在镇外岔路口盘算着往哪儿走。这里是半岛西南部的外乡,我想回到半岛。关于"血煞"的消息还有零零星星,可我日夜想念外祖母和母亲,已经顾不了那么多。大沙河在正北方,叔叔一家不知怎样了。我在路口耽搁了一会儿,最后还是决定往东。我想东行一百里而后折向北方,就能回到半岛。那里的风有海的咸味儿,我一抬头就能嗅出故乡。强烈的思念让我不再顾虑任何危难,心中只有一个方向。我在干燥的山地辗转太久,只想念平原,想念林子里四散翩飞的大鸟。这一路如果有外祖父的大红马就好了。我想象自己骑上大马,像一团燃烧的火球一样翻滚,眨眼就能跃过山梁。我后悔没有取走自己的工钱,那样就能买票乘车了。我最怕回到阴暗的库房,怕听到噼啪作响的算盘。一辆马车从旁驶来,我央求搭车,赶车的中年人是个斜眼,一路上掏出兜里的炒豆子咯嘣咯嘣嚼着。多香的豆子。

马车走了一程,我下车了。站在风里张望。天快黑了。我跟上一条干瘦的狗走了一会儿,看到了场院和大草垛子。我两天两夜没有合眼,这时钻到垛子里,枕着背囊就睡着了。梦见了莱莱赶过来:"跑这么慌急是找妈妈?""我饿坏了我要回家。""我带了糕饼。"莱莱解开衣怀,逼人的香气让人泪水奔涌。我大口吞食,紧紧拥住了她。外面的狗吵成一团,天亮了。

我向小村走去,差一点倒在一间草屋跟前。我扶住门框望着,看到了一个拄拐的老爷爷,身边是一个扎朝天锥的娃娃。他们走过来,老爷爷看看我,回屋里端来一碗高粱糊糊。我坐在门槛上一口气吃光,深鞠一躬,然后向着田野走去。穿过结满穗子的玉米地,踏上厚厚的地瓜秧，这才发现满地都是吃物。剩下的里程只和那些不依不饶的护秋人周旋，他们手持大棍和镰刀，还佩了弹弓。

我打听那条"大沙河"，最后找到了不止一条。弯弯曲曲走过一个月，有时昼伏夜行。眼见得秋天过半，山上的柿子红了，馋得人流口水，攀上去摘一个，涩得拉不动舌头。终于见到了那条眼熟的大河，它几乎全部干涸。从这里过河不难，可是不知离叔叔家还有多远。我想了想，索性直奔海边丛林。外祖母和母亲啊，茅屋啊，恨不能一头扑到你们怀中。越是往北风势越大，来来往往的人越多。风里传来呼叫声，骇人的声音直到凌晨都未能消停。一天半夜听到了枪声，枪声停了，夜空一片死寂。

踏着一地霜尘进入荒野。双脚灼热，冰霜融化，身上的背囊轻了许多。林子里的小动物探头看我，喜鹊大声呼喊。我害怕它们的吵声引来背枪的人，弓下腰，沿着细细的兔子路往前，钻入高高的柳丛和紫穗槐棵。多少野物啼叫，叽叽咕咕，嘎儿嘎儿，都是我打小的朋友。大沙岗越来越近，啊，我望到了那些大树。我摘下背囊，在一丛柽柳中趴下。我从树隙不眨眼地看着那个方向，等待一个小窗亮起灯火。

等啊等啊，鸟儿安静下来，到处一片混沌。前边没有光亮。我焦躁万分，一次次站起。就在这时树梢摇动几下，啊，看到了灯光，红红的。泪水一下涌出，我捎起背囊，不顾一切地蹿出柳丛。

外祖母和母亲被敲门声惊得慌里慌张。我低声叫啊叫啊，门开了。我僵住了：她们满头白发，站在微弱的灯光下，看不清脸。我先是被外祖母抱住了，然后是母亲的手按在背囊上。她们快步走动，蹑手蹑脚，呼叫的声音压得低低的。我一句话说不出。

"孩子啊，好大的孩子啊，真是你啊！你从头说，你慢慢吃。

你从天上掉下来啊！"妈妈高兴得说不成话。我咕咕喝汤，大口吞咽窝窝。粗窝里掺了野枣和地瓜，甘甜逼人。"猫来了，它听到你了。"外祖母话音刚落，那只大猫就出来了，可它并不靠前，盯住我看了一会儿，才开始蹭我的膝盖。我紧紧抱住了它。一夜不能安睡，讲这一路，讲大沙河和那个骇人的水利工地。我说："再也不走了！"静了半响，妈妈叫了一声："孩子！"外祖母起身看看窗户，转过脸说："这是风声最紧的日子，到处都有'血煞'。你明天就走吧，还是凌晨起身。"我喊道："我不！"妈妈说："你爸千叮万嘱。男子汉要大胆上路。"

她盯住我的眼睛。我把脸转向一天繁星。

还是那个时分，还是黎明，还是那个背囊，还是那条小路，还是那些伫立树梢的鸟儿。不再打听那条大沙河了，我直接迎着南部山地走去，一路听着自己嘁嘁踏地的脚步声。天亮时分离开港城北部原野，进入萧索的秋末田垄，在影影绰绰的村落穿行。向南，出半岛，过胶莱，入泰西，进邹鲁。外乡人的口音吱吱哇哇引我向前，陌生的街巷小屋擦肩而过。我穿过几十里平原又攀坡地，在胶济线南北徘徊，走入半岛西部。就这样过了冬天和春天，又来到夏天。我宿过草寮和乡亲老屋，躺过马车店的通铺。我为孤老汉担过柴火，收过大田里的芝麻，还进过赤身干活的油坊。我垒过砖坯，扛过木头，偷过村头的杏子，摘过田头的辣椒。就这样不知不觉过去三年。有一天我站在镜前，看着脸上的粉刺和上唇发黑的胡须，吓了一跳。我突然揪心地想念几个人：蒲苇水汊的老人、供销社的莱莱。我放下手中的一切奔向他们，花了三天两夜才找到灼热的镇子。终于见到了小院和大婶，她送来的消息让人沮丧万分：老人过世了，莱莱嫁人了。

就是这一年秋天,我听到了一个突兀而怪异的消息:许多人奔向了同一个地方,他们藏在那儿苦读,准备迎接一场考试。我想起了大沙河,想起了叔叔。这个消息最终得到了证实。我一边探究,一边往北移动。一天深夜,我终于再次踏过那条南北走向的枯河,登上填满卵石的河阶,站在了一座黑乎乎的山村街头。这儿连一声狗吠都没有,静极了。许多年后,我会深深地感激这个夜晚。这里的小石屋住着一个男人,他曾经用双手解救出淤陷在沙中的茅屋,耳聋人瘦,无比纯良,是我的叔叔。他辛苦一天,今夜正在安睡,却被一阵阵敲门声惊醒。

我回到了那座河神庙改成的学校,而今此地已是另一番景象:无数的大龄青年伏在桌上,他们都是高考补习生,正准备拼力一搏。这些人相互陌生,来自四面八方,我是他们当中最小的一个。与他们不同的是,我需要从头做起,从初中甚至更早的课程开始补习。我在大沙河待了三年多,几乎不曾离开黑乌乌的校园。就这样补习了全部课程,还在课余爱上了篮球。一位双腿颀长的女生穿五号球衣,技高人俏,两眼宛如星辰。我爱篮球,一度不思茶饭。可是"五号"除了玩球,几乎没有正眼看过我一次。我在心里为她喝彩。她比莱莱高,长脸庞,一双眼角很长。

又是一个秋天,"五号"不见了。她考入了一所遥远的大学,像鸟儿一样飞走了。我还留在校园里。那个秋天我拼命打球,整个人瘦得像麻秆。夜里一遍遍想着"五号",会发出呻吟。这些日子太难过了。我在想,可能终生都要追悔莫及:怯懦使我失去了机会,就像三步扣篮,仅仅耽搁了几分之一秒,一切全都翻篇。我琢磨补救的方法,怎样才能追上那只飞鸟。后来觉得实在荒谬:对方全然无察,我不过是暗自将一颗心磨得灼热。努力冷静自己,终于从煎熬中明白过来：现在最迫切的事情，就是像她那样变成一只鸟儿飞走。我还有时间，我也许会突然出现在那个篮球场上，激动万分地呼喊她的名字。

这是决定命运的时刻。我必会成功，我别无选择。我长得又高又壮，比大多数同龄男子高出一截，双腿和两臂强健无比。这是我在大沙河的最后岁月，离开时正值落叶飘飘。我背着行囊，提着网兜里的一只篮球出了大门。大沙河有水了，我沿着河岸寻找那座小桥，心头划过无限往事。抬头看着对岸高天，一朵朵白云，一条青杨大路，心头突然闪过一句书上的话：怎样做一个清洁而进步的青年，这是一个问题。

12

我接二连三接收到一些美丽的风光图片：一幢幢建在湖边的别墅、园林楼宇、花团锦簇。这使人想到欧洲，特别是北欧一些风光旅游地。正在欣赏，另一些室内华丽装饰照也接踵而至：大理石壁炉、手工地毯、现代炊具、宽敞的厨房餐厅、豪华灯饰等等。令我不解的是它们系陌生人发来，而且没有一句说明。纳闷半天，最后将其放到一边。我太忙了，要抓紧时间将半岛调研报告写出来，还要参加没完没了的会议，完成网络版的时政必答题。随着年龄和工作履历的增加，我发现真正繁忙的人生阶段开始了。几乎没有休闲时间，除了不得不强迫自己睡去的几个小时，只要醒来就得匆匆打理，手机上堆满一个个通知、一件件事项，更不要说重要的和可有可无的各类信息：朋友留言、待回电讯、无数可疑的消息、真知灼见或卖弄的才情、显而易见的谣言、无耻的谩骂、急不可待的诅咒，林林总总不一而足。它们都叠放在巴掌大的小魔器中，其中的绝大部分无法回避，即便是当机立断的屏蔽，也要亲自动手才行。

时间比金钱还要宝贵，它在芜杂混浊中快速流逝。女上司也开始不耐烦了，她正为我发去的一个电子稿而恼怒：某一行某一节、某一天某一事。"你全搞错了！你的注意力要集中！你干什么去了？"亲爱的女上司，我什么歪七斜八的事都没干，一直在撅着屁股兢兢业业地琢磨词儿，想把它们捋得像薰衣草那样齐整和顺溜，让所有人都无法挑剔，让公文老手都竖起拇指；说不定上面的内参还会选用，领导大笔一挥给个热赞。我的工作目标总是定得很高。可是女上司根本不听。只她一个就够我应付的了，这个对人一片火热心肠的好人，只因为是一个资历深远且负有重责、上进心永不衰退的女人，有时就变得让人爱恨交加了。"你来办公室加个班吧，有些事情非得当面谈谈不可。"她的措辞有些严厉。

　　我每次去办公室发现都没什么大不了的。她就是这样一副急脾气，工作狂，也是享乐狂。她在抓紧谈话的一点空隙还要吃些滋补品，见我盯着她的药丸，就说："你们年轻人没有这个必要，我们不小心一点就不行。"她保养得好到不能再好，面色白里透红，说句不敬的话，其姿色并未因为这把年纪而对一些老年人失去了强大的吸引力。我听说她在外地一些会议场合，就被梳背头的七十多岁的高阶人物看中，竟然于极短的会期急切追逐起来。好在她经历既多，见怪不怪，总是微笑着应付下来，说："我哪能那样呢。"一些辛苦半生的男性在她面前变得不再拘谨，而是直截了当，直到她不得不报出自己丈夫的大名，这才让对方无比尴尬，作个揖退下阵来。她是善解人意的，从未得理不让人，认为机关大了，人多了，相互之间难免有些误解，"以为会怎样，其实不是"。还说："人都是有所为有所不为，谁都不能胡子眉毛一把抓。"这些套话和俗语在她那儿运用娴熟，流畅无碍，句句都有实际内容。就公文的撰写来讲，我不得不承认她确为行内高手。比如这次东部调研，她的发火也是有道理的。就因为河湾之行分散了精力，所以我在行文时就有点松懈：想用一些套话敷衍，过于明显和虚飘了一些。这在内行那儿是一眼就看得出的。

  她除了工作方面的急切和追求完美之外，也还有些寂寞。这当然另有原因。丈夫太忙，会议之类实在太多，所以她大多数业余时间都要独自打发。她能将日常的空虚不露痕迹地加以转化，比如时常表现出一副马不停蹄的样子，似乎总是忙碌。"时间真的不够用啊，时间。"她感叹。但我知道她的时间其实比我宽裕十倍，比如按时填写的时政题之类、一些紧追不舍的报表，如今都交给了新来的生生。生生玩起电脑手机之类真是熟稔之极，一转眼的工夫就能办好一切，什么电子解锁、下载、隐私设置、蓝牙、呼叫转移、黑名单，诸如此类闭着眼都能干好。这是网络一代，他们天生属于虚拟空间，好像这些生命的一部分就来自假设。我现在每逢有这方面的难题都要求教于她，她眨着那对杏核眼问几句，迫不及待地抓过去，一双小手左右开弓，一阵眼花缭乱的操作，好了。我在钦佩之余也深感自卑，自叹落伍，可能被时代抛弃已成定局。不过有时也认为这个历史阶段的某些任务，也还需要我们或比我们还大的一代去完成。至于是哪些任务，我一时还说不清。

  因为加班，我与洛珈的一场重要约会不得不取消。约会是她主动提出的，所以我认为既惋惜又十分难得。我没有从河湾带回像样的礼物，只有两小包板栗分别送给她和女上司。这座城市的一些街巷拐角就有烤红薯和糖炒栗子。不过我带回的是刚刚脱壳的鲜栗。女上司剥着栗壳，与我讨论过一些文字段落，然后就不再关注这方面的事情了。她更热衷于扯闲篇、各种传言，还特别提到本市一个驯虎师被咬伤的事:"老虎也有心烦的时候,它不高兴,就给了他一口。"我立刻想到了那个马戏团的小伙子:"是他吗?伤得重不重?""幸亏咬在肩膀上,再偏一点就是颈动脉。老虎懂什么啊。"我这才松了一口气。我记起那天晚上和圆圆一起看表演的情景:小伙子和老虎搂着脖儿亲吻。

从办公室出来时,我从手机推送的快讯中看到了老虎伤人的事,看来百兽之王的一举一动都是大事。我拨了洛珈的电话,忙音。后来她补来一条短信:正处理一件急事,再约。我有些失望。她显然更忙,这一直让我不安和怜惜。时代猝不及防地走到了这一步,相当大的一部分人忙得脚不沾地,几乎没有时间休闲、爱和读书,甚至没有时间胡思乱想,更不可能将诸多想法付诸实施。不过从五花八门的犯罪信息来看,有许多人似乎又正好相反:他们有更多的机会做一些千奇百怪的、耸人听闻的事情。黑社会,绑架,性交易,毒品,这些以前大多在通俗小说里看到的东西,如今真的出现了。我想到了棋棋失踪的日子,啊,还好,那一次也算有惊无险。

我最渴望的事情之一就是静下来读几本好书。这个自少年时代养成的习惯,即便在难以糊口的流浪岁月也没有中断。可悲的是当我获得了稳定而体面的生活之后,却难得有一次酣畅淋漓的阅读。书多了,时间没了。再就是爱,那种实打实的沉浸其中的两性相悦,或者说心旌摇荡的时光变得如此稀薄。我这把年纪了还有这种需求与渴念,说明我真的缺少,也因此而幸福和烦恼:常常处于独自期待之中。时间没了,我们没有时间在一起,好生生的爱被什么给生硬地夺走了。这真是足够稀奇的事情。我把原本准备送给她的几枝雏菊插进了茶杯,留在粗陋的宿舍中自赏。

电话响了，我急急接起，却是最不希望听到的声音：德雷令。他的嗓子更加沙哑，一听就知道是没有节制的家伙，好像刚刚睡醒。"我想老亦衔了，又是好久没见。前几天让助手发你一些美图，怎么样？你肯定做梦都想不到吧？""你发的？发这些东西？"我想扣下电话。他急急嚷叫："听下去老亦衔，听着。我可没那么多闲工夫，而是有大事告诉你，这就应了那句话：'有图有真相'。"我的心在沉沉地、愤怒地跳动。"我现在要说的事你也许猜了个八九不离十，是的，这些漂亮的图片都与一个人有关。"我屏住了呼吸。"它们都是那个'贱内'，也就是'女王'的，全部属于她或由她支配。这一下你满意了吧？这些资产除了当事人，这世上知道的人不会超过三个，本人就是其中之一。"电话挂了。一切来得荒谬、突兀而又奇幻。然而我被刺痛了。这是显而易见的威胁和中伤，但好像又远远不止于此。

我的脑海里一度出现空白。我想让自己专注地思考和面对。我不得不急急地翻找那些图片，一幅幅看得仔细，这才发现每一幅都有地址等具体标注。妈的，这一次显然遇到了一个魔鬼：只有魔鬼才能编织和组合出这样的图文。我凭本能知道：如何处理眼前这个事件，可能不比从前，这绝不该是一个草率的过程。我的头脑逐渐进入一种条理和清晰的状态。可惜没法就此和余之锷分析讨论，他这人特冷静，总是有更为理性的思考。我陷入了无计可施的焦虑。我想，最简易的方法也许是第一时间将这些图片放到洛珈面前。但我相信她会一笑置之，不做任何解释。我对她的高傲与睿智有太多的了解。不过，我这次绝对不敢过于简单和鲁莽。我记起了许久以前德雷令发出的类似的诬陷和指控，但那次还远没有现在这样具体和重磅。

正在焦灼,那个阴险的家伙又来电了,这次他在嬉笑:"老伙计,你知道在富有经验的人那里,遇到这种事都是怎么处理的吗?"我听着下文。"是这样,无非两种方法,一是打印成大幅照片,用最好的画框镶起来,挂到你们那个窝里共同欣赏;二是暗中找一个高手去办这件事,以便掌握制高点和主动权。"我的两耳嗡嗡响,然后就听不清了。"喂喂老亦衔,你听明白了没有?你这样精明的家伙还用我来教吗?喂喂!"我扣掉了电话。这个狗东西,今生做了他的同学,算是最倒霉的事情。我忍住愤怒和惊惧引起的阵阵胸痛,给洛珈拨通了电话。她一开口就兴高采烈:"啊啊亦衔,我知道你从河湾带回了礼物,要急不可待地交给我。"我的嗓子有些哑,咳几声说:"是的,洛珈。"

  我取起茶杯中的那几枝雏菊,发现已不新鲜。时间来不及了,我犹豫了一下还是带上了它们。因为出门有些急躁,竟然把那个来不及清理的大包也一起背上了。下楼后发觉肩上的沉重,又不想返回。我掮着大背囊乘车,不少人都瞥来几眼。那个高档小区的门卫相当严格,他们盯着我背上的沉重,细细盘问并在一个本子上登记才放行。我乘电梯时,觉得自己像一个久违的访客。

  她开门时并未取下那个有小动物图案的围裙,双手直接环住了我的颈部。菊芋的气息拥住了我。我侧身时背囊碰着了她,赶紧说:"啊,对不起。"屋里灯火灿灿,比任何时候都要洁净和温馨,有一股熟悉的、难以形容的气味。我一直在想这种气味是什么,后来想起来了:麻籽的清香。我还记得秋天野地里密挤的麻田,有成群的麻雀在上面滚动,一种清冽逼人的气味扑满了鼻子。我抱住自己的爱人。"老婆在亲手准备晚餐。"我心里说。可见她很重视这场久别重逢。我的眼睛差一点湿润,好在今天足够皮实,半岛的风把脸庞吹得老苍苍的。但我还是无法安静,一颗心热辣辣的。

这顿晚餐甚至都是多余的:我们匆匆吃饭,解开那包生鲜的栗子,提前说起了书面语。我受过多年熏陶,已经能够熟练地使用这种特殊的语言了。但她才是这方面的行家里手,吐出的每一个字都自然妥帖,让人立刻有一种醉醺醺的感觉。今夜灯火下,这鼓鼓的光洁的额头让我的思绪迅疾飞回那个芬芳的干草垛旁。我觉得她正耐心地等待丈夫的每一次归来,一种说不出的感激在心底荡漾。我小声吐出:"一直想你。"她贴紧我,呼吸细细的,像一只小猫,不,像一个更大的动物。我说:"我爱闻家里的麻籽气味。""什么?"她睁大眼睛。我无法将少年时代的野地体验如实地传递给她,闭上眼睛。

这一夜回到自己的套间时,洛珈也跟过来。她兴致高涨,谈兴很浓,好像在这个夜晚更愿回忆自己的大学时代。她不止一次说到了一些趣事和往事,特别谈到了那仅仅演出了三场的话剧:当知道我是编剧之一曾怎样兴奋啊。"我以为你将来会是一个语言艺术工作者,比如一个诗人或类似的什么。"她眯着眼,每当进入幸福的回忆就会这样。我说:"你希望我怎样,我现在也会去努力的。不过,"说到这儿想起了令苏步慧神往的那个扎圆髻的男人,"我不想做那种过于烦琐的人。""啊,是的,也许你更适合公文。这也是一种艺术。""这绝对不是艺术。"我想说说那个同学会,但还是忍住了。我走神了,看着昏暗的角落说:"如果有人虚构他人的财富,那不算什么;如果是一场构陷,就太可怕了。"洛珈语气依旧平淡:"网络时代很难有真正深刻的刺激,很多事就像风一样吹过去了,留不下什么痕迹。""可是风暴潮的破坏力也是很大的。"我记起二十世纪中期半岛港城的一次海潮：浊浪冲到了离中心大街一百多米的地方，有的建筑塌掉了。"它消退也快，留下的垃圾很容易打扫干净。"她这样说，好像对一切相当熟悉。我不再说什么。她说的当然没错。夜色里她的面容这样平静，透着微微的热切。我多么希望被她引领，在一切方面都率领自己向前，就像带领一个童子军。她应该是胸有成竹的。我相信她的面容就是心灵的荧屏，是它的美好投射。

她看着那几枝雏菊，回头一笑："我还记得你投三分球的样子。不想让你知道我在场外，所以总是事后才告诉你。"我说："现在反过来，是我在场外。"她的眼睛睁大了："你相信我是那样一位选手？""你真的上场了。""从转到金融行业开始？"我说不好，我想说"还要更早"，说出的却是："你生来就是最好的选手。"她笑得厉害，笑过之后严肃起来："但愿我们都不是那样的竞技工作者。我只要今夜，就像现在。"

她回到了自己的房间。我直到最后都没有提到那些图片的事。可是我知道从它们下载的那一刻起，就再也不会消失。我们之间的约定是永远尊重对方的隐私，除非他（她）主动说出。即便是其他一些事情，如我的家族往事，她竟然能够既不询问也不倾听。但我时而泛起的一种强烈的欲望，就是从头诉说自己的昨天，因为我认为往昔一定会决定现在，那是一个人精神与血脉的源头，是最难以更易的。她似乎并不这样看，好像需要把握和拥有的只是当下，比如部分的我。难道她拒绝完整的和全部的我？这究竟是一种特异的现代观念还是其他，令我不敢多想。如果这也算当年两人之间惊世骇俗的约定，是它的题中应有之义，那么对于我还是太过深奥了。我的凡夫俗子的面目，随着年龄的增长也就愈加显露出来。"让我们尽快生一个孩子吧,我带他(她)去公园,去看动物表演,去那个朋友的河湾。"我从前不止一次在炽热之时吐露这样的心事,她全都当成一时笑言。

两天之后的一个深夜,我正要关机休息,棋棋来电了。我很高兴。我有时会挂念他,尤其是出了那个事情之后。"你和妈妈都好吗?我们都放心不下。"棋棋的情绪比前一段好多了,又是那个快言快语的青年了:"那个小娘们儿才不在意我,你才是我哥们儿。我现在不操那么多心了,公司落到了我姐那个朋友手里。她是总的后台,我什么都知道。我打听事情很容易。不过我如今的兴趣不在那上面了,猜猜要干什么?"我猜不出。"搞武术比赛。"我吃了一惊:"你什么时候练过武术?""哪里呀,是组织擂台,那才是大阵仗。我们有大的比赛就请你来。赛事直播权就卖给那帮哥们儿,这叫一鱼多吃。"我只能听懂部分内容。

"下一步我在武术界的朋友就多了,你有什么摆不平的事就交给我。上回那个把我关在孔雀窝里的家伙,会让他满地找牙的。"他仍然气鼓鼓的。我说:"啊,这都不是武力能够解决的问题。"他笑了:"靠法律?你信这个?哥们儿,如果有人欺负你一定告诉我,我现在就有一个隔空打人的高手。""隔空打人?""能在三米之外把人干掉。""用什么武器?""赤手空拳。"我不信。这怎么可能。不过我倒想起了那个德雷令,也许这家伙真该让拳师从头教训一通。只是想想而已,这种事对内弟提都不能提。我希望他和母亲早些来这儿:"这里条件很好,不该一直空着。""好吧。下次我会带上拳师,让你亲眼见识一下。"

对我而言最愉快的还是听到河湾的声音,是关于它的信息,是挚友的交谈。余之锷报来了一个喜讯：在我离开不久就成功实施了关键的一步，在那块"秃斑"上搞了一次小当量的爆破，完全成功。"这就打通了酥石层，渗水可以洇进来了。你知道这意味着什么？能够凿坑栽树了！"我向他祝贺。"等你再来，就可以见到初步成效了。"

苏步慧接上了，絮叨中又有抱怨："老余是个好大喜功的人，总想干别人想都不敢想的事。你知道栽活一棵树要多少钱？这还不是主要的，我们每天都弄得灰头土脸，成了开山工。"我安慰她："好在这事不急，可以慢慢来，哪怕一年只栽三棵树。"她马上笑了："啊哈，亦衔你真行，你怎么知道就三棵？是的，一棵栾树、一棵黄栌、一棵侧柏，就三棵！这事办成了也很棒啊！"她的情绪转化很快。我真的为他们高兴。我想起了老鲁夫妇、何典，特别是那些兴冲冲跑来跑去的动物。我太想河湾了。

最后是他们真诚热切的邀请。苏步慧补充几句："这里一年四季各有长处，也不光是夏天和秋天。告诉你，前些天从附近镇子蹿来一个歌手，他一到这儿就激动了，为我们编歌呢！"我说好啊，真想每个周末都去一次。我说："你们离开了，这座城市就留下了一个大洞。"我说这话时摸着胸部，仿佛那个未能修补的洞就在那儿。放下电话有些怅然。我刚刚听到的是一个歌手造访了河湾，而且这人一去"就激动了"。我对激动太快的人有一种本能的不信任。

因为要加班，晚饭在食堂吃，回到宿舍已近午夜。我在沙发上坐了一会儿，正准备洗漱，发现靠近门口的地板上有一个洁白的信封，显然是从门下塞进来的。我打开，发现是一张极为精致的有浅浅兰花图案的信笺，上面是一行行斜向同一个方向的字迹。这种写法好像见过。"冒昧拜访未果,特留小笺深深致意"。原来是她,那个脸色有点紫的大龄女子。她上次试图"从学术的科学的角度进入我的世界"。好在我和她不再联系。"她不是一般的女子,她是有著作的。你们共同之处很多,都有那么强的事业心,都耽误了终身大事。"老同学这样说着,那双眯缝眼用力瞟来的样子却让我怀疑。

我刚把信笺小心地放在一旁,手机上的一条信息即蹦出来:"请务必回电。"还是那个老同学。我拨过去。"是的,是我,"他的声音很大,"亦衔啊,她找我了,她这回不是那个意思,而是其他。有个很重要的项目。""项目?"我马上说机关的人是不能参与项目的。"不要惊呼呼的。是这样,她这人不一般哪,还是心理咨询师呢,网上有几百万粉丝。她有个你熟悉的网名。"他因为激动而气喘,可我真的对这些十分陌生。我问到底干什么?"那要当面谈的。一两句说不明白。我们明天见。"这家伙急急扔了电话。

可是我真的太忙了。除了每天上班,还有没完没了的文字及其他事项,出席大小会议。我想请生生帮忙做一下时政题,她说"我看看,我试试",却并不接手。后来她说:"已经在帮两个朋友做呢,人家又送礼物又送钱的,不好意思拒绝。"我明白了,想起以前存有两块珍贵的手工粗布织巾,就送了她。生生说:"你放心吧,我每天拿出半小时就干完了。"我松了一口气,却把老同学的约会忘得一干二净:中午赶回宿舍,发现两个高高的身影,一男一女站在楼梯口。

进屋前我忍不住对他小声发出埋怨:"你自己来就好。"他不太客气:"她找我有什么办法。"坐下后我才发现,女子显得那么羞涩，只看自己放在膝上的手，并不说话。她长长的脸庞并不难看，眼睛大得出奇。老同学大谈"粉丝""流量"之类，说："寸有所长尺有所短，在官场你是高手，在其他方面你就差多了。她在公司里是一等一的宝贝。她想请你做个顾问，这个。"说着拇指和食指捻动了两下。我问："这是什么？""银子呀！"他笑了。我皱皱眉头："她有公司？""不不，由另一个大公司付钱，我也参与。我们同学中有不少搭了一手，都是高手。"我不想再满足自己的好奇心了，直接拒绝："我没有时间，也不能兼职。"他看看她又回头盯住我，有些急："你的位置多么重要，再说不过是个顾问。"我站起来："我们是有纪律的。"

这场谈话无法进行下去。僵持了一会儿，女子突然发现了旁边打开的书，是何典的《籀字研究》。她翻几下笑了："我的那本著作，关于'性取向探微及心理辨析'就要完成了。有你一小节、很小的一节。"我马上恼怒了："谁允许你了？"老同学马上站在了我们中间。她连连摆手："不过是那次采访的印象和感受，全是赞美！不信我打印出来呈上，天哪，又没直接写上您的大名。"她委屈得快要哭了。

他们走了。本该有半个小时的午休，全完了。而我昨夜加班至凌晨一点。这就是体面的生活？我永远不会明白这样一些人，他们为何有这么多莫名其妙的、枝节横生的趣味，却又不甘自我消化，一定要纠缠和拽上别人？难道整个世界都结成了一张网，我们所有人都黏在上面颤颤抖抖，只等那个黑乎乎的大蜘蛛爬过来？我们拼命挣扎，赖不掉也逃不脱；我们的每一次挣脱都会传到网络的另一端，让它知道猎物还活着，还没有凉。可是快了，我们大家真要一起歇菜了。此刻我烦到了极点。这间小小的宿舍留下了劣质的香水味和烟味。我愤怒地敞开了窗户。

"你过来一下。"女上司见我拖着沉沉的腿踏上走廊，就轻轻招手。她的样子有些诡秘。我预感到有什么事情。进了她的办公室，门马上关了，而过去她在任何男同事进来后都敞着大门。我有些紧张，站在办公桌的对面。她的手点了一下桌子："他们进去了。""什么进去？""圆圆和老科长，昨天傍晚被警方带走的。"我吃惊了："怪不得这么多天没他们的消息。""昨天，刚刚的事。"她强调。我吸了一口凉气。说真的，那个老科长发生什么都不让人意外，可是圆圆，我觉得她是一个好人。我坐下，听她怎么说。

"估计是不小的案子，这事还在发酵。现在乱成了什么，有关方面终于看不下去了。一个时代有一个时代的标准，三四十年前'严打'那会儿，随便亲嘴都要抓；一块儿跳舞，判刑。"她愤愤的。我说："那也太过了，那怎么行。""那样不行，可现在这样也不行。一个女的被介绍给另一个，他再介绍给别人，那等于用传销的方法组织卖淫，同样也是犯法的。"我在想她的话，怀疑这是影射圆圆。我说："圆圆大咧咧有不少缺点，可她不是一个坏人。""你得了她的好，就说她不坏。"她脸上带着冷笑。这样的玩笑可开不得，我马上分辩："我们没有什么，这是肯定的。""她领你去抓大老鼠，还买冰激凌给你。"我呆住了。这是真的。她竟然对那些细节一清二楚。我脸红脖子粗："不过这能说明什么？"她脸色和缓下来："让我们等等看吧。我不过是事先向你透一下，其他人还不知道呢。"

回到自己的办公室，脑子很乱。我预感到事情没有那么简单，究竟为什么，我也说不明白。我首先想到的是将这个消息通知洛珈,相信她比我灵通。一会儿电话来了,是用座机打来的。她毫无惊异,但说出的却是一句相当严重的判断:"就要收网了。""你知道什么?""啊啊,我什么都不知道,不过是猜出来的。"

下班前又有人传来新的消息:那个极为卑劣的匿名诬告者"绿林镇"也被带走了,不过这是半月前的事儿,有人说他一度大小便失禁,可关了半月又放出来了。"老科长是另一个案子,重案。"他们说。

几天后整个案件的脉络浮出水面:警方破获了一个"黑社会性质"的大案,牵涉的有几十人之多,除了一些社会闲杂人员还包括仕商人物,其中最有名的就是富豪德雷令。我有点目瞪口呆,因为他在十多天前还纠缠不休,差不多成为一个心病。多行不义必自毙,眼下算是应了这句。关于他,最先兴高采烈打来电话的是那位老同学:"喂,你肯定比我知道得早,'德二黑子'进去了。"我还是第一次听到这个绰号。"是的,这个人脸比较黑。"我说。"主要是心黑。他的胆子大了去了,他干的坏事你想都不敢想。暴力招揽工程,非法吸金,抢夺矿山,还跟狸金叫板。至于奸污妇女,在他那儿根本就不算事。他娶了市长外甥女,原来的老婆砸巴成几块,扔到沟里算完。"他咋咋呼呼越说越多,实在夸张。我不敢相信。

这个夜晚我和洛珈在一起。我们都高兴不起来。德雷令罪有应得,但现实的残酷与裸露,更有世相变化之无常之迅速,让人有深深的不安和颠簸感。我发现她脸上有一点倦意,这在以前是极少见的。我大胆假设了一句:"也许棋棋上次就是被他们给抓走的。""已经确定了。那是市东南的一处石头古堡,一个不小的建筑群,里面养了孔雀。"她声音艰涩。我十分不解:"棋棋与他们毫无挂碍，为什么要对他下手？""为了威胁我。他是用那个办法通知我，他还可以走很远。""你当时就想到了？""没有。只是觉得奇怪。不过我越来越明白，对方不是冲棋棋来的。这人自作聪明，过高地估计了我，结果就犯了大错。"她看着我，脸上有一丝不易察觉的笑容。可是这一瞬间我的心头却掠过相反的一句：谁又低估了你呢？回答是：所有人，包括我。我们千万不能低估美的力量。

浓浓的夜色里，都不想开灯。我浑身松软，有一种身心的无力感。我以前说过一句措辞不当的话：我不能与隆重的女人一起睡觉。是的，今夜这句话又泛上心头。我想像一只鼹鼠那样在屋里窸窣游走，整个人却死死钉在一个角落。再没有人说那些不合时宜的书面语了。也许说点笑话缓解一下更好。我说："棋棋现在搞武术擂台了，他本想带一个大拳师来教训那个人，现在看没机会了。"她淡淡一笑："他总是胡闹。""不过他和母亲该来这儿定居，一家人早些团圆才好。"我今夜尤其想念那位一生坎坷的老人。她遗传给洛珈动人心魄的美，只在远处注视自己的复制品。

仅仅是两天之后，圆圆就出现在机关上。她以爽朗的笑声宣告了自己的归来。不少人都听到了她在走廊上大声说话，开门看着。女上司知道了，厌恶地皱皱鼻子："还招摇呢。"下班时圆圆在路口等到我，板着脸说："亦衔，没吓着你吧？""啊啊，没有没有，你还好吧？""没什么好不好的，还那样。"她使个眼色，示意走开一点。

我们一直走到宿舍北边的那个小公园。因为快到晚饭时间，这里基本上没什么人。她缓缓走着。她瘦了，整个人变得更苗条，也严肃了许多。她坐在一个排椅上，示意我坐，我还是站着。"是这样,我们这样的好朋友,我一出来就想告诉你,不然你会误解和牵挂。我没什么,不过是叫去做做笔录,签个字就出来了。我主要是证人。""到底出了什么事?老科长怎样了?""那家伙大概一年半载是出不来了,他牵扯在外甥的案子里。我以前跟他去一个古堡玩过。不过我是一个受害者。那帮人才叫凶呢,养狼狗,藏獒,还养孔雀。他们想在我屁股上刺朵玫瑰,而我坚贞不屈。所以我的屁股上干干净净。"

我们在启灯前的公园里谈这种事,有一种荒诞感。我想离开了,可是心里的纠结还在。我问那个"绿林镇"是怎么回事?"不知道。他是老科长的酒肉朋友,不过是围不上边的。""你见过德雷令吗?"她笑了:"没有,再说见了也不认识。在古堡那儿不过是热闹一下,老科长领我是为了炫耀,在他看来有身份的人都有漂亮女友。"我觉得有趣。我替她感到可惜。我又问到了那个被老虎伤到的小伙子,她声音马上大起来:"他呀,没事。我后来见过,他还是亲它。大老虎和他搂着脖儿,没事的。"

这个春天让人十分辛苦。我随一个打前站的工作小组去狸金,没待几天就发起了高烧。那个园区有一条可爱的樱花大道,可惜没机会欣赏。机关很快将我叫回,参与筹备一个重要会议。可能是连续奔波和劳累,我真的倒下了。失眠是可怕的,我开始按女上司十年前的剂量用药了。我想休几天病假,再加上周末,可以有一小段时间休养生息。女上司看看我的舌苔,左右打量,像个内行那样说:"去门诊取个条子,歇歇吧。回头有大活儿交给你。"我像得了大赦。

我获得了七八天的空闲,是过劳和恶劣的心绪换来的。我想去一次河湾。电话那端的余之锷夫妇高兴了，苏步慧抢过丈夫的电话："快些来吧！你不来怎么行？来吧，告诉你，那个正在北方转悠的歌手说不定也要来呢！你该见见。老何，老鲁两口子都在。"这个电话真是太棒了。还等什么，去心似箭。我一刻不停地整理那个大背囊，上路时完全不像一个病人。

这是春花竞相开放的季节，适合郊游。不过一个人置身人群之中很快就会发现，大多数人并不在意大自然的节日。这在几千年前会有不同吗？至少从那些留存的文字中，特别是诗人那儿看完全不是这样。我们都太忙了，忙于非自然的事情，琐碎而又紧张。这样想尽管接近于文化上的陈词滥调，但内心里某些沮丧的感觉还是真实的：可笑地沉溺于虚拟的空间不能自拔。我们是浑身写满了数字的纸人儿。车辆疾速掠过田野，但我们没有惊叹斑斓的田野，而是臣服于科技与速度。大片有花的、彻底苏醒的田野在延伸，这是进入半岛的前奏。路边的洋槐花已经凋谢，像小山和瀑布一样耸起和倾泻的是蔷薇。我从心里感谢培植它们的人，它们勾起了我大学时期常常涌动的那种诗意。是的，那时我甚至成为一部稚嫩的青春剧的第三作者。

我原以为进入河湾的第一步就会听到咔咔嚓嚓的凿山声，没有。这里充斥的是更为悦耳的鸟鸣。时值上午十一时左右，空气中有一股青生气，细细滤过会察觉其中沉杂的腐草和动物气息。有人曾经写过那样一种神奇的感受：听到凌晨时分小鸟的喷嚏、百足虫唰唰拨动莎草茎秆。我真的羡慕。当老亦衔像个蜗牛一样爬进了这座小山下边，一片土地的主人正在为客人准备一场丰盛的午宴。米香渐渐浓了，大木栅门向我敞开。我坚持不让余之锷接站，搭一辆过路的客货两用车径直进来。厨房后窗有一双眼睛盯着大门，我迈入院落的第一步,就发现了昂首注视的大狗、故意落后几米的掐腰而立的男主人。

这儿,所有的人都比过去干练了一点,就连那些动物似乎也同样如此。苏步慧像一个管家婆那样招呼客人、迟来的老鲁夫妇、几只越位的动物。猫要提前品尝佳肴,被她阻止了。小灰规规矩矩立在一边,故意在久违的客人面前保持一种矜持。我抚摸它的额头,它用柔软的嘴巴抿着我的衣服。它身上有一股浓浓的阳光的气味。金毛过来了,它伸出前爪按一下小灰的胸口,又看看我,神情和动作既费解又可爱。啊,听到了窗外的四声杜鹃。"它们叫了一夜,白天也不停,辛苦啊。"余之锷说。苏步慧说:"这就是爱情,是这种事儿把它们整成这样,多么可怜。"

我尽管因为兴奋而多少掩盖了疾病折磨的痕迹,但很快主人就发现了我的脸色有些苍白,还有微微的气喘。中午他们强迫我多休息了一会儿,但一醒来就爬上阁楼找他们去了。我问何典什么时候来?苏步慧说他傍晚时分一定会到,"他前几天还在这儿,回去为我取药了"。我看看她,没发现什么异常。"还是慌慌的,心口这儿,"她的手在那儿画了一下。我说这可能是心脏方面吧,应该彻底检查一下。"检过多次,没发现毛病。老何说春天治它是最好的。病根可能很早了。"她转身取东西时,余之锷说:"她和杜鹃鸟儿犯了同一种病,那是大学时期落下的。"她回来了,他立刻住嘴。这使我想到苏步慧有可能在学生时期有过另一段爱情。以前得知她犯病时就没完没了地抱着余之锷:春天不同于任何季节,春天尤甚。我们谈城里,谈近期发生的一些大事。狸金的事还没平息,仍为热点。我说:"我最憎恶那些仗势欺人的无耻和轻浮,他们让人想起一种叫'蜱'的东西,网蜱。"余之锷摇头:"何典认为人一旦缺少大脑,还比不上昆虫。"

我急于看到山上工程的初步成效,特别是那三棵树。看到了,它们有一米多高,叶子油亮亮的。这里是凿出的三个大石隙,里面的土是从西坡取来的。这些全靠人工,耗去的巨量劳动可想而知。

"酥石层的水是从草寮那儿来的。"余之锷指着西北方。我见过那里的小溪和不大的水塘。那个草寮当年是为"异人"何典准备的,设计者还备下了大襟粗衣和一把古琴。何典没有就范,不住草寮,也没有成为一个旅游景点。

我们去了养蜂场,那个山坡在这个季节是最美的。这片山花只能使用"斑斓"二字,它们让蜜蜂和蝴蝶享用不尽。我路过那个像床一样大的巨石时站了一会儿,想它的来处:只有上苍的巨手才能将它摆在这个地方。余之锷手搭眼罩望了望正在忙碌的老鲁,说:"那家伙,那小子在这儿吃了太多的蜜,结果腹泻起来。"说谁呢?问了一下才知道是前一段路过这儿的那个歌手。苏步慧说:"他还会来的,他迷上了这儿,他唱河湾时你该听一听,那完全是自然态,是激情迸发的。"余之锷说:"是这样。不过小灰不喜欢他,有一次他正闭着眼唱啊唱啊,它趁他不注意走过去,踢中了他的裆部,蛮重的三下。"我笑了。苏步慧噘着嘴:"那一会儿他疼坏了,吉他掉在地上。小灰哪知道轻重啊!幸亏老何在这里,他赶紧煎了活血化瘀的药给灌下去,这才把人救过来。"

他们讲述时,我的眼前出现了一个有趣的画面。我忍不住笑。余之锷问苏步慧:"就这样完了?老何还做了什么?你给亦衔讲讲。"苏步慧脸庞泛红:"那是闹着玩的,那是典的顽皮。"余之锷讲了余下的部分:"他被灌了药才恢复过来,不过一时再也不能唱了。大家轻松了一些,老何一高兴就随口拈了两句:'古有彩凤双飞翼，今有毛蹄三踹裆。'好玩，我以后要请他写成书法挂到阁楼。"苏步慧撇撇嘴："什么呀，不雅。"我想起问歌手尊姓大名，苏步慧说："他叫'小木澜'，流行歌手，还是游吟诗人和书法家。很有名的。"我搜索记忆，想不起。我说："不过'木澜'这个词儿，在半岛地区是指肚子不适、不舒服的意思。"苏步慧很认真："是吗？可惜成名后就不好改了。"

让人大喜过望的是，这天傍晚何典与那个歌手一块儿跨进了大门。原来歌手正在镇上演出，顺便去找何典，两人也就同行而至。我一眼就被小木澜吸引：长发打着卷儿披散两肩，脸庞上有两个雪亮亮的眼睛，鼻中沟又深又长，双唇很红；背上是一把吉他、一个双肩包，穿了很旧的牛仔裤，脚踏白色旅游鞋。大约因为四声杜鹃的伴奏，他显然非常兴奋，一直在环顾左右，即便主人为我们做介绍时，那双眼睛也没有专注几分钟。他扳住余之锷贴了贴脸，又同样这样对待了苏步慧。行洋礼，这让我有些意外。何典拍一下我的手臂，话不多，让人有一种亲近感。

夜晚因为何典要煎药，所以没有更多地加入我们的聊天。苏步慧脚步轻快，搬出很多保存完好的干果，盛在一个个木碟里。"啊，我的天！"歌手甩着长发，下手抓着干果，像在自己家里一样。茶炉滚沸，这声音和气味与这个夜晚多么谐配。何典捧着一只药碗出现了，苏步慧说："不要不要嘛。"老何哼了一声，她还是喝下了。接下的一小段时间里有难得的寂静，就像有一只看不见的手按下了暂停键，没一个人说话。大家默默喝茶，剥着干果。但夜气里有一种奇异的焦煳味儿，连茶炉都无法遮掩。这种沉寂预示着激烈爆发前的停滞，就像一场大战前的静默一样。终于，先是苏步慧搓着手在一旁走了几步，接着就是小木澜深深地垂下了头。余之锷看看他浓浓的下垂的毛发，似乎想伸手摸一下，但刚刚伸出手就停住了。

小木澜抬起头四下睃着，一只手去取吉他。吉他声震着阁楼中沉闷的空气，效果强到出乎预料。我不得不振作一些，看着大家。我发现何典也不再往嘴里填放干果了。歌手开始吟唱，像诉说，很轻，没什么鲜明动听的旋律。我知道现在时兴这样不像歌唱的歌唱，年青一代就喜欢这样。但一会儿歌手昂起头，凶狠地扫了一眼旁边，将头仰到天上，使劲闭着眼睛。他模模糊糊唱道："我的心快要爆裂，我的心在倾斜，我去东方的长路，我的脚在流血。"先是一直重复这样几句，突然停下，怒吼一声睁开眼睛。一双长泪顺着脸颊落下。我们拍了巴掌以示鼓励。苏步慧擦擦眼睛，如果我没有看错的话，她真的渗出了泪花。

我和何典坐在一起，想说的话很多。我想请他为我出出主意，怎样控制失眠。可是只一会儿小木澜又拨起了吉他，我们听下去。这一次他不再那么温和了，一上来就比较猛烈，一只脚跺地打着拍子，强烈的节奏感让苏步慧也跟上摇晃。小木澜显然一发而不可收，双手举起来喊："让我们一起来！"我看看余之锷和何典无动于衷的样子，只好把伸出的手缩回来。歌手显然是处变不惊的，他能够在没有响应的情形下照旧激越不已，一会儿，只是一两分钟，情绪就达到了顶点。他不知怎么把嗓子搞得嘶哑了，但这种沙啦啦的呼叫似乎让他更来劲了。不知是茶的作用还是歌的缘故，我真的有些不安，进而还有些激动。苏步慧一度嘴巴张大，大口呼吸，那种傻乎乎的美从痴呆的神情上、从洁白的门牙上发散出来。她额头渗出汗粒，一绺头发沾湿了。

歌声终于停息，大家都松了一口气。苏步慧两手在胸前抚摸不已,显然那儿有些不适。她大口喘着坐过来,口吃一般附在我耳郭上说:"所有的词儿都是临时蹦出来的。信不信由你。真正的游吟诗人。"我没有应声。就我听清的几句来说,只能算时下的一些套话。"他是一个'异人'。"她又歪头对何典说了一句。小木澜将茶当酒,一一敬过大家,说离开河湾的日子多么想念。"我从来没有这样焦虑过。我半夜站在窗前就能闻到蒲草的香味。"我觉得这未免夸张了。余之锷有些矜持地笑着。何典却不合时宜地问了一句对方的病情:"下边不痛了吧?"小木澜愣了一下,马上答道:"不不,就像什么都没有发生过,谢谢您,谢谢。"

  散开时何典与我走在一起。下了阁楼,我们多走了几步,来到河湾。真的有浓浓的蒲草味儿,有一股水腥气。再有不久就该结出蒲米了。水中有咕咕的声音。我仿佛看到一些小眼睛在蒲丛中看着走近的两个人。何典回身望着石屋,窗子上映出三个人的影子。他说起上次歌手受伤的情形:"那天小灰这头小驴不高兴了,可能害怕和厌弃吵闹,想跑开,一尥蹄子给了他三下。不轻。他叫得呼天号地。伤的部位不太好。"我明白。我说这次来河湾,明显感受到他们二人,包括老鲁夫妇的辛苦。"做好这个地方实在不容易,特别是绿化那块'秃斑',简直是往自己身上拴了块大石头。这就不再轻松了,完全改变了田园牧歌式的生活。"我这样说包含了另一层意思:那个赶赴河湾激动不已的歌手,其实完全不能理解主人的心境,我这里主要指男主人。他不是一位循规蹈矩者,任何概念化的生活对他都不再构成吸引。他在寻找新的生长。何典显然意会,说:"这里其实不需要浪漫主义。""山河本身比我们浪漫,它其实是自带光芒的。我们一激动,就显得蹩脚了。"我说不清楚。我真正想说的话是沉重的。我其实很想说:自上次来到这儿就觉得自己是多余的，一个食客，一个徘徊者，一个不再适合做他朋友的人。而今夜我终于有了更恰切的比喻：自己与这位歌手有某些相似之处。

说到城里的事情，自然要说到狸金。何典认为所有的掠夺者除却道义不谈，仅仅是生命的呈现与存在方式就陈旧到极点，毫无新意。"实际一切远没有那么简单。现世一定受未来制约，机心一定受良心制约。"他抬头看着水墨画般的河面说，"他们一直在说'异人'，说那个半生都在画'高士'的朋友。不知他想过没有，他一直寻找、不断描绘和记录的，不过是一些厌烦者。"我在星光下看着他的眼睛，想验证这种推断，从中看出厌烦的痕迹。看不清晰。但我对他的结论确信不疑。

这一夜我想了太多何典的话。他的古文字研究何等用心，发表时有一个雕琢的名字：何俚嫣。他喜欢做一些条分缕析的细活儿，比如深奥莫测的传统医术，比如悉心投入的山上工程。这分明是超人一等的认真和热情，但也透出某种厌烦：对于沿袭，对于陈旧的循环，实在是厌烦了。另一个典型的例子也在身边，就是余之锷，他厌烦了：不断地走开、走开。他为了对付顽固的厌烦，开始琢磨最干燥无味且十分坚硬的东西：石头。我想累了，我睡着了。

"亦衔，你可是第一次不辞而别啊，我今天才知道你去了河湾。"醒来的第一个电话竟是洛珈。我有些猝不及防。奇怪的是昨夜我没有想到她，这是以前从未缺失的每日功课。我语无伦次："啊啊，是的，我因为病假，第一次病假。"她的情绪好得很："真希望你这样，不然就是长不大的孩子。自己玩去吧，放松一下。你早该这样走开一点了。这里一切都好。要拿得起放得下，一切没什么大不了的。"她干脆利落,讲完就结束了。我的心情却不那么高涨,就像一个犯了大错的孩子被大人捉住了。我赖在床上不愿起来,不停地翻看手机页面,不小心打开了那个老同学推送的链接,于是第一次浏览了那个有过两面之缘的流量明星。这个脸色发紫的女子经营的网络世界陌生而混乱,乍一打眼难得要领,要十分耐烦才行。渐渐看懂了也震惊了:原来这里汇集了全部的呓语和荒诞不经,什么荷尔蒙的波动曲线、蛤肉与青春期冲动、海参和海带的妙用、茶酚的神奇。古怪的知识性与细微的个人体验,特别是一个孤处一隅的女性体验,足以在引起兴趣的同时诱发一种窥视癖。不过实话实说,当两眼从这些琐碎而怪异的文字上掠过时,着实有一种阴阳两隔的落伍感:自己早被甩出了一个沸腾激活的当下。

我尽力冷静自己,以一种超然的心态去处理蜂拥而至的另类信息,想象那些热情跟踪的庞大群体,他们的心理和知识结构。始终不得其解。这个世界的某些角落实在超出了我的经验范畴,怎样放纵想象都无法抵达。我无论如何都难以将那个腼腆的、双手放在双膝的女子与写下这些文字的人画上等号。我不得不忍住讶异往下翻,将那些长长短短的呼赞和跟帖略过,只看近期内容。啊,果然有那部最新著述的选载,这实在吊人胃口。是的,一部学术著作,属于极时髦又极偏执的领域,谈性奥秘、方式与情感模型、时代的文化基因、农耕民族的特殊赧涩以及巨大张力。"张力"两个字让我震惊了。是的,我多少低估了她的随心所欲和胡言乱语中含有的特殊逻辑。这是一个稍有可观的民间异士也说不定。我稍稍认真起来。可惜,我终于读到了所谓关于"在下"的"感想和印象"。"我没有点出您的名字呀",她当时曾经这样狡辩。我气愤了,进而又是无奈和费解:她为什么要写这类文字?目的以及效果又是什么？如果针对我这样一个具体目标倒无所谓，可它产生的社会综合效应又会怎样？

她写道：在一个简陋到难以置信的单身宿舍中"邂逅了一个难得的男性标本"。怎样剖析这个"标本"？她说从对方消沉的目光里读出压抑许久的、忍而不发的爆破力。"听说这是一个童男子，但令我好奇的是眼角那儿没有一丝皱纹，而且颊上有小月子孩儿才有的嫩皮儿，眼睫没有保护好，显然有经常熬夜搓眼的坏习惯。喉结很大，共鸣音很强。时代未能让这种人失身（没能遇到真正得法的人）。他靠一些艰深的文字来折磨自己，以求好好活下去。我亲眼看到一本拗口聱牙的古文字著作放在手边，上面有不少画线和折页。这种真戏假唱的老古董式的童男子，可能一般人拿他一点办法都没有。不过正像所有深奥的数学题都有解法一样，进入他的世界总有门径。他的特殊价值在于古怪的纯粹性。想一想某个人把手伸过去，他像个大豆虫似的一缩一动，那该多么有趣。人都是有弱点的，对其浅尝辄止，这个冷门也就一直保留下来。我们下一步可以具体考察他的社交情况与饮食习惯。这个人日常摄入的肉类不会充分，极有可能是个素食主义者。笔者就曾经遇到一个年近五十的守身如玉者，他几乎只吃菠菜萝卜和玉米饭，十年没动荤腥，就连菜中的小作料如葱蒜之类都要小心剔出。严格的饮食控制使他们在那些方面较好地坚持下来。对他们，火辣辣的挑逗也是枉然。当然了，社会和人性总有一些死角，我们不懈地想洒水浇活一株青苗，就需要更多耐心。有些特异的倔男是可爱的，作为女方，关键是不要被他们外表的冷漠吓住。他们大多数时候不过是一头黔之驴。"

够了，我在一个挺好的早晨学习和领教了时代的"异智"，觉得三生有幸。我从未被一个异性在极短的时间内给予这样细致入微又妙趣横生、掺杂了大量臆测和轻慢的描述。我在她眼里既颇有价值又可怜巴巴，是需要学者型的异性开发的一类怪人，好在被她逮个正着。不过我可不是那么好对付的，不是她所期待的什么"标本"。这一页该翻过去了，我不会再与这个危险的人物有任何接触。这个寄生在网上的人太危险了。

我本想马上起床，可是稍一犹豫，再次被同一作者闪烁的文字、陡然转换的内容给吸引住："狸金""耿杨"二词频频入目。这又是"从科学与学术的角度进入"，病理分析、心理问题、家族病史、邪恶的社会动机与个体疾患的精神分析，这一套似是而非和强词夺理全来了。全是胡扯八道，却要准确无误地告知：这个耿杨是邪魔附身的害群之马，必须剪除且丝毫不值得同情。我发现那些在其他平台上活跃之极的"火火""苟全法""小单单""刘赖通""言少爱"之流全来了，一个个巧舌如簧，观点一致。我觉得身上阵阵发冷。

离开网页，又想到了那次同学会。一张张脸庞从眼前划过。是的，故交熟人，知根知底却从未相识。我真想在重温大学岁月的同时，稍稍认真地讨论一下我们的信息传播环境。我从那些芜杂之极的昏聩言说中经常读出他们的绝望感，这绝望又有祖传和血缘的性质，而不是出于他们的现场实感。邪恶与怪癖，机会主义和低级趣味，冷酷报复的合成体、杂烩。如果说人类生存从过去到现在很长一段时间都处于核危机之中，那么逼到眼前的另一场危机可以视而不见吗？当信任和荣誉感全部摧毁的时刻，我们还剩下什么？我想起了入睡前与何典的河边漫步，他在夜色里发出的感叹："不停地追逐交配和不择手段地追逐财富，其实一样无聊。这从精神进化的意义上应该是过时了，但从生理功能、从它的需求上看却远远不是。"是的,在一定的年龄段,冲动和欲望是不可避免的,我们很容易就能听到它巨大的嘈杂声,也包括经常响彻自己心底的那一部分。不过,挤成一团的网络还是让人不安,让人陷入深深的怀疑和战栗之中。难道我们就不能有稍稍高雅一点的情趣和设计?前几个世纪讲耕读传家,那时有一句老话:"天地间第一人品还是读书。"现在看再争"第一人品"是不可能了,但我们起码可以稍稍安静一点。

早餐时我发现苏步慧大概没有休息好,红着眼睛为我们端吃的东西。西式风格,很好。何典与歌手正小声谈论医药,原来还是关于"三踹裆"事件。这会儿何典是认真的,正耐心教对方如何保护睾丸之类。我听了一耳朵,总也认真不起来。我问余之锷睡得好吗?他打着哈欠说:"好极了。"待了一会儿他说:"步慧睡不着,翻来覆去,起来看书,吃些零嘴。"我想,入睡前听游吟诗人歌唱不宜,可能不利于养生。这样想时歌手突然问起了我的行程,我一时没有答出。我想住满七天,可心里又在犹豫。我说:"看看吧。"早餐好,午餐晚餐都好,这让食客格外不安。

早餐后老鲁扛着一只大柳条筐来了,里面有几只红色的南瓜。"这样的季节有大南瓜?"我吃惊了。余之锷说:"老鲁石屋下有个地窖,里面可以保存好多东西。有时间领你去参观。"老鲁笑吟吟地问歌手:"上次你答应送我的书法?"歌手一拍大腿:"别走,立马办。"他往阁楼走去,大家跟上。老鲁高兴极了,咧着嘴。我们听了他不少故事,还吃过他丰盛的晚餐,都欠他的。想不到他有这种雅好。毡上铺了宣纸,歌手试墨,不停地蘸着一支粗粗的毛笔。我们期待着。何典上前把笔上沾的什么小心地剔掉。歌手闭了一会儿眼睛,睁开时表情有些气愤,甚至跺了一下脚。说时迟那时快,那支饱含浓墨的笔猛地戳上宣纸,强劲地拽拉,动作幅度超大。写毕,我们都不知是两个什么字。"再看。"他说。

何典也看不出。小木澜说:"'慎独'。"老鲁拍手,提起来让我们给他照相。我怎么看都不认为是那两个字。很不喜欢。我想起何典是文字专家,就求他顺便也写一幅。何典推脱说:"使不得。"余之锷再劝,还是不行。这时苏步慧说:"典呀,写一幅。"何典挽挽袖子走到案前,小心操笔,仔细摘去笔上的一根羊毛,思忖着。他写得很慢,是魏碑体。我念出来了:"'吾也得闲'。"大家鼓掌。"这张也是我的?"老鲁问,何典点头。这时我泛起一个念头,就是请他写出小木澜被小灰踢后的那两句妙语。我耳语,他摇头。

我提议这个上午帮主人铲土:养蜂场北边有一块菜地要平整。主人赶忙阻止,苏步慧说:"这不可以。""为什么?""你们没带制服。"我说:"那就借一件,你们大褂很多的。"我发现小木澜对提议略有不快,但也不好拒绝。我们分别穿上衣襟过膝的蓝衣服,苏步慧说这是秋天摘毛栗时穿的。真不错。不劳动者不得食,今天吃饭会香一些。铲土这活儿不轻,一会儿就让人热汗涔涔。可是我也同时发现,何典和余之锷,更不要说老鲁了,他们一点汗都没出。何典见小木澜大滴落汗就上前阻止,指指他的下体:"避风。"

我们午餐受到了老鲁的邀请。饭前大家参观了那个地窖,真是大开眼界。从台阶下去,一股特别的气息扑面而来。这是利用山坡掏挖的地穴,入口在屋内,很深。里面保持了干燥,这很重要。简直是一座野地贮藏宝库:上个季节的果子和粮食,如红薯和胡萝卜、马铃薯和山药、大葱和芋头,未脱皮的玉米穗和大蒜拧成一串悬在墙上,旁边是干蘑菇。地上是一排大大小小的瓷缸,覆了厚厚的木盖,打开一看是红如朱玉的赤豆、花脸豇豆、绿豆黄豆和青豆。小瓷坛里有鱼酱和蟹酱,有白酒和黄酒。苏步慧说:"这是老鲁两口子的存货,他是整个河湾的供给老管家。"歌手弓着腰应和:"啊哈,啊哈。"我问何典:"你大概最有口福。"何典点头:"那不假。不过挂在墙上的那些大花蘑菇还没吃过。"我觉得单是这样一个地窖也就一生难求了。我长叹一声。

午饭还是装在上一次那样的大锅中,锅盖一掀什么都有了,与过去有所不同的是这一回更野性更放肆:整个的大南瓜和整条大鱼都横在里面,中间是四个比碗口还要大的开花大馍,侧面贴了焦黄的玉米饼,黑乎乎一溜小瓷钵里分别是自制的各种酱料。歌手小木澜口不择言,吐出一句并不难听的粗话,苏步慧马上一伸舌头。"得喝点酒了,干活乏了。"何典建言。老鲁老婆提着一个酒葫芦从里屋走出,说:"那是虽然的了!"她口中"虽然"和"当然"不分,太好玩了。

因为都喝了酒,所以微醉和中醉不等,中午要躺很长时间。这种散装酒可能是老鲁自酿的,有一股土腥味儿,入口不佳,咽进喉咙又觉得极好。醒来日已西斜,头脑尚好,只是手与腿都有些酸痛。出了房间,见苏步慧余之锷何典正与小灰金毛细犬小安耍小膘虎之流逗玩。他们见了我就说:"呀呀,估计你累了。""酒劲儿不小。"我说:"我们都是银样镴枪头。"我在动物中间颇受欢迎,它们更多地围上我,又蹭又舔,那只金毛准确无误地亲了我一下。我细细地擦嘴时,苏步慧说:"它总是这样。"小木澜出来了,长发有些乱,眼也红着。

入夜后大家饮了一会儿茶,又去河湾。余之锷说起夏天的奇迹：游泳时，河岸的草丛中探出一张圆脸，大眼睛，大脸盘，毛茸茸的，女性般美丽。"啊，那是怎么回事？狐狸？"小木澜问。"狐狸是长脸。"何典否定了。"可是，我看也有圆脸美狐。"小木澜瞥着女主人，不愿认输。苏步慧反驳："那不可能。"何典说："去年夏天水足，河湾涨了，这片香蒲露出一半梢头。我来那天你们刚得了一条大鲢，鲢比鲤好。"余之锷说："鲤是养殖的，上游放水时跑出来。"小木澜把吉他横在胸前，仰着脸出神，我料定他会唱。

果然吉他响了。大家在沙滩上坐下。小木澜今夜没有过于嚎叫，淡淡地悠悠地唱，有几首老歌还算过得去。我今夜觉得这小子并非浪得虚名，总算有些本事。他胡乱编些词儿也有意思，比如这首《这成什么体统》："好姑娘啊，你不停地放屁，这成什么体统；老乡亲啊，你偷走了我的荷包，这成什么体统；大白痴啊，一不小心成了姑爷，这成什么体统。"头顶星星真密，不停地眨眼。浅水处有水族在嬉闹，发出啵儿啵儿的声音。一只青蛙从一米远处蹿起，箭一般射向前方。月亮升起来了。

13

天气很快变热了。这座城市的春天总是短暂，一晃就是夏天，姑娘们唰一下换上了短裙。我上班时不太习惯生生的超短裙，她人小腿长，故意炫耀。不是我太挑剔，而是她太招摇，在大龄男性面前跃动不已，将紧张的日常工作掺杂过多的嬉闹和嗲气，也是很难适应的。我因为要细细地推敲会议材料，她却不断地过来问这问那，真的造成不少干扰。我想请女上司以恰当的方式约束和提醒一下，因为会期将至，时间很紧。可是我后来发现女上司本人也好不到哪里去。没有办法，随着时代风尚的变易和发展，不服老的人越来越多。正在烦躁，那个连续推送链接的老同学又来电话催逼了，被我连拒几次，已经颇有威胁的意味："喂！喂！是我！""知道是你，怎么了？"他有些得意："你肯定见识了她的影响力号召力吧？还有，那副文笔真是没得说。你要不介意，顾问的事就算敲定了。""我介意。""那是怎么回事呢？难道办点小事就这么难？"他感到费解，哼哼呀呀，"咱们几个老同学都参加了，就当是另一场同学会吧。"我马上反击:"操办同学会的德雷令已经进去了,你想学他吗?"他稍有停顿,说:"他是他,我是我,我们原来就不是一伙的。""你是哪一伙的?""我嘛,你猜猜就能知道。算了,还是不要捅破这层窗户纸,以后会告诉你。"

他卖的关子让人好奇。我真的猜不着。我想了一下问:"德雷令进去了,新的同学会该不会由你主持吧?"他马上大言不惭起来:"这样讲也行。实话说,我是得到强力支持的。""可见背后还是有人。""那还用说。现在做事背后没人能行?你背后没人吗?你背后就是那个女上司。"我真想骂他一句,但还是忍了。他语气和缓下来:"亦衔,话说回来,办任何事都需要能干的合作者。她,就是那个单身学者,学问一流,分寸把握得也好。瞧她写你那一篇,不过是全书很小的一个段落,多么出色!而且一点都没有损害你。"我终于火了:"她凭什么损害我?再说了,还要怎样损害?"电话那边的人寸步不让:"说白了她不过是爱慕你!说白了她是被你的外表迷住了!如果她知道你是这样一个翻脸不认人的家伙,估计就不会对你客气了!我可以如实告诉你,这个时代,她是最有力量的那一类人!她是无冕之王!"啪一声,电话挂断了。这个浑蛋。

我厌恶所有的"无冕之王",无论是谁。

现在我需要着手处理的事可真多:一沓子会议材料、圆圆几通电话、棋棋的信息、女上司临时交办的事务。也正在这个节骨眼上,生生又想反目:业余时间太紧,没有工夫为我答那些时政题了。这让我有点慌。我赶紧找出抽屉里的一只玉坠送给她。她高兴了,说再忙也要帮哥们儿干些零活。最后是棋棋的事:他星期天就要来了,而且要领一个拳师。

我想让洛珈花些时间接待棋棋,她答应得爽快。如果棋棋身后摇晃着一个大块头拳师,在那个树木葱茏的大院里进进出出,也算得上一道风景。可是两天后棋棋真的来了,洛珈只让自己的助理出面支应。棋棋噼噼啪啪敲门,我只好把正在订改的一沓文件收到抽屉里。他站在门外,黑影里还有一个人,是那个拳师。"我的老天,你们两口子干得太绝。"棋棋叫着,"都躲起来了,电话也不接,只让一个小嫩毛跟着,其实是监视我。我把他赶走了。"我赶紧让座倒水,招呼他们。我这才注意到这个拳师夸张的形貌,倒吸了一口凉气。他的体重不会小于二百五十斤,光头大眼,臂刺青龙,对襟布扣白衫,脚蹬黑帮便鞋。总觉得在哪儿见过这个人,想不起。"这是我的秘书。"棋棋喝着茶,甩甩拇指。我请秘书坐下喝茶,对方不语。棋棋说他:"赏你茶呢。"拳师这才弯腰取杯,仍然不坐。

我担心他在城里盘桓时间太长,而我和洛珈在春夏之交实在太忙了。原来棋棋这次是为了筹备一个规模空前的擂台大赛而来,整个人兴奋而又自负:"是海内独一份的,转播报道会多得不得了,我们要找的是独家代理。"我说时下也在忙一个大会,好多会议材料都在手上呢,许多人都要加班。他挥挥手:"会和会不一样,我们是硬碰硬的。"我看看一旁的壮汉,觉得他说的也多少在理。不过我又能帮上什么忙?我看着他们,不知说什么好。"是这样,我有一沓子事哩,其中主要是落实协办单位和赞助商。我把仅有的一个名额给了她(他)。"棋棋仰头灌下一杯茶水。

"她(他)是谁?"

棋棋大笑:"肥水不流外人田,还能有谁?我姐呗。她反应不过来,还躲着我呢。怎么样?明晚我请客,顺便把事情敲定。"

我有些迟疑，说这事儿得由她来定，"这是我们俩的规矩。"我不慎说了真话。棋棋大笑，扭头对拳师说："看到了吧，惧内。"我补充道："我是说打乱计划的事，她常有其他饭局，那是业务的一部分，跟我们机关不太一样。"棋棋不听，跷着腿拨了电话，哼哼着："对，四个人，你两口子，我和秘书。就这样定了。"我对他干脆利落地敲定一场约会有点吃惊。他说："你听到了，就这样定了。地点我会让酒店发给阁下。走。"

我给洛珈拨通电话，建议晚餐由我们安排才好。她笑了："他长大了。再说是求我们办事，就让他张罗。我们看看他在场面上的样子也好。"想不到餐饮地点是全市最奢华的场所之一，是以一个外国女人的名字命名的，价格贵得要死。我换了一套衣服，到了那里一看更是吃了一惊：棋棋穿了礼服，领带亮亮的夹在衬衫上，头发显然擦了发乳。那个拳师穿了绣花白衫，光头刮得一丝不苟。再看洛珈，头发盘得极为讲究，衣饰雅致，华美庄重，淡妆宜人，千篇一律的微笑中多了一丝亲昵。这是一场家庭聚会，更像是一次庆贺。我脑子里突然闪过一念：那个敢于公开叫板的恶魔已束手就擒，这算一个不小的胜利吧？不过胜者是谁？洛珈？好像不是，她顶多是个旁观者。

棋棋像模像样地致辞，称我为"阁下"，洛珈则为"女士"。我发现洛珈并不发笑，而是庄重地配合演出。大家碰杯。洛珈代表我说话了，大意是公司在棋棋手里成长顺利，一切都有良好开端，今天预祝大赛圆满成功，在社会与经济两个层面都获得良好效益。她带头饮下。棋棋很快露出了本相，叫起来："那个大事还没落实哩，你不能让个嫩毛白白跟我两天，啊啊呀呀像个跟屁虫！"我想调和一下气氛，想不到完全多余。洛珈伸手往下一压，拍拍棋棋和一旁的拳师："事情已经谈妥，有个大公司接盘，你们明天就会签约。""啊？这么顺？条件是什么？"棋棋把外套脱了，往拳师身上一扔。"条件没变。"洛珈说。"老天，'女王'就是不一样啊。我得喝醉才好。"棋棋一饮而尽。洛珈看着他，板起脸："以后不准这么称呼，记住。""遵命。"棋棋脸色红红地坐下了。

这个特殊的晚宴让我不知不觉喝多了。我发现洛珈至少比我多喝一倍，却毫无醉态，话语不多语速也不快。这是我第一次得知她的酒量原来如此之大。事后回味，才觉得那是一个非同一般的时刻：一次秘而不宣的庆祝，只为一场鏖战的终结。我不能不想到"女王"之称，想到背后的种种较量，也不再认为洛珈只是一个轻松的旁观者。我想到了那些威胁逼迫的图片，还有她在同学会上那只颤抖的手，更有棋棋的被绑架。这其中到底隐下了多少惊心的故事，已经超出了自己的理解力。我是一个猜测者和沉默者，就像一头语言不通的骆驼，被主人牵到场上看球。进球了，狂热的呼喊震耳欲聋。而我是一头骆驼。

电话响了："喂喂，亦衔，喝多了？我是洛珈。""嗯嗯，我是骆驼。""什么？别开玩笑。今晚还高兴吧？你不觉得棋棋长大了吗？"她兴奋未减。可是夜深了，我的头脑昏昏涨涨："哦哦，我是骆驼。"电话从手里滑落，接着就睡去了。我在睡梦中还在重复"骆驼"两个字，同时发现无数的重物正往背上累叠：大捆的纸张、石头土坯、麻袋和牲畜，搬东西的人有男有女，模模糊糊辨认出女上司、圆圆、生生和一帮老同学。有一个双腿很长的女子伸手挡住大家，叫着，说千万别再加东西了，不能压趴它。原来是那个女体工队员。

上班路上和圆圆相遇。她看着我鼓鼓的提包说："到底是个大人物了,瞧瞧包就知道。"我说别扯了,谁遭罪谁知道。圆圆大笑起来:"想起一个真事儿,有个机关的领导追求一女子不得,结果人家闪电般在楼上结婚。从此领导变得无比憔悴,对前来探望的人指指楼上,说'动静忒大,影响休息'。大家十分同情地劝他:'那就中午补一觉吧',他彻底绝望了,说:'中午也弄。'"我笑不出。不过这可能就是讽刺我的:正遭遇一种有苦难言的尴尬。女上司因为巨忙或其他,近来神情有些烦躁,说:"你休了长假回来,也没见精神到哪里去。"我说年龄大了,不比从前了。她笑起来:"你还好意思说年龄。你还是个童男子呢。"我立刻无语。我越来越发现:童贞成为一项原罪。

想不到就在这样的时节,一个坏消息正走在路上。一个无法轻松的周末,我稍稍赖了一会儿床,门就敲响了。不速之客是烦人的。我一动不动,再敲,就大声喝一句:"谁?"外面的声音有点熟:"我。""你是谁?""我是余之锷。"我矐一下跳起。竟然是这家伙。他的突然出现,他的神情,一下让我紧张了。这是怎么回事?

在晨曦初露的窗前,我一眼看到了挚友脸上那种特异而彻底的、难以掩饰的沮丧。嘴上有白屑,眼睛凹陷,人突然瘦成这样,发达的胸肌好像在一夜之间消退净尽。他的眼镜像多余的物件垂在鼻梁上。我低头拨弄茶炉,把茶几擦净,像在拖延时间。我想他总不能连夜开车赶来吧,这说明他至少前一天就到了城里。茶沸了,我从冰箱里取出备好的早餐:两个小酥饼、一个鸡蛋和一包牛奶、一盒果汁、几根红肠。我们一起用餐,他大口吞食,一看就是饿了。一口气吃完,彼此都有了一点精力。原来他已经来了三天,一直住在那套闲置的公寓里。

"我来城里待几天,想安静一下。"他瞥瞥我,补充一句,"顺便拿点药。""啊,怎么回事?"他端起杯子又放下:"步慧病了。"我站起:"重吗?怎么回事?"我还记得何典经常为她煎药。他盯住我:"很重。何典已经尽了全力。我本来要带她一起,她说哪里也不去。"我拍着膝盖:"这可不行。需要一系列检查的,这和养护,和一般治疗不一样啊!"余之锷低头叹气:"你知道她的脾气。她对我言听计从,可这样的人一旦反抗起来谁也没有办法。"

我明白,苏步慧的病肯定到了较重的地步。我想知道得更多一点,比如日常饮食和精神状态之类。他说:"就那样。饭是吃不多的,主要是睡觉困难。安眠药全没用。老何也没有办法。她已经掉了十几斤体重。"我想象那种困难的情形,认为这时候余之锷最好待在她的身边。我问他何时回去、还要办哪些事等。余之锷垂着头:"我来咨询医院的朋友。主要是一个人冷静地想一想。亦衔,我又走到了一个坎上,这回是更大的坎儿。"我看着他。显然他有重要的事情没说。我的手搭在他瘦削的肩膀上。

他抬起焦干的眼睛,把眼镜摘下擦了又擦,却不再戴上。"亦衔,她出事了。"心弦被轻轻一击。"是你离开不久发生的。谁都没有想到。那个小木澜是个真正的恶棍。他一直在迷惑步慧,看她单纯,像孔雀开屏一样不停地表演。步慧也是被吓住的。后来,就出事了。"我只能想象和猜测。什么事?步慧也算阅人无数,总不至于太过幼稚和冲动吧?我不敢想象庸俗的套路、一些毫无新意的破烂故事。

可惜,正是那样一个糟糕的故事:歌手一天到晚抱着一把吉他，走啊唱啊，不分时间地点，荤素不论。开始苏步慧也有足够的警惕，觉得这是怀才不遇的一类人物，总是断不了一些毛病。余之锷让妻子与之保持距离，甚至还意气用事地将午晚两餐菜肴减半，也不再上酒，以驱使这个嘴馋的家伙早日离去。谁知小木澜颇有耐性和心机，照旧吞咽南瓜稀粥和糙米饭，然后偷偷去老鲁那里讨些鱼肉吃。他生气勃勃地住下来，倒是把每天去山顶干活的主人熬得够呛。伙食重新改善，小木澜再次吃上了鱼馅包子和鲢鱼冻，喝上了老鲁携来的糯米酒。他唱得更加起劲，不停地作一些驴唇不对马嘴的歪诗。苏步慧对丈夫说："无论怎么说，这都是一个才子。"

他们渐渐丧失了警惕。就在这样的日子里，一个下午，午睡起来恍恍惚惚最容易犯糊涂的时刻，小木澜坐在山上弹琴。苏步慧走过去，琴声远了；再走几步，琴声还在前边。她有一股倔劲儿，一直追到山的东坡，就是养蜂场那儿。满坡的花被太阳晒出热烘烘的香气，小木澜闭着眼唱，头也不抬，打卷的长发把一张脸全盖住了。她叫他、摇他，发现对方满脸是泪。苏步慧害怕了，伏身去看，小木澜就趁势将她扳倒在那个巨石上。

我极为震惊。余之锷长叹："一切让我蒙在鼓里多好，可偏偏不是这样。所有流氓都没有真爱，也不会持久，步慧悔恨中向我讲出了一切。"余之锷把清涕揩去："后来小木澜已经没有音讯。我不再上山，天天陪她。她看见那块大石头就哭，把事情从头到尾说了一遍。听得我浑身发冷。"

这是一场噩梦：河湾浑浊，石屋坍塌。我不敢再想。"步慧告诉，小木澜离开的第二天，我随老鲁赶车去了城里，来回需要三天，那个浑蛋就潜回河湾待了三天。她以为像上次，就是学生时期发生的事一样，讲出来我会原谅的。"余之锷哭了。

"亦衔,我说过人人都有弱点。她的软肋是受不了那些'浪漫'。学校当时有一个校足球队员,也留了长发。几个人一起消夜,回到校园时大门关了,他翻墙时接住她,就不再松开。那一夜她把自己交给了他。我爱她,说'爱比处女重要'。我们后来一直爱着。我错了吗?"

余之锷看着我。他说得没错。可现在的情形比当年复杂十倍。我这一刻想到了棋棋身边那个不苟言笑的拳师:对恶棍就该饱以老拳。我久久无语。我对小驴灰灰钦佩而讶异,忍不住自问:那个灰灰,它怎么就提前知道这小子图谋不轨?是的,动物们特敏特灵,连地震都能提前预知。眼前发生的事对于他们夫妇不啻一场地震。剩下的事情就是善后:承受,打扫,重建。然而有些部分是不可修复的。

"轻浮和虚假的浪漫主义是害人的,人类为它付出了血的代价,付出了自己的贞操。"余之锷沉吟着,"河湾对她是一场浪漫,对我是一场苦役。回头看看,好像今生最大的成就,不过是栽活的那三棵树。"

他要走了。我寄希望于苏步慧早日回到城里。

余之锷走向了他的伤心和无解之地。我孤零零地待着。此刻最想做的就是去一趟河湾,陪挚友共渡难关。我从来没有像现在一样孤单和羸弱。原来人生下来就要独自承受。这个世界说到底是为孤立无援的人设计的。想与何典取得联系,几次他都关机。

生生戴上那个玉坠,晃动着小而精致的脸庞:"我问过了,它值好几千呢。你真好。"她走开,我继续推敲厚达一厘米的文稿。何典来电了,声音十分切近和逼真,让人有一种异样的感受。"亦衔先生,"他刻板地称谓,也显得愈加郑重,"您都知道了。她患的是心病,这是最难办的。是的,那个顽劣之徒不知道自己在做什么,也不知道它的后果。步慧是认真的,坏就坏在这里。"我说:"说句不该说的话,上次您不给那小子救治就好了。""啊,那是另一回事。"

放下电话后我才意识到遗忘了一个重要的问题:苏步慧何时回城?

圆圆马上就要调离机关。她找到我说:"你连道别一下也不愿意?怕影响自己是吧?"她倦容明显,但情绪还好。说到工作的变更,她有些不屑:"这里留给那些干净的人儿吧,我不合格。老科长这个人渣供出了好几个,满口套话的红人,刚刚任职的花旦,可就是没有我。"我说传言是不可信的。"钱是可信的。她们什么都不信,只信钱,那个人渣就领她们去找钱。"

我们一起用餐。圆圆很快喝多了,不断地拍打我。我始终认为她是一个善良的姑娘。"我虽然调离了,住的地方一时变不了。亦衔,我们是一辈子的好朋友了,信不信?""信。""你可不要狗眼看人低。告诉你,我去的地方有真正的艺术家,那个拉坠子的老头儿是最不起眼的,可当年有多少有模有样的姑娘追他啊。我们这里有什么?马屁精,搞传销的,见了有钱有权的人立马尿裤子的,你最清楚了。"我赶紧摆手:"我不清楚。""得了,那是你谦虚。"

深夜无眠,又一次翻看德雷令发来的那些图片。我想这些豪华的居所如果真的入住,也许会引起严重的精神与生理反应。眩晕是难免的,因为它们太接近虚拟。这与流行的某些穿越文字,比如那个紫脸长腿女子连篇累牍的呓语多少有些相似。二者难以厘清和分界，只能说是谐配。出于顽固而有害的好奇心，放下图片又打开那个女子的链接。需要领受的新异与惊惧还在递进和深入。这里，脏腻与昏妄、轰轰作响的变态和疯狂的机器马力全开。丝丝喘息的将死的巨兽、带着小清新和小可怜的骗子、大河马浮出水面的丑陋、只露两只眼睛的鳄鱼，全都挤在一起。就在不可历数的屑碎荒诞之中，夹杂了阴险的谣言和指控，甚至还有爱的叹息、轻轻哼出的摇篮曲。我尽管不能自作多情，可还是不得不指出：这其中再次出现了关于我的段落。

我明白，自己一天不以同谋者的方式加入，那么这种威胁和颇具侮辱性的游戏就一天不会停止。谁来阻止他们？没有任何人和机构负责，更不会有谁站出来仗义执言。如果稍稍认真地与之理论和纠缠，那么正好中计，然后很快就将精疲力竭体无完肤，死无葬身之地。绝望和恐惧就在这里，它在深夜和白天，在每一个时段里泛起。我在痛苦和无奈中多次想到了至爱至信的人，是的，只有她，只有洛珈才能让我沉迷，帮我解脱。犹豫，踌躇，终于在最后一刻停下。因为我再次想起最初的预设和约定：为了她，为了自己的挚爱，我将心甘情愿地付出一切。考验的时候到了。

我如果是一个"异人"多好，居于高山溪畔，蜷坐茅屋，心如木石，无人可撼。可惜我仍然爱力强大，一颗蓬勃鲜活的心在怦怦跳动。这样的时刻，我想到了不幸而顽韧的父亲，他蒙受的屈辱，他直到最后还在执着地寻找。遗传的血脉不可更易。

已经有好多天不再受老同学的打扰了，可能他对我已经失去信心。以前他除了诱导和胁迫，总是问同样一句话："你到底怕什么？"有时还加一句："多大点事啊！"我终于明白，在他那儿，重点不是撮合我和一个女子演出一场婚姻的滑稽剧,事情绝没有这样简单;他真正要做的是将我拖入一个强大而神秘的系统之中,而那是我所不能理解的更为复杂的一团。深深的夜色中,我似乎又听到了那一声询问。一股倔劲泛起,让我忍不住有了一股探奇踏险的冲动。我要主动找到那个避之唯恐不及的家伙,给他来个猝不及防。

"啊呀,是你!到底怎么了?想通了?"

"咱们别扯那么远,先解决眼前的事吧,我是说那个女的,就是那个心理咨询师。"

"哈哈,我估计得不错,你早晚会迷上她。这可不是凡人。谁让咱们都是爱才之士呢。你就说怎么办吧?"

我想了想,绝不能将这股祸水引到自己简陋而洁净的宿舍,严格讲它是我在这个世界上唯一的小窝。我说:"我想去她公司拜访,现场感受一下。""嗯。我看使得。不过这得事先约好,如今所有成功人士都忙得一塌糊涂。可你别急,咱们男人格外性急,恨不得立马办了她。你先缓口气。"

等待的这段时间,我想到了某一天:说不定自己真的会听从棋棋的建议,求助于那个拳师。他很快回电了:"真是好极了。亦衔啊,尽管你这么冷酷无情一去无踪,人家还在惦记着你。我一提到你的名字你猜她怎么说?""怎么说?""'这个小鳖崽子!'""她骂人?"他大笑:"看看缺乏幽默感了不是?人家那是撒娇,女孩子嘛。"我不愿啰唆,问怎么约定。"今天,就今天。至于晚饭嘛,我就不管了,我从来都是蹭饭的。"

我和他打车去闹市区,然后穿过全城最有名的脏乱地带。我说原来公司开在这种地方呀,他没有理我。车子摇晃了半个小时,总算驶入好一点的区段,但房子十分陈旧。我们停在一幢老式公寓楼下。他指指上边:"十一楼。来吧。"我们一下电梯,就有一个剃了男孩头的姑娘站在那儿,手持一捧鲜花。"这是小鱼助理。"他介绍。大把鲜花让人措手不及。右边的门打开,正是她,长脸发紫的女子,合手而立,身后是宽敞的门厅。

屋里有浓浓的劣质香水味。门厅足有四十平方米,摆满了杂七杂八的小玩意儿,特别引人注目的是一些不同地区的面具,还有鹦鹉和老鹰、鳄鱼和水獭标本。几个陈旧的紫色布艺沙发、咖啡机和茶炉。"请老板带我们参观一下吧。"他说。女子声音很小,费力才听得清:"好的,您请。"她走在前边,这使我看清两条长腿和扭动的腰身。她给人一种韧壮感。她的发型重新设计了,与上两次不同:一边长一边短,让人想起阴阳头。她的大眼有些外凸,很亮也很吓人,不过眯起来又显出一丝朦胧的妩媚,让人想到戏曲动漫中的美女狐。我们出了门厅穿过两个小间,进入一条不长的走廊,接着又是一间大厅。右侧房间有些空,好像刚刚开始布置,有摄像机和电脑之类。这让我想起了上次在棋棋那儿看到的,不过这里简单多了。

我们再次回到那间门厅,助理小鱼已经摆好了咖啡茶水之类。我们坐下,女子突然羞涩了。我尊重羞涩的人。一旁的老同学大口喝茶喝咖啡,吃水果,嚷嚷着:"你们早该坐下谈了,这样多好。"我暗中思忖自己此刻的角色:相亲对象、男友、合作伙伴、高级兼职?这得判断清晰,不然就会演砸。女子的小手在牛仔裤上揩着,好像有些紧张。我也想拘谨一些,可是做不到。

"亦衔,今天你都看到了,这里的情况就是这样。可以说,她就像戏曲里唱的,'一人能抵百万兵'。目前全凭她的一支笔,不,一个键盘。当然啦,雇员很快到齐。"他在一边侃侃而谈。我看着她:"您的链接我保存了,经常学习。当然十分好奇。我对您广博的知识和复杂的贮备,还是有些吃惊。我很不自信,不认为自己是公司里的一块材料,只是一个平庸的公务员。"我表述的起码有一半是真话。她不再话语艰涩:"啊,是这样,亦衔先生,我们还算投缘,几次交谈就知道了。如果交流再多一些,我想,我认为,我敢说,相互都是需要的。"

老同学说一句"我去那边看看",端着杯子走开了。她的眼睛抬起来,声音急促而热切:"我梦见你了。我多次见你就坐在这儿,我们谈啊谈啊,通宵不睡。我在书中写过了。我们谈的领域太广阔了,共同语言多得不得了。有一次你饿了,歪在沙发上,我一勺一勺喂你奶酪。"我赶紧岔开:"这个,嗯,如果我当贵公司顾问,能做些什么?"她两眼一亮:"那你就是我的,就是公司的人了!自己人怎么都好说。""白拿补贴我会不安的。"她抿着嘴,头微微探过来:"这根本不是问题,我们从前两个月开始获得支持,专业人员来这儿考察过了,已经签署合约。我们是一个大机构的分支。""什么机构?""啊,更大的公司,更大的机构。"她不露底细。我搓着手:"我还是担心自己的能力。"

她有些急躁,嫌热,外套脱掉,细声细气的:"别这样说了。我们一定合作愉快。我一个人,你也看到了,这里很空。"她充满期待的目光望过来。我说:"我注意到您的平台在变化,比如,"我想了想,"比如近期的热点。"她坐直了身子:"啊,是的,这都是上边统一规划。""谁来规划呢?"她的目光闪烁起来:"咱们谈得真好,时间过得这么快。"

晚餐就在右边大厅。那儿已经摆好西式长桌,铺了桌布,头顶是枝形灯。菜肴由人送来。助理小鱼穿上服务生的行头,背着一只手为我们添酒。老同学是饮酒高手,不过一会儿就喝多了。他说今天一件最高兴的事,就是"促成了两个人"。我不得不更正:"我们还在协商。"他拍拍我:"不用客气,会成的。到时候我还要吃酒。"结束时我和老同学一人一份礼物,装在两个手提袋里,各自写了名字。

乘车回去的路上,他忍不住打开自己的礼物:一把折扇、一支烟斗。"妈的,我以为是什么宝物。你的?"我只好打开,马上有些不好意思:一件内裤、一根腰带。他嫉恨起来:"刚才还说没有协商好!客气什么!"我不得不辩解:"也许她装错了。""得了,咱都是老手。不说这个。"我拍他,安慰他,他眼圈红了。他委屈,也不乏自豪感:"我这辈子撮合的好事多了。天生一副热心肠,自己倒两袖清风。"我说:"刚才她介绍了公司的详细情况,我也有了一些信心。看来很有背景,这就好。""那当然。你也明白我们几位老同学都参与了,像'火火''小单单'几个活跃的家伙都是。""你是哪路仙家?""我是'苟全法'。""好名,不愧出身名牌学府。"受这句话激励,他使劲直起身子:"咱们都是'女王'的人!咱们都听她的!"

"'女王'?洛珈?"

苟全法挤一下眼:"这个知道就可以了。她资助的公司很多,钱来自上边,这点钱不过是九牛一毛。她也管不了那么多。"车窗外的灯火和川流不息的人与车辆,闪烁的霓虹广告牌,从七八十层楼顶倾泻而下的光瀑布,恍若陌生的多维世界。"可怜的人。"我喃喃自语。对方及时发问:"谁可怜?"他的酒气喷到我脸上:"她发达到这一步,什么都无所谓了。"

"一种新新人类？可以无性繁殖？"我在心里设问，没有说。

回到宿舍，一团热气瞬间把人裹住。大颗汗粒一涌而出。我连灯都没有开，把礼品袋放于角落，一遍遍洗手。我在黑影里坐了许久。想起女主人的链接。这好比刚刚开始的饕餮之夜，像刚刚品尝了几个餐前冷碟。我小心翼翼地翻页，唯恐遗漏了什么。她沉浸于自我迷茫和陶醉，还是在向另一个人发射强烈难敌的雌（磁）力线？我仿佛看到她紫色的面部肌肤下急速涌流的脉管，那一双小手在无声的软键上抚摸：

"两个失眠的人玩起跳绳会发生什么？"

开头的一句询问让我始料不及。"我们跳啊跳啊，被缠住被绊倒再也不愿起来，就像两根蚯蚓。老天爷把湿淋淋的夏天交给我们，谁都不是吃素的。蛤肉的功效，从虹膜上体现出来。紧张会让腺上素急剧分泌。一种纯洁的假象在气味里破坏了，我是说人人都有的体息。让我们在这个夜晚独自庆祝一下吧，万事开头难，总算有了醉酒的理由。你如果轻轻更换那两件礼物，就能听到耳根的抽泣。一条淤河等待疏通，只要想明白了就永远不晚。太阳不要出山，卵磷脂和大蒜素，伟哥之父和火山灰，陨石收藏家和集邮爱好者，我们在这里有一个通宵大派对。我们不见不散不尽兴不散，我喝醉了酒什么都不怕，我能一拳捣碎一个核桃。"

我大口喘息，赶紧关屏。现在已是凌晨五点。当我从呓语之林穿越的这一会儿，一串耽搁的信息再次涌来。圆圆和久违的体工队员，棋棋和生生，最后是女上司，都有留言。我想起余之锷，那里没有一丝声息。他在远方独自抵御，他在沉默。我一阵痛惜。睡前做出一个决定：马上就去河湾。

我请事假的理由是：挚友病危。"病危？什么挚友？"女上司诧异。"余之锷的妻子，我必须赶过去。""可是，"她抓抓头发，"你手里的活儿？谁来接手？"我想了想："那就带到路上做吧。我不能耽搁，真的已经太晚了。"她只得同意。她起意让生生陪我，被我断然拒绝。"那好。记住速去速回。"她一副恨铁不成钢的表情。

我心里只有那片河湾，耳畔响着一个人微弱的喘息。有一种不祥的预感。洛珈来电，我没有接。我想起"苟全法"的一句妙语："什么都是无所谓的。""无所谓"，这三个字有多么丰富的蕴藏啊，这些隐秘需要挖掘多久？然而我的挚友在那儿艰难度日，他们此刻正需要我。车速每小时三百公里，也还是太慢。下车了，迈进大木栅门竟然一片沉寂。人在屋里，动物呢？山上的鸟儿呢？河水的喧哗呢？

我嗅着浓浓的草药味儿，准确地找到了那个房间。余之锷夫妇与何典都在。他们三个人一块儿看着大汗淋漓的我。何典过来摘下我肩上的重负。苏步慧从床上起身，伸长两臂，要拥抱我。我害怕碰坏一个像纸一样轻盈脆弱的人，只小心地环她一下，挨近时她贴了贴我的脸。即便到了这时候她也没有放弃洋礼。她与上次判若两人：头发无光且稀疏了许多，眼睛更大也更苍凉，即便微笑也散发出些许寒意；手背筋脉凸起，有深色斑点；胸凹了，这永远火热的蓬松的胸脯曾经是丰厚温暖的象征。她瘦多了，让人难过的是全身的生命汁水仿佛耗失大半，正一点点变得枯萎。我强作欢颜，说她的气色还是比预想的要好。

老鲁老婆在厨房里忙着，及时替补了女主人的位置。她对苏步慧的病大为不解:"胖乎乎的好人说躺就躺了,心慌慌着,唉唉。"何典和我单独一起时说她的病:"心碎了,这是根本。"我想知道她能否在预期的时间内康复,最坏的结果和最好的可能?我认为何典心里有数。他摇头:"有人会说心脏的问题,其实是精神崩溃导致的。爱是活下去的基础,对她就是这样。""她爱小木澜?""她好奇,就像一过性的疾病。可是小病也会引起重症:失去一辈子的爱人。"我当然知道这对夫妇之间失去的是什么。这类似于一次物理损伤,比如跌碎的瓷器:修复者无比精密地黏合如初,但已经是重新整合的一件物品了。

聪明的苏步慧明白一切:这其实就是一场终结。任何人都置身事外,包括最好的医生,谁都不能修复心灵内部,那里密密麻麻的齿轮太复杂了。

我们下面要做的,就是用每个眼神动作话语以及其他,告诉她一切正在过去,我们还会重新走入流畅明快的生活之中。我说:"你想出门时,我们就去河湾。我想让你教会采蒲菜。"她笑笑,转一下脖颈,找一旁的余之锷。余之锷说:"晒太阳最重要。"

下午六点多以后太阳不再辣热。苏步慧真的在我的搀扶下走出了屋子。她的身体这么轻,右腿有点拖。她想自己走,只走了几步就大口喘息,明显有些憋气。何典小声对我说,这是心肺的问题。我们看着颜色由铁青转向暗红的河面。有白色的比天鹅小比鸥鸟大的鸟儿在不远处游动,见了我们又向更远处游去。对岸的青杨上有一声高亢的鸟鸣,叫过了就停下等待,仿佛期盼另一只鸟的回应。"这是什么鸟?"我问。"单声杜鹃。"苏步慧的目光落到那片微微摇动的香蒲上,淡漠而慈祥,就像一个经历了无数岁月的老人。她的大眼睛微凹迷人,上眼皮那儿比往日陷得深了一点,有一种异样的风韵。她稍大的嘴巴轻轻张开，唇角那儿呈现细小的纹路。我想起了她很早以前的倡议和设想：在河湾开一场音乐会或演出小型歌剧。那将是怎样的盛况和雅趣。不可能了。

我指着红霞笼罩的河面，踏着绵绵白沙走了几步，说："那样的日子会有的，那要等到秋天。""谁来操办？"她的眼睛亮起来，接着垂下，摇头。余之锷说："只要你好起来，这有什么难的。"何典接住他的话："那等于开一个庆贺康复的会，要趁孩子回国的时候。"我连连赞同。苏步慧把脸转向落日的方向，嘴里喃喃："啊，孩子该回来了。"

就因为我的到来，苏步慧到餐厅用餐了。为了不使她过于疲累，余之锷搬来一个软椅，她偏要撤掉，和大家一样坐在没有靠背的木凳上。老鲁提来一个盛了蘑菇肉汤的炖钵，还有一个多层蒸屉。晚餐丰盛，除了苏步慧之外都饮了一点酒。我说："我最想念步慧的烧茄子，是为这个赶来的。"她苦笑："肯定不是，不过我会为你做的。"我说："等下一次吧，记住欠我一个菜。"苏步慧说："亦衔啊亦衔！"

晚饭后我和何典陪了一会儿苏步慧，担心她太累，就离开了。自来到河湾我就关掉了手机，成为一个失联者。回到房间打开手中的小魔器：讯息照例潮涌而来。我与那个沉在黑暗中的庞大神经体瞬间接通。略去大量留言和未曾回复的记录，只寻觅一个人的痕迹："请回答我。""你在哪里？""你在吗？"我的心抽了一下。我迎着夜色轻轻吐出一句："我不在。"

我在回城的中途转一个弯，要去东部小城看望那个白发苍苍的老人。我担心以后绝少这样的机会了。

因为要在小城滞留,就订了一个宾馆。安顿一下,吃了点东西,到店里买了一束花,一包甜点,往那个小院走去。这个中学教工宿舍比记忆中要昏暗许多。我找到那个三楼公寓,敲门,心上异样忐忑。门开了,老人没有看清走廊里的人,直到我叫了一声才反应过来:"亦衔啊!"她回身将客厅的灯全都打开,睁大眼睛看着我,惊喜异常。

"我是出差到这儿的,来看看您。"我没有提到她的女儿。"怪不得洛珈没有事先说一声!"我说这是临时起意。屋里只她一个人,棋棋不在。我问他哪儿去了?她说这孩子不知道整天忙些什么,有时几天不沾家。洛珈说得对:这个弟弟不靠谱。我看着老人的眼睛,又想到洛珈。我没有很多话,今夜只想来看看她,挨着她坐一会儿。

"你平时没有电话,洛珈也不常打。"她的手放在膝上,几次抬起,像要抚摸我。我想起了海边沙岗下的茅屋。所有的母亲都是一样的。她问我能住几天?我说住在开会的地方,只一天。"如果有时间,我想去东山一次。"我一阵冲动,突然说了这样一句,说过马上后悔了。她"啊"了一声,四下环顾,像寻找其他同行者。"我们一起去,我们去!"她大声说。

第二天十时,我按约定打车接上她。这是周三,市内和郊区的人都不多。她携着一个很大的方纸盒、一个包裹。一条沙石坡路通向那座小山,与几十年前该是同一条路。她盯着前方,不发一声。车子一直开到山顶。稀稀疏疏的游人都是来庙里玩的。我们直接去了庙的东侧。

墓地上有祭奠的痕迹,有干腐的水果和残香。我将游人扔下的纸片和其他杂物清掉,帮她打开盒子和包裹,里面是水果糕点和烧纸。她小声念叨什么,我只听清几个字:"我和你的女婿。"眼窝发热。这座墓地当年有赖于那个权势人物的帮助,得以原地保存并重新修筑,今天看一切都好,只是紧邻庙宇,吵闹了一些。

我们从墓地走开,一时都不想下山。长长的山坡已经长满侧柏,修了沙石路,再无矿山遗存的东西。这在一部家族史中最艰难最温暖的一页,已埋入时间的尘埃。身边的老人还有记忆,她在努力复活昨天,仰头望着,一定在找那些黑苍苍的、一座连一座的工人窝棚,那个在风中转动的煤井升降轮。

我第二天一早离开小城。刚踏上街头,站在公交站牌下,一辆小车"嚓"一下停住。走出来一个大块头,一脸严肃,原来是光头拳师。紧接着是棋棋,他喊着:"好家伙!真是你!"他喜出望外,前后看看:"你自己?"我解释了一下,他拍起手:"好啊好啊,太好了。"他打个响指,不容分说就推我上车,不停地嚷嚷:"那场大赛你看过直播没有?真刀真枪,南拳北腿。爆棚了!"我逗他:"你说要请我到现场看。"棋棋哭丧着脸:"我发信息你不回,拨通她的电话,她哼一声就挂了。"

车子开得飞快。我想让他慢点,他根本不听。车子拐进一个大院,全是火柴盒式的旧楼,没有一点生气。这里好像是一处放弃不用的巾郊小学。棋棋指着院子:"刚租下,做了我的总部。先去办公室吧。"他把我领向其中一幢,咕哝着:"你独来独往,这更好。她来了会搅局的。"

14

棋棋的办公室又一次让我大开眼界。楼内的非承重墙全部打掉，扩出一个两百平方米的大间，一脚踏入会产生穿越时空的异样感：置身于一处山窟魔穴。石壁、山影、水声，还有一些动物标本，太师椅上垂挂虎皮，两边竖起刀枪剑戟。迎面墙上是一个巨大的"武"字。棋棋迫不及待地坐上虎皮椅，两臂端放扶手，光头拳师立于身侧。我站在这儿有一种听候发落的感觉，不知该坐哪儿。"快快上茶。"棋棋喊。

话音刚落，角落里走出一个穿了练功服的双髻少女，抱拳施礼，然后敬茶。棋棋自己不喝，只笑眯眯看着我端起盖碗茶。"棋棋，咱们能不能到一个敞亮地方说话？这儿像'聚义厅'似的。"棋棋没有应声，歪歪身子打个响指。一个光头少年上来，连连踢腿，呐喊震耳。接着是一个更小的姑娘上来舞剑，打旋，可惜打蹁腿时一不小心跌倒了。棋棋呵斥："越发无状了！"

一男一女表演后，棋棋才让身边的拳师退下。只剩我们两人了,棋棋两腿盘起,身子使劲探过来:"你看见了,就是这样。"我说这跟原来那个作战指挥部大不一样了。他说:"这里汇集天下豪杰!实话说,高手在民间!"我想起了一个人:"我们机关上有个人能吞刀子,还会缩腰术,不过这人进去了。"棋棋听得出神:"是吗?如果真会缩腰术,进去也会出来的。""那就等等看吧。我估计不能。"

刚说了一会儿棋棋就提到了洛珈,上唇翘起,哼了一声。我说:"她对你还是疼爱的。"棋棋撇嘴:"算了吧。她夺走那幢楼我不心疼,夺走那班兄弟等于要了我的命!我这辈子差点被她毁了!"我不知该怎样规劝,说:"别忘了那次大麻烦,幸亏她出手相助。"棋棋更恼:"什么大麻烦,那都是她的手段。她想用几个钱把我哄住,做梦去吧。"他的手攥成一个拳头。我看着他唇上的一层黑绒、一双清亮的眼睛,心底涌起一丝怜惜。

该分手了,时间已经耽搁得太久。我对棋棋说:"我们后会有期。"他一直目送我走上街头,直到跳上一辆公交车。那个小魔器不知什么时候被我投进背囊底层,这会儿像鼩鼱那样不停地嘶叫。我赶紧翻找出来。第一眼看到的是她,"洛珈"二字像灯盏花一样频频闪烁。她的留言是:"原来你去了母亲那儿。单独行动?"我未理睬。圆圆的几条信息让人动容:"想你了,这是真的。""知道吗?那个老科长自杀未遂。"急着看河湾那边的消息,没有。女上司已发来三次催促:"关于那个重要会议,全部准备工作已近尾声,请务必早回。"我发现自己是一只风筝,线的末端握在女上司的手里。

回来了。卸下背囊就躺在那张老藤床上,不吃不喝只想大睡。一阵嘭嘭的敲门声,让人无比愤怒。"嘭嘭!嘭嘭!"我索性用被子裹头。那人还在敲，自信而蛮横。不，这里是我最后的地盘。"嘭嘭！嘭嘭！"多么霸道。我跳起来喝道："滚开！"外面静了一瞬，接着是重重一擂。我爬到床上，大汗淙涌。实在太疲倦了，竟然一口气睡了半天又一昼夜。醒来似乎从未有过的轻松，却忘记了这是一个周末，下楼后摇摇晃晃穿过了东小门，竟一直往办公大楼走去。一进走廊便遇到加班的女上司，她大感意外地看着我，像老鹰见到了小鸡。我束手就擒，双翅耷着跟她进了办公室，木木地站在那张大写字台前。她说了什么，我"嗯嗯"应对，直到她伸出食指在头顶的双毛旋那儿使劲拧了一下，我才如梦初醒一般睁大双眼。我从衣兜里摸了半天，捧出一颗鹅卵石：紫红色，润滑如玉。这是从河湾那儿捡来的。她接到手里横看竖看，笑了。

  天到了最热的时候，中午回去的路上看到一只倒毙的麻雀。傍晚时分响起了余之锷的电话："亦衔吗？对不起，几个电话都没回。现在可以了，她住院了。是的，已经来了两天。"

  我立即赶往医院。可怕的拥挤和呼叫，到处都是匆促焦灼的人。苏步慧住在二十一楼。电梯前围满了人，直等了四拨才挤上去。我有些紧张。长廊都坐满了，连椅和地面全是人。我看到一个人手捧鲜花，这才觉得少了什么。我只习惯于在另一种时刻买花。找到病房，从半敞的门上一眼看到了她：陷在床上，小得像一只鸟。我轻轻走到床前。她的脸转向我，无任何异样的表情，平静到令人惊讶，像一个耗尽了力气的产妇。她的手从薄被中伸出，我握住了，马上觉得灼烫。余之锷说就因为无法控制阵发性高温，这才说服她离开那里。"让她住院可真难。老何起到了关键作用。"他小声说。

  苏步慧一直看着我。我挨近病床说："你听着就好。"她笑着。我说了,说什么都显得言不由衷。我说你看上去比上次好;瘦了,也更美了。全是假话。我说前些天在河边,有一只碧绿的小鸟在蒲丛里歪头看人,大概是翠鸟;我说何典这家伙又发表了一篇艰辛的论文,真是"异人"。她微笑。我找到主治医师询问,不相信一个女人因为哀伤和心慌就能走入绝境。

医师年纪不大,微胖,鼓鼓的额头让人信任。他忙着看手机,飞快滑屏,对我的问题兼听而已,最后回答:"病情严重,复杂。心脏相当衰弱。烧了多天。为什么拖这么久才送来?""因为有一个当地中医照料她。"医师哼一声:"那该交给他。"

余之锷连夜陪床,眼看快撑不住了。我看着他消瘦的模样,建议雇个医护。"她需要我。"他擦着眼镜,告诉我苏步慧前不久说过的话:"一天深夜,她服下药感觉好了一些,就想说一会儿话。她说:'之锷,我现在最后悔的就是遇到你太晚。'"我不懂。他解释:"这话应该由我来说。我常在夜里这样想。如果更早地遇到她,一切都不会是现在这个样子。""为什么?""不知道。那天深夜她说出了一个答案,我完全不能同意。""她说什么?""她说,有你从头管住,我就不会长成现在这样的野孩子了。"

我在想她的话。"野"吗?似乎有点儿。可她多么随和啊,常常让人觉得是余之锷的影子。余之锷抬起头:"我不会管住她的,只会给她更多自由。"他的眼中有一丝泪水:"她会康复的,不过在这里住久了也不行。明天有一系列检查。治疗一段时间就回河湾。"我有相同的期待。

一连检查三天,项目繁杂之极。苏步慧的病很多,但好像无任何一项有致命之危。我轻松了一些,认为今后除了对症治疗,主要就是静养了。余之锷没说什么,只把各种指标发给何典。我拨通了何典的电话，发现他对检查结果并不乐观。他认为苏步慧有个心魔，它在慢慢吞噬生命。"怎么杀死它？"何典说那就得寻一味大药了。"什么大药？"何典语焉不详，咕哝着："她以为在小木澜那儿找到了它，其实那不过是一味毒药。"

我回到床边。她脸苍白，因为未施脂粉，显出微微的青色。是的，真像一副急性中毒的颜色。那味大药在这座城市、这个世界上都难以寻觅。没有比一个明知得救之方却要眼巴巴地等待，最后不得不放弃再痛苦的事了。余之锷束手无策。她在身体尚好的日子里每天都要和他相拥，久久不愿放开。可惜一切努力最后也还是失败了。爱，这是最不好对付的东西，超低温保存也不行。爱不是冻虾，零下四十度也无济于事。这个至难之物，像何典面对几十年的籀字那样苦苦研究，也未必有解。

因为频频去医院，我不得不在那个重要会议开始前从材料组退出。女上司急得拍手："你选的时机可真好！"我说不是我，是挚友的妻子。"那毕竟不是直系亲属嘛，"然后扔下一句："你自己思量去。"我仿佛又遇到了嘭嘭的擂门声，这会儿需要的不过是横下心来。我把一大沓材料直接交给生生，她腆起腹部抱住，喊着："哟，哟。"我头也不回地出门去了。

余之锷实在挺不住，不得不雇来一个女医护。我坐在床边，看着苏步慧接受静脉滴注。这个过程差不多要占去整整一个白天，每天如此。她已经把这当成了基本功课，渐渐不再理会。她仰脸看着天花板，偶尔看我，不再有那么多微笑。"我昨夜睡着了，听到了大鹅在叫，高兴得醒了。"她断断续续像讲一个故事，"河风吹过来，有些冷，一睁眼才明白在城里。"她垂下眼睫。我想着该谈点什么,她闭着眼睛说:"亦衔,能为我讲个故事吗?什么都行,只要是亲身经历的就行,不要编造。""啊,好的,这有很多的。"

我知道她旷日持久地躺卧,不能看书也不能看电视,特别是不能滑动那个小小屏幕,太寂寞了。她想听真实的见闻、亲历的故事,厌恶虚构。我想着,开口讲道:"记得第一次看海。偷偷穿过一片林子,踏着一条小路往前。外祖母总是吓唬我,说一旦迷路就有大麻烦,因为林子太大了,什么妖怪都有。可是我一定要看大海。走啊走啊,终于听到了拉网号子。我看到沙滩上排成一溜的人,他们全都光着身子,两脚和小腿陷进了沙子,一齐喊着往上拉大网。白色的网浮在海里划出一个很大的半圆,它越缩越小的时候,海水就滚动了。那里面有大鱼和各种东西。岸上的人都喊着往前跑,想亲眼看到网里是怎样的。我使劲往前挤。我看到鱼鳞一闪一闪,大鱼像一把大刀一样举起来,狠狠往下一砍。火红的大乌贼吸住一堆小鱼小虾摇晃着,抱得紧紧的,又呼啦一下扔掉。有什么吱吱叫,射出很高的水柱。海上老大把拳头伸到头顶吓唬大家,让我们退开,再退开。"

苏步慧听着,问:"后来呢?""后来我又去了多次。见到了大海龟、黑亮亮的海豚:它漂亮极了,大脑壳大眼睛。它在水里发出哀求,还哭呢。我亲眼看见那个海上老大心软了,冲着它说:'小孩子家家的,大人也不看住你,钻进网里了!'他让人把海豚放进海里。我觉得满脸横肉的海上老大其实一点都不坏。"苏步慧闭上眼睛,嘴角漾出笑容。"再后来呢?""再后来我看到了一条'人鱼'。"

她一下睁开了眼睛。"我真的看到她了,离她有十几米远,后来又被挤上去的人挡住了。我从一条条腿隙里穿过,爬到离她只有五六米远的地方，看得真真切切。她有鼓鼓的额头、眉毛和头发、长长的眼睫毛和大眼睛、不太大的精致的圆脸儿。她的泪水一串串流下来，抬起有蹼的小手搓眼呢。她扭着身子，这才让人看到鱼一样的长尾巴。她身上的鳞片很密，等于穿了衣服。我还记得她高高的胸脯。大伙儿都喊、咂嘴，因为她的一条胳膊被网丝勒出了血。海老大怜惜了，咕哝说：'这是作甚、作甚！'他亲手蹲下小心地摘掉网丝，用一把大捞斗兜起她，再一点点放进海里。她扎个猛子逃了，在远处露出头往回看着。"

"原来真有'人鱼'！"她咀嚼着这个故事。我不敢夸张，回忆说："大概是哺乳动物，眼和脸让我想到了人。"我补充说："其实有些大型鸟类如大草枭，从后背看像猫，转过来是大圆脸和大眼睛，脸上是细细的绒毛，活生生就像一个大姑娘啊！真的，我在林子里就见过！"苏步慧又高兴又惋惜，说："我真羡慕你的童年。还有这样的故事吗？"我说你该睡一会儿了，新故事留待明天。"我等不及了，我让你现在就讲。"我只好说："讲最后一个，其余明天，怎样？"她点头。

我想起类似的一个经历。这件事我在大学期间告诉过同学，结果被他写出来登在了一份刊物上。我开始讲真实的情形："林子里每年春秋两季都会有一些捕鸟的人，他们来自附近的村子和煤矿，还有码头工人。春天主要捕黄鹂，秋天捕野鸡，为了听歌和吃肉。有一年秋天我看见两个扛了鸟网的人，他们不是来捕一般的鸟儿，而是一只很怪的鸟。他们发现了它，好几天都没有捕到。做这活儿要极耐心。两人晚上伏在林子里，一连许多天，后来真的逮到了。"

苏步慧转脸看我，因为我停下来。护士把药瓶换过，我继续讲下去:"网中的鸟像一只大猫头鹰,个头比鹅还要大。圆脸,头顶的羽毛齐齐的像刘海儿。不夸张地说,那像一个圆脸大眼的小姑娘,不同的是鼻子和嘴巴。它的双翅像胳膊一样垂着,等候发落。再看它的腿,上半部有厚厚的羽毛,下面是光的,肉色。脚不大,有蹼。捕鸟的人叫着:'这是什么怪鸟?'他们商量着卖给动物园。一个月后两个捕鸟人又来了,我急着问怎样了?他们说这只鸟被什么人发现了,都说太怪了,必须一级一级往上送。幸好看管鸟儿的老人特别心软,见它不吃不喝泪眼蒙眬的,就偷偷放了。外祖母说,那个放鸟的人一定会得到福报。"

苏步慧满脸欣悦。她闭着眼,累了。余之锷来了,人比前几天更倦更瘦,把我拉到外面商量:她病成这样,该不该告诉国外的孩子?"短时间出院是不可能的,昨天夜里医生说了治疗情况,他们很悲观。"我没了主意。"何典的意见呢?""老何认为迟早孩子都要知晓,不如早些告诉。"余之锷点头:"孩子正恋爱呢,一个叫'亨利'的西方男孩。这是我最不乐见的。唉,也只能由她。"

我两天没去医院,还是因为会议的事情。余之锷电话告诉:已经通知了女儿。他吞吞吐吐:"如果有时间你还是来吧。她要听故事。"我不再犹豫。

女医护见了我一脸欣喜:"这两天她吃东西了。你快陪陪她吧。"我高兴了。仔细看床上的人,发现她眼里有了些许光彩。我说:"讲故事的人来了。"她伸过手让我握住,很快提出新的要求:"亦衔,能说说离你更近的事吗?"我不太懂。"我是说'爱情',你尽管是个童男子,却是大家公认的帅男。讲讲吧。"我的脸发烫。她马上说:"脸红了。"是的,很羞愧。因为不能如实讲述而内疚。我对挚友设定了禁区,认为那是私密领域。今天,今天让我说什么呢？任何的编造对她都是欺骗，而欺骗一个因爱而伤绝的人，那简直就是罪过。

我在想长长的流浪之路，从少年到青年。首先想到大沙河，想到林木蓊郁中产生的一次强烈而朦胧的爱情。我说的是一眼看到便不再忘却的女篮队员，那个"五号"。她长了美丽的小羊一样的长脸，弯弯的大眼睛，是一个跃动的美神。我几乎为她荒疏了紧张的高考复习，甚至不能安睡。我知道人生有些问题实在不好解决，既脱不开又离不了。每次见到她我的下颏就木木的，那是因为强烈的爱慕所致。可是找不到任何像样的理由去接近她。我要怎样并不清晰，只知道强烈地需要靠近她。我想拦在路口，送一本好书，再不就直接说出心中的渴望。犹豫啊急切啊，就这样拖到最后人突然不见了：像鸟儿一样飞走了。"她去了哪里？"步慧问。我如实回答："她考入了很远的一所南方大学。几年后我也考走了。第一个学期想去找她，后来就不可能了。""为什么？""就因为全新的日子开始了，直到现在。"我说谎很难，但她好像没有察觉什么。"真好的故事。再后来呢？""再后来，"我说，"见到她之前，也有大大小小的一些事情。"

她期待着。我说："在一个山区作坊打工，那儿小学校的钟表坏了。我被女教师喊去修钟，不小心打开了表壳，一下就慌了。第一次看到那么多精密的小齿轮。因为钟表不停地坏，我就逃走了。从那时起，我就觉得女人是密密麻麻的小齿轮，一辈子都不敢动手拆卸。"她笑出了声音："这就是做童男子的原因？"我连连摆手："老天，千万别这样说！"我的心跳加快，好不容易才镇定下来："在另一个地方，我还爱上了一个女司机。那时容易喜欢一个人，觉得她的帽子、套袖，什么都好。她闭着眼，不知怎么靠在我身上,睡着了。我看她,伸手按住她的胸口,按了五分钟,她突然醒了,推开我的手说:'大眼生生的男孩,怎么敢这么坏?这也是你摸的地方?'我哭着上路了。"

苏步慧咂着嘴,一阵惋惜。她笑出了眼泪。"还有吗?讲下去。"我不再说话。她期待的眼神看着我。我吭吭哧哧:"就在那些日子里,我偷吃了食品仓库的糖果,被一个霸道的女会计发现了。她吓唬我,夺走了我的童贞。那一年我十六岁。"

苏步慧的眼睛望着天花板,不吭一声。她拍了一下我的手。余之锷过来,俯身对她呵气一样说:"孩子想知道你现在的样子,让我拍个视频。"她摇头。我问:"她准备启程了吗?"余之锷说:"正准备。"又说:"老鲁和另一个朋友都要赶来,还有老何。我让老鲁守在那儿。老何来吧。"

何典第二天真的来了,先是去了医院,而后径直赶到我的宿舍。他走得太急,浑身大汗,看看又窄又黑的两间小屋,喊:"嘀咦。"打开茶炉和空调。何典看到了架子上他的著作,不好意思的样子。他喝了很多茶。我问他对时下治疗的看法,他表情肃穆。我说:"一连几天她都让我讲故事,情绪可以。""那是假象。整个人又轻又薄。只有'发散'的人才给人这种感觉。""'发散'是什么意思?""啊,是南方乡下一种说法,指人的灵魂吧。"我听得身上发冷:"那该怎么办啊?""没有办法。这不是医疗的范畴。"何典连连叹息,难过极了:"她一见就握住我的手,说'典啊,你终于来了'。一个好人,应该得到更多更好的爱,可惜这年头,爱是最稀缺的一种贵金属。"

我很沮丧。在长达数年内我都是他们一家的常客,每周至少去那儿两次。我敢负责任地说:他们的爱是足够多的。我说出了类似的意思，何典郑重地解释："不，不是这样。苏步慧是个特殊的女人，一般的爱对她根本不够用。打个比喻说，你是熟悉失眠症的，有人吃半片安眠药就呼呼大睡，有人吃数十倍才管事。爱也一样，'爱'的接受程度完全不同。"

我无法反驳。我在想另一个女子。是的，有的女子恰恰相反，她也许根本不需要那么多爱。爱对她来说许多时候都是多余的：肉欲才是必要的，爱则无关紧要。我额上渗出了大颗汗粒。

何典看着墙上的"高士图"，站起说："如果可能的话，为我讨一幅？"我答应了。"旨趣好，有才情，笔可再简。"我不懂。我想到的是上次在河湾提到的事：请他将小灰踢过小木澜后的两句打油诗书下。那是一个故事的浓缩。何典慨然应允："有纸墨没？"我赶紧从屋角找出来。

何典挽挽袖子，一挥而就。有金石气。我喜欢。

继续喝茶。他说："其实任何生命自身感受最准最敏。苏步慧不愿离开河湾，是想永远留下。她在大家的规劝下只好依从，心里是一万个不舍。她或许知道这是很长的分离，用了几天告别。她让人扶着背着去阁楼和老鲁家，又去山顶和草寮，在三棵树下坐了许久。她去了养蜂场、果蔬地，最后是饲养棚。她把羊、牛、马、鹅全搂在怀里，低头和它们说了很久。她和小灰厮磨的时间最长，和金毛、细犬、小耍耍小膘虎都待了许久。她用谁也听不清的声音叮嘱它们。那时它们不再顽皮和淘气了，很乖，和她脸贴脸。"

我背过身去看什么，伏在窗前。外面是酷暑。一切生灵都躲在阴处。无一丝风。

接下来的几天，何典和我轮流陪伴苏步慧。她的话越来越少。三天之后，医师下达病危通知。医护哭了。余之锷让孩子"速回"。苏步慧闭着眼睛,何典为她号脉。我阻止医护的嘤嘤泣哭。

两天之后苏步慧离开了。她整个身体不再凹向软榻,而是像一件失重的物品那样浮起。何典泪涌。我第一次看到这个人泣哭。我安慰余之锷,他用极小的声音告诉:"亦衔,我从未责备过她一个字。"我相信。但我不认为这是最好的方法。

尽管那个远在西半球的孩子日夜兼程,也还是来晚了一步。她由热恋中的亨利陪同,哭成了泪人。亨利一直哭,让人难过。这是个很好的西方男孩,额头丰满,下巴过于瘦削,但实在是个好孩子。亨利不停地安慰哭得直不起腰的女友。女儿变化很大:艺人的身材与五官,偏瘦,面色冷凝。

为苏步慧送别的除了我们几个,还有原旅游公司董事长、余之锷那个经营山峦的朋友、老鲁等。按照苏步慧的遗愿,她的骨灰将留在养蜂场的鲜花坡地上。

我没有赶到正在进行的会议上。女上司频频留言:"你该早些过来,不能再拖了。""那边还没有结束吗?"我把手机关闭,倒在床上。自己像一棵无根之木,不再重生。我困倦无力,却无一丝睡意。头在剧痛,随时都能胀裂。找不到止痛药,只好吃了倍量安眠药,想强迫自己入睡。不知睡了多久,响起轻轻的敲门声。我在梦中回应:"来不及了,别敲。"敲声轻微,但十分持久。我重复的仍旧是那句呓语。

我第四天返回机关大楼,那个重要的会议已经结束。大家疲惫无比,都需要放松一下,没有一个聚精会神上班的人。女上司懒洋洋的,对我不理不睬。过了很长时间她才想起什么,问:"你们的事怎样了?""什么事?""医院的事。"我不再回应,轻轻关门,将她关在门外。"笃笃,笃笃",她敲门。我干脆把门反锁了。

　　唯有此时才多少感谢手中的小魔器，它让我随时与远方保持联系：河湾的一切都紧紧牵扯我的神经，每一丝扯动都让人有切肤之感。何典与我及时通话，说："都过去了。就这样了。我在这里陪陪老余。"

　　夜晚我在宿舍待不下。夏日公园人多，想找个空寂之地很难。我在大街人行道上一个人走着。不知走了多久，一抬头看到高耸的莲瓣灯，这么眼熟。啊，是那个高档小区。它今夜陌生而又遥远。我绕开它继续往前。一直走了几个小时，有可能一直走到黎明。如果不是一阵眩晕，我还会不停地走下去。我想到了那些饥饿的流浪之路，那种眼前一黑的眩晕。回到宿舍的一路，总觉得有个跟踪者。四下看看，没有。回到屋里躺下，还是觉得有双盯视的眼睛。我坐起开灯，什么都没有。

　　这是周一，整个机关的人经过了三天休整，又像往常一样了。他们在走廊上来来往往，男的双脚夯地，女的高跟鞋咔咔响。生生笑着看我，玉坠垂挂胸前，双脚不停地翘动，以补矮小之憾："大家都想你了。""哦。""他们见不着你，觉得是个事儿。""不是事儿。"生生扭捏着走了。女上司打开自己的门，向我做个手势，脸上是愉快的表情。她轻轻将门关上，打量我。我说："结束了。人走了。""都是这样，嗯。休息过来了吧？"我点点头。她仰在靠背上，有一种大功告成的神态，目光一直没有离开我："你可能还不知道，那个事情马上就有结果了。""什么事情？""你任职的事。有关方面正走程序，顶多两个月，就会与你谈话了。"有些突兀，但也在情理之中。我说："非常感谢您的关心。"她两手叉起来："都是你个人努力的结果。这些年来，光文字材料就写了有几百万字吧？如果写别的，也成著作家了。"

这个假设让人心动。想起大学时代的激越和冲动：参与文学社和那部话剧时，真的小有得意。那次演出勾起了心里的馋虫。不过人生路径就那么简单而偶然，分在她的手下，就由她拨弄差遣了，从此就不停地起草、修改，再起草再修改，无限循环周而复始。

"谢谢。"我又一次重复。她更加高兴，"只是走个程序罢了。反正你又没有其他问题。圆圆的事过去了。"我马上说："我与圆圆没有任何问题。""啊，传言归传言，不足为凭。你和另一个大龄女子，就是那个网红的事，要注意了。"

我被她说得措手不及，喉结有些胀涩。"网络时代一切都是透明的。所以检点非常重要。"我愤愤的："透明才好。我没有愧疚，经得起考察。"她的身子探过来，这让我第一次看到她的眼白有点黄。她故意压低声音："那她送你的礼物是怎么回事？"我跳起来："这是她的事！我怎么知道是这种礼物？""什么礼物？"我牙关发胀，扔下一句："我全无预料，也从未打算接收这样的礼物。""那为什么不马上退回？""我的朋友正在生死关头，谁还顾得上这种事？您有同理心吗？"

我气呼呼地走开。我在考虑两件事：一是以最快速度退还那两件不祥之物；二是放下手头的一切，尽快去看余之锷。那个不幸的人正度过自己的漫漫长夜。还有多少需要立即办理的事情？我细细翻看那些无暇顾及的来电与其他讯息，惊讶地发现，在密织的未接电话和一条条留言中，只有她是一个空白。她沉寂了，隐匿了。是的，真的如此。更加怪异的是，无论白天还是夜晚，我都能感受一双直盯过来的眼睛：不再迷离温情，而是高冷和严厉。"女王"的高高发髻之下是威严的注视。我双手抱胸，好像在抵御不可承受的北风。我强抑内心泛起的呻吟,倾听来自躯体内部的另一种声音:噼噼啪啪的碎裂声。

那两件怪异的礼物退掉了。剩下的就是快些赶到河湾。女上司平静了许多,但对我前一天的顶撞仍不宽恕:"你会理解我的一片用心。我希望你在正式考察结束前更加严格地要求自己。这对你的一生非常重要。"我尽可能和缓地说:"是的。一定按您的指示去做。不过,我还是想去看望那个不幸的朋友。我在这世上没有任何亲人了。"说到这儿,我的眼睛发涩。她叹气,既理解又充满遗憾:"知道的。大家都待你像亲人一样,不是吗?"我看着她,想说"是"。我低下了头,这就将头顶的两个毛旋儿暴露在她的面前。她特有的温柔和怜惜再次让我感动:食指按在毛旋上,却没有像过去那样拧动,只轻触一下即拿开。她说:"好吧。不过你刚刚耽搁了那么重要的会议,拖几天再走吧。"我只好同意。

从机关大楼往回走的路上,又看到了三只死去的小鸟。我把它们装入一个纸盒,埋在雪松下。这座城市的酷夏是有名的,我们都因为这座城市而自豪,因为从夏季挣扎出来,都有一种"险处不须看"的骄傲。圆圆来电了:"亦衔你知道吗,你已经失踪了一个多月!怎么回事呀?"我说对不起,"有大事,很重要的事。""什么事?"她舒了一口,"过去了就好。告诉你个好消息,我在这边开始被重用了。再有,就是明天要降温了,我们一起庆祝一下怎样?"我想了想说:"好吧。"

影影绰绰的路灯下,总觉得有人盯视。这感觉是切实的。我往楼上攀爬,觉得黑乎乎的楼道里也有一双眼睛,像小鼹鼠躲在幽处。我大力跺脚,将小精灵吓跑并震响声控开关。微弱的廊灯亮了,又灭了。我跺脚,灯又亮了。我们的声控技术还不成熟,弄巧成拙，只引出满楼的跺脚声。

一个单身汉的食欲一旦萎靡下去，需要很长时间才能恢复。我对食堂的稀汤寡水开始厌倦，大师傅们都在设法纳凉，凑在一起喝冰镇啤酒。曾几何时我有上好的去处：一个隐秘的窝，一个悄悄说套话和书面语的地方。在那里，我可能是这座城市最能享受套话、与另一个人心照不宣地将其运用到炉火纯青的人。我们懂得如何妙用，怎样激活语言宝库中罕见的、隐而不察的奇异功能，以四两拨千斤的微妙之力，将生命中最难以释放的部分给予复活。然后，一切，所有，都变得平坦了。那是一种安然自处的充实和欣慰，从容感受星空下的暖流缓缓而去。是的，生活就这样翻开新的一页，迎接又一个黎明。除了那个怦怦心跳的地方，还有挚夫妇热乎乎的小窝。啊，一去不再复返的烟火气，别了，是永别。

黑影里我不愿启动制冷器，因为它常常引起跳闸，还让这个夏天变得不那么真实。我在汗水里泡了几十年，那就熬吧。我想让这个超级夏天榨干所有的水分，变成真正的干货。我记得一位退休的老领导，他是女上司最不以为然的人，每次看到新撰的公文就叹一声："没有干货。"

第二天傍晚走在甬道上，突然感到了一阵凉风。我立刻记起了圆圆的电话约定。我道歉，同时提议："干吗去那些千篇一律的餐馆？难道公园旁的路边烧烤和啤酒摊不是最好的地方吗？"她高兴了："这么平易近人，真好！"

我们坐在路边小摊旁。圆圆老大不小，打扮还像十几岁的小姑娘，头顶扎了彩色蝴蝶结，一眼看去就像舞台上的风流兔。她自顾自地吃啊喝啊，仰脸大笑："新单位是重视我的，他们说大机关来的姑娘就是不一样，联欢还让我主持呢。领导是个爽快人儿。"她把滚烫的羊肉串哧哧撸到嘴里,翘着红唇一边吸气一边大嚼,灌一口啤酒。我的右侧摊位站了一位黑衫平头男子,他不时瞥来一眼。这目光似曾相识。我看他时,他立刻用打火机点烟。想起来了,连日来感受的那种注视近在咫尺。我低头取东西,用眼睛的余晖捕捉那双目光。我对圆圆说:"有吃有喝有便衣,今晚真是不错。"她并不在意我说什么,挥舞着撸光的铁钎条,我不得不躲开一点。

我们往公园走去。那个平头还在不远处。圆圆说:"亦衔啊,我真的喝多了,你扶我一下该不要紧吧?""一点问题都没有。"她抱住我的一条胳膊,翻着白眼。为了让身后那个小平头不虚此行,我像一根坚强的柱子一样顶住她,往前移动。

一个星期过去,一早一晚凉爽了许多。女上司度过了艰难的酷暑时段,终于对我开恩放行了。乘上半岛快车,心里踏实了许多。车厢靠门的一个座位上有个勤于阅读的好青年,他一直捧着书。我喜欢这样的小伙子。可是有两次他的目光滑出了书页。我又想起若有若无的那双眼睛。我看窗外,从玻璃反照中可以观察这个人。不错,是那个平头青年。

我要下车了。剩下的一程需要坐公交。我在公交站牌下等了一会儿,小伙子来了。我们同乘一趟车,摇晃了两个半小时才出了镇子。再往前就该下车了,余下的路只须步行。下车时,我向留在车中的小伙子举手告别。

河湾是沉默的。迎接我的是老鲁,他帮我提着背囊,说:"老余的两个孩子刚走。他太难过了。你总算来了,他一天站在窗前好几次。""老何在吗?""他和两个孩子一起离开了。还会返回。"我们没有惊动余之锷,在老鲁那里简单吃点东西,就去了养蜂场。一片斑驳的野花在风中摇动,香气播散开来。花草浓密处露出一块黑色大理石,斜卧丛中。我们一起默祷。老鲁擦着眼睛。一只红绿两色的大鸟蹲在栗子树上,说一声"夏夏",飞走了。

余之锷精神比想象的要好,瘦削,骨感,眼窝发黑。他说:"再有二十天就该收栗子了。"我扳住他的肩膀,说:"老鲁会把一切搞定。"我们和老鲁去了阁楼,这里不再有炉滚茶沸。我动手打开茶炉,注水掰碎茶砖,这才发现余之锷有些气喘,额上渗出豆粒似的汗珠。"我找老何。"他掏出手机。电话通了。他说:"何典明天就会来的。"我们从窗上看着河湾,一只只起落的鸟儿。从这里看去多么美啊。

"亦衔,其他都会过去。我知道会有一段艰难的日子。有一件事必须告诉你。"余之锷看看窗外,不说了。我见他欲言又止,鼓励他。"是这样,这屋子不能待了。自从孩子离开,每到半夜,不,每到凌晨一两点就有人走动。我太熟悉她的脚步了,不会错的。"我有些紧张。不过我明白是怎么回事,宽慰他:"这是常有的幻觉,怎样摆脱,我有个很好的办法。""什么办法?""你和金毛小耍耍它们在一起试试,就会好些。"他不作声,看着一个角落:"我知道她就在这里,她哪儿都不会去。我盯着黑影问:'是你吗?'她就不再活动。我躺下,她又开始走动。"

第二天何典来了。他举了举手中的包裹:"我是回去取这些的。"说着从里面掏出一个小瓷盒、一个长长的布套。"这是朱砂,这是桃木剑。""干什么用?""它们放在床边,就不会有那些事了。"何典竟然如此迷信。我表达了反对。他说:"试试看吧。"

一夜过去。余之锷一大早起来,神情好多了。我问他昨夜怎样?他说:"感谢老何,真的不再听到那种声音了。"我惊呆了。这天晚上我们在阁楼燃起茶炉,直待了许久。老鲁夫妇回他们的石屋去了,我仍然住以前的那间客房。很难入睡。凌晨时分我猛地坐起:真真切切,门口那儿响着轻微的脚步声。"老何?是你?"我打开手电,什么都没有。回到床上再也无法入睡,直至天亮。我至少听到两次轻淡的脚步声。

我悄悄告诉老何:"她离开了余之锷的房间,可是在我门口走动。"何典皱眉:"你也相信朱砂和剑?"我摇头。"那就对了。其实什么都没有发生。"

白天何典和老鲁陪我去了山顶。在那个耗去无数汗水的"秃斑"地带,我亲眼看到了三棵,不,四棵油绿健硕的树木。最小的一棵是苦楝子,它是苏步慧病重那段时间植下的,可见这对夫妇多么顽强。"如果不出她的事情,余之锷会以每年三棵的计划往前推进。这是他下定的决心。"何典的目光充满了钦敬。我抚摸它们若有脉动的枝干,不知说什么才好。

晚餐在老鲁这儿。余之锷吃得很多。老鲁夫妇很高兴。我回到自己的房间以后感到疲乏,就睡去了。醒来一片曙色。这一夜安静极了。

余之锷告诉我:"孩子们每天都有电话过来。他们不放心。那个小亨利模样是西洋人,其实礼道和我们差不多。他没有和苏步慧相处一天、见过一面。他的同理心、他对我们的爱,真是让人感动。我在步慧墓前说,孩子的选择看来是正确的。'这是你必须知道的一件大事,你该放心了'。"我深深赞同:"如果未来这两个孩子能够回来帮你,那该多好啊。""这肯定不会的。他们和我们完全不同。"余之锷口气凿定,望着山顶说,"我这里不是夸大其词,也不想妄自菲薄,到现在为止,自己实打实的成就,可能就是栽下的这几棵树了。"

夜里仍去阁楼。余之锷因为太倦,总是先一步走开。沸滚的炉边只有我和何典两人。他说:"我们看到最多、经历最多的事情,就是'死亡'。"我看着他。"到现在为止,我们谁都不能确定生命的终点在哪里。死亡意味着全部结束?我不相信,你相信吗?"我想了想说:"我不相信。"我说的是苏步慧:多么活泼可爱的人!音容笑貌就在眼前,她在这个阁楼上端茶倒水的样子就像昨天,就像昨晚,怎么突然间一个睡眠般的"死亡",就可以悉数抹掉,不留一点痕迹?如果真是这样,那么上苍跟我们开的玩笑也太大,太轻浮,太草率了。我再次说:"我绝不相信。"

"是的,比'死亡'更可信的,是她留在这里的脚步声。"何典说。

孤独的夜鸟又叫了。宛如那个不曾流转的夏夜。那个月夜我们刚从香蒲下畅游而归,一口气游到对岸,在那排密挤的青杨下回望河湾,那种心身俱迷的情景如在眼前。这只鸟儿是哪一世哪一年徘徊在这里的精灵?我悄然谛听,不吭一声。

"你知道那个小木澜的事情吗?"何典说,"你该了解一下他的出身。他的父母都是工人,家里清贫,在他十几岁时母亲的纸箱厂倒闭了,父亲的油泵油嘴厂也关门了。父亲为养活全家就和几个下岗工友去山野网鸟,在崖上摔断了腿。他母亲靠一点救济金、靠大街上捡垃圾才让三口活下来。小木澜饥一顿饱一顿长大,后来考上了一所大专学声乐。毕业后分配到县剧团,没多久就到处游荡起来,先是在城市街头和夜店唱,后来加入了一支演出队。我就是这段时间见到他的。最后悔的一件事是把他领到了这里。"

"他眼泪汪汪地说起过去,我就生出同情。其实我知道一个人受苦再多,也不能保证其他。卑微使人高贵?我从来不会迷信苦难。"何典低着头。在茶炉的阵阵沸滚中,我们都沉默了。饱受苦难者一旦制造苦难,可能也是行家里手。我在想一个人,一直想,双手抱住头颅,深深低垂。我不知在心底喊过多少次:"为什么?为什么?为什么?"今夜,只有我自己能够听到心底的大声呼喊。喊过之后又是呻吟:一个人哪,也许不需要那么多宏图大志,只要让这一生对得起自己的经历就可以了。这其实并不容易。

怀念苏步慧。今夕她正在倾听那只孤鸟的鸣叫?何典仍在说那个恶少:"看来只是食色之事,其实是要命的。凡能产生生命的行为,肯定也有生死之险。"他伸出一只大手抚摸胸口,像在寻求一个确定的答案。那只孤鸟还在鸣叫。

"这是什么鸟?"

"哦,单声杜鹃。"

15

　　酷暑是这座城市的可怕记忆，秋凉的来袭又使人悲伤。一页就此翻过。该静下来好好想想自己了。那个幸福的破费已然终止：不再兴冲冲地买回一枝或一束鲜花了。每每走近鲜花摊店，我都会闭一下眼睛，然后尽快将目光转开。今秋对花严重过敏，眼泪喷嚏不止，最后不得不按时服用脱敏药。我在女上司屋里看到了一大束鲜花，一会儿泪水涌流，还伴着几声长嚏。

　　余之锷面临更为痛苦的抉择。我们电话上讨论的话题渐渐集中于一点：是否去女儿那里定居。孩子和小亨利不断发来催促，最终让他犹豫起来。何典对我说："一个这么有主意的人也会变成这样。"我说这关系到他的后半生：怎样度过晚年，还有子女的问题。何典语气非常低沉："河湾是他的全部啊！他会交出河湾？"

　　那是一个憧憬之地、希望之地、阳光之地，而今却变成伤心之地、叹息之地、悲恸之地。我体味着挚友的心境，一边替他做出多种规划和设计：老鲁夫妇、何典或别的什么人，有没有临时接手的可能？当我小心翼翼地问起这些的时候，余之锷马上予以否定。他认为老鲁夫妇只适合打理日常事务，不会接手河湾；何典专心于自己的研究，志趣特异，还有许多事情，不可能在这里经营。

我们两人通话不久，大约是一个星期之后，他就回到了城里。我去那个公寓探望，第一印象是整个人的苍老：两鬓花白，额上有了深皱。他说要在这儿冷静一段时间，远距离打量一下河湾。我发现随着秋天的深入，他实际上已经打定了主意，只是没有说出而已：决定与孩子待在一起。"就像当年的那位朋友一样，我如果离开，也得找到一个可靠的人才行。"他望着窗外。我明白了，他真的在考虑跨洋迁徙的事。"我如果走了，还会回河湾看一看。不过要找到一个接手的人太难了。"他连连叹气。我想起了别的：午夜和凌晨，河湾的石屋里还有轻微的脚步声吗？只是想，没有问。

很长时间了，不知为什么，我的思绪常常萦绕于一片无边无际的丛林，恍若听到时强时弱的海浪声。那是亲人长眠之地。我想着自己离开的时间，发现已经很久没有回到故地。几十年了，自己一直忙碌：马不停蹄地奔波于出差之路，然后就是伏案书写，直弄得头发焦枯，两眼发涩，胸肌萎缩，心气衰颓。我在梦中才能见到百灵和云雀，望一眼那片少年的天空。而今一觉醒来，才知道心中的急切与渴念如此剧烈。天亮了，拖沓的双腿没有走向机关大楼，而是径直往前，走向了交通车站点。上车后才知道，我原来是去余之锷的公寓。到楼下拨通了他的电话，对方略有惊愕。我们一起用早餐，嚼着简单的黑面包和火腿肠，端起一杯老茶。我们今天要好好讨论那个方案：究竟由谁接管河湾。

"谁更好呢？我直到半夜还在想，实在想不出。"余之锷咽下一口苦茶。

我说这个人其实就坐在你的对面。余之锷愣愣的,哼一声:"谈正事啊。""是的,我也想了太久,早该下个决心。差不多从毕业一直耽搁到现在。这是最后的机会了。你该信任我一次。"他睁大眼睛看看我,又垂下头。窗外云霞散开,天色明朗,一对燕子从窗台上窥探室内。他像是自语:"你比我当年要利索一些,一个人嘛。不过真要去那儿也不容易。你还记得我们当年的讨论吧?""什么讨论?""就是当初放弃旅游公司的时候。我说害怕'田园''生态''回归'这些词儿,一辈子都不想跟这些陈词滥调沾边。后来你也看到了,我是实打实的,接手那里以后补种了四十多亩林子,栽了五千多株侧柏,又开始啃硬骨头,为它花掉了大部分积蓄。"

我明白。我想过怎样接续这份事业:即便没有他那么强的经济实力,每年至少也会栽活一棵树,而且要一直栽下去。我想说,我不相信你还有更好的选择。

回到机关,第一件事就是与女上司谈话。我知道对方得知自己的决定后会多么失望以至于愤懑。我仍然深深地感谢她:无微不至的关怀、提携和器重,从生活到事业。她果然大感意外,站起走几步又坐下,情绪一度低沉到极点,咕哝:组织上培养个人多么不易,不久就要升职考察,人不能前功尽弃。她见我长时间不语,就语重心长地说:"千万别头脑发热做庄园梦,山峦啊河湾啊,那不过是一纸合约的事,政策方面要改变也就一夜之间。工薪失去,医疗保险没了,到时候后悔都来不及。想想,好好想想。"

我全都想过了。我对某些地方不践约的无耻和无赖早已习惯。

我是从流浪之路上走来的一个少年和青年，一无所有，唯靠荒野。河湾失去的那一天我仍然会活下去。这不是虚拟的悲壮，而是切实的计划。我再次感谢她，并邀她在适当的时候去河湾度假。她站起来，可能又要寻找我头顶上预示着倔强的那两个毛旋儿了。我主动低下头来。

奔赴河湾前有一系列事情要做。与这座城市的交割刚刚开始。少一些令人厌恶的伤感吧，无告别无喟叹，就像出一趟长差。我掮起那个大背囊，第一站是灼烫的故地：那片沙滩丛林和沙岗、大海，还有大沙河。秋风越来越凉，我选择的日子是从寂冷走向酷寒，然后走向暖春，接着就会是繁花和暖夏了。半岛啊，我的往复跋涉之地，从北到南，从东到西，命中滞留的福地和险地。直接奔向北方，向北再向北，直到抵达那片大海之滨，大口吸进清凉的咸风。更近了，那片丛林还在吗？我双眼瞪裂，搜寻游走，直到确认一切消失得无影无踪。心中的坐标已然失去，如今是千篇一律的楼群，是水泥丛林：几乎没人居住，变成所谓的"鬼城"。有人固执地认为无边的橡树、杨树、金合欢和钻天杨，还有充斥其间的繁花、蘑菇、野兔和草獾、狐狸，它们相加一起都不如一座阴森森的"鬼城"。

我在海边走了一天。记忆中的一切荡然无存。再去港城，在浊浓的空气中摸索那个诊所的方位，最后看到的是火柴盒式的一幢幢老楼，浑身披挂污脏的水渍。没有树木，没有绿色，近海漂起五颜六色的塑料泡沫板，仅有的几只海鸥在风中瑟瑟抖动。原计划的故地之行由三天缩成了一天，再从这里往南，去呼家店和大沙河。进入山地，当年情景依稀可见，坡路弯弯，不过大沙河中间的水流全没了，岸上的学校也没了。我站在河边看了一会儿，想着琅琅书声、篮球和"五号"。我踏着焦干的沙子过河。那座小到不能再小的石屋杳无踪迹,只有伏卧的山村还在,它在午后的慵懒中沉睡不醒。我捎着背囊走啊走啊,丈量了每一条窄巷。

河湾迎来了新的主人。无论是老鲁夫妇还是身边的一群朋友,都是一次重逢。满山绿植、河上香蒲、林间飞鸟,一切都让人心头灼热。老鲁眉开眼笑:"老余一直在电话上说你要来、要来,可就是等不到!"他们两口子高兴到无以复加。动物们全跑来了,老鲁家里故意把饲养棚打开,牛马、大鹅、羊和小灰都来了,还有欢跳的金毛和细犬、小膘虎和小耍耍。我弯腰抚摸它们,紧紧搂住了小广理。小灰跟在身后,好像要咬一下我的衣襟。小灰今后就做我的秘书吧。

老鲁做的第一件事是通知何典,说他今晚就来。我住进几年来一直住的那间客房,从此它将成为自己的日夜厮守之所。我和老鲁一起看了其余几间:几乎没有动过,陈设如昨。令我吃惊的是苏步慧的东西还在,那顶草帽和两只棉手套、镜前堆的化妆品都在。我去了阁楼,这里依旧是六个座位。我想请老鲁夫妇住到这幢石屋里,老鲁说:"这个嘛。"他没有马上答应。

不过天黑前老鲁夫妇还是扛着铺盖过来了。老鲁说:"先这样住着,等有了新帮手我们再搬回去。"我心里一阵感动。

何典来了。他背上的包似乎比以前要大,这预示要多住一些日子。他的脸色随着天气转凉变得愈发肃穆,见面时伸手紧紧一握,话语极少。他仍住过去的房间,那里有他的几本书。他在书房见到大量从城里运来的书,兴奋之情溢于言表,伸手在架子上纵横扫弄一遍,说:"嗯。"简单吃了晚饭,大家一起喝茶。原来何典背囊里有三块上好的茶砖,坚硬如铁,送老鲁一块、我一块,另一块放在自己屋里。"这个秋冬的书和茶都备好了,估计就不难过了。"他一边说一边摆弄茶炉,像个主人。他从旮旯里寻觅各种东西时,比我熟稔得多。

我看得出,何典和老鲁夫妇今夜有多么高兴。"好了,这就妥当了。"何典一边添茶一边说。在他看来今天既是继续,也是开始。我对这里的感激无以言表,对他们的信任和友谊、对所有的动物植物,更有离去的人,感念无尽。老鲁老伴在黑影里抹了一下眼睛,喊老鲁去下面取东西了。

阁楼里只剩下我和何典。他叹道:"你真的超出了我的预计。"我说:"你,老鲁夫妇,余之锷和苏步慧,大家看护了一座山。我们继续吧。""人这一辈子就像一条河,到时候就得拐弯。"他看着外面。今夜没有月亮,窗外星星很大。秋夜让人变得心思澄明。听,蛐蛐,各种秋虫都叫起来。我这会儿有个想法要说,终于不再忍住。我说:

"我知道你事情很多,可还是想请你一直住在这里。我们一起打理该多好啊!"

"为什么?"

"实话说,我害怕寂寞。我需要你啊。"

何典嫌冷一样双手捧住热杯,只不饮用。他看着灯光泅不透的角落,吟道:"'我在这世上太孤独,但孤独得还不够。'"他转脸看我:"这是一位德语诗人写的。你以后会读到的。"

分开后,我把那句话记在了纸上。夜色渐深,仍无睡意。这时我在想自己的匆匆别离,城里还有哪些人需要告别。圆圆,生生,偶有联系的体工队员,机关的几个,不多。我写了一段话分别发走,最后还是那句老话:"后会有期。"

太阳升到树梢,开始第一天的劳作。那件长长的蓝色制服原来真的属于我,穿上它,金毛和细犬寸步不离。我们穿过栗子林和菜地,直奔养蜂场。我把一捧大丽花、墨菊和绣球花用草梗束好,放在那个黑色大理石前。我看过柿树、核桃、散在侧柏间的冬桃,再去西边坡地。老鲁正摘所剩无几的豆角。"咱这儿最忙的就是秋天,不过冬天有冬天的事情。"他说。"大雪封山时就窝在屋里?"老鲁点头:"到时候看老獾过河,它们跌跌的模样真好。我老伴要按时去山上扬几把玉米高粱,喂喂挨饿的鸟儿。秋天咱们要留一点板栗核桃,那是松鼠的口粮。"

想想大忙将至的深秋、雪封山河的严冬,一切将是何等不同。既翻开新的一页,就要有相应的深沉、持守和应对。冬天的炉火旁会有吞噬般的阅读,再就是从头做一件不可荒疏的大事:写出家族纪事。这是必要落实的人生责任。

我在石屋各处查看多遍。以前余之锷夫妇接手朋友的石屋时做过一些更易,我会保留全部痕迹。只想增加一些新的图片,但不知悬挂在哪里才好。我想到的是一年前德雷令发来的那些式样别致的建筑、繁花与绿树、醉人的园林。多美啊。美是一种力量,尽管有时候也是一种可怕的力量。

深夜时分,那个小魔器喧嚣如故。这世上,我曾经深深注目、望眼欲穿的某个角落,现在已经彻底陷入沉默,不再有一丝声响。那里静得掉一根针都能听见。何典就住隔壁,他每天读至午夜。老鲁夫妇的灯光熄得更早。我想到了山上那座孤单的草寮:有榻有书,还有一把古琴。太可惜了。我的朋友画了许多"访高图","高士"们无一例外地睡在那样的地方。

我对何典和老鲁夫妇说:"真想睡一下草寮,去那儿过一夜。"老鲁说:"要去快去,再冷就不行了。"他们真的和我一起去那里打扫,搬去一些卧具、一壶水和一盏桅灯。入夜后,三个人陪我在寮中聊了许久,终要分手了,何典说:"我们可真要走了。"剩下了自己。那盏桅灯的光亮太弱了,四周的浓暗围拢过来。草寮的大半向外敞开,最里一间才是卧榻。它四壁薄薄的,不过是苇秆糊泥做成的。有个冬瓜状的小窗,撩开布幔可以望见半座山影和一天繁星。这里比山下冷多了。

我把灯苗捻大,开始读书。静极了。侧耳倾听,远处响起呼呼的喘息:好像有什么四蹄动物在急急追逐。"嘎!嘎!"一只大鸟从草寮上方飞过。今夜如果有一只猫陪伴也要好得多。更深的夜色从山隙漫来,将草寮淹没。我想起了少年时代的游走,那时的野宿远没有现在这样孤单。我从布幔后面遥望星空,正好有一只鸟或其他野物,不知是巨翅还是长尾,从窗前一掠而过。我迅疾放下窗幔,心跳怦怦。

已是凌晨。极困时打了个盹,再也睡不着。多少声音簇拥着四周。一些小小的蹄爪在轻抚泥壁,有的可能在蹭自己的脊背,发出嗤嗤啦啦声。若有若无的喷嚏,咳嗽,哈欠,询问和议论。"这里面住了个什么物件,会喘气的高个子。""猜猜吧,躺下长,站起高,是什么?""没有尾巴也没有翅膀,光溜溜的。""飞不如鹰,跑不如兔,是什么?""咱们把草寮拥开吧?一二三!"草寮似乎真的被它们摇撼了。屏气,喘息,啄和掏,四蹄齐踹。微小的脚步沿四周唰唰跑动,然后又是双翅扑动,一只大鸟嚓一声落在了寮顶。泥壁响起"嗞嗞"的刮擦声,大概是一只刺猬在伸懒腰。"天快亮了,咱们走吧,萱草芯里的清酒酿好了。"一只拐腿狐狸咕哝着走过,一大群野物呼啦啦跟上。出奇地宁静,只片刻,遥远的山后就传来了老野鸡的呼喊:"渴呀!渴呀!"有什么碰掉了滚石,一块稍大的石头沿着陡坡滑落,咔啦啦的声音响了许久。"咕咕,咕咕",野鸽子叫起来,接着是大灰鹳放肆的大笑:"哈哈哈哈!""嘀尔咳哟,哎哈哎哎,呼啊哈啊"。各种声音吵嚷不息,天大亮了。

第一道霞光从山后射出时,老鲁踏着石阶上来,离草寮还有很远就嚷着:"我来看看你被野物吃了没?"我一边披衣服一边大声应答:"还没呢!"老鲁高兴得像个孩子,露出从未见过的笑容:"下山吧,老伴一大早就熬好了胡辣汤,驱寒暖身哩!"这时身后传来"呋儿呋儿"的喘息,原来金毛正在追来,这会儿前爪踏着石阶回望落后的细犬。

早餐让人热汗涔涔。电话在响,是余之锷从大洋那边打来的。"早安!我算着时间呢!啊啊,是的都好。想你们呢。"我把电话交给何典和老鲁夫妇。大家讲话时,小灰一动不动地站立,表情专注。

我和何典一起走向河湾。河水半边橘红半边铁青,那片香蒲刚刚苏醒,肥硕的蒲棒微微摇动。大苇莺站在柽柳梢头遥望对岸。一只鹭鸟被我们惊飞。何典说:"昨天晚上想起一件事,你这儿人手太少,有个人想过吗?""谁?""那个保洁员,就是耿杨,一个知义之人。"啊,明白。我深深点头:"我会尽快找到他的,赶在收板栗前。"我也想起一件事,于是拨通了一个电话。

"燕冲老兄吗?是我。想请您今秋来一趟河湾,来这里画'访高图'。"

"那里有山吗?"

"有山有河,还有真正的'异人'哩。"

"那好,那太好了!"他答应得非常爽快。

2021年10月5日初稿

2021年11月30日二稿

2021年12月30日三稿

2022年2月23日四稿